거묵골 구조대 사람들

거북골
구조대
사람들

김강윤 지음

그늘

목차

등장인물

김태우

어릴 적 실수로 지른 불에 누나가 타 죽고 평생 트라우마에 시달린다.
독하게 살아가는 것만이 유일한 생존 방법인 줄 알고 있다.
특수 부대를 전역하고 소방관이 되어 승승장구했지만
비리 행위가 들켜 시골 소방서 거묵골 구조대로 좌천된다.
그곳에서 그는 평생 자신을 괴롭히던 내면의 괴로움과 마주하고 서서히 변해 간다.

박무목

거묵골 구조대 1팀의 에이스이자 구조 반장.
강직하고 실력 있는 구조대원이지만
다른 대원들과 다르게 특수 부대 출신이 아니라는 자격지심이 있다.
평소 존경하는 김태우가 팀장으로 오고 그에게 인정받고 싶지만
오히려 더욱 위축되기만 한다.

채치우

거묵골 구조대 1팀의 구조공작차 기관원.
산전수전 다 겪은 베테랑 소방차 운전원.
차분하고 지혜로우며 막무가내인 태우와 주눅 든 대원들 사이를 항상 다독인다.

조태풍

거묵골 구조대 1팀의 구조대원.
말 많고 눈치 빠르며 늘 까불거리지만 까칠한 태우에게 애살스럽게 군다.
눈물도 많고 정도 많은 자칭 119 로맨티시스트.

박나리

거묵골 구조대 1팀의 구조대원. 키 193cm, 몸무게 130kg의 거구.
예쁜 이름과 다르게 무서운 외모에 힘이 엄청난 장사다.
못하는 거 없는 만능 재주꾼. 학창 시절 '괴물'이라고 놀림당한 아픔이 있다.

정만수

특수 부대를 갓 전역하고 소방관이 된 새내기 구조대원.
어리바리하고 사고뭉치지만 의욕만은 최고다.
구조 현장에서 아이의 죽음을 보고 심각한 PTSD에 시달린다.

설한국

태우의 군대 선배이자 소방서장. 성공을 위해서라면 물불을 가리지 않는다.
태우와의 군 시절 인연을 이용해 교묘히 그를 조종하려 한다.

홍창성

거묵골 소방서장.
전설의 구조대원이었지만 퇴직을 불과 6개월 남겨 둔 백발의 말년 소방서장.
태우가 거묵골 구조대에 있어야 할 이유를 일깨워 준다.

김규리

태우의 외동딸. 중학생이 되고 사춘기를 겪으며 양껏 까칠하다.
하지만 정의로운 성격에 약한 친구를 도울 줄 아는 여장부.
태우의 성격 변화에 영향을 준다.

신오수

거묵골 출신의 기업가.
돈으로 모든 것을 다 할 수 있을 거라 생각하는 그릇된 야망을 가진 노인.
자신의 사업을 통해 정치인이 되고 싶어 한다.

마상철

과거에는 베트남 참전 군인이었고, 지금은 하루 벌어 하루 먹고사는 공장 노동자다.
평생 막노동을 해 오다가 말 못 하는 한 외국 여인을 사랑하게 되어 늦은 결혼을 한다.
어렵게 꾸린 가정을 지키기 위해 어떠한 희생이라도 한다.

기억

1988년 가을.

바람은 차가운데 하늘은 붉었다. 아직 저녁이 많이 남았지만 먼 하늘에 해는 서쪽 끝 산 뒤로 들러붙은 지 오래다. 동네 초입부터 다닥다닥 붙은 슬레이트 지붕 사이 연통에서 뽀얀 연기가 피어오르고 있었다. 그 아래 파란색 지붕들이 나란히 서 있는 좁은 골목에는 아직 동네 아이들이 뛰어놀고 있다.

"그만 놀고 이제 들어와! 저녁 먹어야 되니까!"

이장 댁 영찬이 엄마가 아이들 무리에 소리 지른다. 영찬이는 엄마가 외치는 소리엔 꿈쩍도 안 하고 대뜸 아이들에게 말했다.

"우리 큰 산소 옆 논에 가서 숨바꼭질 한 판만 더 하자."

아이들은 두말없이 고개를 끄덕이며 따라나선다.

"태우 너도 갈 거지?"

새카만 피부에 마른버짐이 얼굴 군데군데 피어 있는 태우가 영찬이의 물음에 머뭇거린다. 그러면서 옆에 있는 누나를 바라봤다. 눈이 크고 피부가 까무잡잡한 열네 살 소녀인 태우 누나는 싱긋이 웃으며 고개를 끄덕였다. 그리고 손으로 무언가를 허공에 그리며 입맛 벙긋 거린다.

"뭐라는 거야?"

"저녁 먹을 때까지만 들어가면 된대."

태우 누나는 듣지도 말하지도 못하는 선천성 농아인데 얼굴이 곱고 심성이 착해 동네 사람이 다 좋아한다. 하나밖에 없는 제 동생 태우를 끔찍이도 아껴 노는 곳마다 따라다니며 돌보는데 동네 아낙들은 태우를 낳다가 죽은 엄마 대신 그 노릇한다고 혀를 차지만 태우나 누나나 세상없이 서로를 아낀다.

굳이 숨바꼭질을 논에 가서 하려는 이유는 그곳에 추수 후 걷어 놓은 볏짚단이 많기 때문이다. 볏짚단을 논바닥 아니면 골목 군데군데 쌓아 놓았는데 집단 사이로 비집고 들어가 숨기가 딱 좋다. 특히 초등학교 뒤에는 동네에서 가장 볕이 잘 드는 산소가 하나 있는데, 그 앞 논이 너르기도 해서 놀기가 제일이다. 꼭 볏짚단이 아니더라도 산소 언저리 풀숲이나 개울가 아래로 숨을 곳이 지천이라 옆 동네 아이들도 그곳까지 놀러 오는 판이었다.

금방이라도 해는 질 것 같은데 아이들은 어느새 술래 하나만 세워 놓고 곳곳에 숨었다. 가위바위보에서 진 태우는 술래가 되었고, 누나는 자기가 하겠다며 나섰지만 영찬이가 허락하지 않았다. 규칙이 그렇다는 영찬의 말에 결국 태우가 술래를 하고 남은 아이들은 곳곳으로 다 숨기 시작했다. 영찬이는 태우 누나 보고도 숨으라고 했다. 누나는 머뭇거렸지만 태우는 그렇게 하라고 손짓했다. 태우는 산소 옆 아카시아 나무 기둥에 얼굴을 묻고 열을 셌다.

"하나, 둘, 셋, 넷, 다섯, 여섯, 일곱, 여덟, 아홉, 열."

감았다 뜬 눈을 가늘게 흘기며 주위를 둘러보니 아무도 없었다.

"난 어디 간지 다 알지."

언제 나타났는지 항식이 형이 서 있다. 군대 갔다가 상급자에게
두들겨 맞아 정신이 오락가락하는 동네 형인데 항상 아이들 노는
데 낀다. 항식이 형이 키득거리며 가르쳐 줄 듯 말 듯한다. 태우는
신경도 안 쓰고 여기저기를 훑고 뒤진다. 항식이 형은 입에 담배 하
나 물고 연신 키득대며 태우 뒤를 따라다닌다. 태우는 개울가 아래
논둑에서 점방 집 정수부터 금방 찾아냈다. 그다음에 영찬이를 찾
을 작정이다. 어차피 누나가 숨는 곳은 늘 같다.

"흐흐흐. 나는 안다. 나는 다 안다."

항식이 형이 영찬이랑 누나가 숨은 곳을 안다며 계속 히죽거린다.

"아이씨. 담배나 좀 꺼!!"

태우가 소리를 질렀다. 만날 방 안에서 담배 피우는 아빠 때문에
담배 연기라면 질색이던 태우다. 항식이 형은 태우가 소리지르자
알겠다는 표정으로 피우던 담배를 중지 손가락으로 멀리 튕겨 보냈
다. 날아간 꽁초가 떨어진 곳은 논두렁이었다. 벌건 담배 눈깔이 아
직 살아 있었다. 태우는 떨어진 꽁초를 다시 주웠다.

"논두렁 다 태울 작정이야?!"

지난가을에 같이 놀다가 항식이가 장난으로 놓은 불에 논두렁을
반이나 태워 먹어 아버지한테 두들겨 맞은 일을 생각한 태우는 담
배꽁초를 집어 개울가로 던졌다. 하지만 꽁초는 개울가로 떨어지지
않았다. 처음 이곳에 올 때부터 세차게 불던 바람이 태우가 던진 꽁

초를 반대로 날렸다. 꽁초는 힘없이 날아가다 순간 불어오는 바람에 방향을 틀고 다시 어디론가 사라졌다. 그러는 사이 태우는 영찬이가 있을 법한 볏짚단을 찾기 시작했다. 논 귀퉁이에 있는 중간 크기의 볏짚단에 자주 숨었는데 오늘은 작정한 모양인지 몇 군데 찾아도 없다. 태우는 혹시 산소 뒤로 갔나 싶어 다시 논두렁을 돌아 나오려 몸을 돌렸다.

"어, 어, 어."

순간이었다. 도랑 옆 논두렁 가장자리에 있는 작은 볏짚단에서 허연 연기가 뭉게구름처럼 올라오고 있었다. 태우는 눈을 크게 뜨고 입만 벌린 채 바라만 보고 있었다. 심장이 벌렁거리며 미친 듯이 뛴다는 것을 알았을 땐 이미 늦었다. 볏짚단에 숨어 있을 누나를 구해야만 했다. 그러는 사이 허연 연기는 곧 벌건 화염이 되어 이미 짚단 전체를 무섭게 삼키고 있었다. 오래 지나지 않아 화염은 맹렬하게 솟아올랐다. 어느새 나타난 영찬이와 정수까지 아이들은 놀란 눈만 커다랗게 뜨고 바라보고 있었고, 항식이는 꽥꽥 소리를 지르며 불난 볏짚 주위에서 미친 듯이 날뛰고 있었다.

"느그 누나! 느그 누나!!!"

태우는 그 안에 누나가 있다는 것을 이미 알고 있었다. 누나는 늘 태우가 찾기 쉽게 가장 작은 볏짚단에 숨었다. 태우에게 잡히고 자기가 술래를 하는 누나였지만 태우는 누나를 술래 시키기 싫어서 항상 가장 늦게 찾았다. 누나가 숨은 곳은 다른 곳에 비해 볏짚이 촘촘해 들고 나기가 힘든 곳이다. 비집고 들어가기는 그나마 수월한데 나오기가 버겁다. 태우는 온몸이 얼어붙은 듯 그냥 서서 울고 있었다. 항식이 형이 볏짚단 가까이 가 보려고 했지만 무시무시한

복사열 때문에 근처에 다가갔다가 뒤로 자빠지듯 물러섰다.

　소방차가 온 시간은 한참 뒤였다. 붉은 화염이 잦아들고 나서야
그나마 가까이 있는 소방 파출소에서 한 대의 소방차가 꾸역꾸역
좁은 논길을 지나 겨우 도착했다. 두어 명의 소방관이 무겁게 보이
는 물 빠진 까만색 방화복을 입고 볏짚단에 물을 뿌렸다. 이미 논
길가에는 동네 사람들이 가득 모여 웅성거렸다.

　"연탄 집, 김 사장네 딸내미가 저 안에 있대."

　"말도 못 하는 것이 저래 타 죽으면 불쌍해서 어쩌누."

　눈물만 글썽이며 한마디씩 거드는 동네 아낙들 사이로 태우의 늙
은 아비가 비집고 나와 소방관이 뿌린 물을 머금고 다 타버린 볏짚
단 가까이 뛰어나갔다. 인파를 통제하던 동네 지서 순경이 태우 아
비를 겨우 붙잡았다. 추수 후 아직 덜 마른 질퍽한 논바닥에 아비는
무릎을 꿇고 뭐라고 고래고래 고함을 쳤는데 아마 죽은 딸의 이름
을 부르는 듯했다. 그러는 사이 소방관 한 명이 시커멓게 탄 무언가
를 볏짚단 속에서 꺼냈다.

　태우 누나의 몸이다. 몸뚱이는 마치 산불에 타고 남은 고목마냥
금방이라도 바스러질 것만 같았다. 살가죽은 바짝 타 모두 사라지
고 가슴팍과 아랫배에 겨우 남은 근육 덩어리 사이로 내장이 비집
고 나와 있었다. 내장은 불에 모두 익어 핏빛이 아니었다. 팔다리는
뼈만 남았는데 그 모습을 본 사람들은 모두 고개를 돌렸다. 열네 살
어린 소녀의 불탄 주검을 본 아낙들이 놀라 기겁하며 울음을 터뜨
렸다. 동생 낳다 죽은 어미 대신 살림을 다하던 순한 아이였다. 말
못 하고 못 들어도 사근사근하게 웃으며 동네 어른들 귀여움을 독

차지했던 아이다. 제 아비는 이런 딸을 끔찍이 아꼈다. 농아로 태어
난 팔자가 불쌍해서도 그랬고 어미 대신 남동생 건사하는 기특한
딸내미라서도 그랬다.

소방관이 발작하듯 오열하는 태우 아비 앞에 죽은 아이를 살며
시 내려놓았다. 무릎으로 논바닥을 기어 겨우 죽은 딸의 곁에 간 아
비는 감히 딸의 몸을 만지지도 못했다. 당장이라도 으스러질 듯 바
짝 타버린 딸의 몸. 점심나절만 하더라도 아비에게 숭늉을 끓여 건
네던 딸이 지금은 알아볼 수 없는 주검이 되어 있었다. 태우는 가는
숨만 겨우 쉬며 이 모든 것을 바라보고 있었다. 아직도 누이가 타
죽었다는 것을 실감할 수 없었다. 이파리 네 개짜리 경찰 한 명이
함께 놀던 영찬이에게 뭐라고 묻다가 주변에 있는 항식이를 힐끔
봤다. 항식이의 히죽이던 표정은 이미 굳어 있었고, 죽은 태우 누나
의 몸만 쳐다보며 훌쩍이고 있었다.

"너 담배 버렸다며?"

경찰의 물음에 항식이는 눈물을 뚝 그쳤다.

"그런데 그거 다시 버렸어. 태우가 멀리 버렸어."

바람에 날려 담배꽁초가 볏짚단으로 떨어져 불이 붙었다는 말까
지 항식이는 더듬거리며 모두 말했다. 태우는 경찰과 항식이를 번
갈아 바라보며 미친 듯이 심장이 쿵쾅거리는 것을 느꼈다. 경찰이
고개를 숙여 태우를 바라봤다. 그러던 찰나였다.

"이 육시럴 놈!!"

태우 아비의 솥뚜껑만 한 손이 태우의 얼굴을 내리 갈겼다. 순간,
억 소리 한번 못 내고 태우는 쓰러졌다.

"그랬구나! 네놈이구나! 네놈이 누이를 태워 죽인 거구나!"

14

태우 아비는 태우의 어린 몸을 지근지근 밟았다. 쓰러진 태우는 얼굴이 논바닥에 구겨 박힌 채 등허리를 마구 밟혔다. 겨우 열 살 먹은 아이가 어른, 그것도 아비의 발에 온몸이 짓이겨지고 있었다.

"뒈져! 너도 뒈지라고!"

태우 아비는 이성을 잃었다. 태우가 던진 항식이의 담배꽁초 때문에 불이 붙었다는 말을 듣고 그 순간부터 눈이 뒤집힌 것이다. 보고 있던 지서장과 동네 이장이 태우 아비를 말렸다. 태우는 입에 거품을 물고 혼절했다. 질척한 논바닥에 몸이 박혀 들어갈 만큼 아비는 있는 힘을 다해 아이의 몸을 밟아 놓았다. '아이고 태우 아부지' 만 연발하며 아낙들은 더 크게 울었고, 흰 수염이 덥수룩한 동네 노인들은 혀를 차며 고개를 돌려 발길을 옮겼다. 어느덧 주변은 까맣게 어두워졌고 경찰차와 소방차에 있는 경광등만이 서로 차창을 비추며 계속 번쩍거렸다.

"지 애미 죽이고 나온 놈이라 팔자가 사나워도 보통 사나운 게 아니지."

태우 아비는 이 말을 입에 달고 다녔다. 아끼던 딸이 죽었다는 상실감은 태우에 대한 분노로 이어졌다. 그나마 살림을 살던 여식이 죽자 집안은 거지꼴이었다. 월남전 참전 군인으로 정부 보조금을 받아 어렵게 시작한 연탄 장사였지만 태우 아비는 매일 술로 산다. 타고난 성정이 모질지 않아 자식의 죽음을 받아들이지 못한 채 소주며 막걸리며 돈 생기는 대로 사서 빈속에 들이켜는 일이 유일한 낙이다.

그해 여름, 올림픽을 치르느라 온 나라가 들썩인 기운이 아직도 남아 세상 분위기가 좋았다. 이제야 먹고살 만한 날이 왔다고 다들 좋아할 때였고, 겨울 농한기에 들어 동네 이장의 주도로 관광버스를 대절해서 산으로 바다로 이웃들끼리 놀러 다니느라 바쁠 때였다. 놀기 좋아하는 태우 아비도 그 사이에 끼어 있어야 했지만 딸이 죽고 한 달이 다되도록 하루도 빠지지 않고 매일 술이다.

"네놈도 같이 불 타 뒈졌어야 했다."

태우 아비는 술만 취하면 방 한구석에 머리를 수그리고 앉아 있는 태우에게 저주 같은 말을 퍼부었다. 그 덕에 누나를 잃었다는 슬픔보다 누나를 죽였다는 괴로움이 이제 태우의 정신에 각인되었다. 피폐해지는 살림도 살림이지만, 아비고 자식이고 제정신이 아니기는 매한가지라 이러다 무슨 사달이라도 나는 거 아니냐는 소문이 동네에 파다했다. 거기에 근처 두어 개 동네를 통틀어 연탄장수라고는 태우 아비밖에 없었는데 만날 술로 지내니 연탄 판매는커녕 동네 전체가 얼어 죽을 판이었다. 그나마 미리 받아 놓은 연탄이 창고에 몇 백 장 남아 있어 필요하면 돈만 내고 알아서 가져가라고 일러 놓았다. 하지만 당장은 괜찮아도 해가 넘어 연초가 되면 그나마 남은 재고도 소진될 텐데 그것이 문제였다.

"어이. 김 사장. 여태 연탄 주문 안 하고 있음 어쩌라는 거야? 큰애 일도 일이지만 사람들 겨울 날 연탄 장사는 해야 안 되겠냐고."

"이 염병할 놈이 뚫린 입이라고 함부로 지껄여? 네 새끼 불에 타 뒈져도 그딴 소리 할래?"

동네 이장의 걱정스러운 민원에 면사무소 박 주사가 태우 집에 들러 한 말에 태우 아비는 죽자고 악다구니를 쓴다. 커다란 배달용 연탄집게를 들고 휘휘 휘두르는데 주변 사람들 모두 기겁을 하고 도망갔다. 태우는 아비의 이런 행동을 보며 이 일이 모두 자신의 탓이라고 생각할 뿐이었다. 항식이 형이 던진 꽁초를 다시 줍지만 않았어도, 누나도 살고 아비도 미치지 않았을 거라고 생각하고 또 생각했다.

항식이는 그 일이 있고 난 후 동네 지서부터 읍내 경찰 본서까지 불려 가 조사를 받았는데 경찰은 항식이의 죄를 묻지 않았다. 정황도 그렇고, 군수를 두 번이나 하고 퇴직한 항식이 조부의 입김이 경찰서에 들어간 듯했다. 오히려 논두렁 언저리에 꽁초를 던지기만 했지, 오히려 불을 낸 건 태우가 집어 다시 던진 꽁초 때문이라는 결과가 나왔다. 그것이 사실이었다. 경찰은 그렇다고 태우를 잡아들이지도 않았다. 어린아이에게 말 못 하는 제 누나 죽였다는 죄를 묻는다는 것이 경찰들도 부담인 것이다. 이런 수사 내용은 주변에 파다하게 퍼져 결국 태우가 불을 내긴 낸 거 아니냐는 말로 귀결되었다.

"야. 너 정말 부러 던진 거야?"

턱도 없는 말을 물어 오는 또래들에게 태우는 도끼눈을 뜨며 쳐다봤지만 그렇다고 대꾸하지도 못했다. 매일 혼자 울기도 지친 어린 태우는 누나가 보고 싶다는 말조차 꺼내지 못했다. 그나마 누나가 살아 있을 때 살림을 도와주던 아낙들이 가끔 동네 길가에서 태우를 보면 불쌍하다고 달래고 얼렀다. 태우는 그때마다 말없이 닭똥 같은 눈물만 흘렸는데, 보고 있던 아낙들도 한참을 따라 울었다.

결국 태우 아비는 연탄 장사를 접었다. 몇 푼 안 되는 월남전 참전 군인 수당에 가끔 정신 있을 때 동네 농사일 도와주고 받는 품삯으로 두 식구 겨우 입에 풀칠이나 하고 살아갈 뿐이다. 태우도 중학생이 되었는데 아비를 닮아 기골이 크고 운동 신경이 좋아서 학교 육상 선수로 뛴다. 시골 중학교에 선수 수급이 고만고만하니 어떨 땐 100m도 뛰었다가 어떨 땐 높이뛰기나 멀리뛰기도 했다. 누나 사고 이후로 말수가 부쩍 없어진 태우는 그나마 뛰고 달릴 때가 가장 행복했다. 자기가 잘하는 것이 있다는 것도 좋았지만 승부욕이 발동해서 1등을 하고 상장을 받을 땐 알 수 없는 희열감에 휩싸였다. 그러나 그도 잠시, 집에서는 술 취한 아비의 모진 말이 여전했다.

"야 이놈의 새끼야. 운동장 만날 뛰 댕긴다고 돈이 나와 쌀이 나와? 엄한 짓거리 하지 말고 공부나 해!"

지난가을. 도(道) 소년 체전에 출전해서 중등부 100m 1등을 하고 왔을 때 아비는 태우의 상장을 찢어 버리며 이렇게 소리쳤다. 거기에 또 누이의 일을 들먹이는 것은 당연했다. 태우는 결국 폭발했다. 사춘기에 접어든 나이, 그동안 쌓인 슬픔, 분노, 억울함이 모조리 터져 나와 버렸다.

"왜 자꾸 내가 죽였다고 그래! 내가 그런 거 아냐! 내가 그런 거 아니라고!"

생전 처음 악을 쓰고 달려드는 자식에게 놀란 아비는 눈만 커다랗게 뜨고 온몸을 부들부들 떨 뿐이었다. 태우는 손에 들고 있는 트로피를 바닥에 내동댕이치고 대문 밖으로 뛰쳐나갔다. 결승선에 뛰어 들어오는 선수 모양의 트로피가 땅바닥에 처박히며 두 동강이 났다. 아비는 뛰어가는 태우와 마당 바닥에 널 부러져 있는 트로피를 번갈아 보며 당장 돌아오라고 소리쳤지만 태우는 이미 동네를 가로질렀다. 달려가는 태우가 시야에서 사라지자 아비는 결국 넋을 잃고 주저앉았다.

태우는 어느새 큰 논 앞 길가에 와 있었다. 누나가 볏짚단 속에서 타 죽은 곳. 그 일 이후로 쳐다보지도 않았던 곳이었다. 태우는 우두커니 멈춰 서 울었다.

"누나……."

눈물이 하염없이 나왔다.

"누나. 미안해."

미안하다는 말만 한참을 중얼거렸다. 시골 동네라 보는 사람이 없어 울기 편했다. 그렇게 한참을 울다 만 태우는 힘차게 코를 한번 풀어 재끼더니 작심한 듯 말을 내뱉었다.

"내가 안 죽였어. 내가 그런 거 아냐."

금방까지 눈물이 가득했던 태우의 눈에 독기 어린 빛이 보였다.

"엄마도, 누나도 내가 그런 거 아냐."

태우는 계속 씩씩거리며 숨을 거칠게 내뱉었다. 동시에 심장이 심하게 요동치는 것을 느꼈다. 자기도 모르게 주먹을 강하게 쥐었다. 태어나면서 엄마가 죽고, 엄마 같은 누이도 불에 타 죽었다. 발목에 굵은 쇠고랑을 찬 듯 마음속에 깊이 박혀 질질 끌려오던 두 개의 죽음을 태우는 떨쳐 내 버리려 했다. 찬바람이 세차게 불어왔지만 태우의 몸은 무섭게 뜨거워지고 있었다.

불화수소

2015년 여름.

"더 밟아!"

조수석에 앉아 있는 날카로운 눈매를 한 남자가 강하게 소리쳤다. 그러는 사이 구조공작차[*]는 도시를 벗어나 우회 고속도로에 올라섰다. 시뻘건 구조공작차 경광등이 앞과 옆에서 달리는 차에 비치면서 순간순간 번들거렸다.

찢어질 듯 울리는 사이렌 소리가 도로 방음벽을 넘어 옆쪽으로 가지런히 서 있는 주변 아파트를 뒤흔들었고, 그 소리에 놀란 주민들이 뭔 일인가 싶어 베란다 밖으로 고개를 내밀었다. 적재 중량만 8t이 넘는 구조공작차는 속도를 늦출 생각이 전혀 없어 보였다. 무

---

[*]   각종 재난 현장에서 구조 활동에 필요한 인력과 장비를 수송하는 소방차의 한 종류. 물을 뿌리는 소방차가 아님.

게에 속도까지 더해진 거대한 구조공작차의 타이어가 마치 아스팔트를 짓뭉개듯 달리고 있었다. 기관원** 양 부장은 팀장인 태우를 힐끗 보았지만 태우의 눈빛을 확인하고 구조공작차의 핸들을 다시금 꽉 잡았다.

'부와아앙~~!!!'

태우는 양 부장의 시선 따원 아랑곳하지 않고 모터사이렌*** 버튼을 사정없이 눌렀다. 앞서 달리던 다른 차들이 모터사이렌 소리에 놀라 속도를 늦추거나 옆으로 물러섰다.

"레벨 A급 화학 보호복 차에 몇 벌 있어?"

"세 벌 있습니다."

"그럼 나랑 중택이만 입는다. 성주는 양 부장이랑 차에 대기해. 중택이는 시약(試藥)**** 미리 준비하고!"

달리는 차 안에서 태우의 지시가 떨어졌다. 뒷자리 왼편에 앉아 있던 10년 차 구조대원 중택은 잠시 옆자리의 성주를 봤다. 성주는 표정 없이 아랫입술을 지그시 깨물고 있었다.

"직접 들어가시게요? 성주랑 제가 해도 되는데……."

순간 보조석에 앉아 있던 태우가 몸을 왼쪽으로 획 돌리며 중택이 앉은 쪽으로 고개를 뺐다. 동시에 턱으로 성주를 가리키며 소리치듯 말했다.

**　　　　소방차를 운전하는 소방관을 기관원이라고 칭함.

***　　　신호·경보를 알리는 사이렌으로 날개바퀴 회전에 의하여 높은 소리가 발생되며 음량이 매우 크다.

****　　화학 물질의 검출이나 정량을 위한 반응에 사용하는 약품.

"이 새끼 화학복 입고 버벅거리는 거 얼마 전 훈련 때 보고도 하는 소리냐?"

태우의 눈이 가늘게 되더니 다시 말했다.

"그리고 중택아. 너 언제부터 나한테 말대꾸했냐?"

말이 끝나기 무섭게 중택은 '죄송합니다'를 연발했고 성주는 시선조차 둘 곳 없어 마른침만 삼켰다. 순간 양 부장이 태우를 바라보며 말했다.

"현장 보입니다. 도착 1분 전!"

태우는 왼손에 잡고 있던 무전기를 입에 가져갔다.

"봉황, 봉황. 여기 봉황 구조. 현장 도착! 현장 도착!"

봉황은 본부 상황실의 무선명이고 봉황 구조는 태우가 속한 소방본부 특수 구조대의 무선명이었다. 태우는 늘 그랬듯 도착 1분 전이라는 기관원의 보고만 있으면 즉시 도착을 알렸다.

"봉황 구조 사칠. 현재 현장에 불산* 누출 심각한 상태고 구조 대상자 다수 있는 것으로 확인됨. 다른 구조대 현장 도착한 상태지만 진입 불가하다고 함."

"바보 같은 것들. 그럴 줄 알았어."

태우는 다른 구조대가 현장 진입을 하지 못하고 있다는 봉황의 무전 소리에 짜증 섞인 듯 읊조렸다.

"중택아. 알지? 불산이면 까딱하다가 골로 가는 거. 화학복 단단히 입어라. 우리가 들어간다."

---

* 　불화수소(HF)의 수용액. 무색의 자극성 액체로 공기 중에서 발연하며, 유독성으로 피부나 점막을 강하게 침투하기 때문에 매우 위험함. 심하게 노출되었을 때 사망할 수도 있음.

중택은 우리가 들어간다는 태우의 말에 놀라지도 않았다. 오랜 시간 함께하며 태우의 성격을 잘 아는 중택이다. 현장에서의 태우는 물러섬도 두려움도 없었고 늘 성공했으며 실패하지 않았다. 중택은 그런 태우를 믿었기에 항상 군말 없이 뒤를 따랐다.

도착한 입구에서 바라보니 이미 수십 대의 소방차가 빼곡히 줄지어 서 있었다.

"여기서부터 걸어 들어가야겠는데요?"

양 부장은 그나마 입구에서 가장 가까운 곳에 구조공작차를 욱여넣었다. 주위에서 웅성거리던 다른 소방차 기관원들은 눈을 가늘게 떠서 특수 구조대 글자가 선명하게 적힌 구조공작차 앞 범퍼를 보자 고개를 다른 곳으로 돌렸다. 이미 골목 인근은 소방차에 경찰차, 언론사 차량까지 발 디딜 틈 없었고 고만고만한 공장 지붕 저 어디쯤에서 허연 연기 아니면 무슨 구름 같은 게 꺼먼 밤하늘로 마구 올라오고 있었다. 다만 화재의 불은 무언가 태우는 재를 만들기 때문에 까만 연기가 주를 이룬다면 지금의 것은 분무기로 뿌리는 물과 같이 하늘로 치솟다가도 이내 옆으로 비산(飛散)했다.

태우는 중택이가 내려 주는 화학 보호복 케이스를 받아 들고는 골목 사이를 빠르게 내질렀다. 현장에서 뛰는 것은 다른 사고를 일으킬 수 있다는 매뉴얼을 어디서 본 것도 같은데 태우는 그딴 책 쪼가리에 있는 말 따위는 거들떠본 적도 없다. 오히려 어기적거리는 성주 보고 자신의 공기 호흡기 세트를 던져 주며 뒤처지지 말고 빨리 따라오라고 일갈했다. 중택은 이미 이런 태우의 모습에 익숙한지라 태우보다 앞서지도, 뒤처지지도 않게 뛰었다.

현장 지휘 통제소는 아수라장이었다. 관할 소방서 구조 과장이 현장 지휘팀을 맡고 있었는데 그의 사색이 된 얼굴이 사고의 심각성을 알게 했다.

"어떻게 할까요? 언론에서 난리인데… 일단 간단하게 브리핑이라도 하는 게 낫지 않을까요?"

과장 옆에 있던 구조 담당 계장은 아까부터 기자들에게 닦달을 당했는지라 빨리 무슨 말이라도 방송에 내보내야 한다고 말하고 있었다. 하지만 문제는 그것이 아니었다. 상황 전파야 누구라도 할 수 있었지만 어떻게 저 안에 있는 사람을 데리고 나오고, 또 어떻게 하늘로 치솟으며 뿜어져 나오는 불산을 멈추게 할 것인지에 대한 대책을 알려야 했다. 이미 관할 구조대가 세 차례 넘게 진입을 시도했지만 불산이 분출된 옥상은커녕 아래층에 쓰러져 있는 구조 대상자에게 접근조차 하지 못하고 있었다. 불산이 분출하며 공장 내부가 불산으로 뒤덮인 것도 문제였지만 복잡한 화학 공장 안에 두어 사람 겨우 올라갈 수 있는 옥상 계단 입구를 찾지 못한 탓이 컸다. 내부 사정을 잘 안다는 직원 서너 명의 말을 듣고 구조대원이 들어갔지만 모두 번번이 진입에 실패했다. 이미 전기가 모두 끊어진 공장 내부는 암흑이었다.

"어! 태우야!"

과장은 사람들 사이를 뚫고 들어오는 태우를 보고 반색했다. 하지만 다른 구조대원들의 반응은 엇갈렸다. 더러는 큰 눈으로 태우를 반겼고 더러는 굳게 입술을 닫으며 눈만 흘길 뿐이었다.

"여기 제가 잘 알아요. 저희한테 맡기세요."

긴말이 필요 없었다. 태우는 이미 작년 여름 이곳에서 불산이 허용 수량 이상으로 창고에 적재되었다는 민원을 받고 나와 본 적이 있었다. 태우가 속한 특수 구조대가 인근 관공서에서 유일하게 화학 구조가 가능한 기관이라 경찰이 동행을 요청했는데 그때 이미 태우는 내부를 눈여겨봐 놓았다. 불산의 위험성은 누구보다 잘 알고 있었다. 황산이나 염산보다 산성 수치는 낮더라도 불산은 인체에 더 치명적이다. 태우는 이런 사고가 날 것이라고는 여기지 않았지만 특유의 관찰력과 집요함으로 그때 이미 공장 내부를 머리에 그려 놓았다.

"중택아. 화학복 입고 나이트 라인 들어!"

태우는 가느다란 선에 전기가 들어가며 빛이 나오는 나이트 라인으로 통로를 개척할 모양새였다. 그것으로 다른 구조대도 진입할 수 있게 해야 했다. 공기 호흡기를 먼저 착용하고 중택에게 무전기 테스트를 지시했다. 면체* 안에서 흘러나오는 태우의 목소리는 놀랄 만큼 차분했다. 성주는 그런 태우가 화학 보호복을 쉽게 입을 수 있게 도왔다. 무게도 그렇고 뻣뻣하다 못해 접기도 힘든 재질의 레벨 A급 화학 보호복은 착용하고 나면 마치 우주복 같았다.

"가자."

태우와 중택은 조심스럽게 공장 안으로 발을 옮겼다. 태우의 한 손에 들린 고성능 랜턴이 가는 길을 비췄다. 말 그대로 공장 안은 한 치 앞도 보이지 않았다. 랜턴을 비췄지만 누출된 고농도 불산은 진한 안개처럼 모든 빛을 가로막았다. 발아래로 공장 바닥만 희미

---

* 소방관들이 착용하는 공기 호흡기의 안면부. 얼굴 전체에 밀착하여 외부보다 높은 압력의 공기를 공급해 숨을 쉴 수 있게 하는 장비.

하게 보였는데 얼기설기 삐져나와 있는 공장 기계 설비들이 발을 내디딜 때마다 아래에서 걸리적거렸다.

"오른쪽, 오른쪽."

태우는 기억을 더듬었다. 분명 입구에서 오른쪽으로 20m 안팎이었다. 그러면 사람 한 명 들어갈 만한 문 없는 입구가 있었고 거기로 들어가 열 발짝 안쪽에 철제 계단이 있었다. 그 계단만 찾으면 됐다. 뒤따르는 중택의 심장은 미치도록 뛰었다. 면체 안으로 불어 내는 자신의 숨소리만이 살아 있음을 느끼게 했다. 침착한 듯했지만 태우의 걸음은 빨랐고 그런 태우를 한두 번 겪는 것도 아닌데 중택은 여전히 태우의 움직임을 따르기가 버거웠다. 거기다가 중택의 화학 보호복 안쪽 시야 창에 김이 자꾸 서렸다. 분명 그저게 점검때 김 서림 방지제를 뿌려 뒀지만 긴장한 몸에서 나오는 열기와 차가운 외부의 냉기가 만나는 안면 보호 창은 금세 뿌옇게 흐려졌다. 중택은 그저 태우의 뒤에 바짝 붙을 수밖에 없었다.

태우는 기어이 오른쪽 벽을 따라 나오는 입구를 찾았다. 그런데 입구 양 옆으로 가득 쌓여 있는 드럼통 때문에 이제껏 먼저 들어온 구조대가 진입에 실패한 듯했다. 태우가 지난여름에 왔을 때도 그랬다. 태우는 드럼통 사이를 비집고 들어가려다가 귀찮은 듯 힘껏 밀어 자빠뜨렸다. 쿵쿵거리는 커다란 소리를 내며 드럼통은 보이지 않는 불산 안개 사이로 굴러 떨어져 사라졌다. 그제야 보이는 철제 계단은 좁고 가팔랐다. 가뜩이나 무거운 화학 보호복에 온몸은 이미 땀으로 젖어 버렸다.

둘은 계단을 올랐다. 태우의 발이 철제 계단을 밟을 때마다 텅텅거리는 소리가 공장 안에 울렸다. 오를수록 불산의 양이 얼마나 많은지 손을 눈앞에 갖다 대도 보이지 않을 만큼 시야는 더 나빠졌다. 그나마 다행인 것은 지금부터는 철제 계단보다 넓은 비상계단이었다. 가건물 형태의 공장인데 아마 증축하면서 이어 만든 것 같았다. 태우와 중택은 한 발 한 발 오감을 집중하며 계단을 올랐다. 화학 보호복 안에 입은 기동복이 땀에 젖어 피부에 들러붙으면서 무릎을 올릴 때마다 바지단이 당겨 올라갔다. 계단 난간이 있었지만 앞이 보이지 않는다는 공포와 함께 단 몇 그램이라도 화학 보호복 안으로 불산이 새어 들어오면 어쩌나 하는 두려움이 더해져 움직임은 갈수록 더뎌졌다. 높이도 알 수 없으니 그저 서너 바퀴 돌다 보면 나오겠지 하는 막연한 생각만으로 계단을 오르고 있었다.

'턱!'

태우의 오른발에 둔탁하고 물컹한 무언가가 걸린 것은 세 번째 계단참을 돌아 올라갈 때였다. 태우는 순간 의심할 것도 없이 자신의 발에 걸린 것이 사람임을 직감했다.

"중택아! 여기 사람!"

뒤따라오던 중택은 태우의 말에 마른침을 한 번 삼키고 아래를 봤다. 당연히 아무것도 보이지 않았고 두 발짝 더 오른 뒤 손으로 바닥을 더듬으며 촉감에 의지해 사람을 찾았다. 곧 두꺼운 화학 보호복 장갑 끝으로 사람의 딱딱한 머리가 만져졌고 미세하게나마 곱슬하고 짧은 머리카락도 느껴졌다. 중택은 본능적으로 사람의 어깨를 찾아 움켜잡으며 태우에게 외쳤다.

"제가 데리고 나가겠습니다!"

"아니! 그냥 둬. 이미 죽었어. 우린 불산 누출된 곳을 찾아야 돼!"

중택은 잠시 당황했다. 사람이었다. 살아 있을 가능성은 거의 없다지만 그렇다고 남겨 놓고 전진한다는 것이 이해되지 않았다. 중택은 태우의 목소리가 들리는 쪽을 바라보며 눈만 껌벅일 뿐이었다.

"나이트 라인 잘 깔아놨지? 빨리 무전해서 다른 구조대 진입시켜. 여기 요구조자 있다고. 그리고 우린 계속 진입한다."

"일단 사람부터 밖으로 빼시죠!"

"시끄러워! 판단은 내가 해. 빨리 무전해서 다른 구조대 보고 요구조자 밖으로 빼라고 해!"

토 달 수 없었다. 태우의 평소 스타일대로다. 판단은 얼음같이 냉철하고 말과 행동은 면도날처럼 날카로웠으며 모든 것은 철저하게 자신의 계산대로만 행동한다. 현장에서 절대 누구의 말도 듣지 않는 태우였다. 중택은 태우의 말대로 사람을 그냥 두고 다시 계단을 올랐다. 그러나 곧 중택은 태우의 말에 동의할 수밖에 없는 상황에 맞닥뜨렸다.

"하……. 이런."

쓰러진 사람이 두 명, 아니 세 명이 더 나왔다. 물리적으로 이들을 빠른 시간 안에 옮긴다는 것은 불가능했다. 태우의 판단이 맞을지도 몰랐다. 하늘 위로 솟구쳐 인근 수십 킬로미터 안쪽의 모든 생명체를 말라 죽일 수 있는 불산부터 막아야 했다. 중택은 가쁘게 나오는 숨을 크게 들이쉬며 무전기를 잡았다.

"지휘소, 지휘소. 여긴 봉황 구조! 3층에서 4층 사이 요구조자 네 명 발견!! 지원 인력 즉시 투입 바람. 나이트 라인 확인하며 진입할 것!"

나이트 라인을 강조하며 외쳤으니 다음은 다른 구조대의 몫이었다. 태우는 결국 옥상 입구까지 왔다. 입구 바깥은 안쪽보다 더 잘 보였다. 태우는 마치 비명을 지르는 듯 꽥꽥 괴성을 내며 커다란 파이프에서 뿜어져 나오는 불산을 눈으로 본 순간 온몸에 아드레날린이 미친 듯이 솟구쳤다.

"네놈이구나."

태우는 살아 움직이는 괴물을 본 듯 파이프로 다가갔다. 면체 속 호흡 소리는 더 거칠어졌지만 태우의 움직임은 어느 때보다 침착했다. 중택이 금방 뒤로 붙어 랜턴으로 파이프를 비췄다. 태우는 불산이 분출되는 가까운 곳에 분명 파이프를 잠그는 밸브가 있을 거라 생각했다. 천천히 손으로 파이프를 만지며 주변을 찾았다. 발은 이동하되 땅에서 떨어지지 않았다. 손으로 파이프를 더듬으면서도 밸브를 느낄 수 있도록 모든 감각을 집중했다. 찾았다. 5인치 정도의 파이프에서 더 작은 파이프로 이어지는 곳의 밸브였다. 태우는 밸브를 조심스럽게 오른쪽으로 돌렸다. 그런데 밸브가 헛돌았다.

"빠가 난 건가?"

나사산이 맞물리지 않아 밸브가 잠기지 않았다.

"팀장님! 이러다 화학복 다 녹아내리겠어요. 뒤로 좀 물러서요!!"

태우는 그제야 자신이 뿜어져 나오는 불산을 온몸 그대로 맞고 있다는 것을 느꼈다. 잠시 몸을 돌려 피해 봤지만 뿜어져 나오는 압력과 불산은 태우의 몸을 집어삼킬 듯 감싸고 있었다.

"다른 곳! 이쪽으로 이어지는 더 큰 밸브가 있을 거야. 거길 찾아야 해!!"

태우는 중택을 바라보며 외쳤지만 도저히 감을 잡을 수가 없었다. 태우는 다시 파이프를 손으로 더듬어 반대쪽으로 향했다. 어렴풋이 보이는 태우의 움직임을 따라 중택도 따라갔지만 폭포수처럼 솟구쳐 나오는 불산을 본 순간 중택은 간담이 녹아내리는 듯했다. 그 폭풍 속에서 몸을 가누기조차 힘들었는데 태우는 여전히 꿈틀거리며 다른 밸브를 찾고 있었다.

"찾았다!"

순식간이었다. 태우는 마치 길을 알고 있었다는 듯 반대쪽, 그러니까 대용량 불산 탱크의 메인 밸브를 찾아냈다.

"이리 와! 같이 돌려!"

태우와 중택은 함께 자동차 핸들만 한 밸브를 힘겹게 돌리기 시작했다. 두꺼운 화학복 장갑 때문에 밸브를 잡는 감각이 무뎌 손아귀에 힘이 제대로 들어가지 않았다. 밸브를 돌리는 두 사람 다 전완근이 터질 듯이 부풀어 오르는 것을 느꼈다. 하지만 멈출 수 없었다. 대용량 불산 탱크에서 나가는 관의 굵기만 봐도 어지간히 돌려서는 밸브가 잠기지 않을 것이라는 정도는 이미 눈치채고 있었다. 화학 보호복 안으로 보이는 태우의 얼굴이 심하게 일그러졌다. 면체 안으로 거친 숨을 쉬면서 내뿜는 두 사람의 호흡이 계속 가빠졌다. 화학복 안에서 '쉑! 쉑!' 하는 답답한 호흡 소리만 커질 뿐이었다.

"조금만 더!"

태우가 밸브를 돌리며 고개를 뒤쪽으로 돌려 뿜어져 나오는 불산을 바라봤다. 불산의 기세가 조금은 누그러뜨려진 것 같아 보여 둘은 더 힘을 냈다. 결국 잠기지 않을 만큼 밸브를 돌리자 불산은 더 나오지 않았다. 그제야 둘은 바닥에 털썩 주저앉았다. 화학 보호복을 벗어 버리고 싶은 마음이 굴뚝같았지만 거친 숨만 쉬며 서로를 바라볼 뿐이었다.

'삐익.'

중택의 공기 호흡기에서 경보음이 먼저 울렸다. 길지 않은 시간이었지만 운동량이 상당했으니 착용하고 있던 실린더의 공기가 이제 50바 압력밖에 남지 않았음을 알렸다.

"중택이. 많이 약해졌네."

비웃듯 놀리는 태우의 말은 면체와 화학 보호복에 가려 중택에게 전달되지 않았다. 태우의 말이 들리지 않았을 중택은 손짓으로 태우에게 무전을 하라고 엄지와 새끼손가락을 귀에 가져다 댔다. 태우는 그제야 무전기를 잡아 입으로 갖다 댔다.

"봉황, 봉황. 여기 봉황 구조. 불산 차단 완료. 반복한다. 불산 차단 완료."

손가락 하나 까닥할 힘도 없을 태우가 겨우 무전을 마치자 중택이 일어나고 태우가 뒤따라 일어섰다. 그때 옥상 입구 쪽에서 서너 명의 구조대원들이 화학 보호복을 입고 들어왔다. 관할 구조대와 다른 소방서에서 지원 온 구조대원들이었다.

"빨리도 온다."

태우가 내지른 말이 크지 않아 들리지도 않았을 텐데, 몇 명의 구조대원들은 태우의 얼굴만 보고도 섬뜩함을 느끼고 뒤로 물러섰다. 태우는 홍해가 갈라지듯 비켜서는 구조대원들 사이를 지나 옥상 계단 아래로 내려갔고, 중택이 그 뒤를 따르며 구조대원들에게 상황을 전달했다.

"불산은 더 안 나오는 것 같으니까 주변 위험 요소가 있는지 조금 더 살펴봐 주세요."

그 말을 하고 바로 태우를 뒤따르던 중택은 아까 올라올 때 쓰러져 있던 사람들이 없음을 알고 그래도 다른 구조대에서 사상자를 밖으로 끄집어낸 것 같아 다행이라 생각했다. 그들을 먼저 옮기는 것이 어땠을까 하는 생각도 했지만 팀장인 태우의 판단이 맞았음을 부인할 수는 없었다. 그래도 살았든 죽었든 사람부터 빼냈어야 하지 않았는가 하는 마음이 자꾸 드는 것도 어쩔 수 없었다. 태우와 지난 수년간 한 팀에서 많은 대형 사고 현장에 출동하며 그의 놀라운 실력은 이미 잘 알고 있었지만, 목적을 이루기 위해서라면 맹목적일 만큼 저돌적인 태우의 성정이 두려운 것도 사실이었다.

잠시 후 공장을 빠져나온 태우는 지휘부 텐트로 갔다. 태우는 양 부장의 도움으로 화학 보호복을 빠르게 벗어 재꼈다. 그리고 다 들으라는 듯 큰 목소리로 날카롭게 일갈했다.

"관할 구조대 녀석들 도대체 어떻게 교육시키는 거야?! 이런 출동 우리 없으면 안 돼?"

몰락

도청과 붙어 있는 소방 본부 주차장은 직원과 민원인 차들로 빼곡했고 매서운 늦가을 바람이 흙먼지를 일으켜 주차된 차 사이사이로 작은 회오리가 일었다. 입구 바리케이드는 들고 나는 차들로 연신 오르락내리락하고 있었고, 바로 옆 한쪽 구석 커다란 플라타너스 나무 아래에 검은색 세단 한 대가 서 있었다. 그 안에 아이보리색 소방 근무복을 입은 두 남자가 심각한 표정으로 대화를 나누고 있었다.

"그래서? 어디까지 보고 된 거야?"

보조석에 앉은 남자가 짙은 눈썹을 씰룩이며 시선을 차 앞 유리에 고정한 채 낮은 목소리로 물었다.

"오늘 오후에 본부장 보고 들어가요. 감사과장은 이미 결재했고요. 빼박입니다. 답 없어요."

운전석의 젊은 남자가 답했다. 둘이 입고 있는 근무복 어깨 계급장은 달랐다. 보조석의 남자는 소방 본부 인사기획과장인 설한국이었고, 운전석은 감사주임이었다. 감사주임은 설한국의 낮은 한숨이 적잖이 부담되었다. 그리고 이어지는 설한국의 말이 무엇일지도 짐작했다.

"결과가 어떨지 모르겠지만 일단 더 안 들어갔으면 좋겠다. 문책성 인사 정도면 되잖아? 안 그래?"

한국의 말에 감사주임은 말없이 고개를 끄덕이다가도 고개를 갸웃거리며 물었다.

"뭐……. 그 양반 워낙 해 놓은 게 많으니 그럴 만도 한데 사안이 크잖아요. 갑질에 금품갈취까지."

설한국의 왼쪽 눈썹이 치켜 올라가며 감사주임을 바라봤다. 그의 표정을 눈치챈 감사주임이 뭔가 뜨끔했는지 헛기침을 하며 잠시 차창 밖을 바라봤다. 잠시 짧은 한숨을 내쉰 설한국이 이내 부탁하듯 말했다.

"일단 알겠으니까 옆에서 분위기 잘 잡아 봐. 오늘 만나 보고 상황 전달할 테니까."

*

1998년 경남 진해.

눈을 가느다랗게 뜨고 내리쬐는 태양을 누워서 바라보고만 있었다. 더 이상 움직일 힘은커녕 입술조차 벌리기 어려웠다. 가늘게 뜬 눈 사이로 강한 햇빛만 쏟아져 스며들 뿐이었다.

"어이. 68번. 죽고 싶어?"

빨간 모자를 쓴 덩치 큰 교관이 그런 태우의 머리를 군발로 툭툭 차며 말을 걸었다. 태우는 일어나고 싶었지만 도저히 그럴 수 없었다. 태우는 해군 특수전 부대 교육생이었고 그날따라 오전 체력 단련은 무지막지했다. 말이 체력 단련이었지 80여 명의 교육생을 한 시간 남짓 동안 모조리 초주검으로 만들었다. 그중에서도 유난히 깡마른 68번 교육생 김태우는 결국 흙바닥에 쓰러져 버렸다. 태우는 목구멍으로 뭐라도 말하고 싶었지만 그조차도 나오지 않았다. 교관들에게 자비 따윈 없었다. 결국 머리를 툭툭 차며 거친 말을 하던 덩치 큰 교관이 태우의 가슴팍을 발뒤꿈치로 밟기 시작했다.

"힘들면 당장 그만두고 집에 가!"

비명조차 지를 수 없었다. 군홧발이 가슴을 내리찍을 때마다 날카로운 무언가가 심장 깊숙이 박혀 들어오는 듯했다. 정말이지 그냥 죽고 싶었다. 그러다가 차츰 눈앞이 아득해졌다. 라이트를 켜지 않고 길고 긴 터널에 들어선 것과 같이 갑자기 주위가 까매졌다. 눈꺼풀 사이로 겨우 삐져 들어오던 햇빛은 곧 사라졌고 동기들의 기합 소리는 귀에서 점점 멀어져 결국 아무것도 들리지 않았다.

태우가 눈을 뜬 곳은 교육대 의무실이었다. 교육대 현관 옆쪽 계단 아래 간이로 만든 의무실은 말이 의무실이지 너절한 창고에 오래된 철제 침대 하나 딸랑 갖다 놓은 게 다였다. 눈은 떴지만 여전히 몸은 움직이지 않았다. 의무실 문 사이로 동기 교육생들의 고함 소리가 들렸다. 헉헉거리는 거친 숨소리가 섞인 거 보니 8km 구보를 막 끝내고 오는 길 같았다.

'털컥.'

의무실 문이 열리고 누군가 들어왔다. 문 뒤로 비치는 햇빛 때문에 얼굴을 알아보기 힘들었다. 천천히 걸어 들어오는 그는 교관이었고 왼쪽 가슴에 박힌 명찰 이름이 태우의 눈에 들어왔다.

"설한국 교관님⋯⋯."

"더 누워 있어."

눈만 껌벅거리며 누워 있는 태우에게 설한국은 차분히 말을 걸었다.

"군의관 말로는 저혈당이라는데 너 그럴 줄 알았다. 너 같은 교육생 한두 번 본 거 아니다. 그냥 쉬면 되니까 좀 더 누워 있어. 대신 링거 따윈 없다. 오전 교육은 건너뛰고 점심 든든히 먹고 오후부터 다시 들어가."

태우는 크게 대답하고 싶었지만 그럴 힘이 나지 않았다.

"그리고 너 처음 입교할 때부터 유심히 봤는데⋯ 열심히 하려는 건 알겠지만, 뭐랄까 타고난 게 약골 같은 느낌이야. 그러니 무작정 미친 듯 달려들지 말고 적당히 보면서 해. 수료해서 특수 요원되는 게 목표잖아. 독하다고 다 수료하는 거 아니다. 벌써 교육생 중에 절반이 퇴교했는데 거의 다쳐서 나간 놈들이야. 그렇게 되기 싫으면 눈치껏 해라. 알겠나. 68번?"

한국은 태우의 대답을 듣기도 전에 문 쪽으로 몸을 돌려 나가려 했다. 그러다가 갑자기 주머니에서 뭔가를 꺼내 태우의 배 위에 던져 놓았다.

"먹어. 단 거 먹어야 힘쓴다."

핫브레이크. 태우는 누나가 죽고 난 후 처음으로 누군가 자신을 감싸 주는 느낌을 받았다. 아버지는 태우가 고등학교 2학년이 되었을 무렵 죽었는데 그때까지 태우를 자식 취급도 하지 않았다. 아비가 죽고 나면 스스로 제 누이를 죽였다는 죄책감이 사라질 줄 알았다. 하지만 그렇지 않았다. 누이의 죽음과 아비의 죽음까지 태우에겐 오롯이 자신이 짊어지고 살아갈 운명임을 깨달았다. 그 운명을 이겨내기 위해서는 누구보다 강해져야 이 추잡한 굴레를 벗어날 수 있을 것 같았다.

고등학교를 졸업하자마자 자원해서 들어온 해군 특수 부대는 태우에게 가혹한 팔자를 한 번에 뒤바뀌게 할 수 있는 수도(修道)와도 같은 일이었다. 더 고통스럽고 더 괴로워야 누나를 죽인 자신의 죄가 씻겨 나갈 수 있다고 여겼다. 학대하던 아비에게 강한 모습을 보여 주고 싶었다. 그래서 물러서지 않았다. 훈련을 할 때면 가장 앞에서 뛰었고 목이 찢어져라 소리를 질렀다. 물속에서 숨 참기 훈련 때는 혼자서 4분이 넘는 시간을 버텼다. 이때부터 교관들과 동기들이 그를 독종으로 여기게 되었다. 까맣고 비쩍 마른 몸이었지만 독기 어린 눈이 태우의 성정을 보여 줬다. 교육 첫 주, 오른쪽 정강이에 생긴 피로 골절 따위 아픈 축에도 못 끼었다. 쉬는 시간에 물 마시기 바쁜 동기들이었지만 뛸 때 배가 출렁거릴까 봐 물도 마시지 않는 태우였다. 그렇게 더 힘들어야 했고 더 강해져야 했다.

수개월 뒤, 태우는 1등으로 교육을 수료했다. 동시에 설한국도 교관을 그만두고 자대로 복귀했는데 공교롭게 둘은 같은 팀에서 근무하게 되었다. 설한국이 태우를 좋게 봐 인사장교에게 같은 팀으로 배정을 부탁했다는 말이 돌 정도로 설한국은 팀의 막내인 태우를 몹시 아꼈다. 그럴 만도 한 것이 태우는 팀 생활도 독하게 했다. 내무실이나 사무실, 장비 창고 모두 태우 손만 거치면 먼지 한 톨 나오지 않을 만큼 깔끔하게 정리되었다. 그리고 사격, 강하, 잠수, 침투, 특공 무술 등 태우는 실전 능력을 하나씩 배워 나가며 자신의 능력을 인정받았다. 설한국은 그런 태우를 친동생 대하듯 했고 태우는 설한국을 친형처럼 따랐다.

태우가 팀 생활한 지 1년이 지날 때쯤 설한국이 헌병대에 잡혀갔다. 군수물품을 빼돌렸다는 혐의였다. 연말 장비 검열에서 전수 조사를 했는데 고가의 훈련 장비 수량이 비어 있음을 눈치챈 군수 장교가 보급 담당 선임상사였던 설한국을 의심해서 헌병대에 신고한 것이다. 태우는 설한국이 절대 그럴 사람이 아니라고 주변에 말했다. 부대 주임원사가 설한국을 구하기 위해 백방으로 뛰었다. 태우를 비롯한 같은 팀원들 모두 조사를 받았다. 당연하게도 태우는 설한국의 비리 행위에 대해 한마디도 하지 않았다. 설한국의 구명을 위해 부대장까지 나섰고 결국 설한국은 죄를 묻지 않는 대신 권고제대라는 형식으로 군복을 벗었다.

"간다. 잘 있어."

군을 떠나는 설한국에게 태우는 아무 말도 할 수 없었다. 유일하게 자신을 보듬어 주었던 누군가가 이제 곁에 없다는 외로움만 밀려올 뿐이었다. 태우는 설한국이 떠난 군대에 더 이상 매력을 느끼지 못했다. 자신을 알아준 이를 위해 목숨을 바친다는 남자의 낭만까지는 아니더라도 태우는 그를 따라가리라 마음먹었다. 그 후 4년 정도 더 복무한 뒤 특수 부대를 떠났다. 전역하고 한국에게 연락했는데 소방관이 된 한국이 태우에게 소방관 시험을 권했고 태우는 전역 후 2년 뒤 119 구조대원이 되었다. 한국은 기뻐했고 태우는 더 기뻤다. 그렇게 둘은 다시 소방이란 조직에서 만나 십수 년을 더 함께했다.

거센 비가 하루 종일 내리다가 해가 지고 나니 잦아들었다. 태우는 손목에 찬 시계를 연신 들여다보며 뛰듯 걸었다. 특수 구조대장이 뜬금없이 면담을 하자고 해서 붙들려 있는 바람에 퇴근이 늦어버린 것이다. 지난 화학 사고 출동 때 관할 소방서 지휘부 텐트에서 구조대원들의 무능함을 탓하며 소리 질렀던 것이 화근이었다. 그때 소방서 지휘관들의 불편한 심기가 본부를 통해 특수 구조대장에게 전달되었다. 하기야 소방위 계급의 태우가 고위급 간부들이 즐비한 지휘부에다 대고 그쪽 소방서 직원들을 마구 욕했으니 그럴 만도 했다. 어쩌면 특수 구조대장 선에서 면담하고 끝나는 것이 다행이기도 했다.

"에이. 망할 영감탱이. 괜한 소리를 해서 사람 시간 다 뺏고 말이야."

약속 장소에 거의 도착한 태우는 괜히 특수 구조대장을 탓했다. 유약한 성격의 특수 구조대장이 애써 부드럽게 타일렀지만 태우는 귓등으로도 듣지 않았다. 스스로가 책상머리에 앉아 이래라저래라 하는 지휘관들의 말 따윈 무시하며 지낸 지 오래다.

'일식집 교토'.

한자어와 일본어가 섞여 쓰여 있는 간판 아래 유리문을 열고 들어서자 태우를 알아보는 종업원이 늘 가던 중정 쪽의 방으로 안내했다. 태우는 문을 조심히 열고 인사를 했다.

"늦어서 죄송합니다."

인사하는 태우의 정면에 앉아 있던 설한국이 미소를 띠며 태우를 맞았다.

"어서 와. 최고의 구조대원."

설한국은 사람 좋은 웃음으로 태우를 맞았다. 화학 사고 현장에서의 태우 태도에 대해 익히 들었지만 설한국은 그것을 문제 삼지 않았다.

"대장이 갑자기 붙들고 잔소리해 대는 바람에 좀 늦었습니다. 오랜만에 뵙는데 오늘은 제가 살게요."

"누가 사든 그건 됐고. 연락 좀 하고 살자."

설한국의 인사치레에 태우는 그냥 씩 웃을 뿐이다.

"그런데 형님. 뭐 중요한 이야기라도 있는 거예요?"

설한국은 태우의 물음에 입맛을 다시며 뜸을 들였다. 어디부터 이야기를 해야 할지 오기 전부터 고민했지만 지금 말하지 않으면 안 될 일이었기에 음식이 나오기 전에 자초지종을 설명하기 시작했다. 설한국의 어조는 차분했지만 단호했다. 태우는 설한국의 말을 들으며 표정은 굳어지고 이마에 땀이 맺히기 시작했다. 설한국이 열거하는 태우의 사건은 심각성이 컸다.

"후배들은 왜 그렇게 못살게 해? 본부 감사과가 도청 쪽 민원이랑 특수 구조대 직원들 투서까지 두 개를 동시에 조사하고 있어. 그리고 넌 감사과에 불려 가서 조사받았으면 나한테 귀띔이라도 해야 할 거 아냐? 지금 막아내기가 매우 곤란한 지경인 거 알아?"

태우가 굳게 다문 입술을 겨우 열며 말을 했다.

"형님께 누를 끼치기 싫었습니다. 그리고 그 일들 다 저를 모함하려는 후배들이 지어낸 말도 많아요. 특히 금품 갈취는 말도 안 됩니다. 그 새끼들 진즉에 족쳐서 아예 말을 못 하게 했어야 하는데……."

"야! 태우야!"

불현듯 설한국의 불같은 일갈이 작은 방에 울렸다.

"이 새끼야! 너 아직도 이 사태의 심각성을 모르겠어? 너 지금 큰일 난 거야! 내가 지금 이거 막으려고 도청 인사계랑 우리 본부 쪽에 얼마나 비비고 있는지 알아?"

설한국의 말에 태우는 금방의 당당함은 사라지고 사색이 되어 이내 고개를 숙였다. 과거 자신을 가르치고 알아줬던 해군 특수 부대 교관 시절 설한국의 표정이 그대로 보였다. 태우는 기어들어 가는 목소리로 겨우 다시 입을 열었다.

"죄송합니다. 형님. 일이 이렇게 커질 줄 몰랐습니다. 제가 다 수습할게요. 징계가 내려지면 달게 받겠습니다. 화 푸십시오."

용서를 비는 태우의 말이 설한국은 들리지 않았다. 이미 돌아가는 상황은 설한국이 더 잘 알고 있었고 아끼는 후배를 그나마 소방 조직에 붙들어 매어 놓아야 하는 것이 당장의 과제였다. 태우가 같은 특수 구조대 후배들에게 돈을 빌리고 갚지 않은 행태나 출동에서 배제하고 훈련할 때 폭언과 신체 비하 발언을 했다는 증언이 줄줄이 나왔다. 태우의 과거, 태우의 심리, 태우의 지금 상황을 누구보다 잘 알지만 태우의 이런 행태까지 감싸 줄 수는 없었다.

"그냥 입 닥치고 내 말대로 행동해. 조만간 개별 인사조치 내려올 거야. 너 하나만 다른 곳으로 발령 낼 거라고. 그러니 두말 말고 조용히 따라. 어디로 가는지 궁금해하지도 말고, 무슨 업무 하는지 묻지도 마. 그나마 네놈이 현장에서 새운 공도 많고 인지도가 있으니까 겨우 막아 낸 거야. 또 빌린 돈은 소액이니 당장 갚으면 되고, 갑질이나 폭언은 겨우 감사과와 인사과에서 너 인사 조치하는 것으로 특수

41

구조대 후배들 하나하나 달래는 중이고. 어휴. 무슨 말인지 알아?"

태우는 저 깊은 곳에서부터 모욕감과 부아가 끌어 오르는 것을 느꼈지만 설한국이 하는 말에 고개를 끄덕일 수밖에 없었다. 한국이 아닌 다른 사람이었다면 이미 상을 뒤엎고 주먹을 날렸을 것이다. 설한국이 하는 말이 틀린 것은 없었지만 태우는 억울했다. 후배들에게 했던 갑질이라는 것은 자신의 입장에서는 강하게 가르치기 위한 저만의 방법이었기 때문이었다.

"네, 알겠습니다. 그렇게 할게요."

태우는 낮은 목소리로 겨우 한국을 진정시킨 후 말을 이었다.

"어디로 가는지만 좀 알려 주면 안 됩니까? 어느 소방서입니까?"

태우는 진심으로 그것이 궁금했다. 10년을 넘게 특수 구조대에서 화려하게 생활했다. 대한민국을 떠들썩하게 했던 대형 사고부터 언론의 주목을 받았던 수많은 출동, 해외 파견 그리고 다양한 교관 경험까지 이곳에서 이룬 것을 두고 가야 할 곳이 어딘지 궁금했다. 한국은 태우를 힐끗 본 후 말했다.

"흑산."

한국의 짧은 대답에 태우의 미간이 심각하게 일그러졌다. 그런 표정이 나오면 안 되는 줄 알면서도 자기도 모르게 인상은 더 굳어졌다.

"흑산이요? 거묵골 말입니까?"

"응. 거묵골. 거묵골 구조대로 가. 그곳만이 네가 살길이다."

거묵골. 태우는 기가 차고 갑갑한 생각만 들어 더 이상 대꾸하지 않았다.

거묵골

"이봐. 김 팀장. 뭐 거묵골 거기가 산세가 좀 험해서 그렇지 요즘은 이것저것 들어오고 인구도 조금 늘었다고 하더구먼. 더구나 자네가 근무할 구조대 사무실이 그나마 시내 쪽에 붙어 있어서 환경이 나쁘지 않아. 꾹 참고 한 1년만, 아니 6개월 정도만 있어 봐. 본부설 과장이 어련히 알아서 다시 불러들일까?"

특수 구조대 팀장실 안에서 옷가지를 가방에 밀어 넣고 있는 태우를 문 밖에서 멀찌감치 바라보며 주절대던 특수 구조대장의 표정이 딱 여기까지 말하더니 노랗게 변했다. 태우의 불같은 성격이 대장인 자신에게도 느껴졌기 때문이었다.

"아니. 뭐. 내 말은……."

"제가 알아서 하겠습니다. 대장님."

"흠. 흠."

금방이라도 대들 것 같은 태우의 눈빛을 보고 괜한 헛기침만 두어 번 한 후 대장은 자기 사무실로 들어갔다. 사무실 문을 닫자마자 슬그머니 문 밖으로 고개를 돌려보며 이렇게 말한다.

"네놈 평소 하는 꼬락서니 보면 거북골도 양반이다. 설 과장은 저런 놈이 뭐가 좋다고 살려 둬 살려 두길. 버르장머리 없는 녀석 같으니라고. 이참에 아예 옷을 확 벗겼어야 했는데."

소심한 성격이었지만 평소에도 말 많은 양반이었다. 그런데 그 역시 태우 앞에서는 꿀 먹은 벙어리였다. 태우의 성격도 있고 특수 구조 분야에서 그에게 맞설 사람은 본부 아니 전국을 뒤져도 찾기 어려웠기 때문이다. 계급도 위고 나이도 많은 특수 구조대장이 그런 태우를 고깝게 보기 만무했다. 특수 구조대원들이 태우의 갑질을 감사과에 투서하기 전 대장과 우선 면담을 할 때도 그들을 타이르거나 말리지 않은 이유도 그것 때문이었다. 오히려 태우의 행태를 들은 그는 감사과장에게 직접 전화를 걸어 태우를 맹비난하기도 했다.

태우는 커다란 다이빙 백*에 짐을 겨우 다 담고 사무실을 나섰다. 어제 한국에게 들은 개별 인사 조치는 오전 9시에 출근하자 이미 공문으로 나와 있었다.

소방위 김태우.
흑산 소방서 구조대 근무를 명함.

미리 한국의 언질을 받았음에도 태우는 또다시 치밀어 오르는 화

---

*　　　스쿠버 장비를 넣는 대용량 캐리어.

를 억지로 눌러야 했다. 발령 공문을 보자마자 아침 조회에서 대장은 태우의 인사이동 소식을 전 직원이 보는 앞에서 전했고 짧게는 2년, 길게는 7~8년을 함께 근무했던 특수 구조대원들은 대장의 말을 듣는 둥 마는 둥 먼 산만 바라봤다. 그때 태우는 솟아오르는 모욕감을 겨우겨우 참고 있었다. 이곳에서 죽을 고비를 수없이 넘나들며 일했다. 목숨 바쳐 일했고 인정받기 위해 자신의 모든 것을 걸었던 지난 10년이 이렇게 끝난다는 생각에 차마 고개를 들 수 없었다. 간단한 인사라도 하라는 대장의 말에 태우는 말없이 일어서 사무실을 나왔다. 곧 중택이가 뒤따라 나오며 혼자서 태우를 배웅했다.

"형님. 너무 노여워 마십시오. 철없는 후배들입니다."

"꺼져. 인마!! 너도 한패지? 내가 네놈들을 어떻게 키웠는데 감히 뒤통수를 쳐? 잘 먹고 잘 살아라 이 새끼들아!!"

중택은 고래고래 소리치며 악다구니하는 태우를 무표정하게 바라만 봤다. 그것이 자신을 향한 말이 아니라는 것쯤은 이미 알고 있었다. 중택은 5년 동안 태우를 따랐다. 태우가 구조 반장일 때부터 진급해서 팀장이 될 때까지 그와 함께 수많은 현장을 누볐다. 중택은 태우를 진심으로 존경했지만 그것은 구조대원으로서의 능력에 한해서였다. 인간적이지 못하고 자신의 목표만을 위해 후배들을 이용하는 태우에게 중택은 몇 번의 직언을 했었다. 하지만 그때마다 돌아온 것은 쌍욕과 무시였다. 감사과에 태우를 투서한 서너 명의 후배들이 중택에게 함께 하길 요청했지만 중택은 그러지 않았다. 어쩌면 가장 많이 당했을지도 몰랐는데 중택은 차마 자신을 길러준 태우를 미워할 수 없었다.

"형님. 몸조심하십시오. 꼭 다시 뵙겠습니다."

"하……."

인사하는 중택의 낮은 목소리에 태우는 고개를 숙였다. 눈물이 났다. 모든 것이 무너지는 기분이었다. 갑질? 훈련하며 욕 몇 번한 거. 체력이 약한 팀원들에게 돼지 새끼라며 놀린 거. 현장 활동이 어설픈 막내 구조대원에게 너는 특수 구조대와 어울리지 않으니 꺼지라고 한 거. 태우는 이런 자신의 행동을 당연한 것이라고 여기고 있었다. 모든 것이 특수 구조대를 위하고 소방 조직을 위한 것이라고 여겼다. 하지만 그것은 명백한 잘못이었다.

"기다려. 반드시 다시 돌아와서 나 이렇게 만든 놈들 가만 두지 않을 테니까."

태우가 중택에게 마지막 말을 남기고 차 트렁크에 짐을 실었다. 그런 후 주저 없이 특수 구조대를 빠져나왔다. 태우는 달리는 차 안에서 내비게이션을 눌렀다.

'흑산 소방서. 34km. 40분.'

내비게이션의 안내 문구를 보자 또다시 한숨만 나왔다. 특수 구조대 역시 도심과 조금 떨어진 곳이었는데 여기보다 40분을 더 달려 들어가야 나오는 시골이라 생각하니 짜증이 솟구쳤다.

"그래. 갈게. 내가 간다! 가면 될 거 아니냐고!!!"

흑산군은 예로부터 탄광 지대였다. 온통 산으로 둘러싸여 있고 옆에서 잘라 보면 솥뚜껑을 엎어 놓은 듯한 모양새였다. 그래서 오래전부터 '거묵골'이라고 불렀다. 산이 까매서 그랬을 거고 솥뚜껑이 까매서 또 그랬을 것이다. 일제 강점기에는 수많은 사람들이 이곳에서 강제 노역에 동원되며 탄을 캐고 날랐다. 가진 것 없는 민초들은 일제의 탄광 회사에 고용되었고, 끼니도 해결하지 못할 품삯을 받았지만 그게 어디냐며 노예처럼 살던 시절이 거의 30년이었다. 해방되고 전쟁을 거쳐 산업화를 맞으며 탄광 수요가 솟구쳤다. 그러면서 한때 인근 여러 군(郡) 중에서 현금이 가장 많은 부자들이 모여 살던 곳이기도 했다.

흑산군 중심지였던 흑산면에는 '소리천'이라는 작은 하천이 흐르는데 주위로 커다란 도시가 있고, 낮이고 밤이고 흥청이던 그런 동네였다. 산세도 험하고 토박이들의 텃세가 심해 객지 사람들이 버티기 힘든 곳이었지만 돈 있는 자들에겐 지역 유지들도 머리를 조아리긴 마찬가지였다. 하지만 돈은 몇몇 탄광업자들의 수중에서만 넘쳐났고, 흑산 사람이나 탄 캐러 온 객지 인부들은 고만고만한 노동자였을 뿐이었다. 그러다가 90년대 중반을 전후로 탄광업이 쇠락하며 돈을 쥐고 있던 업자들은 하루아침에 거묵골을 떠났다. 그들에게 손과 발을 비벼 대며 연명하던 지역 유지들은 일거리를 찾지 못해 전전긍긍했다. 인근 다른 군은 너른 땅덩어리를 밀고 헐값에 땅을 분양하며 산업 단지를 조성했다. 그렇게 일찍이 발 벗고 자생해 나간 다른 곳과 거묵골은 무척이나 비교됐다. 석탄 팔아 남아도는 돈으로 겨우 만든 것은 유흥업소나 불법 도박장이었다.

거묵골은 결국 쇠락했고 한때 10만이 넘었던 인구가 3만도 되지 않은 시골 깡촌이 되어 버렸다. 2000년대 들어 그나마 서울로 출향한 정치인이나 기업인 몇몇이 중앙정부를 설득하여 소리천 하류 쪽으로 산업 단지를 조성하면서 망조 낀 이곳을 겨우 심폐 소생했는데 그래 봤자 가내 수공업이나 별반 없는 조악한 공장들뿐이었다.

소리천 상류 쪽은 상권이 남아 은행이나 마트가 있는 건물을 중심으로 먹고 마시는 가게 몇몇이 되지도 않는 장사 중이었고, 그 아래 양쪽으로는 사람 사는 주택가가 늘어져 있었다.

탄광촌 아니랄까 봐 인부들이 살던 사택이 여전히 남아 있었는데 한때 탄광촌의 추억을 남겨 관광객을 유치한답시고 철도 다시 하고 떨어진 문도 올려붙였지만 언 발에 오줌 누기였다. 태생이 워낙 촌구석이라 수십 킬로미터 떨어진 고속도로에서 이곳까지 들어오기도 여간했고, 앞뒤 좌우로 막힌 산세만큼 객지인들 보는 눈이 곱지 못했으니 찾아오는 이들 대다수가 금세 돌아 나갔다. 시절이 바뀌며 근근이 아파트가 들어서긴 했는데 멀리서 봐도 희끗 벗겨진 도장이 지은 지 오래되어 관리라고는 되지 않는 형편이라는 것을 한눈에 알 수 있었다.

소리천 중류에 굽이쳐 나오는 큰 바위 옆에 있는 영진아파트라는 곳은 그나마 외관이 반질반질했다. 이유인즉 영진아파트 옆으로 면사무소와 파출소 그리고 소방서가 있었기 때문이었다. 아파트 주위로 공공기관 몇 개가 붙어 있는 곳이니 공무원들 거처도 되고 사택도 됐다.

흑산 소방서도 거기에 있는데 노란색인지 누런색인지 구분도 안되는 색을 띤 2층짜리 건물이었다. 한쪽 벽면에 빨갛고 큰 글씨로 '흑산을 안전하게, 군민을 편안하게'라는 표어가 볼품없이 세로로 가지런히 쓰여 있었다. 1층에는 작동이나 될지 의심 가는 커다란 차고 셔터가 활짝 열려 있었고, 그 안에 빨간 소방차 서너 대와 구급차, 지휘차 등이 가지런히 서 있었다. 흑산 소방서 역시 거묵골의 역사와 같이 했다. 잘나가던 시절 개서(開署)했던 당시에는 서장들이 가장 근무하고 싶어 했던 소방서였다. 돈이 넘쳐흐르는 동네에서 기관장 노릇이 퍽 좋았던 것이다. 하지만 지금은 갓 진급한 신참 서장이나 퇴직을 얼마 남기지 않은 말년 서장들이나 배치되는 곳이 되었다.

태우의 SUV가 흑산 소방서 뒷마당에 있는 주차장에 들어섰다. 태우는 차 문을 열고 내리면서부터 미간을 찌푸렸다. 때마침 불어오는 바람에 나뒹구는 낙엽이 태우 쪽으로 날아오자 습관성 짜증에 욕지거리가 자동으로 나온다. 그렇게 뭐라 뭐라 투덜대며 후문을 지나 1층에 입구에 들어섰다.

"어떻게 오셨습니까?"

1층 흑산 119 안전 센터 직원이 태우를 보고 말을 걸었다. 태우가 자신을 알아보지 못하는 직원에게 표정이 굳어지며 말했다.

"본부 특수 구조대 1 팀장 김태우인데……."

여기까지 말하고 태우는 말을 멈췄다. 그리고 한숨을 크게 쉰 뒤 다시 말했다.

"오늘 여기로 발령 난 소방위 김태우요. 행정과가 어디요?"

직원은 표정하나 변하지 않고 무덤덤하게 답했다. 그는 태우가 누군지 전혀 모르는 눈치였다.

"2층이요."

말이 짧았다. 흑산 소방서 직원들의 절반 이상은 거묵골 출신들인데 이곳 사람들 아니랄까 봐 외지인 보는 눈이 까칠한 건 매한가지였다. 태우는 순간 욱했지만 얼른 대충 신고나 하고 이곳을 벗어나려고 그냥 2층 계단으로 발을 옮겼다. 먼저 행정과에 들어서 행정과장을 면담했다. 행정과장은 설한국의 임용 동기다. 과장은 소방서 생활 25년 중 내근에서만 23년을 보낸 사람인데 소방서보다 옆에 있는 면사무소가 어울릴 법한 사람이었다. 융통성 없기로 소문이 나 일 잘한다는 말만 듣고 승진에는 늘 찬밥이었다. 그런 행정과장은 태우가 찾아오자 살갑게 맞았다.

"본부 설과장이 이미 전화했어. 그냥 한 1년? 아니 6개월만 푹 쉰다 생각해. 불편한 거 있으면 언제든 이야기하고."

태우는 과장의 말에 감흥도 없었고 오히려 그나마 가라앉은 부하가 다시 치밀어 오를 듯했지만 애써 웃으며 그러겠다고 했다. 하지만 태우도 과장의 생각과 다르지 않았다. 굳이 힘쓸 거 없이 그냥 시간만 때우면 될 곳이었다. 한편으로는 그래도 행정과장이 자신을 알아봐 주는 것 같아 불편한 마음이 조금 가라앉았다. 이런 촌구석에 머물 태우가 아니라는 말을 과장이 할 때는 자칫 웃을 뻔도 했다. 과장은 금세 정색하고 다시 말했다.

"서장실 들어갈 거지? 그 영감도 옛날 같지 않아. 대충 인사만 해."

"소방위 김태우."

악수하는 태우가 관등성명을 대면서 동시에 흠칫했다. 손을 잡는 홍창성의 손바닥이 마치 거북이 등껍질처럼 거칠었기 때문이었다. 손아귀 힘도 보통이 아니었다. 퇴직을 불과 1년 남긴 소방서장. 머리가 하얗게 세어버린 노인. 볕이 좋은 날 서장실의 난(蘭) 화분 열댓 개를 밖에 내놓으며 물 주는 것이 유일한 낙인 뒷방 늙은이. 도내 소방서 중 가장 별 볼 일 없는 소방서의 서장을 맡고 있는 남자.

홍창성. 하지만 태우는 안다. 그가 전설의 구조대원이었음을. 80년 대 후반 도청 화재 때 혼자서 16명을 구조한 일은 대한민국 소방 역사에 가장 전설적인 구조 장면으로 남아 있다. 그 일로 홍창성은 전국적인 유명세를 탔다. 거기에 부산 구포역 열차 사고, 삼풍백화 점 붕괴, 성수대교 붕괴, 서해 훼리호 침몰 등 대형 재난 사고 때마 다 가장 먼저 차출되어 산 사람이고 죽은 사람이고 그의 손으로 들 어낸 몸만 수백이라는 것도 익히 알고 있다.

"흑산 소방서에서 근무하게 되어 영광입니다. 서장님!"

마음에도 없는 말을 내뱉는 이유는 홍창성 서장이 같은 구조대원 대선배이자 전설의 구조대원이기에 그에 대한 예우쯤은 해야겠다 는 생각이 들어서였다.

"정말?"

태우는 인사를 받기는커녕 대뜸 되묻는 홍창성의 말에 잠시 당황 했다. 그리고 뭔가를 들킨 것 같은 느낌이었다. '뭐지? 이 사람.' 홍 창성은 지금껏 태우가 만나 온 동료 소방관들과는 다른 알 수 없는 기운을 강하게 풍기고 있었다.

"정말 여기서 근무하게 되어 좋은 거야? 정말 그런 거야, 김 팀 장?"

"아… 네. 물론입니다."

마음에도 없는 말을 또 해 버렸다. 길어야 6개월이면 자신을 다 른 곳으로 발령 낼 거라는 것쯤은 서장도 알 법한데 무슨 장난인지 굳이 본심을 떠보는 홍창성의 첫인사가 태우는 달갑지 않았다. 동 시에 알 수 없는 두려움까지 엄습했다.

"농담이야. 농담. 있는 동안 잘해 주게. 대한민국 최고의 구조대원이 이런 시골에 왔으니 우리 서 구조대원들에게 고급 구조 기술 전수도 좀 주고."

그제야 편하게 말하는 홍창성을 보며 태우는 내심 안도했다.

"네, 감사합니다. 열심히 하겠습니다."

홍창성 서장과의 짧은 인사를 나누고 소방서를 나선 태우는 자신의 등줄기에 식은땀이 흘렀다는 것을 그제야 깨달았다. 전설의 구조대원 홍창성. 그를 직접 만난 것은 처음이었다. 어디 가서 누구에게 기(氣)로 눌려본 적 없는 태우가 퇴직을 코앞에 둔 백발의 노인 앞에서 꼼짝도 못 하는 자신을 보게 된 것이다. 왠지 모를 부끄러움이 밀려왔다. 갑질과 폭언으로 징계를 받아도 모자랄 자신이 겨우 처벌을 면하고 이곳으로 좌천되어 온 것쯤은 이미 이곳에도 소문이 났을 것이다. 태우는 그런 상황을 별것 아닌 것쯤으로 생각하고 있었다. 자신이 가진 커리어와 실력이 모든 논란을 불식시킬 거라 여겼기 때문이다. 하지만 카리스마로 자신을 압박하는 듯하는 홍창성을 보고 난 후 생각지 않은 부끄러움이 조금 들긴 들었다. 하지만 그것도 잠시 태우는 애써 고개를 저으며 당당하다는 듯 홍창성과의 인사를 애써 잊으려 노력했다. 그러면서 뒤 돌아 흑산 소방서 건물을 보았다.

"카악. 퉤~!"

태우는 가래침을 주차장 바닥에 한 무더기 뱉어 놓고 차에 올랐다.

"누가 뭐라고 하든지 난 곧 떠날 몸이니 신경 안 쓸란다."

태우는 자신이 근무할 구조대로 차를 급히 몰아 소방서 주차장을 빠져나갔다.

"왈왈왈!!"

아까부터 상순이가 이리저리 뛰며 짖어 대는 이유를 채치우는 알수가 없었다. 낯선 사람이 구조대 앞으로 지나가도 멀뚱멀뚱 쳐다보기만 하는 게 상순이의 성격이었다. 2년 전 들개가 새끼를 네 마리나 자기 마당 구석에 낳아 놓고 갔다는 신고를 받고 가서 데려온 아이였다. 그중 암놈 하나만 남기고 유기견 보호센터에 보냈다. 상순이만 이곳 흑산 구조대 그러니까 거묵골 구조대에 남겼다. 산 같은 남자들만 그득한 곳에 하얗고 자그마한 강아지 한 마리 들여놓자는 의견을 낸 기관원 한상수 반장의 의견을 대원들이 따른 것이다. 그래서 이름도 한상수 반장의 이름을 따 상순이라고 지었다.

아침마다 출근하는 구조대원에게 조르르 달려가 비비고 꼬리를 흔드니 아무리 감정 표현 무딘 구조대원들이라도 누구 하나 싫어하는 이가 없었다. 녀석의 단점이라면 사람을 너무 좋아하는 것이었는데 구조대 앞으로 나 있는 큰길 따라 지나는 사람들이 하나라도 보인다 싶으면 뒤따라가고 싶어 안달이 난다. 한상수 반장이 다른 곳으로 발령받아 가고 나서 같은 기관원인 채치우 반장이 몇 번을 나무라고 다그치니 이제야 멀찍이 서서 보기만 한다. 그래도 혹여 엄한 사람 따라가지는 않을까 채 반장은 내심 불안하다.

"왜 자꾸 짖고 그래?"

구조공작차 앞 유리 와이퍼를 교체하러 온 채 반장이 아까부터 저답지 않게 자꾸 짖는 상순이를 보고 말을 걸었지만 녀석은 그때만 잠깐 덜 짖을 뿐 어느새 큰길가를 바라보며 짖고 또 짖었다. 그때였다. 까만 SUV 한 대가 큰길에서 급하게 좌회전을 하며 구조대 앞마당으로 우악스럽게 밀고 들어왔다. 소방서와 다르게 안전 센터

나 구조대는 대문이라 부르는 출입문이 없다. 빠르게 출동하기 위해 도로가 큰길을 정면으로 바라보며 있기 때문이다. 하지만 거묵골 구조대는 큰길에서 다시 좌회전해서 골목길로 들어와야 했다. 골목길이 아스팔트가 아니라 먼지가 많이 일었는데 태우의 검은 차가 벌써 먼지에 뒤덮인 것은 말할 것도 없었다. 태우의 차를 보자 그제야 오늘 새로운 팀장이 온다는 공문을 본 기억이 난 채 반장이 눈앞에 성큼 멈춰 선 차 쪽으로 천천히 다가갔다. 동시에 차문이 열리고 태우가 내렸는데 왠지 표정이 좋지 못했다. 거기에 상순이는 태우의 발아래에 바짝 붙어 유난스럽게 짖기만 했다.

"뭐야? 이 개는? 저리 가!"

태우가 다가오는 채 반장을 힐끗 보더니 바로 상순이에게 소리쳤다. 채 반장은 이내 사람 좋은 웃음으로 태우에게 말했다.

"녀석이 좋아서 그럽니다. 김태우 주임님이시죠? 반갑습니다. 소방장 채치웁니다."

채 반장은 팀장이라 불러야 할 것 같았지만 통상 소방위 계급을 칭하는 주임으로 첫인사를 건넸다. 채치우의 인사에 태우는 표정 없이 가볍게 악수만 나눴다. 그리고 난 뒤 구조대 청사를 상하좌우로 한참을 훑었다. 2층짜리 작은 건물인 구조대 청사는 한눈에 봐도 오래되고 낡아 보였다. 건물을 도색해 놓은 누런 페인트가 군데군데 벗겨져 있었고, 사무실 출입문 유리는 금이 가 투명 테이프가 덕지덕지 붙여져 있었다. 차고 앞바닥은 콘크리트로 되어 있었는데 군데군데 구멍이 나 있었다. 청사 한쪽 등나무 아래 대원들의 휴게 공간으로 보이는 곳에는 쓰레기통으로 쓰는 녹슨 냄비에 담배꽁초가 그득했다. 청사 옥상 국기 게양대에 펄럭이는 태극기 색은 누렇다 못해 시커맸고, 그 옆 한 칸 아래 매달려 있는 주황색 소방기는 빛이 바래 살구색처럼 보였다.

"여기 오래됐죠?"

"네?"

떨떠름한 표정으로 묻는 태우의 질문에 채 반장은 뭐라고 답하려 했지만 태우는 벌써 구조공작차와 출동 버스가 세워져 있는 차고 쪽으로 걸어간 뒤였다. 으레 전입해 오는 직원들은 사무실로 가서 구조대장과 동료들에게 먼저 인사를 나누는데 태우는 무엇 때문인지 차고부터 보기 시작했다. 태우는 구조공작차 앞에 서서 위아래로 차를 훑었다.

"와…… 이거 완전 똥차네. 똥차. 굴러는 가요?"

태우가 눈살을 찌푸리며 채 반장에게 물었다. 번질번질한 고성능 최신 구조공작차를 어제까지 타고 다니던 태우 눈에는 지금 눈앞에 보이는 고물 구조공작차가 마음에 들 리가 없었다. 아닌 게 아니라 거묵골 구조대의 구조공작차는 이미 사용 가능 연한이 지났다. 하지만 예산 부족으로 아직도 출동 차량으로 쓰이고 있었는데 빨간 외관은 빛이 바래 거무튀튀했고, 범퍼며 문짝이며 여기저기 까이고 패인 자국이 덕지덕지했다.

"오래된 녀석입니다만 성능 자체는 문제없습니다. 거묵골 구조대에서 산전수전 다 겪은 녀석입니다."

채 반장이 나지막이 설명하는 사이 어느새 태우는 차고 안쪽 구조 장비 창고 문을 거칠게 열어재끼고 있었다. 창고 안을 두어 바퀴 천천히 돌아본 후 혼자서 혀를 차며 말했다.

"창고 정리해 놓은 꼬락서니 하고는……. 쯧."

뒤늦게 태우 뒤에 붙은 채 반장이 애써 말을 다시 걸었다.

"정리를 한다고 하는데 출동이다 뭐다 다녀오면 조금씩 어질러 지고는 합니다. 그래도 이만하면 다른 구조대보다는……."

"됐습니다. 변명 안 하셔도 돼요. 제가 장비 담당하는 직원 교육 좀 시키죠. 뭐."

채 반장은 괜히 면구스러운 표정으로 고개를 끄덕였다.

"근데… 기관원이시죠?"

태우는 이제야 채 반장과 눈이 제대로 마주쳤다. 그리고 채 반장을 위아래로 훑어봤다.

"네. 맞습니다."

"아닙니다. 일단 됐고, 사무실에 구조대원 누구라도 있으면 좀 오라고 하세요."

채 반장은 태우의 행동에 불쾌감보다 황당함을 느꼈다. 나이가 자신보다 훨씬 많아 보이는 채 반장을 태우는 초면에도 거리낌 없이 대하며 마구 지시했다. 새삼스러울 것도 없는 태우의 모습이었다. 채 반장도 익히 소문을 들어 태우의 그런 행동을 그냥 받아들이기로 했다. 어딜 가든 누구에게나 하는 그만의 태도였으니 말이다.

곧 차고를 가로질러 사무실에서 몇 명의 구조대원들이 몰려나왔다. 모두 세 명이었는데 다들 걸어오다 태우를 보자 뛰기 시작했다. 그리고 동시에 인사했다. 태우는 인사는 받는 둥 마는 둥 손짓으로 빨리 오라고 신호했다. 중키에 몸이 탄탄하고 날렵해 보이는 구조대원이 가장 먼저 태우 앞에 섰다. 그 뒤로 보기에도 엄청난 덩치의 젊은 구조대원 한 명 그리고 고등학생이라고 해도 믿을 만큼 앳되어 보이는 구조대원이 쭈뼛거리며 덩치 뒤에 숨듯 다가왔다. 모두 약속이나 한 것같이 열중쉬어 자세였다. 태우는 한쪽 눈썹을 찌그리며 누구라고도 할 것 없이 훑어보며 말했다. 먼저 태우를 만난 채치우는 무리에서 자리를 잡지 못하고 어정쩡한 위치에 떨어져 서 있었다.

"니들이 거북골 구조대 1팀이냐?"

"네."

태우의 짧은 물음에 대원들은 한 번에 같이 대답했다. 태우는 대답이 끝나자마자 낮은 목소리로 말했다.

"야. 니들 나 누군지 알지? 좀 혼나고 시작해야겠다."

태우와 거북골 구조대 1팀과의 첫 만남이었다.

꿈

꽉 닫힌 문틈 사이로 연기가 끊임없이 뿜어져 나왔다. 연기는 하얗게 나오다가 곧 시커멓게 변했다. 연기 밀도가 높아 묵직해 보였다. 또 손으로 잡으면 마치 솜사탕처럼 잡혀 뜯길 것 같았다. 사람의 목소리도 연기와 함께 나왔다. 남자였고 목소리가 자지러졌다. 소리의 출발점은 매우 강렬했지만 음성이 연기를 다 뚫지 못하여 중간에 주저앉듯 들렸다.

"살려 줘요. 안에 사람이 있소."

태우는 문 쪽으로 바짝 다가가 빠루*를 문틈에 끼우고 열심히 재꼈다. 한 번, 두 번, 세 번……. 손아귀에 힘이 빠지고 면체를 쓴 콧등에 땀에 흘러내렸다. 호흡이 가빠지고 심장 뛰는 소리가 자신의

---

* 끝이 구부러져 있으며, 갈라진 틈에 못 머리를 끼워 지레의 원리로 못을 뽑을 수 있는 공구의 속칭. 영어로는 크로우 바(Crow Bar), 프라이 바(Pry Bar), 레킹 바(Wrecking Bar) 등 다양한 명칭이 있다.

귀까지 들렸다. 뿜어져 나오는 연기 규모가 커지며 태우 몸 전체를 집어삼킨 지 오래다. 그런데 뜨겁지가 않았다. 왜 뜨겁지 않은지 의아했지만 문을 열어 소리 지르는 사람 곁으로 가는 것이 우선이었기에 개의치 않았다.

'빠지직, 철컥.'

버티던 문이 기어이 열렸다. 빠루가 힘껏 재껴질 때 태우 몸도 휘청거렸다. 오른 다리를 빠르게 옆으로 벌리며 중심을 잡아 겨우 넘어지지 않았다.

문 안쪽은 까맸다. 화염은 없고 연기만 있는 탓이다.

"살려 주시오. 제발."

목소리가 더욱 선명하게 들렸다. 사람부터 살려야 했다. 태우는 소리가 나는 쪽으로 걸었다. 역시 뜨겁지 않았다. 짙은 안개 아니면 뭉게구름 사이를 걷는 듯했다. 태우의 몸이 앞으로 나갈 때마다 연기가 갈라지듯 옆으로 비켜섰다. 사람이 보였다. 앉아서 자세히 얼굴을 들여 다 봤다. 숨은 쉬는지, 의식은 있는지 확인해야 했다. 옆으로 누운 채 오른팔이 아래로 왼팔이 그 위로 겹쳐 쓰러져 있었다. 누런 속옷 차림을 한 사람은 앙상했다. 위아래로 훑어 상태를 확인했다. 방금 전까지 살려 달라고 외치던 사람은 기척이 없었다. 태우는 비쩍 말라 한 줌도 안 되어 보이는 사람을 들쳐 메려고 허리를 굽혔다. 그때였다.

"태우야. 나다. 니 애비다."

태우는 기겁을 하고 뒤로 물러서며 그 사람의 눈을 봤다. 옆으로 그대로 누운 채 눈만 껌벅이는 사람은 죽은 아비였다. 코와 입에서는 선홍 빛 분비물이 흘러나오고 있었다. 간간이 콜록댔는데 눈만은 무섭게 부라리며 여전히 태우를 바라봤다. 태우는 사시나무 떨듯 앉은 채로 뒤로 물러나면서 말했다.

"아버지……. 아버지……."

"우라질 놈. 나 죽을 때 이렇게 꺼꾸러져 있었는데 그때 넌 어디가 있었던 거냐? 네 누이 태워 죽이고 나 말라 비틀어 죽을 때도 보이지 않더니 불나고 연기 나니 이제야 찾아오느냐? 그러면서 사람들 구한답시고 온 동네 뻐기고 다닌 담서?"

무서우리만큼 차갑고 날카로운 아비의 말에 결국 태우는 심장이 터질 것 같아 쓰고 있는 헬멧과 면체를 벗어재꼈다. 패닉이었다. 한 움큼의 연기가 입과 코로 순식간에 빨려 들어갔다. 그리고 '턱' 하고 숨이 멎는 것을 느꼈다. 온몸은 경직되고 입에서는 '끅, 끅' 소리가 흘러나왔다. 태우는 빠르게 죽어 가고 있음을 느꼈다.

"크헉!"

태우는 겨우 터져 나오는 숨을 탄식하듯 길게 내쉬며 눈을 크게 떴다. 온몸은 땀에 젖어 있었고 팔과 다리는 마비된 듯 굳어 있었다. 태우는 오른쪽 엄지발가락부터 힘겹게 까닥거리며 몸을 움직이려 애썼다. 가위눌렸을 때 벗어나려는 그만의 방법이었다. 꿈이었다. 지독한 꿈이었다. 가위도 눌렸고 숨도 멈췄다. 뜬 눈 위로 환하게 켜져 있는 천장의 형광등이 보였다.

'여기가 어디지?'

순간 낯선 곳이라 느껴져 또 꿈인가 생각했다. 고개를 돌려 벽에 걸린 시계를 봤다. 짧은 시계 침이 숫자 4, 긴 침이 12에 가 있었다.

'거묵골, 거묵골이구나. 이곳은. 빌어먹을 거묵골.'

그제야 자신이 거묵골 구조대 팀장 대기실에 누워 있음을 알아챘다. 주황색 활동복을 입고 평소 신던 두꺼운 검정 스포츠 양말도 그대로였다. 맨바닥에 누워 있었는데 초가을 추위에 바다 한기가 그대로 등허리에 전해지며 정신이 들기 시작했다. 그리고 눈을 질끈 감았다가 다시 뜨며 고개를 흔들었다. 후 하고 길게 숨을 뱉은 뒤 몸을 뒤척이며 일어선 후 문을 열고 밖으로 나갔다.

새벽 공기가 온몸을 휘감았다. 거묵골 구조대의 첫 출근. 첫 근무가 야간 근무다. 2층 작은 복도를 걸어 계단을 따라 아래로 내려왔다. 1층으로 내려오자 차고가 바로 보였다. 차고를 가로질러 장비 창고로 갔다. 문을 열었다. 안으로 들어가지는 않고 눈으로만 훑었다. 반듯하게 정리된 장비와 반질거리는 바닥이 한눈에 들어왔다. 출동 유형별로 분류된 장비는 보기에도 깨끗하게 정비되어 있었다. 어제 오전에 이곳에 처음 와서 창고를 둘러볼 때와 전혀 다른 모습에 태우는 만족한 듯했지만 대원들을 몰아붙인 덕에 이 정도라도 해 놓은 것이라 생각했다. 특히 팀에서 구조 반장 역할을 하는 박무목에게 거칠게 쏘아붙였다.

"이따위로 창고 정리하니까 거묵골이 거지 같은 촌구석이라고 소문난 거야? 알아? 구조 반장쯤 된 놈이 장비를 이렇게 관리해? 너 구조대원 특채 아니지? 화재 진압대원에서 구조대원으로 온 거 같은데 앞으로 나랑 일할 땐 맘에 안 들면 구조대에서 쫓아내 버릴 거니까 알아서 해."

독한 말이었지만 태우 입에서 나온 말치고는 오히려 약한 편이었다. 태우는 자신의 존재를 대원들에게 그렇게 확실히 각인했다. 전체를 잡지 않고 그중에 센 놈만 조져 버리는 것이 태우의 후배 장악

방식이었다. 무목보다 후배인 박나리, 정만수 모두 태우의 첫인상에 기겁했다. 나머지 한 명인 조태풍은 화장실에서 큰일을 보고 있었는데 나중에 이 사달을 전해 듣고 '알아서 기어야겠네'라고 다른 동료들에게 말했다.

그렇게 태우는 창고 앞에서 팀원들을 단단히 군기 잡은 후 그제야 구조대장에게 인사를 했다. 대장은 유한 사람이었고 태우와는 다른 곳에서도 근무한 적이 없다. 둘의 인사는 짧았다. 대장은 그냥 태우에게 몸 조심해서 잘 근무하라고만 했다. 태우가 거북골에 어떻게 오게 되었는지, 또 곧 떠날 사람이라는 판단을 이미 한 듯했다. 태우도 길게 말을 섞지 않았다.

태우는 창고 문을 슬쩍 닫아 놓고 불이 켜진 사무실로 들어왔다. 커다란 덩치의 뒷모습이 보였다. 박나리였다. 크긴 컸다. 앉아 있어도 서 있는 듯했다. 키가 193에 몸무게가 130이 넘는다고 했다.

"자냐?"

작게 말했는데 박나리는 기겁하고 뒤를 돌아봤다.

"아. 아닙니다."

박나리는 벌떡 일어나며 말했다. 태우는 앉으라며 손짓했다. 종이컵에 물을 한 컵 담은 뒤 팀장 자리에 앉았다. 박나리는 똥 마려운 개마냥 눈치만 보며 안절부절못했다.

"여기 하루 출동이 몇 건쯤 되냐?"

"네. 주간에는 서너 건, 야간에는 한두 건 정도입니다."

"그렇구나. 꿀 빠네. 꿀 빨아. 다른 구조대는 주간에만 열댓 건씩 가면서 뺑이 치는데 말이야. 여기 구조대원들은 월급 받기 부끄러운 줄 알아야겠다. 안 그래?"

태우의 비아냥거리는 듯한 말투에 나리는 고개도 들지 못하고 가만히 있다가 슬그머니 한마디 건넸다.

"그래도 사방이 산이라 산악 구조도 있고 외곽에 있는 고속도로에 교통사고 구조도 꽤 갑니다. 또 문 개방이나 동물 구조도 많고요."

나리의 말을 듣던 태우가 킥킥대며 웃으며 다시 말했다.

"산악 구조나 교통사고라고 해 봤자 건수 자체가 얼마 되지도 않고 문 개방이나 동물 구조 같은 잔바리 출동 백날 가 봐야 일한 표시도 안 나는데 그것도 출동이랍시고 지금 말하는 거냐?"

태우의 빈정거리는 말에 나리는 반응 없이 컴퓨터 모니터만 바라봤다. 태우는 같잖다는 듯 고개를 두어 번 가로젓더니 이내 시선을 문밖으로 돌렸다. 가장 어두운 시간이었다. 나리가 무얼 하든 관심도 없는 태우는 문밖의 짙은 어둠만 응시했다. 까만 어둠 사이로 꿈속 아비의 잔상이 희미하게 다시 올라왔다. 숨이 거칠어지는 것을 느꼈다. 입을 다물고 콧김을 길게 내뿜으며 진정하려고 애썼다. 그런데 잔상은 더 선명하게 떴다. 옆으로 누워 죽은 아비의 모습 그대로.

"구조 출동! 구조 출동!"

그때였다. 웅장한 출동음과 함께 상황실 요원의 출동 지령이 구조대 청사 전체에 울렸다. 조용하게 침잠했던 어둠이 순식간에 깨어나 119 구조대원들의 일이 시작되었다.

"거북 구조, 거북 구조. 문 개방 출동! 안에 환자가 있는데 인기척

없다고 합니다. 신속하게 출동해서 확인 바랍니다."

간단한 지령이 스피커를 통해 나올 때 2층 대기실의 구조대원들이 우르르 나와 차고로 바로 향했다. 조태풍은 차고 문의 자동 열림 버튼을 먼저 눌러 셔터를 위로 올렸다. 태우도 웃옷을 급하게 들고 공작차로 달렸다. 나리는 출력되어 나오는 지령서를 들고 태우 뒤를 따랐다.

"다 탔어?"

확인할 것도 없이 으레 묻는 구조공작차 기관원인 채 반장이 시동을 힘차게 걸었다. 묵직하고 거대한 구조공작차 엔진이 굉음을 내며 왕왕거렸다. 오래되긴 오래되었는지 구조공작차의 엔진 음이 몹시 둔탁했고, 뒤쪽에 있는 녹슨 배기구에서 꺼먼 연기가 푹푹 뿜어져 나왔다. 운전석 앞쪽에 있는 단말기 화면에 출동 장소가 자동으로 연동된 내비게이션의 음성 안내가 나왔다. 구조공작차는 미끈거리듯 서서히 차고를 빠져나왔고 오른쪽으로 돌아 큰길로 진입했다.

"여기 어딘지 알아요?"

출동 지령 내비게이션을 잘 믿지 않는 태우였다. 기계보다 사람의 감각이 우선이라 생각하는 것도 있고 기관원이나 대원들이 평소 알고 가는 길이 더 빠르다는 것이 그의 판단이었다.

"그럼요. 눈 감고도 가는 곳입니다. 여기 문 개방 상습이에요."

치우는 차분하게 말하며 액셀러레이터를 힘차게 밟았다. 시골 동네의 새벽 도로에 달리는 차는 구조공작차뿐이었다.

'에덴아파트 401호.'

"여기 벌써 세 번째입니다. 아들이 신고한 거 같은데 3주 전쯤엔

주말 대낮에 가서 위층에서 로프 타고 내려가 진입했었어요. 위암인가 간암인가 걸린 아버지가 아들이 와도 문을 안 열어 준다나 어쩐다나."

서글서글한 인상에 짙은 눈썹을 가진 조태풍이 특유의 가느다란 목소리로 태우에게 보고하듯 말했다. 태풍의 말을 들은 태우는 미간을 찌푸렸다.

"젠장. 이런 상습은 상황실에서부터 신고를 받지 말든가. 뭐 대단한 출동이라고 새벽부터 문 따 달라고 신고하고 지랄이야. 지랄이."

태우의 신경질적이고 날카로운 반응에 대원들은 의아한 듯 서로를 바라봤다. 출동이 어떻든 늘 최선을 다하는 거묵골 구조대 1팀이었다. 그런 그들에게 출동 지령만으로도 신경질적인 반응을 보이는 태우의 모습은 낯설었다. 채 반장이 운전을 하다가 옆자리의 태우를 힐끔거리며 말했다.

"뭐 시골이기도 하고 대형 사고보다 이런 출동이 어쩌면 저희 구조대에서는 더 중요하기도 합니다."

자신보다 연배가 높은 채치우의 말이기에 태우는 말을 더 거들지 않았다. 다만 팔짱만 낀 채 달리는 구조공작차의 창밖만 바라보고 있었다. 그런 태우가 거묵골 구조대원들에게 불편하게 다가왔다. 출동이라면 뭐 하나 소홀히 하는 법 없는 순박한 시골 구조대원들은 지금 가는 곳의 신고 내막도 나름 알고 있었기 때문이다.

신고자는 엘리베이터에서 내리는 한 무리의 구조대원들을 보자 허리부터 깊숙이 숙이며 인사를 했다. 신고자 신분 확인 협조 요청을 받은 경찰관 두 명도 함께 있었다. 구조대와 비슷하게 도착한 구급대원 두 명도 금방 뒤따라 올라왔다.

"죄송합니다. 아버지가 또 현관 자물쇠를 바꾸시고 문을 안 열어 주세요. 아무리 말씀을 드려도 자꾸 그러니 도저히 신고를 안 할 수가 없더라고요."

울먹이며 어쩔 줄 모르는 남자를 앞에 두고 대원들은 괜찮다고 말하며 익숙하듯 아파트 복도를 내질렀다. 복도식 아파트 맨 끝 401호 앞에 먼저 다다른 무목이 문고리를 당겼는데 열리지 않았다.

"팀장님. 강제 개방하겠습니다. 새벽이라 위층 집 깨워서 들어가 로프 타기도 그렇고……."

"알아서들 해 봐."

태우는 보고하는 무목에게 무심한 듯 말을 건네고 한 발짝 뒤로 물러서 대원들을 바라봤다. 무목은 신고자에게 신원 확인은 이미 되었으니 문을 강제로 개방할건데 파손을 최소화해서 뜯는다 해도 일정 부분 손해를 감수를 해야 한다는 안내를 했다. 신고자는 고개를 끄덕였고 무목과 태풍이 문 개방 기구를 즉시 꺼냈다. 디지털 도어록이 아니어서 문 개방은 수월했다. 문 개방 기구를 현관문 손잡이에 끼우고 빠루로 위에서 두어 번 내려치자 손잡이가 쉽게 떨어져 나갔다. 태풍은 일자 드라이버를 가지고 뜯긴 곳에 작은 구멍을 옆으로 돌려 금방 문을 열었다.

무목과 막내 만수가 먼저 안으로 들어섰다. 급한 마음에 신발을 신고 실내로 올랐다. 열댓 평 될까 말까 한 임대아파트의 부엌 겸 거실을 지나자 작은 방이 보였다. 만수는 우선 거실의 불을 켰다. 반듯하게 정리된 세간살이들이 눈에 보였고 사람은 없었다. 그러는 사이 무목은 방문을 열었다. 혹시나 잠겨 있을까 했는데 방문은 쉽게 열렸다. 열린 방문으로 거실 불빛이 길쭉하게 비춰 들어갔다. 빛 아래로 사람으로 보이는 형체가 누워 있는 것이 보였다. 무목은 방의 불을 켰고 누워 있는 사람이 신고자의 아버지라는 것을 금세 알아차릴 수 있었다.

무목은 누운 사람의 얼굴을 먼저 훑었다. 반쯤 열린 눈꺼풀 사이로 희멀건 한 흰자위만 보였다. 코에서는 옅은 핏빛 물이 흘러나와 있었다. 살아 있지 않겠다는 느낌이 강하게 들었다. 사람은 옆으로 누워 두 손은 포개져 있었고 산만한 배가 옆으로 기울어지듯 처져 방바닥과 붙어 있었다. 윗도리는 아무것도 입고 있지 않았고 물 빠진 감색 트레이닝 복만 아랫도리에 걸치고 있었다. 깡마른 팔에는 근육이라고는 찾아볼 수 없었고 복수가 가득 찬 배는 더 부풀지 못할 만큼 빵빵했다.

"아버지!!"

신고자는 소리치며 다가가려고 했지만 만수가 그를 붙잡았다.

"일단 우리 구급대원들이 조치를 할 거예요. 그 뒤 병원으로 이송할 겁니다."

구급대원들이 옆으로 뉘어진 남자를 반듯이 눕히고 생체 징후를 확인했다. 호흡과 맥박은 없었고, 방바닥에 붙어 있던 얼굴 옆쪽에 시반*이 보였으며, 입술은 청색이고, 근육의 사후강직이 심한 것으로 봐 그가 죽어 쓰러진 시간이 오래되었다는 것을 미루어 짐작했다. 구급대원 중 한 명이 서 있는 구조대원들과 신고자 쪽으로 바라

---

*   사람이 죽고 난 후에는 혈액 순환이 정지하면서 몸속의 피는 그 자리에 그대로 머물게 된다. 이때 신체의 특정 부위가 눌리거나 누운 자세 아래쪽에 마치 멍이 든 것과 같은 얼룩을 형성하게 되는 것을 '시반'이라고 한다.

보며 고개를 좌우로 가볍게 저었다. 신고자는 그제야 아버지 몸을 부여잡고 울기 시작했다. 꺽꺽거리며 서럽게 우는 신고자는 자신의 얼굴을 죽은 아비의 얼굴에 비비며 울고 또 울었다.

"그렇다고 이렇게 가시면 어떡합니까? 저는 괜찮다고 했잖아요."

울고 있는 신고자를 뒤로하고 더할 것이 없는 구조대원들은 천천히 발길을 현관 쪽으로 돌렸다. 모든 상황을 지켜보고 있던 태우는 무전으로 상황을 보고하고 현장을 종료했다. 구급대원들이 사망자의 몸을 병원으로 이송한다는 마지막 보고를 들은 후 구조대원들은 구조공작차에 올랐다.

"아버지란 양반이 하나밖에 없는 아들에게 참 못했나 봐요. 마누라는 도망가고 맨날 술과 도박에 자식 두들겨 패고 그랬는데 아들은 성인이 되어서 그래도 아버지라고 극진히 모셨답니다. 근데 아비란 사람이 늙어 정신 차렸는지 아들에게 패 끼치기 싫다고 저래 혼자 살았다네요. 2~3년 전부터 위암인가 뭔가 걸리고 죽을 날만 받아 놓고 기다리고 있는데 요양병원으로 모시겠다는 아들 말에 염치없이 그럴 일 없다며 끝내 버티다 저렇게 혼자 가네요."

채 반장이 지난 출동 때 신고자인 아들에게 전해 들은 이야기를 달리는 공작차 안에서 혼자 말하듯 태우에게 건넸다. 태우는 가만히 듣고만 있다가 나지막이 되물었다.

"근데 문을 왜 자꾸 잠가요?"

말 많은 태풍이 뒷자리에서 끼어들었다.

"미안해서 그랬다나 어쨌다나 그렇습니다. 아들 말로는요. 찾아오지 말고 그냥 죽게 놔두라고 계속 그러면서요. 아들은 그런 아버지가 걱정되어 가끔 와 보는데 그러다 인기척도 없고 연락도 안 되면 우리한테 신고하고……. 신고자는 우리한테 미안해서 늘 깍듯이 대하는 신사였는데 참 안됐네요."

끼어들어 말하는 태풍을 태우는 고개를 돌려 잠시 흘겼다. 태풍은 금세 합죽이가 되어 입을 다물고 시선을 다른 곳으로 돌렸다.

"얼른 들어갑시다. 해 뜹니다."

태우는 별다른 말없이 치우에게 말하고는 눈을 감았다.

옆으로 누워 흰자위를 반쯤 보인 채 죽은 자의 모습이 태우의 과거를 다시금 불러냈다. 태우의 아비도 암이었다. 그 암이 간에서 생겼는지, 폐에서 생겼는지 아니면 위에서 생겼는지 기억이 분명치 않다. 그냥 누나의 죽음 이후 반 폐인이 되어 살던 아비가 암이 도진 후 점점 죽어 가고 있는 줄만 알고 살았다.

태우가 열여덟이 되기 전 초겨울 어느 날부터 태우의 아비는 문고리를 걸어 잠그고 두문불출했다. 태우는 안에서 당최 뭐하는지 알 수 없는 아비에게 관심을 두지 않았다. 덩치가 커지던 중학교 3학년 이후부터는 두들겨 맞지는 않았지만 아비의 숨소리만 들어도 기겁을 했기 때문이었다. 문을 열지 말라는 아비의 말이 여전히 무서웠던 것은 어쩔 수 없는 그때의 심리였다. 내심 눈에 보이지 않는 아비 덕분에 마음이 나아진 것도 사실이었다. 아비는 가끔 물에 밥을 말아 김치 쪼가리와 같이 넣어 주면 먹는 둥 마는 둥 그릇만 내어놓다가 문을 걸어 잠근 후 보름쯤이 지나자 그마저도 먹지 않았다. 태우는 그런 아비의 행동을 이해할 수 없었다. 그렇다고 애써 잠긴 문을 열려고 하지도 않았다. 그래도 아비의 방에 연탄은 제때 갈아 넣어 혹여 방바닥이 식지는 않을까 하는 걱정이 태우의 유일한 아비 생각이었다.

어느 날 태우는 밖에 나갔다 들어왔는데 코끝을 찌르는 역한 냄새를 맡았다. 방문을 열어 환기를 했다. 물론 아비의 방은 열지 않았다. 그래도 냄새는 났다. 생전 처음 맡는 독한 냄새였다. 무서운 생각이 그제야 엄습했는데 손이 벌벌 떨려 감히 문고리를 잡지 못했다. 급히 옆집 순태 아저씨에게 달려가 아버지가 방에서 나오지 않는다고 말했다. 아비의 술친구인 순태 아저씨는 귀찮은 듯 뭉그적거리다 겨우 태우의 집에 와 방문 고리를 도끼로 깨부수고 열었다. 그제야 태우는 아비의 죽음을 봤다. 옆으로 누워 가지런히 겹쳐진 팔과 손. 팔뚝과 허벅다리가 새카맣게 말라붙어 언제 죽었는지도 알 수 없는 아비의 형체를 보고 태우는 아무 말도 못 했고 움직일 수도 없었다. 지글지글 끓도록 넣어 준 연탄불로 뜨끈히 올라오는 방바닥 열기 덕에 아비 몸 썩는 냄새가 온 집에 등청했다. 태우는 자신을 그토록 괴롭히던 아비를 그렇게 떠나보냈다.

그날 이후 태우는 왜 자신이 문을 열어 볼 생각을 하지 않았는가라는 죄책감을 더하게 되었다. 누나의 죽음에 이어 아비의 죽음까지 자신으로부터 비롯되었다는 괴로움이 태우의 가슴에 다시 새겨졌다. 그렇게 잊을 만하면 나타나는 아비의 꿈을 태우는 일상처럼 달고 살았다. 누군가는 태우의 아비가 스스로 목숨을 버린 거나 진배없다고 했다. 어차피 죽을 몸 살려고 발버둥 쳐 봤자 어린 태우에게 짐만 되니 그냥 말없이 죽을 날 기다리다 간 것이라고 수군거렸다.

닫힌 문. 그리고 그 안에서 죽은 아비의 모습과 같았던 출동을 다녀온 후 태우는 아침밥도 거른 채 책상에 앉아 생각에 잠겼다. 믹스 커피만 진하게 타서 두 잔 들이켜자 막내 구조대원 만수가 한소리를 했다. 그리곤 안 먹는다고 했는데 왜 그러느냐는 괜한 핀잔만 태우에게 들었다.

태우는 골똘히 생각했다. 정말 나의 아비는 죽으려 작정하고 그곳에 들어가 나오지 않았던 것일까? 그것이 자식에 대한 죄책감 때문에 했던 행동일까? 나는 왜 그날 나의 아비가 죽어 있는 모습을 봤을 때 오늘 신고자처럼 울음이 나지 않았을까? 혼란스러웠다. 아비의 죽음 따위 생각하지도 않고 살았던 지난 시절이었다. 엄마, 누나의 죽음 이후 유일한 피붙이의 죽음이었다. 태우에게 지독한 괴로움과 외로움 그리고 분노까지 심어 준 아비의 죽음이었다. 그래서 태우는 그런 아비를 잊으려 했지만 잊히지 않았다. 그러다 이내 고개를 세차게 가로저으며 자리에서 일어서 나갔다.

소방 학교

늦가을 거묵골의 아침은 스산했다. 분지 지형이라 밤사이 습한 기운이 위로 빠지지 않고 그래도 주저앉아 있는 탓이다. 그나마 소방 본서가 있는 시내 쪽은 볕이 잘 들어 해가 나오면 금방 뜨끈해지기나 했다. 구조대가 있는 소리천 하류 쪽은 아침나절엔 항상 안개가 짙게 꼈는데 요즘 같은 늦가을엔 더 심했다. 오전 9시가 넘어 기온이 오르기 시작하면 안개가 흩어지며 물방울이 사방에 맺혔다.

"무목이는 오늘도 퇴근 안 하고 연습할 거냐?"

사복으로 갈아입고 나오는 채 반장이 창고에서 로프구조 장비를 챙기고 있는 무목에게 다가가 말을 걸었다.

"두 번 떨어졌음 됐죠. 이번에 또 떨어지면 힘 빠져서 더 못 해요. 연습만이 살길 아니겠습니까?"

말 없기로는 위아래가 없는 무목이가 이 정도 길게 말했으면 독이 올라도 바짝 오른 것이다. 아닌 게 아니라 작년 가을에 인명 구조사 1급 평가에 떨어지고 스스로에게 화가 나 한 달간 밥도 제대로 안 챙겨 먹던 그였다. 소방청에서 주관하는 인명 구조사 평가는 1, 2급으로 나뉘는데 1급은 합격률이 20% 정도밖에 안 되는 매우 까다로운 시험이었다. 말이 시험이지 하루 종일 진행되는 로프구조, 수난구조, 화생방구조, 도시탐색구조 등의 평가에 쉴 틈이 없으며 약간의 실수만 해도 불합격되는 난도 최상의 구조 기술 평가였다. 무목은 소방 학교에서 인명 구조사 1급 교육을 받을 때부터 탁월한 실력을 발휘했지만 늘 자신 없었던 로프구조에서 결국 두 번이나 탈락의 고배를 마셨다.

"몸 사려가며 해. 안개가 앉아서 훈련 탑 바닥에 물기 많으니까 안 미끄러지게 조심하고."

"하루 이틀 합니까? 걱정 마시고 퇴근하세요. 새로운 팀장님 온 첫날부터 잔소리만 잔뜩 들으셔서 피곤하실 텐데."

"별소릴 다한다. 녀석."

새로운 팀장은 태우일 것이고 잔소리를 들었다면 무목이가 귀에 피가 날 만큼 들은 하루였다. 채 반장은 무목이가 자기 속을 내보이고 있다는 것을 금방 알아차렸다. 그런 무목의 머리를 한 번 쓰다듬은 후 차고를 빠져나갔다.

무목은 구조대 옥상으로 올라 훈련 탑으로 건너갔다. 훈련 탑이라고 별거 있는 게 아니라 옥상 한쪽 벽면에 로프를 설치하고 인명 구조를 할 수 있는 설비를 갖추어 놓은 것이 전부였다. 외벽에 나무 합판을 덧대 그나마 덜 미끄러지게 했고 옥상 쪽에는 몇 개의 앵커를 설치하여 로프를 묶을 수 있게 만들었다. 무목은 난간 쪽에 설치된 가로대 앵커에 로프를 내려 두 줄로 설치했다. 일단 하강기를 이용해서 바닥까지 내려간 다음 다시 등강기로 올라오는 연습을 할 참이었다. 로프를 묶는 가로대 앵커는 내려앉은 안개로 물기가 축축했다. 무목은 수건이라도 가져와 닦아 볼까도 생각했지만 그냥 입고 있는 주황색 활동복의 소매로 대충 문질러 물기를 닦아 냈다.

"이런."

물기를 닦는다는 것이 앵커에 묻어 있는 먼지까지 같이 닦아 버려 소매가 금방 새까매졌다. 로프 결착이야 눈감고도 할 일이었다. 하강기가 걸릴 주 로프 하나와 급속 제동 장치가 걸릴 보조 로프 이렇게 두 줄을 묶었다. 다음은 자신의 몸에 착용하고 있는 안전벨트에 하강기를 걸었다. 그리고 주 로프를 반 바퀴 돌려 하강기에 걸었다. 하강기의 커버를 닫고 레버를 조작하면 로프가 풀리면서 내려가는 장비였다. 다음은 보조 로프에 급속 제동 장치를 걸었다. 급속 제동 장치는 혹시 주 로프가 끊어지거나 하강기가 작동하지 않아 추락하면서 무게가 실리면 즉시 멈추는 장비였다. 다만 급속 제동 장치는 자신의 어깨 높이보다 위에 있어야 했다. 그래야 제동이 급하게 걸리더라도 몸이 충격을 받지 않았다. 그런데 무목은 아무 생각 없이 급속 제동 장치를 자신의 허리 높이쯤에 걸어 놓고 다시 어깨 위로 올리려던 찰나에 하강기가 잘못 장착되었음을 알았다.

"에이. 커버가 덜 닫혔네. 정신을 어디다 두는 거야."

그때였다. 나간 모서리를 밟고 있는 무목의 발이 물기에 그만 미끄러지고 만 것이다.

"헉."

외마디 비명과 함께 무목의 몸이 옥상 바깥으로 떨어졌다. 그와 동시에 급속 제동 장치가 자동으로 걸리며 무목은 난간 모서리에 머리를 심하게 박아버렸다.

'쾅. 퍽.'

머리를 먼저 박고 오른쪽 허리 뒤를 부딪쳤다. 머리에는 헬멧을 쓰고 있어 괜찮았지만 허리는 묵직한 통증이 금세 뼛속까지 느껴졌다. 급속 제동 장치가 어깨 위가 아닌 허리 쪽에 있어서 그 높이만큼 아래로 떨어지며 허리를 부딪친 것이다. 그나마 다행이었다. 급속 제동 장치가 아니었다면 무목은 10m 아래의 콘크리트 바닥에 떨어졌을 것이다.

"하……."

등골이 오싹한 기분도 잠시, 겨우 로프를 붙잡고 다시 난간으로 올라 선 무목은 눈이 휘둥그레졌다.

"너 아침부터 죽고 싶어 환장했냐?"

태우였다. 태우는 무목이 로프를 설치할 때부터 옥상 입구에서 다 지켜보고 있었다. 무목은 허리 고통은 생각할 겨를도 없이 알 수 없는 수치심이 마구 일어났다. 그냥 겨울잠을 자다 깬 개구리마냥 바짝 얼어붙어 아무 말도 못 하고 서 있었다. 그런 무목에게 태우는 성큼성큼 다가가 말을 걸었다.

"야. 장비에 로프 하나 제대로 걸지도 못하면서 무슨 인명 구조사 평가를 본다고 그래? 할 거면 제대로 해 인마. 나랑 일하면서 이런 실수나 하면서 내 얼굴에 먹칠하지 말고!"

태우는 무목의 풀려버린 하강기를 잡고 앞뒤로 마구 흔들며 비아냥되듯 무목을 다그쳤다.

"죄송합니다. 팀장님. 제가 잠깐 깜박해서……."

"깜박할 게 따로 있지. 기본도 없는 놈이 무슨 구조 반장을 한다는 거야? 너 어제 장비 창고 때문에 한마디 할 때부터 뭐 불만 가득한 표정인데 구조대 있기 싫음 언제든 말해. 현장에서 너 같은 놈 때문에 같이 죽긴 싫으니까."

태우의 매정한 말에 무목은 고개만 숙이고 있었다. 모욕감이 들었지만 자신의 실수를 다 지켜본 태우에게 뭐라 변명할 수도 없었다. 태우는 무목을 향해 혀를 끌끌 차며 옥상 빨랫줄에 걸린 수건 두 장을 걷어 다시 내려갔다. 무목은 태우가 내려간 지 한참이 지나도 그 자리에서 움직이지 못했다. 눈물인지 땀인지 물기가 얼굴을 줄줄 타고 흘러내려 바닥에 떨어졌다. 무목은 고개를 숙이고 떨어지는 물기를 그렇게 한참 바라봤다.

*

2008년 여름.

이마에서 땅으로 떨어지는 물기는 멈출 줄을 몰랐다.

"고개 들어! 이 녀석들아!"

입고 있는 주황색 옷을 땀으로 흠뻑 적신 신임 소방 교육생들이 헉헉거리는 숨소리와 참으려 해도 자꾸 삐져나오는 신음소리를 내며 하나 둘 고개를 들었다.

"잘 들어! 난 너희들이 현장에서 다치거나 죽지 않게 하려는 의도밖에 없어. 너희들이 믿고 써야 할 장비조차 제대로 다루지 못한다면 그냥 지금 짐 싸서 집으로 돌아가. 소방관 될 자격 없으니까!"

카랑카랑한 목소리로 교육생 무리 앞에서 큰 소리로 다그치고 있는 사람은 태우였다. 태우는 특수 구조대 소속으로 있으며 신임 소방사 교육을 위해 한 달간 소방 학교로 파견되어 구조 교관 일을 하고 있는 중이었다. 태우의 빈틈없는 성격과 날카로운 교육 스타일로 교육생들은 구조 교육 시간을 몹시 힘들어했다. 아니나 다를까 로프 하강 교육을 했던 첫 시간에 하강 장비 결합을 제대로 하지 못한 교육생 한 명 때문에 단체로 팔 굽혀 펴기를 100개나 하고 방금 일어섰다. 한여름의 뙤약볕 아래, 흙바닥에 엎드려 얼차려를 받고 나니 다들 삶아 놓은 고사리마냥 온몸이 축 처져 있었다.

"아까 장비 결합 제대로 못한 교육생 앞으로 나와서 다시 결합해."

교육생 무리 한 구석에서 누군가 주뼛대며 걸어 나왔다. 땀이 흥건한 훈련복을 입고 잔뜩 주눅이 들어 고개를 푹 숙이며 걸어 나와 겨우 장비와 로프를 손에 쥐고 결합을 시작했다. 손은 덜덜 떨리고 있었는데 지켜보는 태우의 시선이 주는 두려움을 이겨내지 못하고 있는 듯했다. 그런 그에게 태우는 더욱 바짝 다가갔다. 교육생은 놀라서 움찔했지만 이내 정신을 차리려 애쓰며 손을 분주히 움직였다. 하지만 로프가 결합되는 방향에 대한 확신이 없는지 이리 돌리고 저리 돌리며 곤혹스러워했다. 교육생은 선뜻 결합을 완성하지 못했다. 그때 태우의 나지막한 목소리가 들렸다.

"할 수 있어. 자신감 가져. 너 자신은 너 스스로 지키는 거야."

교육생은 태우의 목소리에 놀라 태우와 장비를 번갈아 봤다. 교육생의 눈에 태우의 눈은 한없이 자애로워 보였다. 아까 얼차려를 주던 무서운 교관의 눈이 아니었다. 순간 교육생은 무언가를 결심한 듯 결합을 마쳤고 로프 하강대 바깥쪽으로 몸을 돌려 서며 크게 외쳤다.

"18번 교육생. 박무목 하강 준비 끝!!"

태우는 교육생의 얼굴과 결합된 장비를 한 번씩 바라보며 크게 지시했다.

"하강!"

교육생은 로프가 결합된 장비를 부드럽게 풀어 가며 천천히 하강했다. 벽면에 발바닥을 지지하고 일정한 속도로 11m 아래 바닥에 안전하게 착지한 교육생은 위를 바라보며 하강 완료 보고를 했다.

"18번 교육생. 박무목 하강 완료!!"

"잘했어. 18번. 거봐? 되잖아."

무목은 위에서 내려 보며 흡족한 표정을 짓고 있는 태우를 바라보며 잠시 그 자리에 그대로 있었다.

"어떻게 오셨습니까?"

"교장 선생님 만나러 왔는데요."

"그러니까 어떤 용무로 교장 선생님 만나러 오셨는데요?"

"……."

"여기 방문객 명단에 성함이랑 연락처 그리고 방문 목적 쓰고 들어가면 됩니다."

태우는 나이 든 경비원이 내미는 종이에 시키는 대로 써 내려갔다. 방문 목적 칸에서 쥐고 있는 볼펜이 잠시 머뭇거렸다가 이내 네 글자가 선명히 적혔다.

'학교 폭력.'

태우는 볼펜을 툭하고 종이 위에 놓고 발걸음을 돌렸다.

"뒤쪽으로 가셔야 됩니다!"

정문 현관 쪽으로 걸어가는 태우 뒤에서 경비원이 급하게 소리쳤다. 뒤 돌아보는 태우를 보며 경비원은 팔을 크게 돌려 손가락을 건물 뒤쪽으로 가리키며 다시 한번 소리쳤다.

"방문객은 뒤쪽 출입구로 들어가셔야 한다고요."

태우는 떨떠름한 표정으로 대답도 하지 않은 채 가던 길을 돌아 걸어왔다.

"저쪽으로 가면 되죠?"

족히 예순은 넘어 보이는 경비원의 옆을 빠르게 스치며 태우가 말했고 경비원은 꽤 못마땅한 표정으로 벌써 자기 앞을 지나 뒷문 쪽으로 걸어가는 태우의 등허리를 한참 바라봤다.

"젊은 놈이 여기 다니는 중학생보다 행동이 못 하구먼."

딸아이가 다니는 중학교에 태우는 기어이 오고 말았다. 1년 전 아내와 이혼할 때 딸은 자신이 키우겠다고 했다. 아내의 직업이 안정적이지 못해 수입이 일정하지 않은 탓도 있었지만 딸아이가 아빠와 살기를 바랐다. 외동딸인 아이가 제 엄마를 따라갈 거라 생각했는데 어쩐지 딸 규리는 아빠를 택했다. 양육비는 받지 않기로 했다. 태우 자존심에 돈은 문제가 아니었고 딸이 자신을 선택했다는 것만으로도 족했다. 그런 딸이 엄마랑 떨어져 살면서 중학교 3학년이 되자 이런저런 문제를 일으키기 시작했다. 친구들과의 싸움이야 크면서 있을 수 있는 일이라 여겼지만 갈수록 정도가 심했다. 결국 같은 반 여자아이의 눈두덩을 일곱 바늘이나 꿰맬 정도로 두들겨 팼다는 연락을 받고 학교로 불려 오게 된 것이다.

딸의 담임 선생은 간단한 인사만 나눈 채 태우를 교장실로 안내했다. 교장은 태우보다 서너 살 정도 많아 보이는 중년의 여자였다.

마주 앉아 인사치례도 없이 바로 딸의 이야기가 시작되었다.

"규리가 이번에는 좀 심했습니다. 그럴 만한 이유가 있었는지 정황을 두루 살펴봤지만 정도가 심해서 그냥 넘어가기 쉽지 않을 듯합니다. 다친 것도 그렇고 피해 학생의 아버님이 강력하게 처벌을 원합니다. 경찰 신고까지는 어떻게 잘 이야기해서 막고 있습니다만……."

"제 아이를 좀 보고 싶습니다. 지금요."

"네?"

교장의 말을 자르고 태우가 대뜸 끼어들자 교장의 눈이 커졌다. 그냥 다툰 정도로만 알고 온 태우였다. 경찰 신고라는 말이 교장 입에서 나오자 태우는 무작정 딸을 불러 달라고 말을 꺼낸 것이다. 교장은 잠시 뜸을 들이다가 이내 담임에게 전화를 해 규리를 교장실로 불렀다.

"아이가 오기 전에 미리 말씀드리지만 규리가 평소 행실이 나쁘지 않은 아이라 저희도 당황스럽습니다. 굳이 따지자면 작년부터 조금 거칠어지기 시작하더니 3학년 올라와 다툼이 잦아졌습니다. 아버님께서 소방관이라 근무 때문에 바쁘시고 또 어머님과는 함께 계시지 않다고 하니 상담 기회가 자주 안 돼 저희도 안타깝습니다."

태우는 시선을 마주치지 못한 채 가만히 듣고만 있었다. 교장은 잘 해결할 수 있도록 노력해 보자며 말을 이어 갔는데 태우는 왠지 모를 부하가 자꾸 치밀어 올랐다. 나긋한 목소리로 조근조근 설명하는 여자 교장의 모습에서 뭐든 차근히 설명하고 하나씩 해결하려는 아이 엄마의 모습이 오버랩 됐다. 그 모습이 퍽이나 불편하게 느껴졌지만 안 그런 척하는 자신의 모습이 싫었다. 그냥 아이의 일탈이 아내의 탓이라고 여기고 싶었다.

교장실 문이 열리고 담임이 고개를 살짝 내밀어 인사를 했다. 그 뒤로 딸의 모습이 보였다. 담임은 들어오지 않고 딸만 안으로 들였다. 태우의 딸 규리는 아빠를 닮아 키가 컸고 늘씬했다. 동글동글한 얼굴형에 짧은 커트 머리를 한 규리는 고개를 반쯤 숙이며 교장에게 인사를 했다. 아빠인 태우는 쳐다보지 않았다.

"너 이놈의 자식."

순간 태우의 손이 규리의 뺨을 때렸다. 크고 강하진 않았지만 짧게 끊어 내리치는 태우의 손바닥에 힘이 실렸다. 눈이 휘둥그레진 교장은 양손을 들어 달려들며 태우의 팔을 잡았다.

"아버님! 이러시면 안 됩니다!"

이미 태우는 교장 선생 따윈 안중에도 없었다. 그냥 자신이 학교로 불려 나온 그 자체에 화가 났고, 교장이라는 사람의 상황 설명이라는 것에 더 화가 났고, 이 사달의 주인공인 딸을 보자 폭발했다.

"내가 이런 일로 여기에 와야겠어? 넌 친구들 두들겨 패는 재미로 학교 다녀? 이게 몇 번째야?"

규리는 고개를 숙이고 들지 못했다. 금세 얼굴에서 눈물이 뚝뚝 떨어졌다.

"교장 선생님. 원칙대로 처리해 주세요. 필요한 서류 같은 거 있으면 보내 드리죠. 피해 학생 부모 연락처를 주시면 합의든 뭐든 그건 제가 알아서 하겠습니다."

순식간에 일어난 상황에 어쩔 줄 모르는 교장에게 태우는 인사를 하는 둥 마는 둥 교장실을 나왔다. 규리는 그대로 그 자리에 서 있었다.

태우는 딸의 학교에서 나와 집으로 돌아가는 차 안에서도 여전히 씩씩거리고 있었다. 특수 구조대에서 거북골로 쫓겨난 상황에다가 아이 학교까지 불려 가자 결국 성질이 날대로 나 버렸다. 딸이 왜 그렇게 행동했는지 묻지도 않았고 알고 싶지도 않았다. 그냥 자신의 상황이 뜻대로 되지 않는 것에 대한 불만만 잔뜩 올라왔다. 딸의 행동은 그냥 하지 말아야 할 것이었고 딸의 마음은 안중에 없었다. 헤어진 아내에게 전화해 딸을 어떻게 가르쳤냐고 소리 지르며 따지려다 참았다. 그나마 이성은 남아서였을까? 룸미러에 비치는 자신의 얼굴을 보자 흠칫했다. 누굴까? 저 분노에 차 있는 남자는? 태우는 거울 속 남자의 눈에서 꿈에서 본 남자, 그러니까 수십 년 전에 죽은 아비의 모습을 봤다. 시선을 돌려 차창 밖을 봤다. 그리고 고개를 좌우로 흔들었다. 지금의 모든 것이 싫었다.

무목은 땀인지 물인지 젖은 몸을 씻지도 않은 채 대기실 바닥에 드러누워 있었다. 하필 그 타이밍에 팀장이 자신을 바라보고 있었던 게 암만 생각해도 부끄러워 견딜 수가 없었다. 오자마자 창고 정리 때문에 혼난 것쯤은 그가 거북골 구조대로 온다는 말을 들었을 때부터 이미 각오한 일이었다. 하지만 로프 때문에 실수를 한 태우는 그 상황이 끝내 수치로 남았다.

무목은 눈을 감고 지난날을 떠올렸다. 그렇게 바라던 소방관이 되고 소방 학교에서 신임 교육을 받을 때 태우를 처음 봤다. 180cm 정도의 키에 탄탄한 근육질 몸매. 날카로운 눈매와 쩌렁쩌렁한 목소리까지 굳이 겉으로 보이는 모습만이 아니더라도 태우는 무목뿐 아니라 당시 모든 동기들의 선망 대상이었다. 그가 특수 구조대원이라는 것을 알았을 때 무목은 막연하게 그처럼 되고 싶다는 욕심이 생기기 시작했다. 로프 구조 교육 때 어리바리하던 무목에게 자신감을 심어 주며 할 수 있다고 격려하던 태우였다. 부드럽진 않았지만 말 한마디 한마디에 힘이 있어 '이 사람이라면 믿을 수 있겠구나'라는 신뢰를 주던 교관이었다. 그런 그를 십수 년 만에 다시 만나게 된다는 것을 알았을 때 무목은 설렜다.

태우가 어떠한 일로 거북골로 오게 됐는지는 중요한 것이 아니었다. 자신이 가장 닮고 싶고 존경하는 구조대원과 드디어 함께 근무하게 되었다는 부푼 기대뿐이었다. 구조대원으로 채용되지 않고 화재 진압대원으로 들어온 무목이 구조대원이 되겠고 마음먹은 것도 태우 때문이었다. 구조 교육을 위해 몇 주간 봤을 뿐인 태우의 모습은 그렇게 무목에게 강한 모습으로 각인되어 있었다. 하지만 태우는 무목의 얼굴을 기억하지 못하는 듯했다. 그럴 만했다. 무목은 백여 명이 넘는 교육생 중 한 명일 뿐이었다. 그리고 태우는 구조 교육 후 특수 구조대로 복귀해 버렸다. 짧고 강렬한 만남의 기억은 무목에게만 머물렀고 태우에게 그날의 시간은 그냥 스친 일상이었다.

그 후 무목은 태우처럼 되기 위해 무척이나 노력했다. 소방 학교를 졸업하고 화재 진압을 하는 안전 센터로 발령 났다. 뭐든 마다하지 않고 열심히 일했다. 관창을 잡고 화재를 진압할 때마다 하나라도 더 배우기 위해 애썼다. 대형 면허가 있어 커다란 펌프차나 탱크차는 발령 후 서너 달 뒤 자유자재로 몰기 시작했다. 어설픈 소방학교 교육생의 모습이 사라진 무목은 더 큰 꿈을 위해 도전을 계속했다. 응급 구조사 2급 교육을 받고 자격을 취득한 후 구급대원으로도 1년 넘게 근무했다. 수많은 환자들을 처치하며 병원으로 이송했다. 멈춰 버린 심장을 다시 뛰게 만들며 '하트세이버' 상도 두 번이나 받았다. 무목은 자신의 소방관 생활 중 심장이 정지된 환자를 다시 살린 그때를 가장 자랑스럽게 여기고 있다.

무목에게는 또 다른 꿈이 있었다. 특수 구조대원. 어쩌면 그 꿈은 대단한 것이 아니었다. 화재 진압대원이든 구급대원이든 실력만 있다면 얼마든지 구조대원이 될 수 있었다. 하지만 무목은 그냥 구조대원 되는 것이 목표가 아니었다. 태우처럼 최고가 되고 싶었다. 무목은 결국 구급대원을 그만두고 구조대원이 되었다. 그것도 도내에서 가장 출동이 많다는 구조대에서 근무했다. 그곳에서도 무목은 현장이든 행정이든 뭐든 잘했다. 말수가 없고, 티를 내지 않아 사람들과 잘 어울리진 않았지만 오로지 실력으로 승부했다. 말이 많은 것만 빼면 누군가와 비슷했다. 그런 그가 어느 날 특수 구조대를 지원하고 싶다고 동료들에게 알렸다. 동료들은 고개를 갸웃했다. 특수 부대를 나와 구조대원으로 채용되지 않아서 어려울 거라는 의견이 지배적이었다. 무목의 생각은 달랐다. 분명히 미친 듯이 노력한 그이기에 자신 있었다.

하지만 동료들의 우려는 사실이 되었다. 무목은 정기 인사이동 때 특수 구조대가 아닌 한 번도 가 본 적 없는 시골 구석 거묵골 구조대로 발령이 났다. 실망했다. 뭐든 속으로 삼키는 무목이었지만 말도 안 되는 현실의 갑갑함을 동기들에게 토로했다. 술자리에서 자신을 달래는 동기들에게 무목은 말했다.

"그 사람이 분명히 소방 학교 때 말했어. 미친 듯이 노력하면 특수 구조대 갈 수 있다고."

동기들 중 누군가 되물었다.

"누가 그러던데?"

무목은 대답했다.

"김태우."

작은 생명

아침 근무 교대 후 태우는 팀장 책상 앞에 멍하게 앉아 PC 화면만 보고 있었다. 교대 시간에도 평소 같으면 이런저런 이유로 같은 팀원들이나 다른 팀 후배들까지 닦달할 텐데 오늘은 왠지 조용했다. 어제 딸의 학교에서 했던 행동이 자꾸 마음에 남아서였다. 딸아이의 얼굴에 손을 댄 것이 후회됐다. 어제저녁, 피해 학생 아버지와 통화하며 손이 발이 되도록 빌었다. 소방관인 자신의 직업을 여러 번 들먹이며 사정을 했다. 그럴 때마다 자존심이 한없이 무너져 내리는 것을 느꼈지만 그래도 비는 수밖에 없었다.

피해 학생의 아버지는 태우가 소방관이고 또 언젠가 큰 화재 현장에서 활약하며 TV 방송 인터뷰한 것을 본 것 같다며 다소 마음이 수그러든 뉘앙스였다. 태우는 때를 놓치지 않고 더욱 사정했다. 일이 그렇다 보니 아이를 돌볼 시간이 없었음을 강조했다. 이혼까지 하고 혼자 키우는 처지도 그러하니 부디 선처해 달라고 읍소했다. 피해 학생의 아버지는 일단 경찰서까지는 가지 않겠노라고 했고 곧 있을 학교 폭력 위원회에서도 최대한 좋게 마무리하는 것으로 해 보겠다고 했다. 태우는 전화를 하면서도 선 채로 허리를 연신 굽혔다.

전화를 끊고 무너진 자존심에 치를 떨기도 했지만 딸아이의 일을 아비로서 책임지지 않을 수는 없었다. 태우는 그랬다. 적어도 책임감은 있었다. 아니 막무가내 같아도 자신의 일에 있어 반드시 지켜야 할 가치는 지켜야 하는 사람이었다. 이혼을 하며 가정을 지키지 못했다는 자책이 늘 있었기에 딸 규리만큼은 잘해 주고 싶었는데 갑자기 변해 버린 규리의 모습에 적잖게 당황한 요즘이다. 무엇이 문제일까? 이혼할 때도 엄마보다 아빠와 살고 싶어 했던 아이였다. 태우는 그런 규리를 지독히 사랑했지만 표현하지 못했다. 성격도 성격이었고, 강하게 키워 세상과 싸울 힘을 길러야 한다는 것이 태우의 교육관이었으니 말이다. 그런 와중에 딸의 일을 겪고 어제 결국 규리의 뺨을 때리기까지 했으니 아침부터 마음이 너무 불편했다.

'부르릉.'

사무실 밖은 구조공작차와 생활구조차 등 소방 차량을 모두 차고 밖으로 꺼내 놓고 점검 중이었다. 무목과 태풍 그리고 나리와 만수까지 거묵골 구조대 1팀 대원 모두가 나와 출동 장비를 직접 점검했다. 기관원인 채 반장은 구조공작차와 다른 출동 차량들을 꼼꼼히 훑었다. 초가을이라도 아침 햇살이 여전히 따가웠는데 늘 그랬듯 걷히지 않은 아침 안개가 햇볕의 따스함을 막고 있었다.

점검 중인 대원들 사이로 태우가 뒷짐을 지고 슬그머니 나타나자 가장 먼저 나리가 뭐라도 더 하는 척하며 괜한 눈치를 봤다. 태우는 그런 나리의 태도를 모르고 그냥 지나 걸었다. 태풍이 체인 톱을 점검하는 모습, 무목이 유압 장비에 시동을 거는 모습, 막내 만수가 에어백을 점검하는 모습을 차례로 훑은 태우는 아무 표정 없이 구조대 앞마당을 서성거렸다. 그때였다. 상순이가 태우 옆에 어느새 붙어 쫄래쫄래 따라다니고 있었다. 태우의 오른쪽에 바짝 붙어 태우를 따라 걷고, 태우가 멈추면 따라 멈췄다. 태우는 귀찮다는 듯이 한 번 힐끗 봤다가 그냥 무시했는데 이놈은 아예 놀아달라는 듯 폴짝거리기까지 했다.

"그놈이 아무래도 팀장님이 좋은가 봅니다. 어지간해서는 처음 보는 사람한테 거리를 두는데 오신 지 얼마 되지도 않은 사람을 저리 따르는 걸 보면요."

기관원 채 반장이 사람 좋은 웃음 지으며 슬그머니 다가와 태우를 보며 말했다.

"그래요? 난 뭐 개를 좋아하진 않아요."

태우는 말끝을 흐리며 슬그머니 발아래 상순이를 유심히 바라봤다. 흰색 잡종견인 상순이는 자그마한 체구지만 털에 윤기가 충만했고, 몸이 바르게 서 있었다. 새카만 눈동자가 흰 털에 가려 보일 듯 말 듯했는데 그것이 상순이의 매력이었다. 그런 상순이를 가만히 바라보던 태우의 눈빛이 잠시 흔들리는 것을 느낀 것은 채 반장이었다.

"표정을 보니 꼭 그렇지마는 아닌가 본데요. 듣기로는 특수 구조대 계실 때 핸들러*도 하셨다고…….”

치우의 말을 듣는 태우의 표정에 옅은 미소가 보였다가 이내 슬프게 변했다.

*

“천둥아!”

태우는 멀찌감치 떨어져 먼 산만 멀뚱히 바라보고 있는 천둥이를 크게 불렀다. 천둥이는 태우의 목소리를 듣더니 파란 잔디 위를 신나게 가로질러 뛰어와 태우에게 달려들었다. 인명 구조견 천둥이는 네 살짜리 골든 리트리버. 금빛 털을 보드랍게 찰랑거리며 뛰어가는 모습이나 순하디 순하게 생긴 얼굴 표정을 보면 험한 구조 현장에서 어떻게 활약할까 보이기도 하지만 천둥이가 살린 사람만 열 명이 넘는다. 천둥이와 태우는 2년 전부터 함께하고 있다. 앞서 핸들러를 하던 선배가 다른 곳으로 전출을 가게 되면서 특수 구조대 막내 구조대원인 태우에게 천둥이를 부탁했다.

“넌 뭐든 똑 부러지게 할 거 같으니까 핸들러도 잘할 거다. 평소 천둥이도 너를 잘 따르니 한번 맡아봐”

전임자의 말은 정확했다. 천둥이는 새로운 핸들러 태우와 금방 친해졌고 많은 출동에서 맹활약했다. 특히 작년엔 악천후에 고립된 70대 등산객 한 명을 저체온으로 죽기 직전에 발견해 기사회생하게 했던 천둥이었다. 강한 비바람에 모두가 태우와 천둥이의 출동

---

*   인명 구조견을 훈련시키고 함께 출동하여 사람을 구하는 구조대원.

을 걱정하며 말렸지만 둘은 기어이 온 산을 샅샅이 뒤져 노인을 찾아 가족의 품으로 돌려보냈다.

천둥이는 유순한 종이지만 태우는 매섭게 조련하고 강하게 가르쳤다. 태우는 천둥이와 견사*에서 함께 잠을 잘 정도로 친밀감이 강했다. 인명 구조견은 복종하는 훈련을 위해 늘 식사량이 적기 마련인데 하루는 천둥이가 너무 배가 고파 누군가 바닥에 떨어뜨린 초콜릿을 봉지째 먹어 버린 적이 있었다. 비닐 포장지에 싸인 초콜릿을 우걱우걱 씹어 먹은 천둥이는 며칠 뒤 소화되지 않은 비닐 때문에 복통을 일으켰고 결국 비닐 포장지를 제거하는 수술을 받았다. 그때 태우는 마취도 덜 깬 천둥이를 끌어안고 하루 종일 함께 누워 있었다. 관리를 소홀히 했다는 이유로 태우는 대장에게 호되게 질책을 받았지만, 동료들은 태우가 천둥이를 얼마나 아끼는지 알게 되었다.

천둥이와 2년을 꽉 채우고 근무하던 어느 날 재개발 지역 공사 현장에서 철거 중인 건물이 인부들을 덮친 사고가 발생했다. 상황은 심각했다. 인부 두 명이 무너진 콘크리트 주택 어딘가에 매몰되어 있었다. 현장 상황을 판단한 특수 구조대원들은 매몰 현장에 진입하는 것에 상당한 부담을 느꼈다. 2차 붕괴가 우려되었기 때문이다. 무너지다 만 주택이 금방이라도 주저앉을 것처럼 위태로워 보였다. 매몰된 인부들의 위치라도 파악해야 뭐라도 할 텐데 각종 탐색 장비를 가지고 들어갈 구조대원 역시 위험해질 것이 뻔한 현장이었다. 지휘부는 고민이었다. 인부들의 가족과 동료 그리고 언론

---

*   인명 구조견이 먹고 자는 집.

이 지체되는 구조 작업을 지켜보며 119를 탓했다.

"안 들어가고 뭐 하는 겁니까? 119가 안 들어가면 누가 들어가요!"

주변의 다그침에 난감해하던 중 누군가가 외쳤다.

"저랑 천둥이가 들어가겠습니다."

태우였다. 그리고 옆에 천둥이가 해맑은 표정으로 서 있었다. 동료들은 만류했다. 태우도 그렇고 천둥이도 중한 목숨이다. 하지만 태우는 자신 있어했다.

"위치만 파악할게요. 천둥이가 분명히 해낼 겁니다. 믿어 주십시오."

막내 구조대원이었지만 평소 태우를 아는 동료들은 결국 둘을 믿고 현장으로 투입했다. 콘크리트 잔해가 수북한 곳을 지나 얼기설기 무너질 듯 말 듯 한 주택들이 있는 곳으로 태우와 천둥은 조심히 걸어 들어갔다. 오래지 않아 앞서 걷던 천둥이의 걷는 속도가 빨라지더니 반쯤 무너진 3층짜리 빨간색 벽돌집으로 내달렸다. 태우는 낌새를 차리고 천둥을 빠르게 뒤따랐다. 천둥이는 뭔가를 발견했는지 마구 짖었다. 10m, 아니 20m쯤 뒤에서 짖고 있는 천둥이의 표정을 보며 태우는 확신한 듯 걸음을 재촉했다. 그러면서 자신을 바라보는 천둥의 눈을 보았다. 늘 그랬다. 아빠 태우를 바라보는 천둥의 눈은 그렇게 한없이 순수했다. 생명을 구하기 위한 급박한 순간에도 눈만 마주치면 이내 말하지 않아도 통하는 무언가를 눈빛으로 교환했다. 태우는 콘크리트 잔해를 뛰어넘으며 자신을 빤히 바라보는 천둥이 곁으로 다가갔다. 그때였다.

'우두둑. 쾅.'

빨간 벽돌이 무너지는 것은 순식간이었다. 그와 동시에 벽돌 위에 겨우 버티고 있던 3층 집 콘크리트 더미가 고스란히 천둥을 덮쳤다. 그 순간까지 천둥의 눈은 여전히 태우를 바라보고 있었다. 태우는 묵직한 콘크리트 더미가 천둥의 몸을 짓누르며 내려앉는 것을 고스란히 바라봤다. 천둥을 덮어버린 콘크리트 더미가 뿌얀 먼지를 가득 내뿜으며 조용히 그 자리를 더 깊게 눌렀다.

태우는 초점 없는 눈빛으로 말을 마쳤다. 장비 점검을 마치고 사무실에 들어와 채 반장의 물음에 찬찬히 시작된 태우의 핸들러 시절 이야기가 끝나자 팀원들 모두 말을 잊고 멍하니 태우만 바라봤다. 태풍은 어느새 눈가의 맺힌 눈물을 누가 볼까 급하게 훔치고 있었다. 막내 만수가 타 준 믹스 커피를 한 모금 마시며 태우가 말을 이었다.

"똑똑했어. 그 녀석. 사람이건 동물이건 난생처음 나를 따르는 놈이었는데 천둥이가 그렇게 죽고 나서 당최 다른 동물들에게 정 붙이기가 쉽지 않네. 사람은 더 그렇고."

태우는 여기까지 말하고 숙이고 있던 고개를 들었다. 그제야 모든 팀원들이 각자의 자리에 앉아 자신의 이야기에 몰입하고 있음을 알아차렸다. 괜한 부끄러움이 몰려왔다.

"내가 쓸데없는 이야기를 했네. 뭐. 구조견 죽는 거나 소방관이 현장에서 죽는 거랑 별반 다를 거도 없는데 말이야. 그리 대단한 거 아니니 다들 신경 쓰지 말고 일해! 일!"

깐깐, 무뚝, 까칠 대명사인 새로운 팀장 김태우가 천둥이 이야기를 하며 감성에 젖은 모습이 마치 무언가를 들킨 듯 보였다. 태우가 자리에서 일어서자 다들 있지도 않은 일을 찾아 나서며 순식간에 여기저기로 흩어졌다. 태우는 괜히 다 마신 커피 잔에 다시 물을 한가득 채워 벌컥벌컥 들이켰다. 천둥이 이야기는 알 만한 동료들은 다 아는 이야기인데 알려진 것이 조금 다르다. 과시욕에 가득 찬 태우가 무리하게 천둥이를 데리고 위험한 붕괴 현장에 갔다가 변을 당한 것으로만 다들 알고 있다. 하지만 태우는 천둥이와 신뢰와 교감으로 현장에 들어갔음을 애써 말하고 싶었다. 딴에는 냉철하고 각 잡혀야 할 팀장이 괜히 감성에 젖은 모습을 팀원들에게 비춘 것이 부끄럽기도 했고 자기만 아는 천둥이와의 교감을 잘 알아들었는지 되묻고 싶기도 했다.

"히야~ 희한하네요. 그죠? 바늘로 찔러도 피 한 방울 안 나올 거 같은 팀장님이 천둥이인가 그 구조견 이야기할 때 목소리 떨리는 거 저만 들은 거 아니죠? 그죠?"

차고 옆 등나무 아래 모인 무목과 태풍 그리고 막내 만수가 조금 전 태우의 모습에 이런저런 말을 하고 있다. 태풍이 무목을 향해 몹시도 신기한 듯 팀장의 모습을 이야기하자 무목은 알 듯 모를 듯 미소만 지을 뿐이었다. 막내 만수는 팀장님도 사람인데 가족 같던 구조견을 잃었으니 상심이 컸을 거란 말만 되풀이했다. 무목은 태풍과 만수의 말은 건성으로 들으면서 속으로 한때 존경했고 지금도 그럴 거라고 믿고 있는 태우가 결코 세간의 말처럼 나쁜 사람이 아닐 것이라는 일말의 기대가 조금 더 커지고 있음을 느꼈다.

"팀장님이 지금 당장 다 들어오시랍니다."

언제 나타났는지 모를 나리가 특유의 내리깔리는 목소리로 무목과 태풍, 만수를 보며 말했다.

"어이쿠 깜짝이야. 넌 덩치도 산만 한데 언제 옆으로 다가온 거야?"

태풍은 화들짝 놀라며 나리를 보며 말했다.

"아침 장비 점검 때 체인톱 점검한 사람 누구냐고 노발대발이십니다. 오일이 한가득 새서 적재함 바닥이 번들거린다면서요."

나리가 여기까지 말하자 무목의 고개가 슬그머니 만수로 향했다. 만수는 무목의 눈치를 보며 목을 움츠린 채 기어들어 가는 목소리로 말했다.

"오일이 부족해서 보충한다는 게 너무 많이 넣었나 봐요."

태풍이 지그시 눈을 감고 만수의 말을 이었다.

"다른 팀장들 같았으면 큰일도 아닌데 역시 김 팀장 성격이 어디 가냐? 가서 다 같이 욕이나 먹자."

태풍의 말이 끝나자 무목이 앞장섰고 나리와 태풍 그리고 만수가 뒤를 따랐다.

"구조 출동! 구조 출동!"

네 명의 구조대원이 차고 앞을 가로지르면서 태우에게 혼나러 가는 길에 출동 벨소리가 신나게 울리기 시작했다. 태풍은 짐짓 다행이라는 표정으로 눈을 희번덕거리며 만수를 보며 씩 웃었다.

"출동이 팀장한테 깨지는 거보다 낫지 않겠냐? 얼른 차에 타!"

태풍의 말이 끝나지도 않았는데 무목과 만수는 이미 공작차에 올라탔다. 나리는 쏜살같이 뛰어가 사무실에서 출동 지령서를 가지고 나왔다. 공작차에는 어느새 채 반장이 시동을 걸고 있었고 태우는 무전기를 잡고 상황 파악 중이었다.

"봉황. 여기 거묵 구조. 현장 상황 확인 바람!"

태우의 요청에 상황실 요원의 다급한 목소리가 뒤이어 무전기 수신기를 통해 나왔다.

"아파트 8층에서 아이와 함께 자살 시도하는 여성이 있으니 신속하게 출동 바람. 현장 상황 매우 다급한 것으로 보임. 도착하여 에어매트 신속하게 설치할 것!"

상황실 요원의 목소리만 들어도 현장이 눈에 그려지는 태우였다.

"밟아요."

채 반장은 태우의 지시에 두말없이 굉음을 내며 현장으로 빠르게 공작차를 몰았다. 태우는 대원들에게 에어매트를 도착하자마자 꺼내라고 지시했고, 에어매트를 펴는 동안 자기는 8층으로 올라가 보겠다고 했다. 태우의 말을 들은 구조대원들은 짧게 대답하며 각자차 안에서 보호 장구를 착용하기 시작했다.

묵직한 구조공작차가 오래된 임대아파트 입구로 들어선 것은 구조대 차고를 떠난 뒤 5분도 채 되지 않아서였다. 경찰차 두 대가 입구 앞 바로 보이는 아파트 화단 아래에서 경광등을 켠 채 서 있었고 주위로 사람들이 웅성거리며 하늘을 향해 고개를 들고 있었다. 바라보는 사람들 중 더러는 입을 막고 눈물을 글썽거리기도 했고 더러는 '누구 엄마야 제발 그러지 마'라고 외치기도 했다.

구조공작차는 경찰차 바로 뒤에 붙어 차를 세웠고, 뒤이어 내린 구조대원 네 명이 에어매트를 힘겹게 꺼내 옮겼다. 구경하는 사람들은 그래도 구조대원들이 오니 안도하는 표정을 지으면서도 여전히 하늘 쪽을 바라보며 안쓰러운 표정을 지었다. 태우는 에어매트를 펼치는 대원들을 뒤로하고 사람들이 바라보고 있는 위를 올려다

봤다. 아파트 베란다 난간에 걸터앉아 오른팔로 난간을 붙잡고 위태롭게 버티고 있는 한 여인이 보였다. 놀라운 것은 여인의 왼팔에는 이제 막 돌이 지났을 법해 보이는 아이가 안겨 울고 있었다. 걸터앉은 자세가 워낙 불안정해서 조금만 앞으로 쏠려도 아래로 떨어질 것 같았다. 그 불안한 자세를 한쪽 팔로만 견디고 있었는데 당장이라도 누가 잡아 주지 않으면 곧 떨어질 게 분명했다. 태우가 보기엔 팔에 힘이 빠지든 고의로 놓든 저 여자는 곧 8층 높이에서 추락할 것처럼 보였다.

뒤이어 도착한 현장 지휘 팀이 차에서 내리자 태우는 짧게 보고하고 아파트 엘리베이터로 달렸다. 엘리베이터가 8층에 멈춰 서 있는 것을 본 태우는 발길을 계단으로 돌려 미친 듯이 뛰어 올라갔다. 두세 칸씩 성큼 올라 가쁜 숨을 몰아내며 도착한 8층에는 이미 경찰과 사람들이 열린 아파트 현관 입구에 들락거리고 있었다. 태우는 상황을 보고 9층에서 로프를 타고 진입하여 발로 여인을 차 안쪽으로 밀어 넣을 생각도 이미 하고 있었는데, 막상 난간에 앉은 여인을 보니 그것도 쉽지 않아 보였다. 난간과 베란다 바닥과의 높이가 언뜻 봐도 1m 남짓은 되어 보였고 혹시라도 밀어 넣고 떨어질 때 아이의 머리가 다칠 수도 있겠다 싶었다. 그런 생각을 하고 있는 태우에게 경찰은 난감한 표정을 지으며 말을 건넸다.

"나이가 많은 엄마인데 산후우울증이 심했대요. 말도 잘 안 통하고 계속 울기만 하네요."

경찰의 말이 끝나기가 무섭게 태우는 거실을 가로질러 베란다 난간 쪽으로 다가갔다. 거실 바닥에는 무슨 약인지 모를 알약이 한가득 쏟아져 있었는데 약봉지에 '정신과'라고 적혀 있었다. 태우는 경찰의 말을 짐작하며 우울증 약이 아닐까 짧게 생각했다. 좁디좁은 아파트 거실을 걸어가는데 태우는 한 걸음 한 걸음이 조심스러웠다. 집 안에 가족들은 아무도 없었고 그나마 알고 지내던 이웃 아줌마 둘이 현관 언저리에서 서성거리고 있었다. 하지만 여인을 진정시키기는커녕 도리어 자기들이 더 크게 울 뿐이었다. 태우는 베란다 앞까지 조심히 걸어 들어가더니 쓰고 있는 헬멧을 슬그머니 벗어 얼굴을 다 들어내 놓고 여인에게 말을 걸었다.

"저 좀 봐 주세요. 얘기 좀 해요."

낮은 음성이었지만 또렷한 태우의 목소리를 들었는지 여인은 눈물이 뒤범벅이 된 얼굴을 돌려 태우를 바라봤다. 여인의 품에 안긴 아이도 찢어질 듯 울고 있었다. 아이를 감싼 여인의 팔은 가늘었고 금방이라도 아이를 놓아 버릴 듯 바들바들 떨고 있었다. 안겨 있는 아이의 몸이 여인의 울음과 함께 이리저리 휘청거렸다. 그런 아이 뒤로 까마득하게 반대편 아파트 창이 보였는데 바람이 부는지 '휘휘' 하는 소리가 베란다 안으로 마구 들려왔다. 태우는 어떡해서든 여인을 안으로 들여야겠다는 생각뿐이었다. 여인은 그런 태우를 보자 더 울었다. 여인이 더 울자 아이도 따라 더 울었다. 태우는 숨이 막혔고 더 이상 말이 나오지 않았다. 여인의 울음은 갈수록 격해졌고 소리는 아파트 밖으로 울려 메아리를 만들며 단지 안으로 퍼졌다. 동시에 여인의 몸이 울음으로 마구 들썩거렸는데 그 모습이 차마 보기 힘들 만큼 위태로웠다.

"아이 때문에 힘들어요. 죽고 싶어요. 내 아이가 싫어요."

여인의 말은 또렷했다. 태우는 여인의 말을 듣자 어딘가 감추어져 있던 알 수 없는 슬픔이 미친 듯이 올라왔다.

"아니에요! 아이는 잘못 없어요. 그러니 일단 아이를 내려 줘요. 아이는 안 돼요!"

태우의 음성은 심하게 떨리고 있었고 두 팔을 뻗어 아이를 달라며 손을 안으로 저었다. 여인은 그렇게 조금씩 다가오는 태우를 보자 몸을 움츠렸다.

"나도 죽고 다 죽이고 싶어요."

여인의 말을 들은 태우는 마른침을 삼켰고 더는 다가가지 못했다. 동시에 여인의 눈빛이 심하게 흔들리더니 아이와 태우 그리고 8층 아래 아득한 바닥을 한 번씩 번갈아 바라봤다. 눈물이 범벅되어 얼굴에 바짝 붙은 여인의 머리카락이 바람 때문에 살갗에서 떨어져 나풀거렸다. 태우의 동공이 커지고 살짝 벌어진 입으로 가느다란 탄식만 흘러나왔다.

"됐어요. 다 들어갔어요!!"

태풍이 소리쳐 에어매트에 공기가 충분히 주입된 것을 무목에게 알렸다. 고층용 에어매트가 구조대원들의 신속한 전개로 큼지막하게 펼쳐졌다. 무목과 나리가 오른쪽에서 송풍기로 공기 주입을 했고 혹시 모르니 반대쪽에서 태풍과 만수가 에어매트가 잘 펴지도록 이곳저곳 찌그러진 곳을 손으로 당겨 폈다. 만수가 서 있는 쪽은 화단이 있는 곳이라 에어매트가 고르지 못하게 펴졌지만 어쩔 수 없었다.

"오케이! 좋아! 만수야 팀장님한테 무전해. 에어매트 다 폈다고!"

무목은 에어매트 주변을 정리하며 조금이라도 시간을 아끼기 위해 무전 보고를 만수에게 지시했다. 만수는 알겠다며 무전기를 잡고 키를 눌렀다.

"거묵 구조 하나! 여기 거묵 구조 둘! 에어매트 완전 전개했습니다!"

만수는 보고 후 에어매트에서 잠시 뒤로 물러섰다. 그러면서도 태우가 답이 없자 두 번째 보고를 했다.

"거묵 구조 하나! 거묵……!"

만수가 두 번째 무전을 하는 순간 주변에서 사람들이 비명을 질렀다. 동시에 만수와 에어매트 사이로 무언가가 떨어졌는데 떨어질 때 소리가 무척이나 컸다. 만수는 무전기를 들고 있는 손을 자기도 모르게 내리며 금방 위에서 떨어진 무언가를 확인하기 위해 천천히 자신의 발 아래쪽으로 고개를 숙였다. 숙여지는 속도가 무척 느렸는데 속으로 제발 그것이 자신이 생각하는 것이 아니기를 바라는 표정이었다.

그것은 아이였다. 여인이 안고 있던 아이. 그리고 아이는 만수 바로 앞에 떨어져 있었다. 순간 만수의 눈은 초점을 잃었고 몸은 얼어붙었다. 그리고 흘러내리듯 만수는 그대로 바닥에 주저앉아 버렸는데 만수의 상체가 바닥에 닿기 전에 나리가 달려와 만수를 끌어안았다. 순식간에 주위는 사람들의 비명으로 아수라장이 되었고 혼절하여 쓰러지는 사람들도 다수였다. 몇몇 경찰이 난리 통을 통제하겠다고 호각을 불며 사람들 사이를 이리저리 뛰었지만 제정신인 사람은 거의 없었다. 만수는 뜬 것도 아니고 감은 것도 아닌 희끄무레한 눈으로 나리의 가슴팍에 안겨 있었는데, 아무것도 들리지 않았고 사지를 움직일 수 없었으며 먼 곳 하늘의 뿌연 구름만 눈앞에 어른거렸다.

그림

만수가 겨우 눈을 뜬 것은 구급차 안이었다. 동시에 주위의 산만함이 느껴졌다. 옆에 있는 여자 구급대원에게 만수가 물었다.

"내 앞에 떨어진 아이는요?"

구급대원은 만수의 물음에는 답하지 않고 앞쪽에 있는 구급차 기관원에게 소리쳤다.

"출발해!"

구급차는 사이렌을 울리며 아파트 안을 빠르게 벗어났다. 사람들이 달리는 구급차를 보더니 좌우로 비켜섰다.

만수가 본 것은 아이가 맞았다. 엄마는 결국 아이를 던져버렸다. 던져진 아이는 추락하며 설치된 에어매트를 비켜 떨어졌다. 한 뼘. 딱 한 뼘 차이였고 그 앞에 만수가 있었다. 아이가 떨어지고 엄마도 뛰었다. 엄마는 아이를 던진 죄책감에 자신도 죽으려 단단히 마음먹었는지 베란다에서 멀리 도약했다. 아마도 에어매트를 비켜 떨어지려 했던 것 같다. 하지만 도약은 멀지 않았다. 에어매트 가장자리에 떨어진 엄마는 에어매트의 완충력에 의해 한 번 튕겨진 후 바닥에 떨어졌다. 여인은 살았지만 전신이 부서졌다. 주위에 있는 누구하나 충격을 받지 않은 사람이 없었다. 태우는 아이와 엄마가 떨어진 후 그 자리에 주저앉아 한참을 움직이지 못했는데 겨우 정신을 차려 내려올 땐 온몸에 힘이 풀려 계단이 아닌 엘리베이터를 탔다.

구조대로 복귀하는 공작차 안에서 누구 하나 말하지 못했다. 무목과 태풍은 각자 왼쪽과 오른쪽 창가에 앉아 달리는 구조공작차의 바깥 풍경만 바라보고 있었다. 나리는 만수가 타고 간 구급차에 동승해 병원으로 따라갔다. 태우는 말없이 정면만 응시하고 있었다.

'죽어야 하는 아이. 엄마가 죽이고 싶은 아이.'

태우의 머릿속에서 떠나지 않은 물음이었다. 동시에 자신의 어린 시절이 생각났다. 자기 아비도 그랬을까? 죽이고 싶을 만큼 자식을 미워하는 부모를 태우는 이미 겪었다. 그 높은 곳에서 아이를 던져 버린 어미가 과거 자신을 미친 듯 매질했던 아비의 심정과 같았을까 하는 생각을 하니 슬픔과 분노 또 체념 같은 감정으로 마구 뒤섞여 올라왔다. 과거도 과거지만, 태우가 겪은 구조 현장 중 이런 적은 처음이었다. 태우는 늘 대형 사고 위주의 출동만 갔다. 그가 있었던 특수 구조대의 임무가 그랬고 그의 실력은 고난도 사고에서 빛을 발했다. 오늘처럼 현장에서 무기력함을 느낀 적이 없었다. 태우는 자신 앞에서 연달아 떨어져 간 아이와 엄마의 눈을 마지막으로 본 사람이었다.

"만수는 괜찮다고 합니다."

태우는 대답이 없었다. 무목이 몇 번이나 팀장님이라고 부르자 겨우 알아차린 태우는 뒤로 고개를 돌렸다.

"팀장님. 만수는 이것저것 검사했는데 괜찮답니다. 나리가 금방 전화 왔습니다. 구급차 타고 바로 구조대로 복귀한다고 합니다."

"응."

태우는 짧게 대답했다. 그나마 다행이었다. 자기 발 앞에 사람이, 그것도 아이가 떨어진 것을 본 만수의 상태가 걱정이었다. 정신은 차렸다고 하니 다행이긴 하지만 괜찮다고 괜찮은 것이 아닐 것이다. 다른 구조대원들도 태우의 생각과 비슷했고 그래서 여전히 말이 없었고 가장 침착하고 연장자인 채 반장마저 말거리를 생각하지 못했다.

'카톡.'

태우의 휴대전화에서 들리는 메시지 음이 구조공작차 안의 정적을 깼다.

'얘기 들었다. 통화되냐?'

설한국이었다. 통화할 상황이 아니라고 생각했지만 태우는 설한국의 말을 피할 수 없었다. 달리는 공작차 안에서 태우는 바로 전화를 걸었다.

"형님. 접니다."

태우가 거묵골로 오고 나서 처음 하는 통화였다.

"보고 받았다. 막내 구조대원은 괜찮은 거지? 뭐 그런 일로 어떻게 됐겠냐? 요즘 애들 간이 약해서 그런 일에 픽픽 자빠지는 거 보니 참."

태우는 뭐라도 대답하고 싶었지만 그럴 만한 힘도 없어 계속 듣기만 했다.

102

"그건 그거고. 조만간 자리 한번 마련할 테니 시내로 나와. 인사 시켜 드릴 분도 있고. 듣고 있냐?"

"아. 네."

설한국은 천하의 김태우가 자살 출동 하나 때문에 정신줄 놓을 거냐며 핀잔 아닌 핀잔을 준 뒤 혀를 차며 전화를 끊었다. 태우는 끝내 아무 말도 하지 못했다.

나리는 도착하자마자 공문부터 작성했다. 현장 활동 중에 끔찍한 사고를 목격하거나 겪은 대원들은 사고 즉시 심리 상담을 받을 수 있기 때문이다. 소방관의 외상 후 스트레스 장애*가 심각한 지경에 이르러 만들어진 정책이다. 실효성은 둘째 치더라도 이렇게라도 마음을 달래야 했다.

"난 명단에서 빼. 자살 출동 하나 하고 무슨 상담이냐. 상담은."

애써 태연한 척하는 태우의 말에 대원들은 침묵으로 답했다. 멍한 표정으로 앉아 있던 만수가 태우의 말을 듣고 슬그머니 자리에서 일어나 밖으로 나갔다.

"그래도 하셔야 합니다. 본부에 보고도 해야 하고 괜찮으신 거 같긴 하지만 짧게라도 말씀 나눠 보시죠."

점잖은 채 반장이 태우에게 상담을 재차 권하자 마지못해 그러겠노라 했는데 단 자신은 짧게 하겠다고만 했다. 그런 후 태우는 밖으로 나간 만수를 찾았다. 만수의 상태를 봐야 했다.

"괜찮은 거지?"

---

* PTSD, post traumatic stress disorder.

구조공작차 뒤에서 서성거리는 만수를 발견한 태우가 말을 걸며 다가왔다. 만수는 대답 없이 발아래만 바라보고 있었다.

"이런 출동도 겪어 보는 거야. 안 그래? 구조대원 하다 보면 별것 다 보거든. 죽는 사람 보는 거 어디 피할 수 있겠니? 그러려니 해. 응?"

태우는 나름 나긋하게 만수를 달랬다. 아마 여기 거묵골로 오기 전의 자신이라면 뒤통수 한 대 쥐어박으며 정신 차리라고 했을 것이다.

만수는 기어들어 가는 목소리로 '네'라고 대답했지만 더는 말이 없었다. 태우는 그래도 무언가를 확인해야 했는지 고개를 살짝 수그려 만수의 표정을 살폈다. 만수는 슬픔도 아니고 괴로움도 아닌 알 수 없는 표정만 짓고 있었다. 태우는 만수의 표정이 낯설면서도 왠지 익숙했다. 마치 감당할 수 없는 커다란 짐을 진 어린아이의 표정 같았다. 태우는 만수의 얼굴에서 시선을 뗄 수 없었다. 태우의 눈빛을 그제야 알아차린 만수가 고개를 들어 태우 눈과 마주쳤다. 태우는 뭔가 들킨 사람처럼 얼른 고개를 들어 다른 곳을 보며 헛기침을 하며 사무실로 걸어 들어갔다. 만수는 한참을 그대로 서 있었다.

다음 날 오전에 거묵골 구조대 1팀은 심리 상담을 했다. 태우는 여전히 상담이 못마땅하다.

"아이~ 거 난 안 해도 된다니까."

투덜거리는 태우를 뒤로 하고 팀원들은 한 명씩 상담원과 말을 나눴다. 무목, 태풍, 나리 순으로 30분 정도 상담을 했다. 마지막으로 들어간 만수는 한 시간이 넘도록 방에서 나오지 않았다. 두 시간이 지나서야 만수는 나왔고 아무도 그에게 뭐라 이야기 나눴는지 묻지 않았다. 마지막으로 태우가 들어갔다. 태우는 상담원을 보자마자 물었다.

"만수는 괜찮은 거죠?"

중년의 여자 상담원은 살짝 당황했다. 그래도 상담 절차가 있는데 다짜고짜 다른 사람의 안부부터 물으니 말이다.

"정만수 반장님은 조금 심각합니다. 정신과 치료를 우선 권했어요."

만수는 상담사의 말에 미간을 찌푸렸다.

"에이. 무슨 그깟 일로……."

상담사는 입술을 꽉 깨물며 태우에게 말했다.

"팀장님. 행여라도 그런 말 마세요. 정만수 반장님 상태가 좋지 못해요. 저도 계속 추적 관리할 겁니다. 바로 앞에서 아기가 떨어져 죽는 것을 봤어요. 쉽게 볼 일 아닙니다."

태우는 정색하고 말하는 상담사의 표정에 그제야 헛기침을 두어 번 하며 심각성을 깨달았다. 세상을 이기려고만 살아온 태우였다. 얼음장보다 차가운 냉정과 지지 않으려는 악기(惡氣)만이 태우가 살아가는 동력이었다. 그런 그에게 지금의 상황은 몹시 낯설었다. 소방관, 그것도 구조대원이 보는 무수한 죽음은 그에게 아무것도 아니라고 여겼기에 지금의 상황을 굳이 인정하기가 싫었다.

"팀장님도 몇 가지 여쭤볼게요."

이왕의 상담이니 할 건 해야 했다. 그러면서 상담원은 빈 종이를 내밀었다. 태우에게 빗속에 있는 자신을 그려 보라고 했다. 태우는 내키지 않았지만 시키는 대로 했다. 오래 걸리지 않아 태우는 자신이 그린 그림을 상담사에게 내밀었다. 상담사는 그림을 잠시 보더니 태우를 빤히 쳐다보며 말했다.

"팀장님도 분명 힘들 텐데 왜 말을 안 하세요?"

태우는 무슨 뜻이냐는 듯 눈을 동그랗게 뜨며 상담사를 멀뚱히 바라봤다. 상담사는 그런 태우에게 그림에 대한 설명을 시작했다.

"우산도 없이 혼자 비를 맞고 있어요. 무척 외로운 겁니다. 또 등을 보이고 있네요. 사람이든 세상이든 스스로 만든 벽이 굉장히 크고 높아요. 단절되어 있어요. 내리는 비를 보자면 빗방울을 매우 세밀하고 많이 그린 거 보니 스트레스도 상당하고요. 분명 트라우마가 있어요. 팀장님도 좋은 상황은 아닙니다."

태우는 이게 무슨 소린가 했다. 건강이라면 잠을 잘 못 자고 반복되는 악몽에 한 번씩 깰 뿐이지 그 외에는 아픈 곳 하나 없는 그였다. 올봄 체력 검정에서는 전 종목 만점을 받을 만큼 강한 체력을 유지하고 있었다. 술은 거의 입에 대지 않았고 담배를 끊은 지 20년이 넘은 그다. 그런 자신에게 정신적으로 무언가 문제가 있다고 하는 눈앞에 상담사의 말을 태우는 받아들이기 힘들었다.

"무슨 말이에요? 제가 뭐 정신병이라도 걸렸다는 거예요?!"

태우 특유의 급발진이 시작됐다. 상담사는 말없이, 표정 없이 태우를 바라만 보고 있었다. 태우는 더할 것도 없다며 자리에서 일어섰고 두어 발짝도 안 되는 출입문 쪽으로 몸을 돌려 벌컥 열어재끼고 나가 버렸다. 상담사는 닫히지 않은 문을 잠시 바라보고 있다가 태우와 했던 상담 기록을 챙겨 서류 가방에 넣고 일어섰다.

현관문을 열고 들어오는 태우는 한숨부터 내쉬었다. 신발을 벗고 거실로 들어오는 발걸음이 무겁다 못해 바닥에 눌어붙을 지경이었다. 심리 상담 때문에 퇴근이 늦은 데다 매일 가는 수영장과 헬스장을 다녀오니 시계는 오후 4시를 가리켰다. 이혼하고 딸과 둘이 사는 집에는 아무도 그를 맞아 주는 사람이 없었다. 차가운 가을 공기가 빈 집안에 그득했다. 조금 있으면 딸 규리가 올 시간이다. 거실 소파에 파묻히듯 주저앉아 잠시 눈을 감고 고개를 뒤로 젖혔다. 집에 들어오면 먼저 옷을 벗고 몸부터 씻는 것이 습관이었는데 오늘은 그냥 다 싫었다.

거묵골로 오고 나서부터 마치 유체 이탈된 듯 몸과 마음이 따로 놀았다. 어제 자살 출동으로 충격을 받은 팀의 막내 정만수가 자꾸 눈에 밟혔다. 이런 적이 없었다. 원래 그라면 만수는 그냥 심성이 나약해 구조대원 일을 할 수 없는 그저 그런 녀석이었을 뿐이다. 그런데 지금은 아니다. 괜찮다고는 하지만 차고에서 본 만수의 표정과 눈빛이 지워지지 않는다. 하염없이 바닥만 바라보던 만수의 얼굴에서 도저히 가늠할 수 없는 무언가를 보았다. 잔상처럼 희미하게 남은 표정이 태우의 마음을 심란하게 했다.

태우는 지금껏 20년 가까이 소방관으로 살며 동료의 표정을 그렇게 유심히 본 적이 있었는가 생각했다. 단연코 한 번도 없었다. 태우에게 혼나고 욕먹으며 잔뜩 주눅 든 후배들의 표정만 봐 왔을 뿐이다. 태우는 만수의 얼굴을 어디선가 본 듯했지만 끝내 떠올리지 못했다. 또 자신의 그림을 보고 외로움, 벽, 스트레스, 트라우마와 같은 말을 쏟아 낸 상담사 말도 신경을 건드렸다.

'나를 뭐로 보고…….'

태우는 피식 웃으며 눈을 떴다. 산전수전, 공중전, 수중전, 화(火)

전까지 겪은 자신에게 외로움이니 스트레스 같은 그런 약해 빠진 단어를 들이미는 것이 우스웠다. 여객선 침몰 현장에서 수개월 동안 컴컴한 물속을 수색하면서도, 산속의 대형 리조트가 폭설로 주저앉았을 때 산더미 같은 눈밭을 헤집으며 매몰된 사람들을 찾으면서도, 아파트 공사장 붕괴 사고에서 금방이라도 무너져 내릴 것 같은 콘크리트 더미를 뛰어다니면서도 힘든지 모르게 일했다. 태우는 고개를 돌려 거실 벽 진열장을 바라봤다.

'소방의 날 기념 대통령 표창'
'소방 행정 발전 유공 국무총리 표창'
'소방기술경연대회 최강 소방관 1위'
'전국 최우수 구조대원 특별승진'

수많은 상장과 트로피가 진열장을 꽉 채우고 있었다.
'이런 내가 트라우마? 개소리!'
벌떡 일어나 거실을 가로질러 안방으로 들어갔다. 몇 발짝 가면서도 잠시 만수 생각이 불현듯 떠올랐지만 '그깟 일'이라며 고개를 가로저으며 잊으려 애썼다. 소방관이라면 그것도 구조대원이라면 스스로 이겨 내야 한다고 생각하기로 했다. 그때 현관문 비밀번호 누르는 소리가 들렸다. 딸 규리였다. 태우는 안방 앞에 그대로 멈춰 서 있었다. 규리는 그 외중에도 핸드폰을 보며 집안으로 들어오다가 태우가 서 있는 걸 보고 잠깐 놀란 표정을 지었다.
"이제 오니? 바로 학원 가야 하지?"
지척에 있는 학교에서 돌아온 규리는 간식을 챙겨 먹고 바로 학원에 가야 한다. 간식이라고 해 봤자 잔뜩 사서 쟁여 놓은 빵이나 과자, 음료수 같은 건데 누가 차려 주는 거 없이 항상 혼자 잘 챙겨 먹고 가는 규리였다.

"응. 바로 나가야 돼."

무표정한 규리는 아빠 태우의 얼굴도 쳐다보지 않고 대답했다. 며칠 전 학교에서 있었던 일 때문에 그렇다는 것은 태우도 알고 규리는 더 잘 알고 있었다. 그 일 이후 태우는 별 다른 말없이 지내는 중인데 언젠가 때린 것은 미안하다고 말이라도 하고 싶었던 그였다.

"떡볶이 시켜 줄까? 먹고 갈 시간 되지?"

떡볶이라면 자다가도 벌떡 일어나는 규리였다. 태우가 나름 미안한 마음의 손짓을 내민 것이다. 하지만 규리는 대답도 없이 냉장고에서 꺼낸 먹다 남은 케이크 조각과 우유를 따르고 자기 방으로 휙하고 들어갔다.

"저 녀석이⋯⋯."

묻는 말에 대답도 못 들은 태우는 평소 같으면 또 급발진하며 버럭 했을 테지만 규리의 얼굴에 손찌검한 기억이 떠오르자 그냥 안방으로 들어가 버렸다.

수어(手語)

나리는 한 시간 일찍 출근해 분주히 문서를 만들고 있었다. 평소 행정 업무를 도맡아 보던 만수가 어제 밤늦게 전화해 출근하기 힘들다며 병가를 신청했다. 만수의 병가 신청부터 심리 상담 결과 등 오늘 오전까지 본서에 보고할 공문만 네 개가 넘었다. 6개월 전 만수가 막내 구조대원으로 들어오며 행정 서무 자리를 물려줬던 나리지만 가끔 만수가 부재중이면 나리가 자리를 채웠다. 무던하고 말 없이 일 잘하는 나리는 항상 만수에게는 고마운 선배였다.

"좋은 아침입니다. 팀장님."

태풍이 믹스 커피를 타 마시려다 문을 열고 들어오는 태우를 보고 반갑게 인사했다. 태우는 인사를 받는 둥 마는 둥 사무실을 가로질러 팀장실 방향으로 곧장 걸었다.

"팀장님. 만수가 갑자기 병가를⋯⋯."

"어제 전화받았어. 결재 올려."

나리가 만수 병가를 태우에게 보고하자 태우는 무심하게 대답하고 팀장실로 사라졌다. 나리는 만수의 병가가 아이의 죽음을 보고 난 후 트라우마로 인한 것이라는 것을 직감했기에 결재를 올리면서 계속 마음이 불편했다. 나리의 표정을 보고 교대를 기다리는 다른 팀 대원들도 한마디씩 거들었다.

"오래갈 거야. 나도 센터에서 구급대원으로 근무할 때 갓난아기가 엎드려 자다 질식해서 죽은 거 본 적 있는데 지금까지도 그 아이의 얼굴이 떠올라."

2팀 기관원 반장이 과거 이야기를 시작하자 1, 2팀 직원 모두 말없이 고개만 끄덕였다.

"전 초등학생이 대낮에 음주 운전한 트럭에 치인 거 봤어요. 너무 처참해서 차마 말로 못 하겠어요. 함께 있었던 여자 구급대원은 지금도 그 초등학교 앞으로 다니지도 못해요."

2팀 구조 반장인 윤 반장이 특유의 느릿한 충청도 말로 자신의 기억을 더듬으며 말했다. 2팀 대원들이 하는 말을 가만히 듣고 있던 1팀 대원들은 모두 하나 같이 만수 걱정만 더할 뿐이었다. 그러자 2팀장이 힘든 이야기 그만하라며 손을 젓는 사이 태우가 현장 활동복으로 갈아입고 사무실로 들어섰다.

"뭐야? 이 분위기? 누구 죽었어?"

거묵골 구조대에 근무하는 전 직원 모두 태우의 성격을 모르지 않기에 다들 더는 만수 이야기를 꺼내지 않았다.

"근무 교대하겠습니다."

8시 45분이 되자 2팀 서무의 우렁찬 목소리로 모두 차고 앞마당에 모였다. 1, 2팀 모두 둥글게 서서 태풍의 구령에 맞춰 가벼운 스트레칭과 체조를 했다. 늘 활발하게 뛰어다니며 대원들 발 언저리에서 놀아달라고 조르는 상순이도 이때만큼은 먼발치에서 구조대원들을 바라만 본다. 태우는 하는 둥 마는 둥 시늉만 내며 내리쬐는 아침 햇빛에 눈이 부셔 인상만 찌푸리고 있다. 체조가 끝나고 다시 사무실로 모인 대원들에게 구조 대장이 오랜만에 입을 열었다.

"요즘 부쩍 출동이 많은데 다들 몸조심들 하라고. 그리고 정만수 대원이 많이 힘든 것 같으니까 혹여 말조심하고 잘 다독거려 줘. 그리고 슬슬 날 추워지는데 안전사고 신경들 써. 알겠지?"

통상적인 당부 말이었지만 만수에 대한 걱정은 진심인 듯했다. 행정 업무와 전날 출동, 장비에 관한 인계가 끝나자 2팀은 퇴근을 위해 옷을 갈아입으러 각자 대기실로 사라졌다. 1팀 대원들은 다시 차량과 장비 점검을 위해 밖으로 나갔다. 태우는 믹스 커피 한 잔을 타 자리에 앉았다. 무슨 생각을 하는지 굳게 다문 입에 한 번씩 커피 잔만 가져다 댈 뿐 말없이 창밖을 응시했다. 햇살이 더욱 강해져 가을답지 않게 아침부터 뜨뜻한 기운이 사무실 창가로 마구 쏟아져 들어왔다.

"아주머니 눈 떠 보세요! 아주머니!"

구급대원의 다급한 목소리가 건물 복도 안에 울려 퍼졌다. 차가운 엘리베이터 바닥에 쓰러진 여인은 온몸에 힘이 빠져 축 늘어진 채 미동도 없이 누워 있었다.

"호흡, 맥박 다 있어요. 의식만 없는데 저혈당 같기도 하고."

구급대원들은 지체할 것 없이 여인을 이동식 들것에 옮겨 실었다. 그 뒤에 고등학생으로 보이는 남자아이가 서 있었다. 남자아이는 쓰러진 여인의 아들같이 보였는데 걱정스러운 표정으로 들것 위에 누워 있는 여인을 하염없이 바라보고 있었다.

"엄마 괜찮을 거야. 호흡도 있고, 맥박도 괜찮대. 구급대원 아저씨들 따라서 병원에 같이 가 봐. 너무 걱정하지 말고. 응?"

어깨를 토닥거리며 친절히 알려 주는 태풍의 말을 들은 아이가 겨우 안심하는 표정으로 고개를 끄덕였다. 그런 태풍을 보고 태우는 이만 가자며 재촉했다. 나리가 엘리베이터 개방 열쇠를 주섬주섬 챙겨 가방에 넣었다. 혹시나 해서 함께 챙겨 온 빠루와 문 개방 장비를 무목이 뒤에서 들었다. 나리가 장비를 든 무목을 보고 자기가 들겠다고 나섰지만 무목이 말없이 손짓으로 그냥 가자고 할 뿐이다. 3층에서 계단으로 내려오는 거묵골 구조대 1팀을 보자 건물 앞에 출구 바로 앞에 공작차에 대기하고 있던 치우가 시동을 걸었다.

점심 식사를 위해 잰걸음으로 식당으로 향하는데 힘차게 울리는 출동 벨소리에 주린 배 움켜쥐고 퍼뜩 달려온 현장이었다. 처음 현장 상황을 전하던 상황실 요원의 말은 단순 엘리베이터 문 개방이었으나 급하게 뒤이어 안에 사람이 쓰러져 있다는 말을 전해 듣고 눈썹이 휘날리게 달려왔다. 거묵골 번화가 5층짜리 건물 안에 엘리베이터가 멈춰 서 있었다. 후다닥 뛰어 올라가 확인한 엘리베이터는 절반이 내려가다 말고 멈춰 서 있었고, 태풍이 엘리베이터 키로 문을 열었을 때 안에는 여자 한 명이 쓰러져 있었다. 그 옆에 고등학생으로 보이는 아이가 엄마를 흔들며 깨우고 있었다.

키가 큰 나리가 열린 엘리베이터 문 아래로 들어갔다. 덩치 큰 나리가 들어가기엔 열린 엘리베이터 문이 좁아 보였다. 일단 호흡과 맥박에 이상이 없는 것을 확인하고 쓰러진 여인을 번쩍 들어 위로 올렸다. 힘없이 축 늘어진 여인의 몸은 작았다. 다음으로 아이를 들어 올리려 했으나 스스로 나간다고 해서 그렇게 했다. 나리는 들어 갈 때보다 나올 때가 더 힘들었다. 분명 성인 남자 한 명은 충분히 들락거릴 수 있는 크기인데 나리의 덩치에 비하면 큰 구멍이 아니었다. 오히려 앞서 나온 학생이 더 날렵하게 빠져나왔는데 그 광경을 태우가 특히 유심히 보았다. 나리가 겨우 빠져나와 일어서자 구경하고 있던 주위 사람들이 나리를 보고 '우와'라며 소리를 냈다. 나리가 구조를 잘해서 나온 소리인지 나리의 덩치를 보고 하는 소리인지는 알 수 없었다. 여인은 구급대원에 의해 응급 처치를 받고 병원으로 이송되었으며 거묵골 구조대는 그렇게 첫 출동을 무사히 마치고 돌아오고 있었다.

"나리야. 너 덩치가 너무 큰 거 아니냐?"

돌아오는 공작차 안에서 태우는 나리에게 말을 건넸다. 사실 태우는 거묵골로 처음 올 때부터 나리의 어마어마한 덩치를 보고 과연 현장에서 민첩하게 잘할 수 있을까 의심했다. 하지만 거묵골에 오게 된 이유 중 하나가 특수 구조대 있을 때 살찐 후배들에게 '돼지 새끼'라고 험한 말을 쏘아붙이며 막말을 했던 것도 있기에 태우는 그나마 에둘러 표현을 한 것이다. 태우의 말을 들은 나리는 말도 없고, 표정도 없이 앞만 바라보고 있었다. 태우는 대답 없는 나리가 괜한 반항을 하는 것 같아 괘씸했지만 또 무슨 막말이니 갑질이니 하는 소리를 들을까 더 묻지 않았다. 그때 사근사근 목소리의 태풍이 끼어들었다.

"팀장님. 나리가 그래도 일 잘하기로는 도내에 있는 동기들 사이에서는 1등입니다. 서무 일 야무지지요, 현장 활동 적극적이지요, 인명 구조사 2급 자격도 한 방에 합격한 인재입니다. 인재. 헤헤헤."

"아니. 그러니까 다 알겠는데 덩치가 너무 크다고. 덩치가."

태우는 살이 너무 쪘다는 말은 차마 하지 못하면서도 실실 웃으며 말하는 태풍의 말을 듣고 다시 나리를 바라보며 말했다. 이번에는 무목까지 나서서 거들었다.

"1년 넘게 같이 생활했는데 못하는 거보다 잘하는 게 더 많은 녀석입니다. 너무 걱정 마십시오."

"알았어. 알았으니까 그래도 다이어트 좀 하고 그래. 알겠지?"

태우는 귀찮은 표정으로 무시하듯 말을 마쳤다. 무목과 태풍은 번갈아 나리를 바라보며 나리의 표정을 살폈고 나리는 여전히 말도 없고, 표정도 없이 앞만 바라볼 뿐이었다.

오후에는 출동이 없었다. 나리는 만수가 없는 자리에서 밀린 행정 업무를 오후 내도록 하고 있었다. 월말이라 보고할 것이 많았지만 늘 그랬듯 불평 하나 없이 서류 작업을 꼼꼼히 해 나갔다. 무목은 태풍과 함께 화학 보호복을 꺼내 놓고 착용하는 훈련 중이다. 인명 구조사 1급 실기 과목에 있는 거라 태풍의 도움을 받아 몇 번을 입고 벗고를 반복했다. 무목은 이 분야에 탁월한 전문가인 태우에게 뭐라도 묻고 싶었지만 목구멍까지 올라오는 말을 몇 번이고 눌러 넣었다. 여전히 무목을 바라보는 태우의 시선이 곱지 않았기 때문이다. 태우는 그런 후배들의 모습은 거들떠보지도 않고 이곳에 온 지 몇 주 지나지도 않았는데 벌써 다른 곳으로 갈 생각만 가득했다. 태우의 PC 화면에는 항상 다른 소방서 조직도가 열려 있었다. 어느 소방서의 누구 서장, 누구 과장이 있는지 확인하며 빠르면 몇 개월 후 있을 정기 인사에 자신이 이동할 자리를 미리 챙기고 있었다.

"실례합니다."

태우가 PC 화면에 얼굴을 파묻고 있을 때 누군가 구조대 사무실 문을 살짝 열고 고개를 들이밀었다. 출입문 바로 앞에 있는 커피 머신을 정리하던 채 반장이 들어오라며 문을 활짝 열어 주었다. 열린 문 앞에는 오전 출동 때 봤던 여인과 아이가 서 있었다. 둘은 서로 바라보며 들어갈까 말까 망설이고 있었다. 태우는 그런 그들이 있는지도 모르고 여전히 PC 화면에 넋이 나가 있었고 나리가 고개를 돌려 둘을 바라보며 벌떡 일어나 둘을 맞았다.

"들어오세요. 몸은 괜찮으세요? 근데 무슨 일로?"

"나리야? 아는 분이셔?"

채 반장은 구조공작차에서 대기하는 동안 둘의 얼굴을 보지 못했기에 여인과 아이가 누군지 몰랐다. 그때 태우가 PC 화면에서 눈을 떼고 고개를 들었다.

"어? 아까 그분이네. 아줌마, 몸은 괜찮은 거예요?"

태우가 신기한지 반가운지 모를 말투로 고개를 쭉 내밀며 말하자 그제야 여인이 슬며시 문 안으로 발을 들였다. 다 들어오지 못하고 문 앞에 서서 쭈뼛대며 아들로 보이는 아이가 말을 하기 시작했다.

"아까는 고마웠습니다. 그래서 아이스크림 몇 개 사 왔어요. 저희 어머니가 샀어요. 구조대원 아저씨들 고맙다고 하면서요."

그제야 태우는 자리에서 일어났다. 때마침 무목과 태우도 사무실 뒷문으로 들어오고 있었다. 태풍이 둘을 보자마자 단번에 알아보고 괜찮으셔서 다행이라며 웃으며 둘을 안으로 더 들였다. 그러면서 여인의 손에 들려 있는 아이스크림 봉지를 능청스럽게 받아 들고 팀원 모두에 나눠 줬다. 곧이어 여인과 아이는 낡은 소파에 앉아 신기한 듯 주변을 둘러보았다. 아이는 자신의 어머니가 저혈당 증세가 심한데 그날도 너무 어지러워 함께 병원에 가다가 하필 엘리베이터 안에서 쓰러져 버렸다고 한다. 근데 엎친 데 덮친 격으로 엘리베이터마저 멈춰버린 것이다. 아이가 말을 하는 동안 여인은 그저 듣고만 있었는데 외모가 어딘가 달라 보였다. 까무잡잡한 피부와 큰 눈망울이 한국인의 모습과는 달랐다.

"혹시 외국 사람이세요?"

태우가 의자를 바짝 당겨 앉으며 여인에게 물었다.

"저희 엄마 베트남에서 오셨어요. 근데 말씀을 못 하세요. 듣지도 못하고요."

말 못 하고 듣지도 못한다는 아이의 말을 듣자 태우의 눈빛이 흔들렸다. 슬그머니 뭐를 더 물으려 하다가 입술을 그냥 닫았다. 아이는 거묵골로 이사 온 지 이제 일주일째라고 했다. 대원들은 아이의 말에 그냥 고개만 끄덕였다. 그러다 태우는 뭔가 미심쩍은 표정으로 아이에게 물었다.

"근데 넌 왜 여기로 전학 오게 됐어?"

태우의 뜬금없는 질문에 아이는 흠칫한 표정이었고 그 말을 들은 구조대원들도 고개를 갸우뚱했다.

"전에 있던 학교에서 조금 문제가 있었어요."

아이는 급하게 화제를 바꾸는 듯 또 자기는 나이는 열여덟인데 몸이 약해서 학교를 2년이나 늦게 들어갔다고 했다.

"엄마는 무슨 일 하시는데?"

이번에는 태풍이 또 물었다. 무목이 슬그머니 태풍에게 뭘 그런 걸 자꾸 물어보느냐 듯한 눈빛을 발사했지만 태풍은 입을 샐쭉거리며 어떠냐는 표정으로 응수했다.

"인테리어 공사하는 곳에서 페인트 칠 하세요. 워낙 꼼꼼히 잘하셔서 얼마 전에는 같이 일하는 사장님 소개로 큰 일감도 받았어요. 그쪽 일이 워낙 많아서 저도 돕기로 했어요."

학생은 말을 할수록 신나 하는 눈치였다. 그러고 보니 엄마를 닮아 눈이 크고 웃는 상이 매우 선해 보였다. 말하는 투도 서글서글했다. 아이의 말이 끝나자 태우는 엄마고 애고 둘 다 몸이 약해서 되겠냐며 걱정인 듯 말하며 혀를 찼다. 그런 태우의 말을 들은 팀원들은 태우가 남 걱정도 할 줄 아는 사람인가 싶은 생각이 들었는지 서로만 알 듯한 눈빛을 교환했다.

"소방차 보여 줄까? 구경할래?"

태풍이 아이에게 말했다. 아이는 엄마의 얼굴을 잠시 바라봤는데 엄마는 무슨 영문인지 모르겠다는 표정으로 아이와 태풍의 얼굴을 번갈아 보다가 그냥 사람 좋은 미소만 보였다.

"애~ 그러니까 이건 유압 스프레더라는 건데 발전기가 구동되면 안에 있는 기름 압력을 높여 스프레더를 움직이면서 열고 닫히는 거야. 찌그러진 철판 같은 거를 벌리거나 뭐 그런 데 사용되지. 주로 교통사고 현장에서 유용하게 쓰여. 들어 볼래? 엄청 무거워서 나같이 근육이 매우 발달된 사람만……."

태풍의 허세 섞인 말이 채 끝나기도 전에 아이는 스프레더를 태풍에게서 너끈히 뺏어 들어 이리저리 돌려 보며 유심히 관찰했다. 태풍은 '어라?' 하며 아이의 의외의 침착성과 힘에 놀란 표정이었다.

"멋있어요."

아이는 스프레더를 다시 태풍에게 건네며 말했다. 그러면서 커다란 구조공작차를 다시 한번 훑어보며 신기한 표정으로 눈을 껌뻑였다.

"너도 나중에 119 구조대원 해 봐. 관심 있어 보이는데."

말없이 지켜보던 무목이 말하자 아이는 그러고 싶다고 짧게 대답했다. 뒤이어 태풍이 아직 멀었다는 듯이 계속해서 다른 장비를 설명해 나가기 시작했다.

"저건 뭐예요?"

아이는 공작차 뒷자리에 나란히 서 있는 장비를 가리켰다.

"이건 공기 호흡기라는 거야. 불이 나면 소방관들이 이걸 착용하고 들어가야지 숨을 쉴 수 있거든. 이것도 한번 써 볼래?"

뭐라도 알려 주고 싶은 태풍의 마음을 알았는지 아이는 부끄러워하지 않고 장비를 넙죽 받아 시키는 대로 착용했다. 처음 해 보는데도 척척 쓰고 만지는 모습에 무목과 태풍은 감탄을 연발했다.

태우는 슬그머니 자리에서 일어났다. 사무실 창문 너머 차고 안 공작차 앞에서 대원들과 아이가 함께 있는 모습이 보였다. 태풍의 시끄러운 말소리가 사무실까지 들렸다. 태우는 그런 태풍을 신경 쓰지 않고 천천히 아이의 엄마에게 다가갔다. 여인은 나리가 타 준 커피를 다 마셨는지 빈 종이컵을 어디에 둘지 몰라 두리번거리고 있었다.

"주세요. 제가 버릴게요."

태우가 종이컵을 달라며 손을 내밀었다. 사무실 한구석에서 차량 일지를 정리하던 채 반장이 슬쩍 고개를 돌려 태우를 바라봤다. 태우는 치우의 눈빛이 신경 쓰였는지 한마디 더 하려다 여인이 못 듣는다는 것을 깨닫고 종이컵을 뺏다시피 가져와 쓰레기통에 버렸다. 채 반장은 모르는 척하며 한 무더기의 일지를 들고 사무실을 빠져나갔다. 빈 사무실에는 태우와 여인만 남았다. 태우의 헛기침 두 번으로 정적이 금세 깨졌다. 태우는 서성거리며 여인에게 다시 다가갔다. 여인은 무슨 일인가 싶어 태우를 올려다봤다. 태우는 여인에게 손짓으로 무언가를 물었다.

'한국 수어 할 줄 알아요?'

수어였다.

여인은 반가운 표정을 지으며 재빠르게 대답했다.

'그럼요.'

태우는 빙긋이 웃었다. 그의 얼굴에서는 볼 수 없는 표정이었다. 그러면서 뒤이어 대화를 계속 이어 갔다.

'저도 조금 해요. 반가워요. 저는 여기 팀장이에요.'

'네. 그런 것 같았어요. 무서워 보여요.'

'정말요? 그렇게 보여요?'

'네. 그런데 좋은 분 같긴 해요. 수어는 어떻게 할 줄 아세요.'

태우는 바로 답하지 못했다. 여인은 괜히 물었나 하는 표정이었다.

'누나 때문에요. 우리 누나도 말 못 하고, 못 들었어요.'

'그렇군요. 누나는 지금 어디 있나요?'

여인의 표정은 반가움이었다. 누군가가 자신과 같은 처지고 그의 동생과 대화를 나누고 있다고 생각해서 하는 물음이었다.

'이 세상에 없어요. 죽었어요. 어렸을 적에.'

'미안해요. 그런 줄 모르고.'

'아니에요. 괜찮아요.'

다시 침묵이 흘렀다. 아니 침묵은 여전했는데 손짓이 사라졌다. 태우는 다시 뒤로 물러서 자리에 앉았다. 그러다 뭔가 맘먹은 듯 다시 몸을 돌려 여인에게 손짓했다.

'당신은 우리 누나를 닮았어요. 우리 누나도 눈이 컸어요. 피부도 까맸고.'

여인은 이번에는 바로 대답하지 않고 입을 가리고 웃었다. 태우도 슬며시 웃었다.

'혹시 중학교 다니는 딸이 있지 않으세요?'

여인은 큰 눈으로 태우를 빤히 바라보며 물었다.

'네. 있어요. 어떻게 아세요?'

태우는 여인의 뜬금없는 물음에 의아한 표정을 지으며 급한 손짓으로 물었다. 그러는 사이 대원들이 우르르 몰려 들어왔다. 태풍은 싱글거리는 표정으로 여전히 장비 이름을 나열하며 입을 가만히 두지 않은 채 사무실에 들어왔다. 뒤따라 들어오는 여인의 아들은 태풍의 말을 뒤로한 채 엄마 앞으로 성큼 걸어갔다. 여인은 아들을 보자 일어서며 반겼고 태우는 그런 둘 사이에서 한 발짝 뒤로 물러서며 뒤로 사라졌다.

"구경 끝났으면 다들 각자 일들 해."

대원들은 태우의 말에 짧게 대답하고 자기 자리로 돌아가 앉았다. 아이와 여인은 잠시 이리저리 눈치를 보더니 크게 꾸벅거리며 인사하고 문밖으로 나갔다. 태우는 걸어가는 여인과 아이의 뒷모습

을 보기 위해 일어서 창밖을 바라보다가 무슨 생각인지 얼른 뛰어
나가 아이를 불렀다.

"얘야!"

아이는 뒤돌아 봤는데 여인은 그대로 걸었다. 아이는 여인의 손
을 잡아 세워 놓고 태우에게 다가갔다.

"동우예요. 제 이름. 윤동우."

"아. 그래. 동우야. 아저씨가 궁금한 게 있어서. 아까 엄마랑 얘기
를 했거든."

"우리 엄마랑 얘기를 했다고요? 아저씨 수어할 줄 아세요?"

"응. 근데 그게 중요한 게 아니라. 너네 엄마가 아저씨 딸을 아는
거 같은데 어떻게 아는지 궁금해서."

"아! 아저씨가 김규리 아빠세요? 저 규리랑 같은 반에 있었어요.
여기 이사 오기 전에 살던 곳에서 다니던 학교에서요. 규리 아빠가
소방관이라고 들었던 것 같긴 해요. 맞네!! 규리랑 닮으셨네요."

여태 둘의 대화를 듣던 여인의 표정은 다 알고 있다는 듯 싱긋이
웃고 있었고, 태우는 여인과 아이를 번갈아 바라보며 뭔가 더 물어
야 할 것 같은 마음이 들어 머리가 복잡해졌다.

고백

다다미가 촘촘히 깔린 방 안 조명은 그리 밝지 않았다. 오백 원 동전보다 조금 더 큰 주광색 LED등이 천장 중앙을 가로질러 줄지어 아래를 비추고 있었지만 빛은 희미했다. 등 바로 아래 직사각형 오크 색 식탁을 두고 깔끔한 정장 차림의 두 남자가 마주 보고 앉아 있었다. 식탁에는 붉은 리넨에 싸인 수저와 물이 반쯤 담긴 흰색 사기 컵 세 개가 놓여 있었다. 서로를 마주 보던 두 남자 중 머리가 반쯤 벗겨지고 눈매가 아래로 처진 노년의 남자가 가늘게 콧바람을 한번 내더니 먼저 입을 열었다.

"늦가을 비인가 봅니다."

설한국은 남자의 말에 시선을 창 쪽으로 돌렸다. 창밖 중정에는 연잎이 떠있는 작은 인공 연못이 있었는데 물 위로 빗방울이 촘촘히 떨어지고 있었다. 창문에 부딪치는 물줄기가 점점 굵어졌으나 방음이 잘된 일식집 내실은 고요했다.

'드르륵.'

문이 열리고 한 남자가 들어왔다. 흑산 소방서장 홍창성이었다.

"늦어서 죄송합니다. 비 때문에 차가 막히더라고요."

설한국과 다른 한 남자는 일어나 홍창성을 맞았다.

"서장님. 일전에 말씀드린 신광실업 신오수 대표님이십니다."

"처음 뵙겠습니다. 신오수라고 합니다. 거묵골 사람입니다."

거묵골 사람이라는 말에 홍창성은 작은 미소와 간단한 악수로 신오수와 인사를 나누었다.

설한국과 홍창성이 나란히 앉고 신오수가 마주 앉았다. 이미 주문해 놓은 회와 초밥 그리고 정종이 곧이어 안으로 들어왔다.

"여기 주방 실장님이 실제 일본 교토의 유명 호텔 일식당에 계셨던 분입니다. 음식은 말할 것 없고 특히 재료 보는 눈이 상당하십니다. 드셔 보시면 놀라실 겁니다."

설한국의 긴 설명에 홍창성과 신오수는 회 몇 점과 곁들여 나온 전복 그리고 성게 알을 말없이 번갈아 맛보았다. 다만 음식 맛을 음미하기엔 서로 무언가 할 말이 많아 보였기에 설한국은 마음이 초조했다. 홍창성과 신오수 모두 술은 입에 대지 않았다. 뚜렷한 대화가 없어 아까보다 굵어진 빗방울 소리가 더 크게 들리는 듯했고, 어색한 시간이 더디게 흐르기만 했다.

도내에서 손꼽히는 부자인 신오수. 현금 자산만 수백억인 그는 거묵골이 고향이다. 과거 탄광 개발이 한창이었던 시절, 그러니까 거묵골 전성기 시절부터 돈을 긁어모았다. 특이한 것은 당시 그는 돈이 되는 석탄 채굴에는 손대지 않았다. 축산업이 그가 공들인 장사였고 지금도 관련된 사업을 크게 한다. 육가공부터 도소매까지

도내는 물론 전국에서 수백 개의 육류 체인점을 가지고 있다. 하지만 육가공 공장 하나를 제외하고는 그의 사업체는 거묵골이 아닌 다른 지역 여기저기에 흩어져 있었다.

그러다 몇 년 전부터 그가 고향 땅에서 뭔가 사업을 계획하고 있다는 얘기가 나오기 시작했다. 그것은 나고 자란 곳에 대한 애착과는 거리가 멀었다. 유력 정치인들과 어울리는 모습이 자주 목격되었고 아마도 지방 정계에 나가 보려는 심산이 아닐까 하는 소문이 무성했다. 아니나 다를까 설한국에게 신오수와의 만남을 주선한 것은 업무 때문에 알고 지내는 도의회의 한 의원이었다. 고향 거묵골에 커다란 투자 사업을 구상하는 과정에서 그곳 소방서장을 만나고 싶다는 뜻을 비친 신오수는 적당한 라인을 타고 설한국에게 연결된 것이다. 힘든 시절 구조 대장과 구조 반장으로 함께 일했던 홍창성과 설한국이었다. 홍창성을 이런 자리로 부를 만한 사람은 설한국이 유일했다.

신오수는 특유의 능글거림으로 홍창성과 거묵골에 대한 이야기만 주로 나누었다. 거묵골 유일한 하천인 소리천을 정비해서 깨끗한 산책로를 만들면 좋겠다는 생각, 망해 버린 공장들이 드문드문 있는 산업 단지를 밀어 버리고 싶다는 사업가 특유의 허세 섞인 구상도 말했다. 홍창성은 가끔 미소를 짓거나 무표정하게 듣기만 했는데 설한국만 신오수의 말에 간간이 맞장구를 쳤다. 그러기를 잠시, 신오수의 눈빛이 변하기 시작했다. 처져 있던 눈매가 옆으로 찢어지더니 홍창성을 또렷이 바라보며 말을 이었다.

"서장님. 그래서 제가 죽기 전에 고향 땅에 제대로 돈 한번 쓰고 싶어서 그 사업을 시작했습니다."

'그 사업'이라는 말에 홍창성의 표정이 굳어졌다. 신오수는 홍창성의 표정에서 그가 무슨 생각을 하는지 낌새를 차렸지만 말을 멈추지 않았다.

"건물 올리는 데만 엄청난 돈을 쏟아부었습니다. 어디 그뿐이겠습니까? 여기에 함께 손댄 지역 유지들만 해도 그 수가 수십입니다. 사정이 이만저만한데 준공 검사가 소방 때문에 나지 않는다면……."

"이것 보십시오. 신 대표님."

홍창성은 신오수의 말을 끊었다. 특유의 사람 좋은 인상은 오간 데 없고 꽉 다문 입술에서 적잖은 화기마저 느껴졌다. 말을 더 이으려는 신오수는 움찔함을 느꼈다.

"연유는 굳이 알고 싶지 않습니다. 그곳에 들인 돈이며 어느 누가 함께 하는지도 제가 알아야 할 영역이 아닙니다. 하지만 하나는 확실합니다. 보잘것없는 촌구석에 그렇게 거대한 건축물이 들어오는데, 안전에 문제가 있다면 소방서장인 제가 쉽게 도장을 찍어 주기 힘듭니다. 말씀대로 '소방 때문에' 무언가 진행이 안 된다면 그 문제만 해결하시면 될 일 아니겠습니까?"

신오수는 듣던 대로라는 표정이었다. 하지만 물러서지 않았다.

"허허허. 제가 그런 것도 모르고 온 거 아닙니다. 열일곱부터 소 잡고 돼지 잡으며 여태껏 손에 짐승 피 비린내 한번 가시지 않고 살아온 접니다. 돈이라면 얼마가 있는지 모를 만큼 많이 벌었고요. 그냥 이제 늘그막에 고향 땅 경제 한번 살리려고 하는 일인데 예상치 않은 곳에서 지체가 되니 답답해서 하는 말입니다."

홍창성은 물 컵을 입에 대고 입술만 적신 후 말을 받았다.

"그 예상치 않은 곳이라는 말에 동의할 수 없군요. 대표님의 인식이 걱정스럽습니다. 소방 시설이 처음 설계와 다릅니다. 아니 많이 미흡합니다. 제가 담당 직원에게 보고 받고 오래 고민하지도 않았습니다. 공사를 다시 하셔야 합니다. 그 방법뿐입니다."

"지금 인테리어 공사가 막바지입니다. 겨울 초입에 차량이 다 들어오면 으리으리할 거예요. 크리스마스에 성대한 개장식도 준비 중입니다. 그런데 감지기나 스프링클러 같은 거 더 달자고 다시 다 뜯어내란 말씀입니까? 일단 준공 검사에 필요한 검사필증부터 해 주시면 차차 고쳐 나가겠습니다. 크게 어려운 일 아니지 않습니까?"

신오수의 말을 듣고 있는 설한국의 표정이 좌불안석이었다. 홍창성의 성격을 잘 아는 설한국이었다. 더는 위험했다.

"두 분 일단 식사부터 마저 하시고 말씀 나누시지요. 아니면 자리를 다른 곳으로……."

신오수는 설한국을 쳐다보지도 않고 말을 더 이었다.

"서장님께서도 곧 퇴직이라고 들었습니다. 살아온 세월을 들어보니 보통 분이 아니시던데 저 같은 돈줄 하나쯤 알아 놓으면 말년이 푸근하지 않겠습니까? 제가 늘그막에 봉사 한번 하려고 많은 노력을 했습니다. 연이 닿는 높은 분들도 많아요. 군이 해결하려면 그쪽으로 갈 수도 있었지만 그래도 관할 서장님이신 홍 서장님을 직접 뵙는 게 예의라 여겨 온 것입니다. 윗선까지 가 봤자 좋을 거 없잖아요. 서장님 도장만 움직이면 되는 거 아니겠습니까? 제가 어디 은혜를 잊을 사람으로 보이십니까? 잘 생각해 보시지요."

신오수의 말이 슬그머니 협박조였다. 연배가 홍창성보다 십수 년 위였고 평생 거친 일을 해 온 특유의 기세가 홍창성을 압박했다.

"더 있을 자리가 아닌 듯하니 먼저 일어나겠습니다."

홍창성은 자리에서 일어나 겉옷을 챙겼다. 순식간의 일이었다. 설한국은 당황하며 홍창성을 만류했지만 붙잡지 못했다. 홍창성이 떠난 방 안은 다시 적막에 빠져들었고 설한국은 생각이 더 깊어졌다.

"퇴직 얼마 남지 않으신 분이 제2의 연금 받으실 생각이 없으신가 보네요. 듣던 대로구먼요. 브레이크를 아주 세게 거시네. 허허."

신오수는 헛웃음으로 어색한 상황을 정리하려 했다.

"워낙 현장에서 잔뼈가 굵으신 분입니다. 융통성이 좀 그래서 그렇지 직원들한테 존경받는 분이에요. 그런데 대표님. 저도 아직 대표님 사업에 대해 구체적으로는 잘 몰라서 그런데 말입니다. 그게 어떤 곳인지요?"

'오토 팰리스(Auto Palace).'

설한국은 대형 중고차 매장이라고만 들었다. 지상 10층에 지하 5층인 국내 최대의 중고차 매장인데 신오수를 위시한 다수의 거묵골 자본가들이 있는 돈 없는 돈 다 끌어 모아 만드는 중이라고 한다. 자본가들은 지역 정치인을 오래 후원한 사람들이었다. 그들은 거묵골을 살리는 지역 랜드 마크라는 말까지 붙이며 이미 대대적인 홍보를 하고 있는 중이었다. 지역 주민 위주의 고용 창출에 차량을 구매하기 위해 전국에서 자동차 딜러와 개인 구매자들이 문전성시를 이룰 거라 호언장담하고 다녔다. 거기에 인근 토지까지 매입해서 아웃렛 쇼핑몰, 대형 카페, 골프 연습장을 무더기로 지어 올릴 계획도 있었다. 그래서 수년 전부터 폐허가 된 산업 단지의 버려진 공장을 마구 사들였다. 하지만 거묵골 토박이들은 신오수를 좋아하지 않았다. 신오수가 지역 출신 중에 알아주는 부자라는 것을 모르는 사람은 없었지만 그는 여태 고향 땅을 신경 쓰지 않았다. 그것이 못 마땅했다.

그의 사업체 중 유일하게 거묵골에서 운영 중인 육가공 공장은 그의 여동생이 운영했다. 사람들은 여동생을 '신 이사'라고 불렀는 데 공장 근로자들에게 괴팍하기로 유명했다. 특히 사람을 넉넉히 채용하지 않고 그 많은 공장 일거리를 최소한의 인력으로 돌리고 있었는데 그것이 신오수의 지시로 그렇다는 것이 세간의 평이었다. 그런저런 이유로 신오수는 인심을 많이 잃었고 그가 이번 사업으로 무엇을 바라보고 있는지 속이 빤히 보였다. 다가오는 지방 선거에서 그는 도의원 선거에 나설 심산이었다. 그래서 그가 받고 있는 지역 평판을 뒤집을 만한 일이 필요했던 것인데, 답은 돈을 쏟아붓는 일밖에 없었다. 일평생 백정 소리 들으며 살아온 그가 나이 칠십이 되자 족보에 이름 하나 번듯하게 남기고 싶은 욕심이 생겨 돈밖에 모르는 수전노에서 고향을 사랑하는 사업가로 모습을 바꿔야 했다.

신오수 일생에 있어 가장 중요한 사업일지도 모를 일이었다. 하지만 그것을 흑산 소방서장이 가로막고 있는 것이었다. 설계는 문제가 없었다. 하지만 공사가 진행되면서 소방 설비를 대폭 빼거나 변경했다. 신오수의 지시였다. 그는 일어나지도 않을 화재라며 소방 설비가 규정대로 설치되는 것에 인색했다. 공사는 철저히 신오수의 돈 계산으로만 이루어졌고 공사에 들어갈 자재 하나까지 봐가며 계산기를 두드린 그는 감지기니 스프링클러니 하는 안전장치가 돈만 드는 불필요한 것이라 여긴 것이다. 공사 업체, 감리 업체의 말은 강퍅한 그에게 무시당하기 일쑤였다. 관공서의 허가는 단순한 통과 절차라고 여겼고 오로지 '지역 발전'이라는 대의 앞에 소방 시설 허가 따위 눈에 보이지 않았다.

흑산 소방서는 그런 신오수의 사정도 모른 채 준공 전 사전 소방 검사를 단행했다. 검사 결과를 감리 업체의 보고서만으로도 갈음할 수 있었지만 홍창성 서장의 지시로 흑산 소방서 직원들이 직접 나섰다. 홍창성은 단순했다. 작은 시골 마을에 들어오는 대형 판매 시설을 소방관이 직접 눈으로 안전시설을 확인해야 한다는 것뿐이었다. 그렇게 시작된 사전 조사에서 다수의 설비가 누락된 것을 확인한 직원들은 홍창성에게 결과를 그대로 보고했고 당연하게도 홍창성은 소방 설비 허가 서류에 도장을 찍어 주지 않았다. 도청에서 해야 할 최종 준공 승인에 관할 소방서의 소방 설비 허가는 필수였다. 여기서부터 신오수의 말대로 브레이크가 걸리게 된 셈인데 사람을 시켜 흑산 소방서에 민원도 넣어 보고 직접 만나 하소연도 해 봤지만 꿈쩍도 하지 않았다. 답답해하던 차에 결국 설한국을 소개받았고 더 나아가 홍창성까지 만나게 된 것이다. 신오수의 입장에서는 가장 빠르고 효과적인 방법이었지만 지금 막 그 마저도 수포가 되어 버린 모양새였다.

"우리 설 과장님은 말이 좀 통할 것 같은데요."

난감한 표정으로 앉아 있는 설한국에게 신오수는 슬그머니 눈을 돌렸다. 신오수는 잔뼈 굵은 장사꾼이었다. 평생 자신이 하고자 하는 것들은 반드시 이루어 내고 살아왔다. 지금 상황에 1%의 실망도 없었다. 무엇을 더 해야 하고 무엇을 더 꺾어야 하는지만 떠올렸다. 또한 다른 길로 우회를 금방 포착했다. 설한국은 마른침을 삼키며 되물었다.

"무슨 말씀이신지……."

"더 위로 가 봐야겠지요."

설한국의 표정이 묘해졌다. 한국은 금방 신오수의 입에서 나온 말의 의미를 모르지 않았다. 떨렸다. 금방 자리를 박차고 나간 홍창성의 뒷모습이 자꾸 떠올랐고 동시에 소위 자신에게 어떤 '줄'이 내려왔음도 직감했다.

"거 남은 거나 마저 드시고 갑시다."

신오수는 반들거리는 쇠 젓가락을 손에 쥐고 접시 위에 가지런히 펼쳐져 있는 회를 한 움큼 집어 초장에 버무렸다. 빨간 초장과 하얀 회가 이내 뒤섞여 신오수의 입으로 들어갔다. 핏빛 초장이 신오수의 입가에 드문드문 묻거나 입 주변 아래로 흘러내렸다.

현관문이 열리고 규리가 들어왔다. 밤 10시. 늦은 시간이었는데도 규리는 피곤한 기색이 없었다. 다시 다니기 시작한 기타 학원에서의 여운이 집에 오는 내내 남았다. 규리는 음악이 좋았다. 그중에서도 기타가 가장 자신을 즐겁게 했다. 손끝으로 누르고 튕겨 나오는 기타 줄 소리에 규리는 항상 전율했다. 지금은 클래식 기타에 만족하지만 눈에 밟히는 것은 전자 기타였다. 언젠가 전자 기타를 연주하는 상상을 매일 했다. 늦었지만 얼른 씻고 기타 연주 영상을 볼 생각에 다시 마음이 두근거렸다.

"왔니?"

현관 중문을 열고 들어서자 아빠 태우가 말을 걸었다.

"응."

늘 그랬듯 규리의 답은 그것뿐이었다. 규리는 여전히 태우와의 거리를 크게 두고 있었다.

"잠깐 이리 와 봐. 아빠랑 얘기 좀 해."

"씻고."

규리가 씻는 동안 태우는 오른손 검지를 손으로 깨물며 생각에 잠겼다. 낮에 만났던 말 못 하는 여인과 아들과 대화를 다시 곱씹었다. 동우라는 아이. 규리보다 두 살이 많았지만 학교를 늦게 들어가 같은 반이었다고 한다. 구조대 주차장에서 동우에게 들은 규리의 이야기는 태우를 부끄럽게 했다.

"규리는 좋은 아이예요. 내가 같은 반 아이들한테 괴롭힘 당하고 있던 것을 그냥 보고 있지 못했던 거예요. 그런데 그날. 그러니까 규리가 날 도와준 날, 전 친구들에게 또 놀림당하고 있었어요. 까만 피부에 약한 몸 그리고 작은 키, 거기에 말 못 하는 엄마가 우리나라 사람이 아닌 것까지. 늦게 학교에 들어가서 나이가 많은 것까지 놀림의 대상이었어요. 그걸 지켜보던 규리가 나선 거예요. 나를 놀리는 무리에게 규리가 욕을 하며 그만하라고 소리 질렀어요. 어안이 벙벙한 남자들은 그냥 있었지만 한 여자아이가 규리랑 결국 싸움이 났죠. 규리는 거침이 없었어요. 순식간에 치고 박았어요. 그 와중에 나까지 싸움을 거들었어요. 다섯 명 아니 여섯 명이 넘는 아이와 나랑 규리 둘이서 교실에서 뒹굴며 싸웠어요. 규리도 그렇고 나도 그렇고 주눅 들지 않고 죽기 살기로 주먹과 발을 날렸어요. 곧 선생님이 오셔서 싸움은 끝났지만 한 아이가 피를 흘리며 쓰러져 있었어요. 자세히 보니 이마가 찢어져 있더라고요. 처음 규리와 싸움이 붙었던 여자아이였어요. 그렇게 된 거예요. 전 결국 강제 전학 처분을 받았고 규리는 아저씨가 왔다 간 후로 벌점을 받고 끝났나 봐요. 근데 그거 아세요? 그 아이들은 아무 처분 안 받았어요. 규리와 내가 먼저 그 애들에게 주먹을 날렸다는 이유에서요. 전 분했지만 참고 나왔어요. 말 못 하는 엄마가 선생님 앞에서 그저 고개만 숙이고 있었으니까요. 규리는 그런 저를 보고 많이 안타까워했어요. 규리는 정말 좋은 친구예요. 나 말고 다른 어려운 친구들도 다 챙겨 줘요. 학교에서 규리를 싫어하는 아이들이 없는걸요. 그날 싸웠던 아이들도 규리한테는 꼼짝 못 하던 아이들이었어요. 다 저 때문이에요. 규리 보고 미안하다는 말도 제대로 못 하고 학교를 떠났어요. 꼭 전해 주세요. 미안하고 고마웠다고요."

태우는 앞뒤 없이 규리의 뺨을 때린 날 교장실에서의 기억을 선명히 떠올렸다. 그리고 딸에게 뭐라도 사과를 해야 할 것 같아 늦게까지 기다리고 있었다.

이혼 후 늘 딸에게 미안했다. 하나밖에 없는 딸이었고 세상 누구보다 딸을 사랑했다. 그러기에 딸이 더 바르게 자라기를 바랐고 자신과 같은 불행한 유년 시절을 보내지 않길 바랐다. 규리가 일탈했을 거라 지레짐작했다. 이혼하고 혼자 키우는 아이가 뭔가 불안을 보였다는 것이 마냥 아이의 탓인 줄만 알았다. 하지만 아니었다. 딸은 어쩌면 태우 자신보다 더 용기 있게 살아가고 있었다. 불의를 보면 참지 못했고, 약한 친구들을 도왔다. 그런 아이에게 태우는 손을 댄 것이다. 특수 구조대에서 거북골로 쫓겨나며 생긴 옹졸한 복수심이 하필 가장 사랑하는 딸아이에게 표현된 것이다. 쥐구멍이 있다면 숨고 싶을 정도였다.

"동우라는 아이 알아?"

"아빠가 어떻게 동우 이름을 알아?"

태우는 동우에게 들은 모든 이야기를 규리에게 그대로 전했다. 그리고 사과했다.

"그런 사정이 있다는 것을 알았다면 그날 너한테 그러지 않았을 거야. 아빠가 미안해."

열여섯밖에 되지 않은 딸에게 하는 태우의 진심 어린 사과였다. 태우는 길지 않은 사과를 전하고 부디 규리가 자신의 마음을 알아주길 빌었다.

"괜찮아 아빠. 아빠 성격에 어쩌면 그 정도도 다행이지."

태우는 화색이 돌았다. 철없는 아빠였다. 딸이 더 어른스러웠다.

"그런데 아빠가 다음부터라도 지금처럼 이랬으면 좋겠어."

태우의 눈이 살짝 커지며 무슨 말이냐며 묻는 듯 규리를 빤히 바라봤다.

"사과하는 것 말이야. 누구에게라도 아빠가 혹시 잘못했다면 사과할 줄 알았으면 좋겠어. 아빠가 너무 자랑스럽고 좋지만 가끔은 너무 무서워. 아빠의 행동, 아빠의 말이 다 옳은 것처럼 하니까 다가가기가 더 어려워. 아빠가 내가 아닌 누군가에게도 그렇게 행동한다는 게 느껴져서 슬퍼. 난 아빠가 내 뺨을 때린 것보다 아빠가 나한테 자꾸 멀어지는 게 더 힘들어."

태우는 순간 얼굴빛이 주저앉았다. 대꾸도 하지 못하고 태우는 그저 딸아이를 멍하니 바라볼 수밖에 없었다. 독불장군, 위선자, 자기밖에 모르는 사람. 항상 태우를 따라다니는 말이었다. 태우는 그딴 소리를 하는 허접한 것들과 자신은 다르다며 애써 무시하며 지금껏 살아왔다. 그것이 스스로 살아남는 방법이었다. 태우의 아내도 결국 그런 모습을 끝내 이해하지 못하고 떠났다. 아내와 이혼

할 때 태우는 당당했다. 자신의 잘못보다 아내의 탓이 더 크다고 여길 뿐이었다. 그런데 이제 사랑하는 딸아이에게 마저 그런 말을 들었다.

'진짜구나. 내가 진짜 그런 사람이구나.'

태우는 더 말을 잇지 못하고 고개만 끄덕였다. 갈 곳 없이 길을 잃은 기분이었다. 소신이라 여겼다. 이기고 버텨야 하는 삶인 줄 알았다. 하지만 그것이 누군가에게 상처를 주고 있었다. 다른 이도 아닌 딸의 입에서 들은 말이 태우의 가슴을 밤새 후벼 팠다. 틀린 말이 아니라서 더욱 힘들었다. 특수 구조대를 떠나는 날 그나마 자신을 배웅하던 중택에게 저주 같은 말을 퍼부은 것이 떠올랐다. 훈련하는 모습이 마음에 들지 않는다고 후배들을 무시하던 자신의 행동이 생각났다. 사람들 앞에서 다른 구조대를 비난하던 때를 기억했다. 그 모든 것들을 마치 규리가 다 본 것처럼 느껴졌다. 치부를 들킨 것 같은 부끄러움이 온몸을 휘감았다.

장애인

"벙어리 동생~ 벙어리 동생~"

뙤약볕이 내리쬐는 초등학교 운동장 한구석. 시멘트로 만들어진 장방형 의자에 앉은 태우가 주변 아이들에게 둘러싸여 놀림을 받고 있었다. 내년이면 초등학교에 들어갈 여덟 살이었지만 태우는 누나 없이 아무것도 못 하는 아이였다. 오징어 게임을 하자는 아이들의 말에 누나가 곧 밭에 갔다 올 시간이라며 집에 가려고 하자 그때부터 아이들이 놀리기 시작했다. 하지만 놀림의 대상은 태우가 아니라 누나였다. 말 못 하고 못 듣는 태우 누나의 장애는 가끔 태우를 부끄럽게 하는 놀림거리였다.

"그만해!"

태우는 소리 질렀다.

"맞잖아. 벙어리. 벙어리를 벙어리라 부르는 건데 뭐가 잘못됐어?"

억울하고 분한 표정의 태우는 운동장 바닥에 있는 흙을 한 움큼 쥐고 놀리던 아이 얼굴에 뿌렸다.

"악!"

외마디 비명을 지르고 쓰러진 아이는 이장 집 아들 영찬이었다. 흙무더기가 눈에 정통으로 맞았는데 눈을 뜰 수 없는 고통에 영찬이는 그만 땅바닥에 드러눕고 손으로 눈을 부여잡은 채 좌우로 굴렀다. 이를 지켜보던 아이 중 하나가 쪼르르 달려가 선생님에게 알렸고, 담임에 교감까지 뛰어나왔다. 담임은 땅바닥에 누워 울고 있는 영찬이를 업고 어딘가로 달렸다.

"너 이놈의 새끼! 집 어디야?"

교감은 이 사달을 낸 아이가 태우라는 것을 알고 다짜고짜 부모부터 찾았지만 태우는 아무 대답도 하지 않았다. 담임은 영찬이 아버지에게 사태를 알렸다. 동네 이장을 8년째 하고 있는 영찬이 아버지는 태우 집과 먼 사이가 아니다. 사실을 알게 된 태우 아버지는 태우 종아리에 회초리를 댔다. 아빠가 때린 회초리에 아파서 울고, 벙어리라 놀린 친구가 미워서 억울한 마음에 울던 태우를 누나가 달랬다.

"놔!! 저리 가!"

태우는 말을 할 수도 들을 수도 없는 누나가 싫었다. 하필 하고많은 장애 중에 벙어리가 되어 있는 누나가 미웠다. 말이라도 하고 듣기라도 하면 팔다리 하나쯤 없는 게 차라리 낫겠다 싶었다. 엄마 없는 것도 서러운데 누나마저 말 못 하는 장애인이라는 것이 태우는 서러웠다. 가끔은 누나 귀에 입을 가까이 대고 고래고래 소리 질러도 봤다. 그러면 들리지 않던 귀가 뜨일 것 같아서였다. 그런데 누나는 그런 태우를 보고 빙긋이 웃을 뿐이었다. 누나는 수어를 배운 적이 없다. 시골 깡촌에 수어를 가르쳐 줄 사람도 없을뿐더러 자기들만 아는 손짓 발짓만 해도 의사소통이 되었다. 태우는 누나가 왜 그렇게 태어났는지 늘 궁금했다. 한번은 옆 동네에 사는 고모할머니가 집에 찾아왔을 때 물었다.

"고모할머니. 누난 왜 귀가 멀고, 말을 못 하나요?"

할아버지의 사촌 누나인 고모할머니는 경상도가 고향인데 알아듣기 힘든 그곳 사투리로 별거 아닌 듯 길게 답했다.

"죽은 너거 엄마가 쟈 가졌을 때 몸에 열이 씨기 나드마 한 며칠 끙끙 앓아누쎘거던. 그카고 나서 한 달 뒤에 쟈가 나왔는데 어데 얼라가 말을 하는가 못 하는가 우리가 아나? 커가미 알았지. 불러도 대답도 몬 하고, 말은커녕 눈만 껌벅이고 있으이 아이고 야가 고마 무신 문제가 있는 갑다 했지. 죽은 너거 엄마도 울고 나도 울고 너거 아부지는 몇 날을 술만 마시고 안 그캤나. 그런데 그기 가마이 보이, 너거 누나 배 속에 있을 때 너거 아버지가 엄마 몸보신 시킨다고 읍내 장똘배이한테 희한한 약을 사 가지와 믹인기 그리된 거 아인가 싶다. 그거 먹고 바로 그날 밤에 탈이 났으이께네. 좌우간 너거 아부지가 그거 땜에 지금도 쟈를 그키 불쌍타 카는 기라. 약만 안 믹있어도 쟈가 저래 안 됐을 낀데 카민서."

태우는 고모할머니의 사투리가 암만 심해도 무슨 말인지 다 알아들었다. 아빠가 사 온 약을 임신한 엄마가 먹었고, 그 약을 먹은 후 태어난 누나는 귀도 멀고 말도 못 하게 되어 세상에 나온 것이었다. 아버지는 그런 누나가 불쌍해서 자기보다 더 예뻐한다는 것을 고모할머니 말을 통해 이해했다. 태우는 괜히 누나한테 미안했다. 누나가 불쌍했다. 누나는 얼마나 말하고 싶을까? 누나는 얼마나 듣고 싶을까? 얼굴도 예쁘고 마음씨도 너무 착한 누나인데 그런 누나를 싫다고 생각한 태우는 사과해야겠다고 생각했다. 그런데 수어로 어떻게 사과해야 할지 몰라서 그냥 누나한테 가서 안겼다. 그게 태우가 하는 사과였다. 누나는 또 웃으며 태우를 안아주고 눈빛으로 뭐 먹고 싶은지 물었다. 태우는 안다. 늘 누나는 태우에게 뭔가를 해 주고 싶어 한다는 것을.

"미숫가루 타 줘. 설탕 많이 넣어서."

싱긋이 웃으며 말하는 태우에게 누나는 더 크게 눈웃음을 지으며 고개를 끄덕였고 어린 태우가 세상에서 젤로 맛있어하는 미숫가루를 대접에 한가득 타 가지고 왔다. 태우는 숟가락으로 조금씩 퍼먹었다. 후루룩 마시고 싶었지만 그러면 금방 미숫가루가 사라질까 봐 아껴 먹었다.

"맛있어."

태우는 웃으며 누나에게 말했다. 고맙다는 표현이 에둘러 나온 것이다. 누나는 태우를 보며 입가에 묻은 미숫가루 국물을 엄지손가락으로 쓱 문질러 닦았다.

*

"간식 드세요~"

늦은 오후, 출동이 없는 구조대 사무실에 반가운 방송이 흘러나왔다. 침묵만 흐르던 사무실이 분주해졌다. 가장 신난 건 조태풍이었다.

"야! 야! 나리야. 동향보고서 그거 나중에 해도 되니까 얼른 다 같이 식당으로 올라가자. 오늘의 간식은 뭘까요~~ 흐흐흐~"

무목이가 태풍을 보고 싱긋이 웃더니 이내 정색하고 눈을 흘깃거렸다. 태풍은 뜨끔했는지 팀장 책상 쪽으로 고개를 돌리고 눈치를 봤다. 태우는 아까부터 미동도 하지 않고 고개를 의자 뒤로 젖힌 채 잠들어 있었다. 깜박 잠든 것치곤 깊은 잠에 빠졌는지 방송이 나왔는데도 깨지 않고 계속 눈을 감고 있었다. 태풍이 조심히 다가가 허리를 숙이고 말을 걸었다.

"팀장니이임~ 간식 드시러 가시지요오~"

그제야 태우는 눈을 떴다. 눈에는 눈물이 맺혀 있었는데 눈을 한두 번 깜박이자 눈물이 이내 볼을 타고 옆으로 흘러내렸다.

"아. 깜박 잠이 들어버렸네."

태우는 민망한지 옷소매로 빠르게 눈물을 닦았다.

2층 식당에 들어서자 다들 와 하는 탄식을 냈다. 미숫가루 물이 한가득 담긴 대접 여섯 그릇이 식탁 위에 오와 열을 맞춰 가지런히 놓여 있었다. 얼음까지 두어 개씩 둥둥 떠 있었다. 늦가을이지만 햇살이 뜨거운 하루였다. 점심 먹고 두 시간이 넘도록 에어매트를 설치했다가 철수하는 훈련을 했다. 지난 출동 때 뭔가 마음에 들지 않았는지 태우가 출근해서부터 대원들을 나무라면서 시작된 훈련이었다. 태우는 에어매트가 펼쳐지는 시간을 스톱워치로 확인해 가며 몇 번이고 훈련을 반복했다.

사람이 높은 곳에서 추락했을 때 충격을 완화시켜 주는 에어매트는 고층용과 저층용이 있는데, 태우는 당연하게도 고층용 에어매트를 가지고 훈련하라고 지시했다. 무게만 100kg이 넘는 에어매트는 힘 좋은 구조대원들도 들고 나르기가 여간 버거운 것이 아니었다. 거기에 에어매트에 공기를 불어넣는 송풍기 같은 장비도 같이 설치해야 해서 손이 많이 갔다. 더 힘든 것은 에어매트를 다시 접어서 넣는 것이었는데, 보통 훈련 때는 완전히 접어서 넣기보다 펼쳐놓고 공기 주입하는 훈련을 반복한다. 하지만 태우는 그의 성격답게 처음부터 구조공작차에 완전히 접어서 적재해 놓고 다시 꺼내어 설치하는 훈련, 그러니까 실전에서 하는 것처럼 모든 과정을 빠짐없이 다 시켰다. 한두 번만 해도 진이 빠지는 작업을 수없이 했으니 대원들 몸이 땀범벅 되었음은 말할 것도 없었다. 거의 열 번에 걸친 반복 훈련이 끝나자 모두 구조대 주차장 한복판에 주저앉았고 힘 좋다는 나리마저 기진맥진했다.

이 훈련 과정을 모두 지켜본 사람이 식당 이모님이었다. 후덕한 풍채에 음식 솜씨 좋기로는 도내 모든 소방서에 소문이 자자했다. 거기에 성격도 좋아 거북골 구조대원들과 스스럼없이 지낸다. 다른 소방서 구조대원들이 거북골은 다른 건 몰라도 식당 이모님 음식 솜씨 하나만큼은 최고라고 입 모아 말할 정도다.

"얼른 들어와. 시원하게 얼음까지 넣었어. 다들 한 번에 쭉 들이켜."

식당 이모님은 구조대원들을 보자마자 어린 아들에게 밥 못 먹여 안달 난 엄마처럼 대원들을 재촉했다. 그러면서 맨 뒤에 들어오는 태우를 보고 느닷없이 소리를 빽 질렀다.

"아니 뭘 그렇게 직원들 힘들게 고생을 시켜요! 다치면 어쩌려고!"

태우는 당황한 표정으로 이모님을 바라봤다. 이모님 말에 가시는 없었지만 태우가 거묵골 구조대로 오고 나서 1팀 대원들이 그전보다 힘들어한다는 것쯤은 이모님도 이미 알고 있었다. 언젠가 태우에게 한마디 하려고 벼르고 있었는데 오늘 마침 훈련하는 거 보니 날이다 싶어 성격대로 내질렀다. 이모님의 말을 들은 태우 표정이 썩 좋지 않았다. 이모님은 상관없다는 듯 거기에 말을 더 이었다.

"아이고~ 1팀장님 오고 나서 대원들 살이 쪽 빠진 거 같아~! 아주 그냥! 팀장님이 너무 빡세게 훈련시키는 거 아닌가 몰라."

대원들 속마음을 누구보다 잘 아는 이모님이었다. 1팀 대원들 역시 같은 마음이었을 테지만 막상 태우 앞에서 말을 꺼내는 이모님을 보니 다들 좌불안석이다. 다만 이모님 성격 또한 보통이 아닌 걸 알기에 입 다물고 사태를 지켜볼 수밖에 없었다. 하기야 거묵골 구조대 터줏대감은 누가 뭐래도 이모님이다. 20년 넘게 거묵골 구조대에서만 밥을 지어 대원들에게 먹였다. 이곳을 거쳐 간 사람만 몇 명인지 모른다. 그 와중에도 죽고 다친 소방관들을 수없이 봤고 삶과 죽음이 혼재한 119구조대의 일상을 누구보다 잘 알고 있었다. 그러니 아무리 기센 남자도 이모님 앞에서는 순한 양이 되었다. 문제는 태우였다. 태우의 소문은 이모님도 이미 알고 있었고 이곳에 오고 나서의 태우의 행동이 마음에 들지 않았다. 그런데 묘하게도 미숫가루 그릇 앞에 앉아 있는 태우의 얼굴이 무표정 그 자체였다. 태우의 성격대로라면 이모님 말에 가만있을 리 없는데 말이다. 돌아가는 상황을 지켜보던 태풍이 나섰다.

"아이, 이모님 무슨 말씀을! 팀장님이 오셔서 우리가 많이 배우고 있는걸요. 다들 그렇지?"

태풍이 미숫가루 그릇을 오른손에 들고 입으로 가려다가 떠들어

대기 시작했다. 태풍의 성격이 사람 불편한 걸 못 보는 건데 괜히 이모님이 까다로운 팀장 심기를 건드릴까 얼른 수습에 나선 것이다.

"나리야! 맞지? 너도 팀장님 오셔서 많이 배우고 있잖아?"

나리는 말없이 고개만 끄덕였다. 태풍은 초조한 눈빛으로 무목을 바라봤지만 무목은 미숫가루만 홀짝이고 있었다. 태풍은 자신의 수습이 통하지 않음을 직감하고 눈을 좌우로 굴려 한 번은 태우를 한 번은 이모님을 번갈아 봤다. 여전히 표정 변화 없이 미숫가루 그릇만 가만히 바라보고 있는 태우를 본 대원들은 괜히 심기를 건드린 것 같은 불안한 예감이 들었다. 그나마 평소 말이라도 섞던 채 반장도 선뜻 분위기를 누그러뜨릴 무언가를 하지 못했다. 그러기에는 태우의 표정이 너무 심각했다. 다들 그렇게 팀장 눈치만 보면서 미숫가루를 먹는 둥 마는 둥 하는데 태우가 결국 입을 열었다.

"이 미숫가루. 직접 갈아 만드신 건가요?"

대원들은 일제히 태우를 바라봤다. 머리를 대접에 박고 있던 태풍은 태우의 말이 무슨 뜻인가 싶어 눈만 위로 치켜뜬 채 눈알을 이리저리 돌렸다.

"그럼요. 보리, 현미, 쌀, 검은콩, 찹쌀, 율무, 백태, 서리태, 옥수수, 검은깨, 통밀 그리고 하나 더 있는데……. 맞다. 병아리 콩!! 열두 가지나 갈아서 만든 거예요. 그리고 그거 다 국산이야 국산. 내가 직접 방앗간 가서 일일이 다 갈아서 만든 거라고요. 왜요? 뭐 입에 안 맞는 게 있어요?"

이모님은 혹여나 태우가 싫어하는 곡물이 들어갔나 해서 입을 삐죽거리며 되물었다.

"아니요. 좋아합니다. 미숫가루를 아주 좋아하거든요. 혹시 설탕 있으면 좀 더 주실래요?"

"어머. 미숫가루 좋아하는구나. 잘됐네. 근데 설탕은 내가 어지간히 넣었는데? 너무 달면 오히려 좋지 않아요. 그래도 달라고 하면 더 드리고. 어떻게? 더 드려?"

"네. 전 설탕을 많이 넣어 먹습니다. 설탕 좀 더 주세요."

두 사람의 대화를 따라 대원들의 눈도 왔다 갔다 했다. 지금 상황이 무슨 일인가 싶어 다들 눈이 커졌다. 이렇게 사근사근한 태우 모습을 본 적이 없는 그들이었다. 이모님의 기세가 남다른 것은 알고 있었지만 천하의 김태우 팀장마저 미숫가루 한 그릇으로 순한 양으로 만들 줄 몰랐다. 더구나 태우가 거묵골에 와서 처음으로 보여 준 인간적인 모습이었다. 넉살이라면 제일인 태풍이 이 상황을 놓칠 리 없었다.

"와!! 우리 팀장님 미숫가루 좋아하시는구나! 하하하! 제가 다음엔 요 앞에 테이크아웃 카페에 오곡 라테 한잔 사겠습니다. 거기 가루도 이모님 가루 못지않게……."

순간 옆자리의 무목이 주먹으로 태풍의 허벅지를 꾹 눌렀다. 태풍은 윽 소리 한 번 내더니 괜한 소리 했다는 표정으로 급히 입을 미숫가루 대접에 갖다 댔다. 태풍의 호들갑에도 태우는 표정이 없었고, 이모님이 가져다준 설탕 통에서 설탕을 두 숟가락이나 듬뿍 떠서 그릇에 넣고 돌렸다. 그리고 어릴 적 그랬던 것처럼 미숫가루를 숟가락으로 한 번씩만 떠서 아껴 입에 넣었다.

갈증과 피로에 젖은 대원들이 미숫가루를 다 먹는데 5분도 걸리지 않았다. 나리와 태풍은 두 그릇이나 해치웠고 태우도 꽉 채우지는 않았지만 한 그릇 더 먹었다. 그릇을 싱크대에 알아서 넣고 돌아서는 태우에게 이모님이 말을 건넸다.

"1팀장님도 드시고 싶은 거 있으면 언제든 말해요. 워낙 말이 없어 당최 뭘 좋아하는지 몰랐는데 미숫가루라도 잘 드시니 내가 기분이 좋네. 뭐든 괜찮으니 말씀하세요."

이모님의 말에 태우는 싱긋이 웃으며 나가려는 발을 멈추고 뒤돌아 말했다.

"고맙습니다. 그렇게 하겠습니다."

고맙다니. 태우의 입에서 고맙다는 말이 나오자 대원들의 입이 결국 벌어지고 말았다.

"거묵 구조! 거묵 구조! 현 시각 신고 계속 들어오고 있음. 신속히 출동 바람. 사고 차량 안에 있는 요구조자 출혈 심하다고 함. 신속 출동! 신속 출동!"

달리는 구조공작차의 엔진음도 컸지만, 무전으로 들려오는 상황실 요원의 목소리는 더 컸다. 지령은 다급했고 반복적이었다. 그만큼 위급한 상황이라는 것이다. 시원하고 달콤하게 마셨던 미숫가루 맛이 입 안에서 다 가시기도 전에 출동이 걸렸다. 거묵골 인근에 있는 고속도로에서의 교통사고다. 평소 통행량이 많지 않은 도로에는 과속하는 차량이 많았다. 태우가 거묵골 구조대에 오고 나서 처음 있는 교통사고 출동이었다. 기관원 채 반장은 지령 단말기의 길 안내를 무시하고 가장 빠른 길로 구조공작차를 몰고 갔다.

"팀장님. 고속도로 들어가는 지름길 있으니 그쪽으로 갈게요. 길이 좁긴 해도 문제없습니다."

채 반장은 태우의 급한 성격을 알고 먼저 움직였다. 태우는 지리를 잘 알고 운전에 능숙한 채 반장을 신뢰했다. 특수 구조대에 있을 때 운전석 옆에서 잔소리하던 모습은 찾아볼 수 없었다. 채 반장의 운전은 빠르면서도 안전했다. 아니나 다를까 채 반장이 운전하는 구조공작차는 어느새 고속도로 톨게이트로 진입하고 있었다. 구조공작차 안의 구조대원들은 이미 구조 조끼와 헬멧 그리고 구조 장갑을 모두 착용한 상태로 긴장된 표정을 지으며 태우의 지시를 기다리고 있었다.

"무목이는 나리 데리고 유압 장비 바로 준비해. 태풍은 나랑 사고 차량 확인하자. 채 반장님은 공작차를 사고 차량 가까이 붙여 주세요. 현장은 아마 경찰이 통제할 테니 따로 앞에서 막을 필요는 없을 겁니다."

태우 특유의 냉정하고 정확한 지시였는데 전과 다르게 단호하지만 부드러운 말투였다.

구조공작차가 사고 지역에 가까이 가자 차량 정체가 시작되었다. 교통경찰이 사고 지역을 통제하면서 병목 현상이 일어나고 있었다. 태우는 모터사이렌 버튼을 사정없이 눌러 댔다.

'와아앙~!!!!'

편도 2차선 고속도로를 꽉 채운 차들이 구조공작차에서 들려오는 굉음에 움찔하는 것이 보였다. 하지만 구조공작차가 비집고 들어갈 틈이 나지 않았고 이내 구조공작차는 꽉 막힌 도로에 멈춰서 버렸다.

"이런."

급발진 잘하는 태우의 성질이 곧 폭발할 것 같았지만 태우는 그냥 입을 굳게 다문 채 모터사이렌 버튼을 누르는 손가락만 바쁘게 움직였다. 태우를 대신해 채 반장이 외부 마이크로 차들을 향해 소리쳤다.

"긴급 자동차 출동 중입니다. 차량들 좌우측으로 피해 주세요!!"

크게 울리는 채 반장의 목소리에 몇 대의 차가 좌우로 갈라지며 길이 만들어졌다. 채 반장은 액셀러레이터를 다시 밟으며 속도를 내려고 했지만 앞은 금세 꿈쩍도 하지 않는 차들로 다시 막혔다. 그렇게 구조공작차는 가다 서다를 반복했다. 길을 터주는 차도 있었고 그러지 않는 차도 있었다. 구조대원들은 이런 상황이 답답하고 속상하면서도 익숙했다. 다만 그들을 기다리고 있을 피 흘리는 누군가가 걱정될 뿐이었다. 급한 대원들의 마음을 아는지 채 반장은 더욱 운전대를 꽉 잡았다. 그렇게 길이 조금씩 열리고 닫히기를 반복하다가 마침내 사고 현장에 도착했다.

현장을 확인한 대원들 표정이 굳어졌다. 흰색 경차 한 대가 반쪽이 나 있었다. 차량의 앞 보닛 부분은 형체도 없이 날아가 잔해들이 도로 이곳저곳에 흩어져 있었다. 경차가 서 있는 곳 옆쪽에 회색 승합차 한 대가 서 있었고 오른쪽 뒤 범퍼가 찌그러져 있었다. 그리고 8t 트럭이 사고 지점보다 30m쯤 앞에 서 있었는데, 먼저 도착한 고속도로 경찰들이 사고 차량 사이로 겨우 오는 차들을 빠져나갈 수 있게 하고 있었다. 태우와 대원들은 구조공작차에서 내려 뛰듯이 현장으로 갔다. 가까이에서 본 사고 차량은 더 처참했다. 한 조각도 안 되는 찌그러진 경차 아래로 꺼먼 차량 오일이 흘러내렸는데 그 사이로 빨간 피도 쏟아지고 있었다. 이미 차 주위 바닥은 검고 붉은색이 범벅되어 있었다. 대원들은 검붉은 미끈한 액체를 밟으며 운전석으로 다가갔다.

가장 먼저 차량 운전자를 확인한 태풍의 얼굴이 사색이 되었다. 말을 잇지 못하고 잠시 멈칫하는 태풍을 밀어내고 태우가 운전자를 확인했다. 긴 생머리를 늘어뜨린 여자 운전자가 찢겨 발긴 차량 운전석에 끼어 꼼짝 못 하고 있었는데 운전대가 가슴까지 밀려 들어와 있었다. 보닛의 엔진 부분은 폭탄을 맞은 듯 사라졌고 차체는 운전자를 집어삼키듯 감싸고 있었다. 운전석 아래로 피가 흘러내렸는데 운전자는 온몸이 축 쳐진 채 고개를 떨어뜨리고 있었다.

"무목이 형!!! 빨리 유압 스프레더!!! 나리야!!! 빨리!!!"

태풍은 절규하듯 동료들을 불렀다.

"이봐요. 아가씨. 제 말 들리세요?!"

태우는 조심스럽게 운전자의 어깨를 두드리며 의식을 확인했다. 놀랍게도 운전자는 고개를 들었고 겨우 입을 열었다.

"아저씨. 살려 주세요. 너무 추워요."

창백하다 못해 백색에 가까운 얼굴빛은 그가 지금 삶의 끝 절벽 어딘가에 겨우 매달려 있는 듯 보였다. 얼굴과 가슴팍에 튀어 있는 핏자국과 대비되는 젊은 여인의 하얀 얼굴은 산 자의 모습이 아니었다.

"구해 줄게요. 조금만 참아요."

태풍이 소리쳤다. 하지만 태우는 이 작업이 쉽지 않을 거라는 것을 찰나의 직감으로 예상했다.

"윈치 가져와! 유압 엔진에 스프레더와 절단기 두 개 다 연결해!"

태우는 할 수 있는 모든 것을 해야 했다. 일단 사고 차에 끼어 있는 여인을 꺼내려면 말려들어 간 차체의 보닛 부분을 윈치를 이용해 앞에서 당긴 다음, 운전자를 감싸고 있는 차체를 벌리고 잘라 몸을 차량 외부로 꺼내야 했다. 철판과 기계 부품으로 뒤엉킨 것들을 하나하나 걷어 내야하는, 힘과 섬세함이 모두 필요한 작업이었다. 이 모든 작업을 동시에 해야 했는데, 그녀가 버틸 수 있는 시간이 얼마 남지 않아 보였기 때문이다. 구조 현장에서 시간은 삶이 아니라 죽음의 편에 있다. 곧 무목이 스프레더를 들고 왔고, 뒤이어 나리가 절단기를 들고 왔다. 무목은 소리쳤다.

"나리야. 넌 윈치 꺼내서 차 앞쪽으로 가."

"윈치를 어디에 고정시킬까요?"

"화물차! 화물차 뒤에 고정시켜!"

태우가 고개를 돌려 교통정리를 하는 경찰에게 소리쳤다.

"저기 서 있는 화물차를 사고 차 앞쪽으로 이동시켜 주세요. 빨리요. 장비를 고정해야 합니다!"

경찰은 알아들었다는 듯 고개를 급하게 끄덕이고 30m 전방에 멈춰 서 있는 화물차에 크게 손짓하며 뛰어갔다. 태풍은 이미 스프레더로 찌그러진 문을 열고 있었다. 운전석 문이 먼저 개방되어야 그나마 사람이 나올 공간이 확보된다. 스프레더를 찌그러진 문틈 사이에 끼우고 레버를 돌렸다.

'찌직. 찌지직.'

철판이 눌러지고 찢어지는 소리가 크게 들렸다. 스프레더를 잡고 있는 태풍의 전완근에 퍼런 핏대가 금세 올라왔다. 태우는 조금씩 벌려지는 문을 잡고 앞쪽으로 당겼다. 조금이라도 더 쉽게 열기 위해서였다. 길지 않은 시간에 차량 문틈이 10cm 이상 벌어지자 절단기를 들고 기다리던 무목이 즉시 문틈 사이로 절단기를 넣고 잠금

장치를 자르기 시작했다. 무언가가 하나씩 잘릴 때마다 턱턱거리며
쇠붙이들이 서로를 강하게 붙들고 있다가 떨어져 나가는 소리가 났
다. 무목의 팔이 가늘게 떨렸다. 버티려는 쇠붙이들과의 싸움은 기
계와 기계가 아닌 기계와 사람의 싸움이었다. 무목은 손아귀에 힘
을 줘 절단기가 튕기지 않게 했는데 자기도 모르게 이를 꽉 깨물었
다. 무목의 주황색 구조 헬멧 끈 사이로 굵은 땀방울이 흘러내렸다.
무목은 말 그대로 사력을 다하고 있었다.

"힘내라. 무목아. 그 아래 하나만 더 끊으면 되겠다."

태우가 나지막이 말했다. 사막 색 구조 장갑을 낀 무목의 손아귀
에 더 큰 힘이 들어갔다. 온몸의 근육이 터질 듯 부풀어 오르는 것
을 느꼈고, 오른쪽 어깨가 마지막 힘을 쓰기 위해 위로 마구 솟구쳤
다. 결국, 끝내 버티던 마지막 쇠붙이 하나가 잘려나가며 문이 열렸
다. 대원들은 잠시 안도했지만 내부를 들여다보더니 이제부터 시작
임을 느꼈다. 차량 계기판이 운전자의 가슴팍에 강하게 압착되어
있는 것을 보자 태우는 짧게 탄식했다.

"제길. 많이도 밀려 들어왔네."

이때 구급 팀이 도착했다. 선임 구급대원은 능숙하게 운전자 목
에 경추 보호대를 장착했다.

"팀장님. 환자 상태 위급하니까 척추 고정판' 댈게요."

운전자는 심한 교통사고 외상 환자였다. 중추 신경이 손상되었음
을 가정해야 했다.

＊   KED(Kendrick Extrication Device). 신체의 허리, 무릎, 목 등을 압박하여 고정하
는 부목 기능을 하는 구급 장비. 소방관들은 주로 교통사고나 산악 구조 현장에서
사용함.

"알았으니까 작업해요. 우린 윈치로 차를 앞뒤로 벌릴 테니까. 흔들릴 수 있으니 조심하고."

그러면서 고개를 들어 윈치를 고정하고 간 나리를 봤다. 나리는 8t 트럭에 윈치를 고정한 채 사고 차량 앞에 내려놓고 손가락 하나 굵기의 윈치 구멍에 와이어를 밀어 넣고 있었다. 그 후 트럭에 고정된 탄력을 유지하기 위해 윈치에 통과된 와이어를 뽑아내기 시작했다. 태우는 놀랍도록 침착하고 섬세한 나리 모습을 보고 안심이 되었다. 나리는 마치 매일 하는 일인 듯 능숙하게 윈치를 설치했다. 마지막으로 윈치 고정까지 마치고 윈치 손잡이를 두어 번 당겨 적당한 탄력을 유지해 놓고 태우의 지시를 기다렸다.

"채 반장님! 공작차 견인 와이어 꺼내서 자동차 뒤쪽에 걸어 주세요!"

채 반장은 두말없이 구조공작차 앞에 장착되어 있는 견인용 와이어 훅(Hook)을 잡고 길게 빼냈다. 공작차와 사고 차의 거리가 멀지 않았기에 금방 사고 차 뒤쪽 견인 고리에 훅이 걸렸다. 모든 것이 일사 분란했다. 거묵골 구조대 1팀 여섯 명은 하나의 생명을 살리기 위해 각자의 위치에서 있는 힘을 다하고 있었다.

"텐션!"

태우의 외침이 들리자 채 반장이 견인용 와이어 리모컨을 이용해 와이어를 천천히 당겼다. 그러자 사고 차가 살짝 들썩이며 이내 팽팽하게 당겨졌다. 모든 준비가 되었다. 사고 차의 앞뒤로 강한 와이어가 고정되었고 윈치로 차의 찌그러진 부분을 당겨서 펴야 했다. 이제 윈치 손잡이를 반복적으로 당기는 작업만 남았다.

"나리야! 당겨!!"

무표정하게 서 있던 나리가 윈치 손잡이를 앞뒤로 반복해서 당겼다. 큰 덩치의 나리가 윈치 손잡이를 앞뒤로 움직일 때마다 온몸이 들썩거렸다. 와이어는 터질 듯이 팽팽해졌고 찌그러진 차체의 일부분이 조금씩 펴지기 시작했다.

"지금부터 천천히! 조금씩!"

태우는 운전자의 상태를 확인해야 했다. 혹여나 찌그러진 차체가 운전자의 살 속에 파고 들어가 있거나 신체 일부분과 겹쳐 있다면 하나씩 풀어내야 했다. 나리는 힘든 표정 하나 없이 태우의 지시에 충실했다. 지켜보고 있던 무목과 태우는 새삼스럽게 나리의 괴력과 침착함에 놀란 표정이었다. 소방관이 된 지 2년이 갓 지난 나리는 말수 없고 웃음기가 없어 다가가기 힘든 후배였지만 무목과 태풍 그리고 이 자리에 없는 막내 만수에게는 누구보다 든든한 동료였다.

"됐어. 정지!"

태우는 일정 부분 틈이 생겼다고 판단했다. 이제 운전자를 차 밖으로 꺼낼 차례였다. 하지만 문제는 다른 곳에 있었다.

"아. 심각하네요. 지혈부터 할게요."

구급대원은 겨우 벌어진 운전석과 보닛 사이에 끼어었던 운전자의 하체를 보고 탄식하며 말했다. 차마 눈 뜨고 볼 수 없을 정도로 처참하게 상한 두 다리가 보였기 때문이다. 살갗 여기저기는 찢어져 출혈이 있었고 왼쪽 정강이뼈는 젓가락 부러지듯 두 동강이 나 살을 뚫고 나와 있었다. 오른쪽 발목은 옆으로 돌아가 뼈와 근육은 힘을 잃었고, 살 껍질에 겨우 덜렁거리며 달려 있었다. 거기에 경추와 척추같이 다른 부위 손상도 예상되었다. 구급대원은 가지고 있

152

는 모든 응급 처치 장비를 동원해 빠르게 운전자 다리를 처치했다. 겨우 벌어진 틈 사이로 부목과 붕대를 욱여넣으며 살과 뼈를 감쌌다. 능숙하고 빠른 처치였다. 현장에서의 응급 처치는 치료의 목적이 아니다. 더 이상의 손상을 방지하고 병원까지 이송되는 동안 환자가 버틸 수 있게 해야 했다.

"팀장님. 이제 꺼내시죠."

구급 팀 선임 반장이 태우를 보고 말하자 구조대원 모두가 달려들어 운전자를 꺼냈다. 사람이 타고 다니는 차라고 보이지 않을 정도로 찢어지고 구겨진 철 덩어리에서 가느다랗고 작은 여인이 드디어 나오는 순간이었다. 삶의 끝 죽음의 언저리에서 움직이지 못하고 홀로 울고 있던 여인을 소방관들은 포기하지 않았다. 또 다른 구급대원 한 명이 이동식 들것을 들고 옆에서 대기했고 무겁지 않은 여인의 육체가 들것에 실려 구급차로 옮겨졌다. 구급차는 크게 사이렌 소리를 울리며 쏜살같이 사고 현장을 빠져나갔다. 구급대원들은 구급차 안에서 또 다른 처치를 하며 할 수 있는 모든 것을 할 것이다.

태우는 떠나는 구급차를 뒤로 하고 잠시 현장을 둘러보았다. 바닥에 흥건한 피와 오일. 피는 사람에 몸에서, 오일은 차에서 뿜어져 나왔을 것인데 섞이지 못할 것 같은 두 액체가 한데 뭉쳐 세상에 없는 빛을 내고 있었다.

대원들은 말없이 장비를 철수했다. 그들의 온몸이 땀에 젖어 있었다. 구조 장갑을 낀 손에는 피와 기름 그리고 먼지가 뒤섞여 묻어 있었는데 사막 색 구조 장갑이 핏물과 기름때까지 절어 더 이상은 쓸 수 없을 듯 보였다. 아마 구조대원들의 피로는 극에 달했을 것이다. 오후 온종일 에어매트 훈련을 했고 미숫가루 한 그릇에 잠시 피로를 달랠 새도 없이 이곳에 나와 죽음의 공포에 허덕이던 한 여자를 사지에서 구해 냈다. 살 수 있을지 모르겠지만 구조대원의 일은 거기까지였다. 부서진 육신이라 하더라도 위험에서 꺼내는 일, 그것이 구조대원의 일이었고 임무였다.

태우는 이 모든 순간을 빠짐없이 눈에 담고 있었다. 혼자서 할 수 없는 일들 그리고 함께하는 사람들을 카메라 셔터가 눌러지듯 한 장면씩 가슴에 들여앉혔다. 의도한 것이 아니다. 그냥 그렇게 눈앞의 광경이 하나씩 각인됐다. 그리고 잠시 생각했다. 자신의 모습이 특수 구조대에서 근무할 때와는 다르다는 것을. 태우의 욕심과 고집 그리고 강한 명령만으로 움직여야 했던 동료들. 시골 바닥에 별볼 일 없을 거라 여겼던 이곳 거묵골 동료들과의 시간이 겹쳐 떠올랐다. 하지만 그런 생각 따위를 할 때가 아니라는 것을 곧 느끼고 발길을 구조공작차 쪽으로 돌렸다.

"장비 다 챙겼습니다. 가시죠. 팀장님."

채 반장의 말에 태우는 구조공작차에 올라탔다. 대원들은 태우가 타는 것을 확인하고 그제야 모두 차에 올랐다. 구조공작차가 서서히 현장을 빠져나올 때 경찰이 막힌 길을 터 주었다.

돌아오는 구조공작차 안은 조용했다. 격렬한 현장 활동 뒤에 오는 피로감 때문이었다. 태우는 잠시 눈을 감았다. 뒤에서 무목과 태풍의 대화가 들렸다.

"그 여자, 괜찮겠죠?"

태풍이 차 천장만 바라보며 무목에게 말을 걸었다. 뒷좌석 왼쪽 끝에 앉은 태풍의 말이 중간에 앉은 나리를 거쳐 오른쪽 끝에 앉은 무목에게 전해졌다.

"다리가 심하게 상했던데 걸을 수 있을지 모르겠다. 왜? 걱정돼?"

"알잖아요. 저. 교통사고 보면 그런 거. 불쌍하잖아요."

"괜찮을 거야. 구급 팀이 처치 잘해서 갔잖아. 그냥 잊어."

눈을 감고 있는 태우가 다시 눈을 뜨며 둘의 대화에 귀 기울였다. 구조라는 것은 그냥 사람만 잘 구했으면 그만인 일이라 여기는 태우였다. 실려 간 여인을 걱정하는 태풍의 말이 괜한 오지랖에 하찮은 감성쯤으로 들렸다.

"쓸데없는 걱정 말고 들어가서 오늘 사용했던 장비나 다시 꺼내서 정비해. 저녁 팀들 출근하면 번거롭지 않게."

자신들의 이야기가 들킨 것처럼 움찔한 무목과 태풍이 짧게 대답하고 서로 눈치만 보다가 이내 입을 굳게 닫았다. 태우는 사내새끼들이 구조 출동 하나하고 뭐 그렇게 징징 되냐고 더 말하고 싶었지만 그럴 힘도 없어 다시 눈을 감았다. 나리는 거대한 몸을 움츠리듯 앉아 무표정으로 정면만 응시했다.

"무전하시죠. 팀장님."

운전하던 채 반장이 태우를 보고 말했다.

"아. 그렇지. 무전."

태우는 왼손을 길게 뻗어 차량용 무전기 송신기를 움켜쥐고 입으로 가져갔다.

"봉황, 봉황. 여기는 거묵 구조. 요구조자 한 명 구조했고 구급대 인계 후 철수함."

태우는 곧이어 들리는 상황실의 응답을 듣고 다시 눈을 감았다.

뒷자리에서의 대화가 더 들리긴 했지만 달리는 구조공작차의 엔진 소리에 묻혀 알아먹지 못했다.

어쩔 수 없는 일

거묵골 구조대 1팀이 교통사고 출동을 마치고 구조대로 복귀한 시간은 오후 다섯 시가 거의 다 되어서였다. 구조공작차가 차고 안으로 들어오자 대원들은 긴 한숨을 내쉬며 차에서 내렸다. 태우는 가장 늦게 내렸는데 한 손에는 피와 기름 범벅이 된 구조 장갑이 손에 들려 있었다.

"팀장님. 장갑 주십시오. 세탁해 놓겠습니다."

무목은 슬그머니 태우의 손에서 구조 장갑을 뺐다. 태우는 별다른 대답도 없이 손에 힘을 풀며 무목에게 장갑을 건넸다. 무목은 태우의 얼굴을 바라보지도 못한 채 슬그머니 눈치를 보며 사무실로 갔다. 앞서 가던 태풍이 무목의 옆에 바짝 붙어 걸으며 말을 했다.

"형. 팀장 표정 보니까 또 뭐라 한마디 할 것 같지? 우리 현장에서 또 잘했네, 못했네 잔소리할 건덕지 찾고 있는 표정 같아. 그렇지 않아?"

무목은 팔꿈치로 태풍의 배를 툭 치며 턱을 두어 번 까닥거리며 얼른 들어가기나 하라고 했다. 태우는 둘을 뒤에서 가만히 바라보다가 입을 열었다.

"박무목! 이리 와 봐."

무목과 태풍은 걸음을 멈추고 못된 짓 하다 들킨 아이처럼 고개를 숙였다.

"거봐. 또 시작이야."

태풍의 말을 뒤로하고 무목은 뒤돌아 태우에게 달려갔다. 태우는 무목이 다가오자 아직 닫히지 않은 차고 셔터 아래를 지나 밖으로 나갔다. 무목은 말없이 뒤를 따랐다. 태풍은 먼저 사무실로 들어간 나리에게 말했다.

"아니. 오늘은 잘했는데. 뭐가 또 불만이지? 나리야 너 아까 현장에서 뭐 못한 거 있냐?"

나리는 여전히 무표정한 얼굴로 태풍을 보고 대답했다.

"없슴다."

잠시 뒤, 무목이 사무실로 들어왔다. 태우는 들어오지 않았다. 태풍은 들어오는 무목의 얼굴 표정을 유심히 살폈다.

"형. 팀장님이 뭐래? 우리가 뭐 또 잘못한 거 있대? 혹시 퇴근 못하고 야간 훈련이라도 하자는 거 아냐? 오늘 우리 집에 다 같이 가야 되는 거 알잖아?"

"아니. 태풍아. 그게 아니고."

"응? 그게 아니야? 그럼 뭐?"

그게 아니라는 무목의 말에 앉아 있던 나리마저 고개를 돌려 무목을 바라봤다.

"오늘 너희 집… 집들이에 팀장님도 가겠대. 약속이 취소되었다면서. 괜찮지? 재수 씨 번거로운 거 없으면 지금이라도 전화해서 한 명 더 간다고 미리 알려 둬."

"엉?? 정말? 며칠 전에 물어봤을 땐 집들이 같은 거 뭐 하러 하냐고 투덜대던 양반이 갑자기 오겠대? 웬일이야?"

"이유는 모르겠고 재수 씨한테 전화나 해. 팀장님 가신다고."

"아니 뭐. 오는 건 상관이 없는데 갑자기 왜 마음이 바뀌었을까?"

"몰라. 일단 얼른 장비 정리해 놓고 교대 준비하자. 난 채 반장님한테 팀장님도 같이 가신다고 말해 놓을게."

말을 마치고 돌아서는 무목의 등 뒤를 바라보는 나리를 보고 태풍이 물었다.

"나리야. 넌 지금 이 상황이 이해가 되니?"

채 반장의 차에 거묵골 구조대 1팀이 모두 타 있었다. 병가 중인 만수에게 나리가 전화해 참석 여부를 물었지만 만수는 거절했다. 그 말을 전해 들은 태우가 알 수 없는 한숨을 쉬었다. 채 반장이 운전했고 조수석에는 태우가 앉았으며 뒷좌석 좌우로 무목과 태풍 그리고 중간에는 나리가 앉았는데 이런 좌석 배치는 구조공작차 탑승 위치와 같았다. 다만 덩치 큰 나리가 온몸을 찌그러뜨리고 앉아 있는 모양이 안쓰러워 보였다.

"괜히 안 간다고 했다가 다시 간다고 해서 불편한 거 아니지?"

태우는 조수석에 앉아 어색한 차 안 분위기를 나름 깨 보고자 말을 꺼냈다. 운전하던 채 반장이 그럴 리 있겠냐고, 그렇지 않아도 팀장님이 못 온다고 해서 태풍이 굉장히 서운해했는데 다시 오신다고 해서 좋아하더라는 말을 했다. 그런데 그 말을 들은 태풍은 '내가 언제?'라는 표정을 지었다. 그러는 찰나에 태우가 고개를 뒤로 돌려 태풍에게 물었다.

"정말 그랬냐?"

태풍은 얼른 요상한 표정을 거두고 특유의 장난기 가득한 표정으로 정말 자신은 팀장님이 오셔서 너무 기쁘다며 그리고 아내에게 멋진 팀장님 자랑을 잔뜩 해 놔서 꼭 팀장님을 소개해 드리고 싶다고 너스레를 떨었다. 쓸데없는 소리 말라며 태우가 싱긋거렸는데 여전히 무목은 지금 상황이 이해되지 않았다.

이런 촌구석은 곧 떠날 거라며 대원들을 무시했던 팀장이었다. 작은 실수도 용납하지 않고 웃는 모습이라고는 평소에 볼 수도 없는 남자였다. 무슨 불만이 그렇게 많은지 팀원들은 물론이고 다른 팀 구조대원들까지 닦달하던 사람이었다. 그래도 팀장이니까 태풍이 집들이에 초대했던 것이다. 초대를 거절했던 것이 불과 3일 전인데 갑자기 왜 자기도 간다고 나섰는지 무목은 알 수 없었다. 하지만 싫지 않았다. 누구보다 태우를 존경하는 무목이었다.

태우가 거묵골로 오고 나서 거의 모든 구조대 직원들이 태우의 지독한 성격을 질려했지만 무목만은 태우를 여전히 자신의 우상으로 여기고 있었다. 그것은 지난날의 추억도 한몫했고, 적어도 '일'에 있어서는 태우의 실력을 인정하지 않을 수 없기 때문이었다. 태우가 혹독하게 시키는 훈련이 힘들었지만 무목은 즐거웠다. 그렇게 성장하는 자신이 좋았다. 누군가가 이끌어 주길 바랐던 무목에게 태우는 무섭고 냉정했음에도 최고의 스승이었다. 무목은 잠시 생각했다. 이런 자신을 태우가 알아줄까 하는 생각. 그것은 존경하는 스승에게 제자가 가지는 어리광이었을 것인데 무목은 그런 생각이 턱도 없을 거라는 것을 잘 알고 있기에 태우는 여전히 다가가기 어려운 존재였다.

잠시 후 채 반장의 차가 작은 빌라 앞에 도착했고 차에서 커다란 덩치의 구조대원 다섯 명이 줄줄이 내리기 시작했다. 지나가던 아줌마 한 명이 나리가 내릴 때쯤 나리의 덩치를 보고 흠칫하며 가던 길을 멈추고 잠시 나리를 바라봤다. 그 사이 채 반장은 태우 옆에 슬그머니 다가가 말을 걸었다.

"팀장님. 혹시나 해서 미리 말씀은 드려야 할 것 같아서요. 태풍의 아내가 몸이 조금 불편한데……."

"아. 그래요? 어디가 많이 불편한가요?"

"아닙니다. 놀랄 일은 아니고요. 밝고 쾌활한 여자입니다. 그냥 미리 말씀만 드리는 겁니다."

태우는 고개만 끄덕였는데 채 반장의 말이 선뜻 이해가 되지 않아 자못 긴장했다.

빌라 2층으로 가장 먼저 올라간 태풍이 도어록 비밀번호를 누르자 문이 열렸고 곧 하이톤의 여자 목소리가 들렸다.

"어머~~ 어서 오세요!! 음식 다 식겠네. 빨리 들어오세요!"

태우는 나리 뒤에 서 있어서 여자의 목소리만 들렸다. 그러다 떠밀리듯 현관 안으로 들어갔다. 거실까지 모두가 들어서자 그제야 태풍이 말을 했다.

"나리야, 비켜 봐."

태풍이 나리를 슬그머니 옆으로 밀어내고 태우 앞에 아내를 세웠다.

"팀장님. 제 와이픕니다. 인사드려. 미애야. 우리 팀장님. 내가 자주 얘기했지? 대단하신 분이라고!"

아내를 바라보는 태풍의 한쪽 눈이 끔벅거렸는데 태우는 보지 못했다.

"안녕하세요. 팀장님. 조태풍 와이프입니다. 반갑습니다. 이렇게 뵙게 되어 영광입니다!"

여자의 목소리는 청량하고 높았다. 태우는 인사를 받으며 이내 오른손을 내밀어 악수를 청했다.

"어머. 죄송해요. 팀장님. 호호. 제가 팔이 이래서요."

태풍의 아내는 자기 오른쪽 어깨를 흔들어 보이며 말했다. 오른쪽 어깨 아래 옷소매가 허전했으며 흔들리는 어깨선을 따라 옷깃이 나풀거렸다. 태풍의 아내는 오른팔이 없었다.

"아. 네. 아. 죄송합니다."

태우는 얼굴이 벌게져 나와 있던 오른손을 재빨리 뒤로 빼고 갈 곳 잃은 손바닥을 바지춤에 비볐다. 태풍의 아내는 태우가 그러든 말든 여전히 미소 띤 얼굴로 모두에게 외쳤다.

"자! 앉으세요. 호호호. 믿기지 않겠지만 이 음식들은 제가 다 한 거랍니다."

좁은 빌라 거실 커다란 상 위에 음식이 그야말로 휘황찬란했다. 태우가 소파를 등지고 중앙에 앉았고, 그 맞은편에 태풍, 그 옆에 무목이 차례로 앉았다. 태우 옆자리에는 채 반장이 앉았고, 나리는 세로 부분 끝자리에 앉았다. 나리가 앉은 곳이 상 위에 차려진 음식과 멀게 느껴졌지만 나리의 긴 팔은 반대편 상 끝 음식까지 충분히 닿을 수 있었다. 곧 태풍의 아내까지 앉자 태풍은 재빠르게 맥주와 소주를 섞어 따르기 시작했다.

"팀장님. 한잔 시원하게 말아드리겠습니다!"

술을 잘하지 못하는 태우였다. 그래서 더 어색했지만 이곳에 오려고 한 이유가 있었기에 술을 마다하지 않았다.

"팀장님. 오시고 처음으로 하는 자리인데 한 말씀해 주시죠?"

태우가 오고 두 달이 지나는 동안 회식 한번 하지 않았다. 안 하려고 한 것도 아니다. 말을 꺼냈다가 그런 거 하러 출근하느냐는 핀잔만 태우에게 들었을 뿐이다. 태우는 자신이 그런 말을 한 것을 알기에 괜히 더 민망했지만, 대원들은 이미 잔을 위로 들고 기다리고 있었다.

"흠… 뭐… 건배라고 할 거까지 있나. 다들 건강을 위하여 합시다. 자. 건강을 위하여."

재미없고 박자도 안 맞는 태우의 건배사에 모두가 쭈뼛거렸다. 그러는 찰나에 태풍의 아내가 외쳤다.

"건강을!!"

그제야 팀원들 모두 뒤이어 외쳤다.

"위… 위하여!!"

그렇게 시작된 집들이는 술이 들어가고 차려진 음식을 맛있게 먹어가며 무르익어 갔다. 채 반장은 술이 셌다. 말없이 들이키는데 한번도 꺾어 마시지 않았다. 앉은 자세도 흐트러지지 않았고 말도 또렷했다. 무묵은 평소와 다르게 술이 들어가자 말수가 조금씩 늘기 시작했다. 특히 친동생과 같은 태풍의 말에는 크게 웃으며 호응했다. 태우는 나리가 가장 궁금했는데 역시였다. 어쩌면 술을 마시는 속도나 양은 채 반장보다 많은 나리였지만 표정 변화는커녕 오히려

163

편안해 보였다. 그중에서 태우가 가장 말이 없었다. 적당한 미소를 띠며 대원들의 말에 맞장구나 치고 어울렸다. 집들이 분위기는 태풍과 그의 아내가 주도했다. 기분이 좋아졌는지 소맥을 세 잔이나 연거푸 마신 태풍의 얼굴은 취기가 확 올랐다. 그러면서 태우에게 말을 걸었다.

"팀장님. 제 아내랑 어떻게 만났는지 궁금하지 않으세요?"

태풍의 아내가 또 시작이라는 표정으로 태풍을 노려봤지만 태풍은 이미 이야기를 시작했다.

태풍의 아내는 거묵골에 있는 요가 학원 강사였다. 늘씬하고 건강한 몸에 절색은 아니지만 또렷한 이목구비와 뽀얀 얼굴 때문에 지나가는 남자들의 눈을 사로잡는 여자였다. 태우가 오기 1년 전쯤, 거묵골 구조대가 요가 학원 건물에 엘리베이터 문 개방 출동을 갔던 적이 있었다. 그때 엘리베이터에 갇힌 아내를 본 태풍은 한눈에 반했고 결국 태풍이 요가 학원에 등록하기에 이르렀다.

"제가 그때~ 꺼억~! 팔자에 없는 요가까지 배워 가며 미애를 꼬셔 보려고 했지 않겠습니까. 팀장님."

"미애 씨도 태풍이가 좋았나요?"

태우가 불쑥 끼어들었다. 태풍의 아내 이름을 직접 거론하며 대화를 거드는 모습이 진짜 관심 있는 사람처럼 보였다. 태풍의 말에 미애가 대답했다.

"좋기는요~! 제 스타일 아니었어요. 새카만 얼굴에 비쩍 마른 몸에 말만 많고……. 호호호. 전 싫었어요."

태풍이 미애의 말이 끝나자마자 강변하듯 말을 이었다.

"그러거나 말거나 전 좋은 걸 어떡합니까? 매일 요가 수업 마치면 무작정 기다리고 커피 한잔 하자, 식사 한번 하자 졸랐죠. 그럴 때마다 퇴짜였지만."

태풍이 그때를 기억하며 이야기를 이어 갔다. 어느 날 교통사고 출동을 갔는데 작은 경차 하나가 커다란 덤프트럭 아래에 끼어 있었고, 태풍을 비롯한 구조대원들은 겨우 경차를 덤프트럭 아래에서 꺼내 그 안에 있던 한 여자를 구했다. 그 여자가 바로 미애였다. 미애를 처음 꺼낸 것은 태풍이었다. 박살 난 차체와 함께 미애의 몸도 바스러졌고, 그중에서도 오른팔이 가장 많이 다쳤다. 한 줌도 안 되는 어깨 근육 덩어리에 팔 한쪽이 덜렁거리며 달려 있었는데 태풍은 피범벅이 된 미애를 몸을 부둥켜안고 이성을 잃고 울부짖었다고 한다. 태풍은 대원들과 주위의 만류에도 기어이 구급차까지 동승해서 미애를 인근 병원 응급실까지 옮겼다. 그 후 미애는 대수술 끝에 한쪽 팔을 결국 절단했다.

그날 이후 태풍은 중병 든 사람마냥 하루하루 말라가기 시작했다. 미애는 몇 달 입원 후 퇴원했지만 한 팔을 잃은 절망감에 휩싸여 집 밖으로 나오지 않고 지옥 같은 날을 보내고 있었다. 하지만 태풍은 미애를 포기하지 않았다. 휴대전화로 하루에도 몇 번씩 문자를 보내며 미애를 위로했다. 그런 태풍이 미애는 싫었다. 팔이 멀쩡할 때조차 태풍에게 관심 없었던 미애였다. 어쩌면 팔이 없어진 자신을 가벼이 여겨 그러는 것 같기도 했다.

"나 같은 병신한테 왜 자꾸 그러는데!!"

미애는 결국 태풍에게 독한 말을 쏟아냈다. 미애의 말에 태풍은 그저 울기만 할 뿐이었다. 보다 못한 채 반장과 무목이 그만 포기하라고까지 타일렀지만 태풍은 그럴 수 없다고 울고 또 울었다. 그러길 두어 달. 거묵골 구조대 1팀은 자살 출동을 가게 되었다. 딸이 방문을 잠그고 나오지 않는다는 신고였다. 출동 지령서를 직접 뽑아 든 태풍은 미친 듯이 소리쳤다.

"미애 집이에요! 미애 집! 빨리!"

채 반장은 어느 때보다 구조공작차를 빨리 몰았다. 몇 분도 채 되지 않아 도착한 작은 주택에 태풍은 신발도 벗지 않은 채 집 안으로 달려 들어갔고, 순식간에 미애 방 문을 발로 차 열어재꼈다.

"미애야!!"

가느다란 신발 끈에 목을 묶고 자신의 몸을 매단 미애. 태풍은 가지고 있는 구조용 칼로 신발 끈을 잘랐다. 바닥으로 몸이 늘어진 채 떨어지는 미애를 태풍이 껴안아 받아내며 목에 감긴 신발 끈을 풀었다. 동시에 미애가 목을 쿨럭거렸다. 태풍은 고통스러운 표정으로 서럽게 우는 미애를 껴안고 같이 울었다. 미애의 엄마는 그 옆에 주저앉아 더 슬피 울었는데 이 사건을 계기로 결국 미애는 태풍에게 마음을 열었다.

훗날, 미애 말로는 문을 잠그고 죽으려 줄을 목에 묶으려 했지만 팔이 하나라서 오래 걸렸다고 한다. 태풍이 문을 부수고 들어왔을 땐 미애가 목을 맨 직후였던 것이다. 어쩌면 한 팔이 없어 죽으려고 해도 죽지 못한 것일 수도 있었다. 여인의 사고 그리고 장애, 또 죽음에 다가가려는 순간까지 한 사람을 구해 낸 태풍의 지고지순한 마음은 한 편의 드라마와도 같았다. 길고 긴 둘의 이야기가 끝날 때쯤 태풍의 눈에는 눈물이 그렁거렸다. 미애는 그런 태풍의 눈물을 한 손으로 스윽 밀어 닦았다.

"참 바보 같은 사람이죠?"

미애는 태우를 빤히 보며 말했다. 태우는 아무 답도 하지 못했다. 그리고 잠시 기억을 더듬었는데 오늘 낮에 교통사고 출동을 마치고 태풍이 구조 대상자의 상태를 걱정하는 것이 떠올랐다. 혹시 그 여자가 자신의 아내가 겪은 것과 같은 고통을 겪고 있는 듯 보여서 그랬다는 생각이 들자 타박했던 말이 괜히 미안했다.

"태풍은 좋은 구조대원입니다."

순간이었다. 술 취해 헤롱거리던 태풍의 눈이 커졌다. 대원들도 놀란 듯 태우를 쳐다봤다.

"이야~ 거묵골 구조대에서 팀장님한테 처음으로 칭찬받는 대원이 태풍이구나."

술기운이 오를 때로 오른 채 반장이 장난스럽게 한마디 거들자 태우는 쑥스러운 듯 말을 이었다.

"아닙니다. 채 반장님. 뭐 완벽하진 않지만… 인정할 것은 인정합니다. 저도 그럴 줄 압니다. 오늘 교통사고 출동에서 대원들이 보여 준 모습에 놀랐습니다. 자기 역할을 잘해 주었어요. 우리가 구했던 여자의 상태가 좀 걱정스럽긴 하지만 우린 최선을 다했고 팀워크도 좋았어요."

채 반장, 무목, 태풍 그리고 나리까지 서로 말하진 않았지만 만세를 부를 기세였다. 천하의 김태우에게 처음으로 인정받는 날이었다. 태우의 말이 충분히 진심으로 들렸다. 무목은 괜히 울컥하기까지 했다.

"감사합니다. 팀장님."

무목은 벅찬 마음에 태우를 바라보며 말했다. 태우는 말을 더 잇지는 않았지만 흡족한 표정으로 답했다. 그러는 사이 태풍의 아내

미애가 끼어들었다.

"팀장님. 그런데 오늘 구했던 여자는 어떻게 되었어요?"

미애의 말에 다들 궁금하다는 듯 표정을 지었다.

"그러게 말이야. 장비 정리하고 바로 퇴근한다고 구급대에게 물어보지도 못했네."

무목의 말이 끝나자 지금껏 말 한마디 없이 앉아 있던 나리가 특유의 중저음의 목소리로 말했다.

"사망했답니다. 혹시나 해서 이송했던 구급대원한테 물어봤더니 병원 도착 전에 심정지가 왔고 도착 후에 응급실에서 잠시 지켜봤는데 사망했다고 합니다."

"아……."

태풍의 아내가 짧게 탄식했고 모두가 일순간 말을 잃었다. 그리고 태우는 느꼈다. 무엇일까? 거묵골에 와서 처음으로 팀원들의 실력을 인정했던 출동이었다. 사력을 다했고 구조 과정도 좋았다. 하지만 구했던 사람은 결국 살아나지 못했다. 겪어 보지 못한 감정이 솟구쳤다. 살려야 하는 일을 하고 있지만, 구조대원의 일은 삶과 죽음의 경계에 닿지 않는 또 다른 영역이라고만 느꼈던 지난날이었다. 죽고 사는 문제, 특히 현장 활동만 잘하면 사람이 살고 죽는 것은 구조대원이 신경 쓸 일이 아니라는 것이 태우의 평소 생각이었다. 그것은 신의 영역이라 여기며 관심 두지 않았다. 오로지 자신과 자신의 팀원들이 얼마나 일산 분란하게 구조 활동을 잘했느냐는 것만이 태우의 최대 관심사였다.

현장 활동이 태우의 마음에 들지 않았다면 늘 불호령으로 대원들을 질타했다. 잘해도 칭찬은 가뭄에 콩 나는 일이었다. 그런데 오늘은 달랐다. 죽음의 문턱에서 두 번이나 구해져 한쪽 팔 없이도 당당히 살아가는 미애를 보자 자신이 왜 사고 현장에서 죽어가는 누군가를 반드시 구해야 하는지 그리고 그곳에서 구조 활동을 잘하는 것보다 더 큰 가치가 있다는 것을 이제야 어렴풋이 알 것 같았다.

태우는 기분이 이상했다. 지금껏 자신이 구했던 사람들이 그 후에 어떻게 되었는지, 아니면 구하지 못하고 죽어간 사람들의 가족들 마음이 어떤지 궁금했다. 하지만 곧 태풍이 다른 말을 이으며 분위기를 바꾸었고 태우도 아무렇지 않은 듯 대원들과 어울렸다. 다시 즐거운 이야기가 오가며 술자리는 더욱 무르익어 갔고 태우는 자신에게 알 수 없는 변화 같은 것이 찾아오는 듯한 기분이 들었다.

*

현관문이 열리고 백발의 남자가 문을 나서며 아차 싶었는지 그대로 서서 주방 쪽으로 목만 길게 빼며 누군가를 찾았다. 13평 작은 공공임대아파트 주방은 거실과 분리되지 않은 형태라 굳이 발을 안으로 들이지 않아도 집 안이 한눈에 보이는 구조였다. 주방에는 유독 까만 머리에 키 작은 여인이 분주히 음식을 하기 위해 움직이고 있었다. 그 모습을 보면서도 남자는 여자를 부르지 않고 입만 들썩이고 있었다. 그때 현관 맞은편 욕실에서 한 아이가 나왔다.

"어디 가시게요?"

"아, 아니. 엄마 좀 불러 줄래?"

아이는 주방 베란다 방향으로 몸을 돌려놓고 앉아 양파를 까고 있는 여자에게 다가가 어깨를 두드렸다. 그제야 여자는 고개를 돌려 아이를 본 후 환하게 웃었다. 아이는 금방 따라 웃은 후 현관 앞에 서 있는 남자를 가리켰다.

"임자. 비닐장갑이라 그랬어? 아니면 비닐봉지라 그랬어? 돌아서니 금방 까먹어 버렸네"

남자는 손짓으로 장갑과 봉지를 만들어 보이며 여인에게 물었다. 여인은 번거롭다는 표정을 잠시 짓더니 손바닥을 다 펴 보이며 비닐장갑이라 알렸다. 남자는 알겠다는 손짓을 하고 아이에게 말했다.

"동우야. 엄마가 심부름시켜서 금방 다녀올게. 좀 기다려라. 아침밥 같이 먹자"

남자는 이내 현관 밖으로 나갔고 아이는 식탁에 걸터앉아 엄마에게 손으로 말했다.

'참 좋으신 분이야.'

'맞아. 그래서 오늘 아침은 제대로 차려서 먹여 보내려고. 첫 출근이잖아.'

'그래서 엄마가 아침부터 이렇게 바쁘구나. 근데 아저씨 몸은 좀 괜찮아?'

'응. 어제 같이 병원 다녀왔는데 일하는 데는 아무 이상 없대.'

'나 때문에 괜히 직장까지 옮기게 된 거 같아 아저씨한테 미안해.'

'괜찮아. 다 이해하신다고 했어. 새로 나가는 직장이 다른 곳보다 돈도 더 많이 주는 곳이니까 옮기는 게 차라리 잘된 거야.'

'근데 새로 나가는 고기 만드는 공장 일이 많이 힘들다던데……'

여자는 여기까지 듣고 잠시 생각에 잠겼다. 동남아 이주 여성으로 한국 남자와 결혼했고 아들을 낳았다. 한국의 남자도 자기와 같이 청각장애인이었다. 한국 남편은 술만 마시면 아내를 때렸다. 말못 하는 외국 여자는 매일같이 두들겨 맞았다. 아이가 크며 엄마를 챙겼지만 남자의 폭력은 멈추지 않았다. 폭력은 아이에게도 이어졌다.

아내와 아이는 결국 도망치듯 나와 다시 만난 사람이 지금의 남편이었다. 처음 그를 만났을 때 남자가 예순이었고 여자는 서른여덟이었다. 생계를 잇기 위해 일하던 인테리어 공사판에서 둘은 서로를 아껴가며 사랑을 키웠다. 나이는 문제가 아니었다. 첫 번째 부인과 사별한 남자는 자식이 없었다. 말은 못 했지만 작고 단아한 몸짓을 가진 여인에게 남자는 마음을 뺏겼다. 먼 타국에 시집와 모진 결혼 생활을 했던 여자는 남자의 사랑이 부담스러웠다. 하지만 결국 마음을 열었다. 무엇보다 하나밖에 없는 아들을 친 아들처럼 챙겨 주었다.

새로운 가정을 꾸린 지난 1년은 더없이 행복한 날들이었다. 하지만 아들이 학교 폭력 사건으로 강제 전학을 가게 되어 거묵골로 왔다. 거기에 합의금으로 준 돈이 이만저만이 아니었다. 남자는 결국 모아 둔 모든 돈을 아들과 싸운 부모들에게 주었다. 그리고 새 일자리를 찾아야 했는데 거묵골에 있는 '신광실업'이 남자를 채용했다. 오늘 남자는 새 직장에 첫 출근하는 날이었다.

'그래도 거묵골에서는 거기가 가장 큰 공장이야. 힘들어도 아저씨가 잘 이겨 낼 거야. 그리고 동우야. 이제 아저씨라 그러지 말고 아버지라고 해. 이만하면 아버지라고 할 때도 됐잖아.'

'나도 그러고 싶긴 한데 쉽게 말이 떨어지지 않아. 너무 걱정하지

마 엄마. 나도 아저씨가 좋으니까 곧 아버지라고 부를 날이 올 거야.'

여자는 아들의 손짓에 싱긋이 웃을 뿐 더 말하지 않았다. 곧이어 남자는 작은 요리용 비닐장갑을 하나 사 들고 들어왔고 여자는 장갑을 끼고 남자가 좋아하는 오이무침을 했다.

"좋네! 좋아. 하하하. 진수성찬을 받고 출근하니 첫날부터 힘내서 일해야겠네."

여자는 남자의 입 모양만 보고도 무슨 뜻인지 짐작했고 소리 없는 큰 웃음을 지었다.

"동우야. 아저씨가 돈 많이 벌어서 너 대학도 보내고 엄마 좋은 옷도 사 주고 그럴게. 그러니 너도 엄마 잘 도와줘야 한다. 이 아저씨만 믿고. 응? 알겠지?"

성격 좋기로 소문난 남자였다. 배움은 짧았지만 순수하고 착했다. 늘그막에 만난 외국 여자와 그 아들에게 자신의 모든 것을 바쳐 사랑해 나가는 중이었다. 남자는 자기가 해야 할 일이 무엇인지 다시 다짐했다. 일을 해야 했다. 고정된 급여를 받아 가족을 부양해야 했다.

주위에서 그의 성실함을 잘 알기에 생면부지 아는 사람 하나 없는 거묵골로 들어올 때 전 직장의 사장이 그를 신광실업에 추천했다. 신광실업의 '신 이사'는 처음엔 그를 탐탁하게 여기지 않았다. 나이가 많다는 이유였다. 육가공 공장에서 무거운 고기 재료를 들고 나르기엔 나이가 너무 많았다. 하지만 결국 채용을 하기로 했는데 그 이유는 추천한 사람을 믿어서도 아니고 나이 많은 남자에 대한 믿음도 아니었다. 노인 일자리. 도청에서 지역 기업에 노인 일자리를 늘리기 위해 채용을 권장했고 그에 따랐을 뿐이었다. 그의 오빠이자 신광실업의 소유주인 신오수는 신광실업이 노인 일자리를 챙기는 좋은 회사라는 이미지가 필요했을 뿐이었다. 그런 사실을 모르는 남자는 무슨 일이든 시키면 다 하겠다는 각오 하나로 자신 있게 일터로 나갔다.

참전 군인

"아부지. 아부지는 왜 월남에 갔어요?"

어린 태우가 마루 끝에 엉덩이만 살짝 걸친 채 담배 불을 붙이고 있는 아빠에게 말을 걸었다. 이제 갓 초등학교 2학년에 올라간 태우는 학교 사회 시간에 선생님이 월남전 참전 용사 같은 유공자는 나라에서 대우를 잘해 줘야 한다는 소리를 듣고 기분 좋게 집으로 돌아와 아빠에게 묻는 중이었다.

"왜긴 왜야? 먹고살려고 갔지! 낫 놓고 기역 자도 모르는 상 무식꾼한테도 전쟁터 갔다 오면 일자리 준다고 하니 그렇게 간 거지."

태우는 벌떡 일어나 자리를 고쳐 앉더니 또 물었다.

"거기서 총도 쐈어요? 베트콩도 죽였어요?"

"이눔 시키가 갑자기 그딴 건 왜 물어? 아, 그럼 죽였지 안 죽였겠냐? 총으로 쏴 죽이고 박격포로 쏴 죽이고 총이고 뭐고 없으면 칼로 찔러 죽이고…… 내 손으로 죽인 베트콩이 어디 한둘이여?"

옆에서 고사리 다듬던 태우의 누나가 들리지도 않는 귀지만 아비의 전쟁터 얘기만 나오면 어찌 아는지 걱정스런 표정을 지었다. 그리곤 슬그머니 고개를 돌려 아비 한 번 태우 한 번을 번갈아 봤다. 태우는 고개를 더 바짝 아비 곁에 가까이 대고 다시 또 물었다.

"정말? 그럼 아부지 친구들은 안 죽었어? 아부지랑 같이 싸우던 친구들 말이야."

태우의 말이 끝나자 아비는 무언가 말하려다 몸이 얼어붙은 것마냥 아무 말도 하지 못하고 그대로 움직이지 않았다. 동공이 풀리는 듯 눈동자가 허공으로 반 바퀴 슬쩍 돌리더니 눈에 물기가 금방 서리기 시작했다. 그리고 물고 있는 담배를 한 모금 길게 빨아 재꼈다. 태우 누나는 슬그머니 태우 뒤에서 태우의 옷자락을 당겼다.

"아. 왜 그래? 아빠랑 말하잖어~"

태우는 자기 옷을 당기는 누나에게 고개를 돌려 외쳤다. 누나의 표정이 화난 듯 보였다. 태우는 무슨 영문인지 모르고 그냥 다시 아비를 바라봤다.

"죽었지. 많이도 죽었지."

태우는 덜컥 겁이 났다. 귀신에 홀린 것처럼 갑자기 표정이 창백해지고 무섭게 변한 아비의 표정이 이상했기 때문이었다. 가끔 술을 많이 마시고 짓는 표정이었는데 그럴 때마다 동네 아저씨들이랑 한바탕 주먹다짐을 하고는 했다. 그때 나오는 표정이 지금 나왔다. 태우는 다시 고개를 누나 쪽으로 돌렸다. 누나는 태우의 옷을 더욱 바짝 자기 쪽으로 당겼다.

"총알이 대가리를 뚫고 지나면 허연 골이 쏟아지며 여기저기 뿌려지고, 지뢰라도 밟으면 꽝하고 하늘로 붕 떴다가 떨어지는데 다

리 한쪽이 날아가고 없거든. 박격포 떨어지면 어디 팔다리뿐이겠
어? 온몸이 터져서 살점이며 내장 덩어리가 사방으로 튀기도 해. 그
게 다 내 앞에서 죽고 다쳐 갔던 전우들이여."

멍하니 말하는 태우 아비의 눈에서 닭똥 같은 눈물이 주르륵 흘
렀고 통곡이 이어졌다. 마치 혼잣말을 하듯 태우 아비의 말은 멈추
지 않았다. 누군가에게 쌍욕을 하듯 미친 듯 격렬하게 외치기도 했
고, 들릴락말락하는 목소리로 중얼거리기도 했다. 태우는 괜히 물
었다가 아비의 무서운 모습을 보고 잔뜩 움츠려 있었다. 그때 마침
보리쌀 찧어서 가져다준다고 했던 고모할머니가 대문으로 들어오
며 아비를 진정시켰다.

"야가 또 와이라노? 누가 또 월남 얘기 꺼냈는가베! 아이고 야야!
야가 월남 갔다 온 얘기만 하모 미치뿐다. 미치!"

여전히 울다 웃다 혼잣말을 중얼거리는 태우 아비를 고모할머니
가 한참 다독여 겨우 방 안에 들여 눕혔다. 태우와 누나는 병든 닭
새끼마냥 고개만 푹 숙인 채 마룻바닥에 꼼짝도 못 하고 앉아 있었
는데 다행인 것은 태우 아비는 적어도 자기 자식에게 해코지는 하
지 않았다. 누나가 불타 죽기 전까지는 말이다. 만약 옆에 어른 남
자 누구라도 있었으면 시비가 털릴 것이었는데 연유는 알 수가 없
었다.

"너거도 아부지 앞에서 함부래 월남 얘기는 하지도 말그래이~!
자가 저라다 큰난다. 큰나. 알긋제?"

남매는 고개만 끄덕였다. 고모할머니는 밥 지어 놓고 된장 한 솥
끓여 놓고 갈 테니 아비 자고 나오면 저녁 챙겨 주라는 말을 누나에
게 남기고 부엌으로 들어갔다. 태우는 그제야 꼭 잡고 있는 누나 손

을 슬그머니 놓고 마당으로 걸어 나갔다.

*

"잘 부탁합니다. 마상철입니다."

신동숙 이사는 백발이 무성한 남자의 인사를 받는 둥 마는 둥 하면서 커다랗고 푹신한 사무용 의자에 몸을 파묻은 채 마상철의 이력서를 위아래로 훑었다.

"월남전 참전 용사에 나이가 예순둘이나 되셨는데……. 뭐 아시겠지만 우리 회사가 마 선생님 같은 유공자분들을 상당히 대우하거든요. 저희 회장님께서 노인 일자리에 대해서도 관심이 많고요. 인근에 저희 회사만 한 곳이 없어요. 또 추천하시는 분도 마 선생님이 성실하다고 보증하니 믿고 채용하는 겁니다."

마상철은 감지덕지라는 표정으로 신 이사에게 머리를 연신 조아렸다. 말투가 까칠하고 광대뼈가 많이 나온 데다 살이 엎어 푹 패인 볼에 진한 화장을 한 신 이사는 얼굴에서 영혼이 느껴지지 않았는데 마상철은 그것을 금방 눈치로 알아챘다.

"3개월은 수습 기간인 거 아시죠? 일이 힘들다 어쩌다 하면서 한두 달 만에 도망치듯 그만두는 사람들이 많아서요. 뭐 하실 말씀 있으세요?"

신 이사는 마상철의 얼굴을 쳐다보지도 않고 대화를 끝내려는 듯 물었다.

"아닙니다. 제가 늦은 나이에 처자식이 생겨 직장 다니는 것만으로도 감지덕지입니다. 받아 주셔서 감사합니다. 열심히 해 보겠습니다."

마상철은 곧 그녀의 방에서 나와 젊은 직원의 안내를 받으며 작업장 입구에 모여 있는 직원들 앞으로 갔다. 그리고 의례적인 소개가 이어졌다.

"새로 오신 분입니다. 월남전인가? 뭐 거기도 갔다 오시고 하신 분인데 인사들 나누시고 잘들 지내세요. 작업반장님이 일 좀 잘 가르쳐 주시구요."

말이 끝나자 직원들이 가볍게 박수를 치며 그를 맞았다. 열댓 무리의 직원들 사이에서 땅딸막한 남자가 슬그머니 앞으로 나왔다. 남자는 뒤뚱거리는 몸을 움직이며 직원들 앞에 섰다.

"곧 연말 다가오면 물량 많이 나와야 되는 거 다들 아시지요잉? 저희 사장님이 이번 연말 보너스를 특별히 잘 챙겨 주겠다고 하셨으니까 열심히들 하시자고잉! 그리고 새로 오신 분은 젤루다가 쉬운 일부터 시킬 테니까 그리들 아시고……. 가만있어 보자. 잉! 까대기랑 분쇄기 보조부터 하믄 되겠구마잉."

작업반장이라는 사람의 말이 대충 마무리되자 직원들은 가타부타 대답도 없이 각자의 작업 위치로 갔다.

녹색 우레탄이 반들반들하게 깔려 있는 공장 바닥은 고기 기름으로 미끌거렸다. 그곳을 걸어가는 직원들은 모두 하얀 작업복에 하얀 장화 그리고 흰색 고무장갑을 끼고 있었다. 곳곳에 커다란 은빛 기계 설비가 놓여 있었는데 마상철이 일해야 할 곳은 육류 분쇄 1반이었다.

신광실업은 도내 손꼽히는 육가공 공장이다. 대기업에 가공된 육류를 주로 납품하는데 햄버거에 들어가는 패티(Patty)가 주요 생산

품목이었다. 거기에 햄이나 소시지 같은 제품도 대량으로 만들었다. 거묵골에서 나고 자란 신오수가 실 소유주였고 그의 여동생 신동숙이 이사 직함을 가지고 경영을 했다. 변변찮은 기업 하나 없는 거묵골에서 가장 큰 회사였다.

마상철이 이곳에 들어온 것은 앞서 막노동 일꾼으로 일하던 인테리어 업체 사장의 추천이었다. 성실한 성격에 뭐든 열심히 하는 마상철은 의붓아들의 뜻하지 않는 전학으로 거묵골에 오게 되며 운 좋게 직장을 얻었다. 일이 고되다고는 하지만 대수가 아니었다. 나이가 많다는 우려도 신경 쓰지 않았다. 누구보다 열심히 일할 자신이 있었기에 마상철은 아내와 아들의 배웅을 받으며 기분 좋게 출근했다. 아내가 끓여 준 된장찌개 맛의 여운이 입가에 여전히 남아 있었다.

"어이. 마 씨 아저씨. 이리 오슈. 할 일을 대충 알려 줄 테니."

작업반장은 유독 목이 굵고 팔다리가 짧았는데 얼굴에 욕심보가 덕지덕지였다. 육십 넘게 살아오며 온갖 군상들을 다 보고 겪어 온 마상철은 사람 보는 눈이 좋았다. 마상철이 보기에 작업반장은 가까이하기 싫은 인상이었다. 그래도 이 구역에서는 그가 '오장'이었다. 오십이 조금 넘은 나이 정도로 보였는데 처음 본 이후로 그냥 '마 씨'거리는 게 영 탐탁지 않았지만 그 역시 대수롭지 않게 여겼다.

"자. 여기서 살균된 흰색 작업복으로 갈아입고, 저기 보이죠잉. 작은 통로를 지나면 에어 샤워를 한다고. 잉? 저기서 먼지를 촤악 털어 내고 작업장 안으로 들어오시면 돼. 잉? 쉽죠?"

높임말도 아닌 요상한 말투에 건들거리는 작업반장의 설명에 마상철은 그냥 '예, 예' 대답만 했다. 그리고 말대로 뽀얀 작업복으로 갈아입고 에어 샤워를 한 후 작업장 안으로 들어갔다. 비릿한 냄새가 가장 먼저 코를 찔렀다. 마스크를 끼긴 했지만 구석구석 벤 생고기 비린내가 후각을 강하게 자극했다.

"자. 잘 보라고잉. 입구 옆에 여기가 고기 창고여. 고기 창고! 여기서 트레이에 고기를 옮겨 싣고 저기 분쇄기 앞으로 가서 박스를 뜯고 고기를 올리면 끝이여. 잉? 쉽죠?"

작업장의 다른 기계들이 돌아가며 굉음을 내는 통에 작업반장의 목소리가 갈수록 커졌다. 마상철은 작업반장의 말 끝에 잉잉하는 소리만 들렸는데 대충 이해한 터라 고개를 끄덕였다. 그러면서 반장이 가리키는 쪽에는 대형 고기 분쇄기가 보였다. 분쇄 통이 키보다 높아 보였고 넓이는 언뜻 보니 돼지 한 마리 정도는 들어갈 만큼의 큰 분쇄기였다.

"박스 포장을 다 뜯어서 고기를 작업대에 올려놓으면 다른 직원이 분쇄기에 고기를 넣고 기계를 돌릴 거란 말이지. 잉. 그러면 마씨가 다시 고기가 잘 갈리게 잉? 이거. 이걸로 고기를 꾹꾹 눌러 주면 돼. 어지간히 갈리면 그만 누르면 되고. 잉?"

반장은 말하며 다른 작업자들에게 마상철을 가까이 데리고 갔다.

"인사해. 잉. 인사. 여기 두 사람이랑 같이 할 거여. 요 앞이 양식이. 잉. 정양식. 저기 뒤에 까대기 하고 있는 사람이 상용이요. 윤상용. 잉. 인사들 해."

"수고들 많으십니다. 마상철입니다. 잘 부탁드립니다."

마상철은 큰 소리로 인사했는데 두 사람은 그냥 고개만 끄덕였다.

"일단 여기 분쇄 작업은 셋이서 하는 거니까 잘들 지내. 잉? 특히 앞에 양식이랑 가장 많이 부딪힐 테니 친하게 지내셔."

마스크에 가려지긴 했지만 눈이 크고 피부가 뽀얀 중키의 젊은이가 먼저 인사한 양식이었다. 상용이라는 직원이랑 둘이서 일하고 있지만 마상철이 거들게 되면 상용이라는 직원은 분쇄된 고기를 트레이에 담아 다음 공정으로 넘기는 작업만 하기 때문에 마상철은 양식이라는 젊은이와 계속 맞닿아 일하게 되었다. 마상철은 양식에게 더 다가가 인사하려고 했지만 작업반장이 곧 큰 목소리로 끼어들었다.

"자자. 이제 이거 좀 보라고잉."

작업반장은 일을 우선 보여 준답시고 마상철의 옷을 끌어당겼다. 일명 '까대기'라고 하는 일이었다. 박스에 포장된 소고기를 꺼낸 후 대형 트레이에 연신 밀어 담았다. 고기가 담긴 트레이를 다시 분쇄기 위로 올라가는 체인 걸어 올려 주면 그 위에 있는 양식이가 올라온 고기를 분쇄 통에 넣고 아래에 있는 작업자에게 신호를 하고 분쇄기를 돌린다. 그 후 긴 쇠막대기로 얼린 고기가 분쇄기에 잘 들어갈 수 있도록 요리조리 눌러 주면 되는 일이었다.

마상철은 작업반장을 따라 분쇄기에 옆 작은 철제 계단에 올라섰는데, 지름이 2m 정도 되는 대형 분쇄 통 안을 들여다보았다. 커다란 축 사이로 맞물리며 돌아가는 분쇄용 날이 번들거리며 서로를 마주 보고 있었다. 그 아래로 고기가 다져 나오는 구멍이 있었고 그렇게 다져 나온 고기가 컨베이어 벨트로 옮겨졌다. 그 후 갈려진 고기는 패티 모양으로 만들어지는 다른 기계로 이어진다. 마지막에 패티가 익혀서 나오는 공정까지 거의 자동인 셈이었는데 유일하게 사람 손이 가는 작업이 처음 고기를 분쇄 통에 넣고 돌리는 일이었다.

가만히 분쇄기 안을 들여다보던 마상철은 기다랗고 기괴하게 생긴 분쇄 날을 보면서 잠시 아찔한 생각도 들었지만 이내 고개를 다른 곳으로 돌렸다. 크게 힘쓸 일 같이 보이지는 않았다. 막노동부터 별별 일을 안 해본 것이 없는 마상철이었다. 다만 분쇄통 앞에 섰을 때 턱이 무릎 아래 정도 높이밖에 되지 않아 서 있기 불안해 보여 조심해야겠다 생각했다.

"요 아래 이건 뭔가요? 빨간 버튼요."

마상철이 분쇄기 계단을 내려오다 조작판 본체 아래 보이는 툭 튀어나온 붉은색 버튼을 보고 물었다. 손바닥 크기 반만 한 버튼이었는데 다른 버튼들과 다르게 색깔이 빨개서 궁금해 물었다.

"아. 그거요? 비상 정지 버튼. 누를 일 없으니 몰라도 돼요. 잉?"

비상 정지 버튼. 마상철은 그래도 기억해 두어야 한다는 생각에 잠시 바라보았다. 재차 누를 일이 없을 거라는 반장의 말에 고기 창고로 발길을 돌렸다. 15kg짜리 호주산 소고기 박스를 들고 나르려는 생각에 걸어가면서 팔을 앞뒤로 휘저으며 준비운동을 했다. 그런 마상철의 모습을 지켜보는 주변의 작업자는 아무도 없었다. 그저 '윙, 윙', '끼익, 끼익' 하는 고기 다지는 기계 소리만 들릴 뿐이었다.

'웨에에에엥~~~~!'

50분 작업에 10분 휴식이었다. 휴식 시간을 알리는 부저 소리가 크게 울리자 분주하게 일하던 공장 직원들은 누가 먼저랄 것도 없이 앞 다투어 기계를 껐다. 순식간에 공장 안의 기계음이 멈췄고 웅성거리는 직원들의 목소리만 들릴 뿐이었다. 마상철은 대기실에서 잠시 앉아 같은 조 인부인 양식과 상용을 기다리고 있었다. 마스크와 위생 두건을 벗으며 들어오는 양식과 상용을 보자 마상철은 일어나 먼저 인사를 했다.

"아까 인사를 제대로 못 했죠? 마상철입니다."

"안녕하세요. 정양식입니다."

"윤상용이오."

이제야 맨얼굴을 본 마상철은 아까보다 더 앳되어 보이는 양식의 얼굴에 잠시 놀랐다. 많아야 갓 서른이 넘어 보이는 양식은 육군에서 부사관으로 4년 복무했고 전역한 후 이곳에서 일한 지 1년이 넘었다고 한다. 또 다른 동료인 상용은 마흔 중반 정도의 나이에 신광실업에서 잔뼈가 굵은 사람이었다. 10년 넘게 이 일을 하고 있는데 원래 소 축사에서 일했다고 한다. 축사 역시 신오수의 소유였고 그곳에서 일하는 모습이 눈에 들어 공장으로 왔다. 마상철과는 인사를 하는 둥 마는 둥 하더니 이내 대기실 바닥에 드러누워 위생 두건으로 두 눈부터 가렸다.

"제기럴. 어디 다른 공장 얘기 들어보니 40분 작업에 20분 쉰다는데 여긴 왜 이리 빡센겨? 신 이사 저 여자가 한사코 시간을 안 줄여 주니 이러다 일하다 힘들어 어디 사고라도 나면 지가 책임 질랑가?"

양식과 마상철이 들으라 하는 말인지는 모르겠지만 목소리가 컸다. 양식은 상용이 그러거나 말거나 마상철에게 먼저 격을 허물기 시작했다.

"연배가 아버지뻘이세요. 편하게 대해 주십시오. 이제 스물일곱입니다."

"아. 네. 하하. 고마워요. 아까 작업반장님 말 들어보니 육군에서 부사관으로 복무했다고요? 어디서 근무했나요?"

양식은 싱긋이 웃으며 답했다.

"백맙니다. 하하. 수색대 소대장으로 전역했습니다."

마상철은 순간 놀란 눈을 크게 떴다.

"아. 저도 백마예요."

"앗! 선배님이시군요. 백마!!"

양식은 순간 차렷 자세를 급하게 갖추고 마상철에게 경례를 했다.

"아이고 아니에요. 그런 거 안 해도 됩니다. 언제 적 군 생활인데… 그리고 전 병 출신에요. 병장 만기입니다."

"아닙니다. 대선배님을 이런 곳에서 뵙게 되어 영광입니다."

마상철과 양식은 순식간에 전우회 분위기를 연출했다. 양식은 대기실 구석에서 믹스 커피 두 잔을 타와 색이 바래고 군데군데 인조 솜이 삐져나온 오래된 소파에 걸터앉아 마상철과 이야기를 이어갔다.

"참전하셨다고 들었습니다. 월남 이야기는 부대 생활 하면서도 많이 들었는데 참전 선배님을 직접 뵙게 될 줄 몰랐습니다. 정말 신기하네요."

"여기저기 많아요. 참전한 전우들. 잘 드러내지 않아서 그렇지. 백마 출신들 더러 만나긴 했지만 가장 젊은 후배님이시네요. 어쨌든 여기 일 좀 잘 부탁합니다. 나이가 들어 뭐든 느리고 힘듭니다."

"일은 걱정 마세요. 크게 어려운 게 없습니다. 근데 몇 중대셨나요?"

"난 2대대 1중대였어요. 우리 중대가 아마 지금 수색중대의 시초

쯤 될 걸요? 당시 중대에서 난다 긴다 하는 전우들 모아서 만든 중대였거든."

"맞네요. 맞아. 설마 해서 여쭤봤는데 하하하. 제가 수색 생활할 때 중대 선배들 이야기 많이 들었습니다. 전설적인 선배님이십니다."

두 남자의 군 생활 이야기는 세대를 초월했고 갈수록 뜨거워졌다. 잠든 듯 누워 있는 상용이 짜증 섞인 말투로 두건으로 눈을 가린 채 둘에게 말했다.

"젠장. 무슨 우정의 무대 찍어요? 월남 갔다 온 사람 한 명 더 오면 군복 꺼내 입을 모양새네. 양식이 너도 일이나 가르쳐 드려. 군대 이야기 그만하고."

상용의 말이 끝나자 양식은 턱을 길게 내지르며 입을 삐죽거렸다.

"근데 왜 전역했어. 차라리 군 생활이 낫지 않아?"

마상철은 그새 친해진 기분이 들어 슬그머니 말을 놓으며 양식에게 다른 걸 물었다.

"사정이 좀 있었어요. 소대장 할 때 사고가 나서 어깨를 좀 크게 다쳤었거든요. 이래저래 치료받고 보니 진급도 안 될 거 같고 해서 고향으로 다시 내려왔죠. 아쉽긴 했어요."

"여기 일한 지 1년 정도 됐다고? 힘들지 않아?"

"힘든 건 없어요. 근데 오래 일하고 싶진 않아요. 평생 직업으로 하긴 좀 그렇고……."

입에 풀칠하기 위해 겨우 일자릴 구해 들어온 마상철의 사정과는 다른 양식이었다. 젊은 그에게 하루 종일 고기를 분쇄하는 작업이 평생 직업이 될 수 없었다. 마상철은 자신과 처지가 다른 양식을 이해했다.

"그렇지. 더 그럴싸한 일을 해야겠지."

"그래서 소방관 시험 준비 중에요. 주말에 시내에 있는 학원 다니고 있어요. 저녁엔 인터넷 강의 듣고 있고."

"아~ 소방관."

마상철은 소방관이라는 말에 며칠 전 아내와 동우가 엘리베이터에 갇혔다가 119에 구조되었다는 말을 떠 올렸다. 동우는 그날 집에 돌아와 삼십 분이 넘도록 구조대에 갔었던 이야기를 한참 떠들었는데 어렴풋이 그때의 말이 기억나 양식의 말에 한 수 더 거들었다.

"들어보니 수색대 나오면 뭐 구조대원인가 그걸로 채용된다고 하던데. 아닌가?"

양식은 어떻게 그런 걸 아느냐는 표정을 지으며 말을 받았다.

"아. 그거요. 근데 전 해당 안 됩니다. 특수 부대 하사 이상 계급으로 근무를 해야 하거든요. 제가 있었던 사단 수색대는 특수 부대 범위에 들지 않더라고요. 그래서 화재진압대원으로 지원하려고 해요."

"그게 다른 거구나. 그래도 우리 백마 수색대가 빡세기로는 특수 부대 못지않을 텐데 아쉽네."

"상관없어요. 내년 봄에 시험인데 연말까지만 하고 그만둘 생각이에요. 시험에 올인해야죠."

천진한 표정의 양식이었다. 미래를 꿈꾸는 그의 얼굴은 금세 행복감이 보였다. 마상철은 그의 젊음과 꿈이 새삼 부럽게 느껴졌다. 스물일곱이라는 양식의 나이라면 무엇이든 다 이룰 수 있는 때라 여겨졌다. 불쑥 자신의 젊은 시절이 떠올랐다. 그리고 매일 흥청거리며 하릴없이 흘려보낸 과거에 대한 회한이 밀려왔다.

여느 참전 군인들이 그랬듯 전역 후 사회 적응이 힘들었다. 만 열아홉의 나이에 전쟁터에 갔다. 대대에서 가장 어린 나이였다. 그렇게 3년을 오롯이 베트남 정글에서 보내고 다시 돌아온 고국 땅은 낯설었다. 피비린내 나는 전장을 떠나 한국에만 돌아가면 자유를 지키기 위해 싸웠다는 참전 군인들의 대의(大意)를 알아주리라 여겼다. 총알이 온몸에 박히고 포격에 사지가 찢겨 죽어가는 전우들의 눈을 잊지 않은 이유가 그것이었다. 적어도 조국은 이역만리에서 얼굴도 모르는 사람들을 위해 싸우다 온 자신들의 아픈 영혼을 달래줄 줄 알았다. 하지만 그것이 헛된 희망이었음을 깨닫는 데에는 오래 걸리지 않았다.

돌아오니 당장 먹고사는 일부터 해결해야 했다. 개발도상국이었던 대한민국은 참전 군인의 피 값으로 중진국의 반열에 오르기 위해 용쓰고 있었다. 죽음으로 희생했던 그들은 다시 돌아온 고국 땅에서 또 다른 희생을 강요당할 뿐이었다. 밑바닥 인생. 다 그렇진 않았지만 거의 그랬다. 막노동과 영세한 공장을 전전했던 젊은 시절이었다. 군복을 입고 충성을 다한 대가가 이거냐며 울분을 매일 토해야 했다. 쌓이는 것은 술병이고 모이는 것은 같은 참전 군인들이었다. 그렇게 보낸 젊은 시절은 마상철을 피폐하게 했다. 하루 벌어하루 살기를 반복했다. 뒤늦게 정신 차렸을 땐 망가진 삶을 겨우 연명하는 늙은이가 되어 있을 뿐이었다.

마지막 기회 아니면 희망이었을까? 멀리 타국에서 온 착하디 착한 아내를 만났다. 아내는 베트남 여자였다. 한때 자신이 목숨 걸고 싸웠던 전쟁터에서 온 여자였다. 마상철은 그것이 운명이라 여겼다. 아내도 자신처럼 자기 나라를 떠난 사람이었다. 희망과 꿈을 가지고 왔을 타국에서 상처만 입은 여자였다. 마상철은 그 여인을 사랑했고 피가 섞이지 않은 그녀의 아들도 사랑했다. 주제넘는 일이라 여기면서도 가정을 꾸렸다. 가족이 생겼고 책임감도 생겼다. 이제야 사람답게 사는 듯 느끼는 날들이었다. 마상철은 젊은 양식에게 조언했다.

"사지 멀쩡하고 몸만 건강하면 뭐든 다 이룰 수 있을 거야."

양식은 뭐라 대답하려고 했지만, 마상철의 말이 끝나자마자 작업 시작 부저가 요란하게 울렸다. 양식은 마상철에게 대답이 아니라 자기 말을 하며 자리에서 일어났다.

"가시죠. 선배님. 본격적으로 일 한번 해 보자고요."

마상철은 밝은 표정을 지으며 말하는 양식에게 묘한 기운을 얻는 듯했다. 그토록 바라던 새로운 삶이 펼쳐지는 것 같았다. 혼탁한 자신의 인생이 이제 맑게 정화되기 시작한다고 생각했다.

*

까맣고 번들거리는 고급 외제 승용차 한 대가 미끄러지듯 신광실업 정문으로 들어섰다. 차는 직원용 주차장이 아닌 사무동 바로 앞 입구에 섰다. 이내 포마드를 잔뜩 바른 머리를 깔끔하게 뒤로 넘긴 검은 정장의 남자가 운전석에서 내려 뒤로 가 차 문을 열었다. 내리는 사람은 신오수였다. 육가공 공장에 거의 모습을 드러내지 않는 그가 두어 달 만에 이곳을 찾았다. 평소 도청 소재지가 있는 시내 본사 사무실에만 나타나는 그였다.

"오셨어요?"

신오수를 기다리고 있는 동생 신동숙이 짧게 인사를 건넸다. 신오수는 나이답지 않게 등과 허리가 꼿꼿했다. 매일 다르게 입고 매는 그의 양복과 넥타이는 오늘도 최고급 명품 브랜드였다. 반질반질하게 다려진 옷가지가 성격답게 치밀했고 빈틈이 없어 보였다.

"신 이사는 나랑 얘기 좀 하자."

신동숙은 신오수를 무서워했다. 열 살이 넘는 나이 차도 그렇고 어릴 때부터 사업으로 집안을 일으켜 새운 신오수는 오빠라기보다 직장 상사에 가까웠다. 신동숙도 차갑기로는 누구 못지않았지만 신오수 앞에만 서면 뜨신 콧김만 뿜으며 뒷걸음치는 순한 소 마냥 잔뜩 겁을 먹었다.

신오수는 자리에 앉자마자 냉수를 한 컵 급하게 들이켰다. 집무실은 신오수가 오지 않는 이상 늘 비어 있었는데 항상 먼지 한 톨 없이 청소되었다. 신오수 옆자리에 신동숙이 조심스럽게 앉았다. 공장장과 비서가 함께해도 되지 않느냐고 잠시 물었는데 신오수는 말없이 창밖을 바라만 봤다. 신동숙은 신오수가 할 말을 짐작할 수 있었는데 제발 그것이 아니기를 바랄 뿐이었다.

"유공자, 장애인, 65세 이상 노인 채용 현황 가져와."

신동숙의 생각이 맞았다.

"오빠, 아니 회장님. 아직 많이 부족해요. 조금만 더 시간을……."

"일단 서류 가져와."

신오수는 소리를 더 낮춰 말했다. 신동숙의 얼굴이 금세 창백해지더니 인터폰을 들어 누군가에게 서류를 가져오라고 지시했다. 잠시 후 비서 한 명이 서류뭉치를 들고 들어왔고 가지런히 정리된 서류를 신오수 앞에 놓았다. 신오수는 맨 앞장부터 천천히 종이를 넘겨 꼼꼼히 읽어 내려갔다. 두 장, 세 장 넘길 때 신오수의 마른 손가락이 종이에 미끄러졌지만, 절대 손가락에 침을 묻히지 않았다. 그의 깔끔한 성격 때문이었다.

"동숙아."

신동숙은 흠칫했지만 이내 마음을 다잡고 신오수의 다음 말을 각오하며 기다렸다.

"아직 이것밖에 숫자를 못 채우면 어쩌라는 거냐? 팔다리만 멀쩡하면 다 쓸어다 일 시키라고 했잖아!"

신동숙은 올 게 왔구나 싶어 잠시 눈을 감았다가 떴다. 하지만 신동숙도 이 상황을 대비하지 않은 것이 아니다. 이왕 이렇게 된 거 작정하고 말해야겠다 싶어 입을 열었다.

"회장님. 거묵골에 눈 씻고 봐도 그런 사람 찾기 힘들어요. 도내 전체에 채용 공고를 냈어요. 참전 유공자, 노인, 장애인 모두 무조건 우선 채용한다고 지역방송이나 신문에 안 뿌린 데가 없다고요."

신동숙은 순간 신오수의 미간이 찌그러지는 것을 봤지만 멈추지 않았다.

"일하겠다고 찾아오는 사람도 적지만 와봐야 한 달도 못 버티고 나가요. 힘이 좀 들어야지요. 설비가 하는 일이야 그렇다 치고 고기 짊어지고 나르는 일을 어디 늙은 사람이나 장애인들이 해내겠어요? 그렇다고 기존 직원들 밀어내고 설비 쪽으로 보내기도 그렇잖아요?"

틀린 말이 아니었다. 공장은 오래전부터 기계 자동 설비로 이루어졌다. 기계를 조작하고 하는 일은 숙련된 기존 직원들이 이미 하고 있었다. 손이 많이 가는 고기 옮기는 단순한 일에 그나마 새로운 인력을 투입해야 했는데 거기에 신오수는 굳이 유공자와 노인 그리고 장애인을 채용해서 시키려 했다. 그 이유는 당연하게도 신오수의 정계 진출과 맞물려 있었다. 신오수는 수전노 기업가의 이미지에서 벗어나 사회적 약자를 채용하는 착한 기업인으로 알려지길 바랐다. 아니 반드시 그래야 했다. 돈으로 선거한다면 당장이라도 당선될 자신 있었다.

문제는 그의 이미지였다. 고향 사람들 피 빨아서 성공한 악덕 기업인의 이미지를 벗어야 했다. 온갖 수를 써서 힘들게 줄을 댄 정치권 유력인사가 신오수에게 제안한 것이 사회적 기업이라는 타이틀을 무조건 받아오라는 것이었다. 사회적 약자를 집중 채용 한다면 이미지는 물론이고 보는 눈도 좋아질 테니 공천에 도움이 될 거라는 조언이었다. 한번 꽂히면 불도저처럼 밀어붙이는 그였다. 공장 돌아가는 꼴이야 어찌 됐든 신오수는 유력자의 말을 따라야 했는데 이득 안 되는 일은 쳐다보지도 않는 그가 그토록 밀어붙이는 이유가 바로 그것이었다.

"입 닥치고 시키는 대로 해! 돈을 더 줘서라도 그만두려는 것들 붙들어 매라고!!"

신오수는 조잘거리며 말하는 동생의 말을 끊고 불같이 일갈했다. 올겨울에 '오토팰리스'를 개장하고 한 달 뒤 출마를 선언할 예정이었다. 그러려면 사회적 약자 채용률을 지금보다 두 배는 더 올려야 했다. 그래야 주변 기업과의 차이가 확연했다.

"네. 알겠어요."

기어들어가는 목소리로 겨우 대답한 신동숙은 인사도 없이 돌아

나갔다.

신오수는 일어나 창밖을 보며 어딘가로 전화했다. 신호음이 가는 동안에도 방금 신동숙과의 대화의 여운이 남았는지 잔뜩 찌푸린 인상을 거두지 못하고 있었다.

"아~ 국장님. 오랜만입니다. 신광에 신오숩니다. 이거야 원 통화한번 하기가 이렇게 힘드네요. 허허."

사업가는 사업가였다. 자신의 감정을 철저히 배제한 체 이내 밝은 표정으로 통화를 시작했다. 신오수는 전화를 받는 상대에게 연신 웃으며 말을 건넸는데, 허물없이 일상의 이야기를 이어갔다.

"일전에 식사했던 곳이 좋다고 하셨다는데 제가 다시 한번 모셔야겠습니다. 이번에 오실 때는 본부장님도 함께 하면 좋겠는데요."

잠시 전화 상대의 말을 듣는 동안에도 신오수의 표정은 밝았다. 마치 바로 앞에 상대가 있는 듯했다. 그러다가 얼굴이 차분해지더니 본론을 꺼냈다.

"하하. 별거 아닙니다. 곧 잘 해결될 겁니다. 신경 쓰게 하지 않을 겁니다. 그래서 그런데 한 가지만 좀 해결해 주시면 어떨까 하는데요?"

이 말이 끝나고 신오수는 상대방의 대답을 듣는 잠시 동안 혀를 입 밖으로 빼내어 입술에 침을 잔뜩 묻혔다. 그리고 오른손에 들고 있는 휴대전화를 왼손으로 옮겨 잡고 다시 오른손으로 넥타이 매듭을 움켜쥐며 살짝 풀었다. 매듭이 조금 헐거워져 내려왔다. 신오수는 잠시 뜸을 들이다가 말했다.

"국장님. 곧 하반기 인사이동이 있지요? 그래서 말입니다."

이 말을 하는 신오수의 눈이 옆으로 가늘게 찢어졌다.

신오수의 사무실 창밖으로는 금방 도착한 듯 보이는 소고기 운반
용 냉동차가 보였고, 공장 안에서 인부들이 나와 차에서 고기 박스
를 내렸다. 그곳에는 양식과 마상철의 모습도 보였는데 둘의 표정
은 뭐가 그리 즐거운지 웃고 있었다. 그 둘을 바라보는 신오수의 표
정은 차갑게 식어 있었다.

알아차린 시간

태우가 자신의 차에 타고 시동을 걸었다. 곧 겨울이 오려는 것을 차도 알았는지 시동 소리가 영 시원찮다. 태우는 고개를 갸웃거렸다.

"엔진 오일 갈 때가 되었나?"

날씨가 차가워지니 디젤 엔진 예열이 더뎠다. 태우는 시동을 걸고 잠시 기다리며 휴대전화를 다시 봤다.

'팀장님. 정만수 대원 면담 후 서장님께 직접 보고 부탁드립니다. 서장님께서 팀장님이 직접 챙기게 하라고 지시하셨습니다.'

어제 야간 근무 시작하자마자 본서 행정 주임에게 문자가 왔었다. 홍창성 서장이 만수의 상태를 걱정하고 있다고 했다. 병가 기간이 2주가 넘어가고 있었기 때문이었다. 행정 주임에게 따로 전화해서 연유를 물으려다 그냥 뒀다. 서장님이 직접 지시했다니 더 물을 게 아니었다. 다만 태우는 탐탁지 않았다. 소방관이 PTSD 같은 정신적 문제를 가진다는 것은 태우의 관점에서는 약하게만 보였다.

수많은 사고 현장을 눈으로 보고 몸으로 겪은 태우였다. 죽은 자, 죽어가는 자를 눈앞에서 보는 것은 구조대원이라면 당연히 겪어야 할 순간들이었다. 그러면서 어제 야간 근무를 하며 대원들에게 했던 말을 다시 곱씹었다.

"요즘 젊은 소방관들이 많이 약한 것 같아. 구조대원이라면 힘든 현장 보더라도 하루 이틀 지나면 툭툭 털고 일어나야지 2주일 넘게 저러고 있으면 이거 이 일 그만해야 하는 거 아냐?"

태풍의 집들이 이후 어느 정도 서로 간의 감정이 벽이 허물어지고 전보다 말을 쉽게 주고받긴 했지만, 생각 자체가 바뀐 것은 아니었다. 대원들은 만수가 받은 충격 또한 이해해야 했다. 눈앞에서 아이가 떨어져 죽는 것을 본 만수였다. 무목이나 태풍 그리고 둘보다 더 오래 소방서 생활을 한 채 반장조차 그런 장면을 본 적이 없었다. 대원들은 태우가 만수의 나약함을 타박하는 것이 내심 속상했다. 특히 만수 바로 위 선배이자 누구보다 만수와 친한 나리는 태우의 말을 듣고 불편한 기색을 감추지 못했다. 결국 평소 나리답지 않게 불쑥 먼저 말을 꺼냈다.

"팀장님. 만수가 많이 아프다고 합니다. 좀 달래줬으면 좋겠습니다."

말을 끊으며 치고 들어오는 나리를 보더니 태우는 눈을 치켜떴다.

"뭐?"

무목과 태풍이 나리를 흘깃 쳐다봤다. 특히 태풍은 '얘가 왜 이러지' 하는 표정이었는데 채 반장이 먼저 나섰다.

"나리가 평소 만수를 잘 챙겼지? 걱정이 많이 되는가 보네."

혹여 태우가 나리까지 혼낼까 눈치 빠른 채 반장이 선수를 친 것이다. 태우는 실눈으로 나리를 흘기며 말했다.

"그래. 알았다. 알았다고."

태우는 떨떠름한 표정으로 비꼬듯 말하며 무목을 바라봤다.

"무목아. 요즘은 선배 얘기하는데 까마득한 후배가 꼬박꼬박 말 참견하고 그러냐? 야간 훈련이라도 하면서 몸으로 대화 좀 해 볼까?"

순식간에 사무실 분위기가 싸늘해졌고 다들 PC 모니터만 뚫어지라 보고 있을 뿐이었다. 태우는 혀를 차며 일어서더니 팀장실로 사라졌다. 태풍이 태우가 팀장실로 사라진 것을 확인한 후에 입을 열었다.

"집들이 때 분위기 좋다고 했더니 성격 어디 안 가시네."

그러면서 나리를 보더니 안타까운 표정으로 타이르기 시작했다.

"아이고 나리야. 내가 네 맘 다 안다. 다 알아. 근데 그렇다고 팀장 앞에서 그런 소릴 하면 어떡하니? 팀장 말할 땐 그냥 그러려니 하고 듣고 흘려. 응? 알겠지?"

태풍의 말이 끝나자마자 무목이 나섰다.

"아냐. 나리 말 틀린 거 없어. 내가 봐도 만수 지금 많이 안 좋아. 우리라도 만수 달래줘야 하는데 만수 병가 내고 나서 아무도 신경 안 썼잖아. 혹시 내일 팀장님이 만수 면담하러 간다니까 우리도 같이 가자고 해 볼까?"

채 반장이 무목의 말이 끝나자마자 거들고 나섰다.

"그거 괜찮겠네. 팀 막내가 저러고 있는데 가 봐야지. 어디 몸이 다친 것만 다친 건가? 마음이 다쳐서 옴짝달싹 못 하는 것도 입원한 거나 같은 거 아니겠어?"

"어허이~ 형님들 차암~~ 누가 그걸 몰라서 그래요? 만약 팀장이 만수한테 가는데 같이 간다고 나서 봐요. 또 쓸데없는 짓 한다고 잔소리 들을 걸요? 그냥 우리끼리 따로 가 보죠?"

서로의 의견이 엇갈리긴 했지만 만수 걱정은 하나였다. 채 반장이 나리를 보며 물었다.

"나리야. 넌 어때? 팀장님께 말해서 다 같이 가자고 하는 거?"

나리는 표정도 없고 대답도 없었는데 그래도 다들 나리의 말을 기다렸다. 잠시 후 결국 나리가 입을 열었다.

"같이 가요. 제가 팀장님한테 말할게요."

태풍이 기겁하고 다시 나리를 말리기 시작했다.

"안 돼! 안 돼! 금방 팀장님 열받게 한 게 너인데 또 그 말 했다가 일만 커져. 자자. 그럼 이렇게 하시죠. 채 반장님이 아침 식사 시간에 슬쩍 말을 꺼내 보자고요. 저희도 거들게요. 나리 넌 입 다물고 있어."

태풍의 제안에 다들 동의했다. 채 반장이 짐을 지게 되었지만 어려울 것은 없었다.

"에이. 뭐 하러 그래요? 저 혼자 갈게요. 다들 퇴근해. 퇴근!"

아침 식사를 위해 식당으로 올라오며 채 반장이 만수에게 다 같이 가 보자는 의견을 말하자 역시나 태우의 반응은 짜증이었다. 하지만 채 반장은 물러서지 않았다.

"팀장님. 명색이 우리 팀 막내입니다. 몸 다친 거만 병문안이 아닌 것 같아요. 다 같이 위로하는 게 좋은 거 같으니 같이 가시죠?"

태우는 번거롭다는 표정으로 답을 대신하고 식탁 위에 앉아 콩나물 국이 담긴 국그릇을 손으로 들고 들이켰다.

"같이 가요들. 그게 뭐가 그리 힘들어? 막내 병문안 가는 게. 사람 참 매정하네. 만수 저러다 나쁜 맘이라도 먹으면 팀장님이 책임질 거야?"

결국 식당 이모님까지 거들고 나섰다. 괜히 사태가 커질 것 같은 분위기라 무목과 태풍 그리고 나리는 부리나케 밥그릇을 비우고 일어나 나갈 준비를 했다.

"거 참. 별거 아닌 거 가지고 다들 왜 이리 난리야? 에잇! 그래요 그럼. 다 같이 갑시다. 근데 그냥 얼굴만 보고 빨리 오자고요. 예? 교대 끝나고 바로 출발!"

태우는 결국 식당 이모님의 명령과 같은 부탁에 한발 물러섰다. 두 달 전. 처음 이곳에 왔던 태우라면 턱도 없을 일이었다. 대원들은 변해가는 태우의 모습이 적잖이 반가웠다.

태우의 차가 작은 골목길을 돌아들어 와 원룸 건물 앞에 섰다. 차에서 내린 대원들은 원룸 2층을 바라봤다.

"2층이에요. 계단으로 가시죠."

"미리 전화했지? 만수 놀랠라."

태풍과 무목이 말을 주고받는 사이 이미 태우는 계단을 오르고 있었다. 거묵골이 고향이 아닌 만수는 소방관 시험 합격 후 첫 발령지로 이곳 거묵골까지 왔다. 특전사를 전역하자마자 채용 시험에 한 번에 붙었다. 성격이 온순해서 험한 특수 부대 생활을 어떻게 4년이나 했는지 궁금할 정도였다. 혼자 원룸에 살며 최소한의 생활비만 남기고 고스란히 본가의 부모님께 급여를 다 보내는 착실한 녀석이었다.

'딩동.'

성격 급한 태우가 초인종을 누르고 반응이 없자 문을 두르려던 찰나에 문이 열렸다.

"팀장님……."

만수가 문을 활짝 열며 인사했다. 뒤이어 들어오는 팀원들을 보자 적잖이 놀란 눈치였다. 팀장만 오는 줄 알았기 때문이다. 만수의 표정이 만감을 교차하는 듯했다.

"이렇게 세워 둘 거야? 들어가 말아?"

태우가 쾡한 표정으로 서 있는 만수에게 말하자 그제야 놀란 표정으로 자세를 바로잡고 말했다.

"팀장님. 집이 좁아서요. 요 앞에 카페에 가서 말씀 나누면 안 될까요?"

나리가 윙윙 울리는 진동 벨을 들고 일어섰다.

"혼자 들고 올 수 있겠어?"

도와줄 마음도 없는 말을 하는 태풍을 뒤로하고 나리가 성큼성큼 카페 중앙을 가로질러 걸어갔다. 조용하게 브런치를 즐기던 다른 테이블의 몇몇 남녀들이 나리의 커다란 덩치를 흘깃거렸다. 나리는 넓지 않은 카페 안을 대여섯 발 옮겼는데 벌써 커피가 있는 곳까지 다다랐다.

"주…문 하신… 커피 여기 있습니다. 조심히 들고 가세요."

카페 종업원은 눈을 위로 뜨고 나리의 얼굴을 힐끔거리며 기어들어 가는 목소리로 말했다.

"감사합니다. 잘 마시겠습니다."

나리의 예의 바른 대답에 고개를 끄덕인 종업원은 뒤돌아 걸어가는 나리의 뒷모습을 보고 입만 잔뜩 벌리고 소리 없는 탄성을 자아냈다. 나리는 단순히 키만 큰 것이 아니라 방대한 근육이 온몸을 뒤덮고 있어 덩치도 엄청났다. 그런 나리가 커피를 담은 쟁반을 고이 들고 와 대원들이 앉은 테이블 위에 놓았다. 여섯 개의 따뜻한 아메리카노가 각자의 손에 의해 옮겨졌다. 사실 무목과 태풍은 다른 걸 마시고 싶었지만, 태우가 일방적으로 '아메리카노 따뜻한 거 여섯 잔!'을 외치면서 먼저 계산을 해 버리는 통에 입 꾹 다물고 있어야만 했다. 태우는 따뜻한 아메리카노를 좋아했는데 한여름에도 뜨겁게 마실 정도였다. 다만 요즘 들어 속이 쓰린 감이 있어 가끔 연하게 주문하기도 한다. 하얀 사기 커피 잔을 입으로 갖다 대 아메리카노를 한 모금 마시고 난 후 태우가 먼저 입을 열었다.

"그래. 만수야. 좀 어때? 괜찮아졌어?"

태우가 나름 나긋하게 시작했다. 나약하다며 일갈하던 엊저녁 태우의 모습이 지금은 보이지 않았다. 막내 대원의 힘든 모습을 보니 태우도 마음이 좋지 않았다. 만수가 표정 없이 대답했다.

"네. 팀장님. 정신과에서 준 약을 먹고 있습니다. 약을 먹으면 잠을 푹 잘 수 있어서 그나마 좀 괜찮습니다. 그전엔 자꾸 생각이 나서 잠을 잘 수가 없었거든요."

만수의 말에 대원들 모두의 표정이 굳어졌다.

"그 정도였어? 잠도 오지 않을 만큼?"

태풍이 놀라 되물었다.

"네. 저도 이 정도일지 몰랐어요. 근데 잠을 자고 일어나도 무기력해요. 아무것도 못 할 만큼 힘들어서… 그래서 병가가 길어졌습니다. 이 상태로 출근해도 일을 하기에는 버거울 것 같았습니다. 저 때문에 괜히 팀원들에게 죄송합니다."

이번엔 무목이 잠시 태우 눈치를 봤다. 태우는 말없이 만수 말을 듣고만 있었는데 무목은 이때다 싶어 얼른 말을 받았다.

"우린 힘든 거 없어. 괜찮으니까 너 마음 괜찮아질 때까지 쉬어."

무목은 말을 마치고 또 태우 눈치를 봤는데 여전히 태우는 말없이 듣고만 있었다.

"나리 형한테 가장 미안해요. 저 때문에 궂은일 도맡아 한다는 말 들었어요. 연말 다가와 서류 정리할 것도 많고 출동도 더 늘어날 텐데 나리 형이 저 때문에 괜히 힘들어진 거 같아요."

나리 이야기가 나오자 만수는 거의 울먹일 지경이었다. 말이야 사실이지 만수가 거묵골로 처음 와서 지난 몇 개월 동안 나리는 친형처럼 만수를 챙겼다. 일이 서툰 막내 구조대원에게 선배라면 한 번쯤 혼낼 법도 한데 나리는 화 한번 내지 않았다. 그렇다고 살갑지도 않았다. 그저 묵묵히 도와주고 가르쳐 줄 뿐이었다. 만수는 그런 나리를 가장 따랐다.

"괜찮아. 만수야."

나리가 힘들게 말을 잇는 만수를 빤히 쳐다보고 한마디 하자 만수는 결국 울음이 터졌다.

"미안해. 나리 형. 제가 나약해서 그래요. 흑흑."

대원들은 갑작스러운 만수의 눈물에 당황했다. 이런 만수의 모습을 보고 뭐라 할지 무목과 태풍은 태우 눈치를 살피면서도 만수를 달랬다.

"그만 울어."

그제야 태우가 입을 열었다. 태우의 짧은 말 한마디에 만수는 훌쩍거리며 억지로 울음을 참았다. 그리고 태풍이 건넨 티슈로 눈물을 닦았다.

"만수야. 혹시 꿈도 꾸냐?"

"네?"

태우가 묻자 만수는 여전히 눈에 남아 있는 눈물을 다 닦지도 못한 채 고개를 들었다. 그러다 금방 정신을 차린 듯 말했다.

"아. 네. 꿈……. 꿉니다. 매일이요. 눈만 감으면 꿈을 꿉니다. 자꾸 아이와 엄마가 나와요. 꿈이 너무 생생해서 그런지 깨서도 가위눌린 것처럼 몸을 움직일 수가 없어요. 그러다가 겨우 몸을 움직이긴 하지만 다시 잠들지 못합니다. 그게 가장 힘들어요."

"무엇 때문에? 왜 다시 잠들지 못한다고 생각해?"

어느새 대원들은 숨죽인 채 태우와 만수의 대화를 가만히 듣고 있었다. 태우의 질문은 마치 무언가를 확인하는 것 같은 말투였다. 되묻는 태우 말에 만수도 살짝 놀란 표정이었지만 둘의 대화는 끊이지 않았다. 태우의 질문과 만수의 답을 번갈아 듣는 대원중에 나리 혼자 무언가 알 듯 모를 듯 표정을 지을 뿐이었다. 그 와중에 태우 얼굴이 처음 이곳에 올 때와 다르게 상기되어 있었고 목소리도 살짝 떨리고 있었다. 만수는 계속 말했다.

"모르겠어요. 그냥 내가 아무것도 못 했다는 생각 같은 게 자꾸 떠올라요. 다 제 잘못 같아요. 그리고… 알 수 없는 두려움이 자꾸 듭니다."

"의사는 뭐라 그래?"

"누군가의 죽음을 본 후 나오는 대표적인 PTSD 증상이라고……."

이쯤에서 태우는 코로 크게 숨을 들이쉬고 상체를 뒤로 살짝 젖히면서 끼고 있던 팔짱을 풀었다. 만수는 태우를 보고 괜한 미안함이 더 들었다. 태우 성격을 알기에 지독한 죄책감이 자꾸 밀려왔다.

"죄송합니다. 팀장님. 죄송합니다."

만수는 고개를 숙이며 다시 울먹였다. 옆에 앉은 무목이 만수의 등을 위아래로 쓸며 태우 눈치를 살폈다. 대원들 모두 태우가 이제 무슨 말을 할지 몰라 긴장했다.

"울지 마. 네 잘못 아니야."

만수는 말없이 눈물만 계속 떨구고 있었다. 태우는 그런 만수가 듣던, 안 듣던 상관없이 계속 말했다.

"누구의 잘못도 아니야. 난 구조대원으로 일하면서 살린 사람보다 그러지 못한 사람이 더 많아. 그렇다고 죄책감을 가지지 않아. 너도 그래야 해. 여기 있는 누구에게도 우리가 살리지 못한 사람에 대한 책임 같은 것 물을 수 없어. 그러니까 미안해하지도 말고 힘들어하지 마. 나 같은 인간도 아무렇지 않게 살아가는데 이제 막 시작하는 네가 벌써 그런 죄책감에 왜 시달려?"

태우는 거침없고 단호하게 말하고 있었지만, 목소리는 심하게 떨렸다. 평소 급발진하거나 대원들을 혼낼 때 날카롭게 쏟아내는 목소리와는 정반대 모습이었다. 차분한 듯했지만, 꽤 힘들게 말하는 것이 느껴졌다. 태우는 말을 더 꺼내려하다가 그냥 고개 숙여 울고 있는 만수의 어깨만 두어 번 토닥거렸다.

"남 일이 아니야. 누구나 그럴 수 있어. 우리도 억지로 아닌 것처럼 행동할 뿐이야."

채 반장이 태우를 대신한 듯 혼자 살며시 읊조렸는데 그런 채 반장의 시선이 허공 어딘가에 머물러 있었다. 감정이 풍부한 태풍은 울고 있는 만수를 보자 또 눈시울이 붉어졌다. 나리는 여전히 말이 없고 무목은 태우 표정을 살피기만 했다.

"가자. 오래 있어 봤자 만수만 힘들다."

태우가 자리를 파하려 말을 꺼내자 그제야 만수가 고개를 들었다. 대원들과 만수는 주섬주섬 자리를 정리하고 일어났다. 나리가 다 마신 커피 잔을 쟁반에 옮겨 담고 들어 올리려 하자 만수가 슬그머니 나리에게서 쟁반을 뺐었다.

"형. 내가 할게요."

나리는 별말 없이 쟁반을 만수에게 건넸고 만수는 반납 구를 향해 걸어갔다.

"으. 추워. 이제 제법 쌀쌀하네."

밖으로 나온 채 반장이 불어오는 바람에 옷깃을 세우며 말했다. 멀지 않은 곳에 있는 만수의 원룸으로 대원들은 천천히 걷기 시작했다. 만수가 커피 잔을 반납하고 곧 카페에서 나와 대원들의 뒤에 따라붙었다. 적당한 경사가 진 오르막길을 따라 거묵골 구조대 1팀 여섯 명이 나란히 걷고 있었다. 다들 말은 없었지만 쉽지 않은 문제 하나를 푼 듯 시원한 기분을 느끼고 있었다.

태우 차에 다섯 명이 올라탔다.

"쉬어. 우린 가 볼게."

무목이 차 밖에서 혼자 서 있는 만수를 보며 말했다. 태우는 그런 만수를 보며 얼른 들어가라고 손짓하며 시동을 걸었다. 여전히 엔진소리가 탐탁지 않았다. 태우는 엔진 예열하기 위해 바로 출발하지 않고 잠시 뜸을 들였다.

"팀장님!"

차 밖에서 아직 들어가지 않은 만수가 태우를 불렀다. 태우는 뭔일인가 싶어 고개를 돌려 조수석 창밖에 눈만 껌벅이고 있는 만수를 바라봤다.

"다음 야간 근무부터 출근하겠습니다."

만수가 대뜸 출근하겠다고 하는 말에 뒷자리에 있는 대원들이 더쉬라고 한마디씩 거들었다. 그러나 만수는 조금은 밝아진 표정으로괜찮다고 하며 출근을 고집했다. 태우는 그런 만수를 보고 조금은큰 소리로 말했다.

"그래 그럼. 출근해."

만수는 고개를 크게 꾸벅이며 인사했다.

"아. 그리고 만수야. 혹시 가위눌리면 오른쪽 엄지발가락부터 움직이려고 해 봐. 그럼 풀릴 테니까."

만수는 의아한 표정을 지으면서도 알겠다며 연신 허리를 숙였다.차 엔진 소리가 조금 부드러워진 듯해지자 태우는 액셀러레이터를슬쩍 밟으며 핸들을 왼쪽으로 꺾어 골목을 빠져나갔다. 룸미러에비치는 만수가 떠나는 차를 향해 허리를 깊숙이 꾸벅였다.

"수고하셨습니다. 조심히 들어가십시오!"

태우는 채 반장과 무묵 그리고 태풍과 나리를 한 번에 거묵골 시내 번화가 은행 앞에 내려놓고 사라졌다. 대원들에게 서장님을 뵈러 간다는 말만 했는데 다들 만수 일로 간다는 것을 이미 알고 있었다. 나머지는 태풍의 제안으로 거묵골 전통시장 안에 있는 국밥집으로 걸음을 옮겼다.

흑산 소방서 직원이라면 누구라도 단골인 시장 안 국밥집은 24시간 장사를 해서 야간 근무 마치고 나오는 소방관들에게 인기가 많았다. 모두가 잠든 새벽에 화재진압이나 구조, 구급 출동 서너 건을 하면 꼬박 밤새기 일쑤인 소방관들이었다. 다음 날 아침 피곤한 몸을 이끌고 시장 국밥집에서 뜨끈한 사골국물과 순대, 고기 수육, 머리 고기, 내장과 같은 것들에 소주나 막걸리 한 잔으로 밤새 쌓인 피로를 풀었다. 특히 화재진압이라도 한 날에는 매캐한 연기 기운이 목구멍을 계속 칼칼하게 했는데, 이곳 돼지고기 수육 한 점에 목에 낀 탄내가 말끔히 씻겨 내려갔다. 거기에 덩치 큰 소방관들이 우르르 들이닥쳐도 반기며 서비스 고기를 더 얹어주는 사장 영감의 인심도 긴 세월 동안 여전한 곳이었다. 그곳에 태우와 만수를 뺀 거묵골 구조대 1팀 직원 네 명이 동그란 철제 식탁에 둘러앉았다.

"아이구. 오랜만에 왔네. 무목이는 얼굴 살이 왜 이렇게 빠졌어?"

거묵골에서만 30년 넘게 장사해 온 국밥집 박 사장이 구조대원들을 보자마자 반갑게 맞았다.

"무목이 형 인명구조사 평가 준비한다고 매일 혼자 남아서 연습해서 그래요. 그래서 오늘 사장님 가게 수육 먹고 힘내고 싶다고 왔어요. 흐흐."

"왜 내 핑계야? 지가 오자고 해놓고?"

태풍과 무목이 도닥이는 사이 채 반장은 늘 그랬듯 수육 큰 거 한 접시와 내장이 많이 섞인 순대 한 접시를 시켰다. 국물은 서비스인데 두 그릇을 부탁했다.

"술은 막걸리로 주세요. 그저께 태풍이네 집들이에서 너무 많이 마셨더니 아직 속이 쓰리네. 소주는 안 되겠어."

술꾼 채 반장이 윗배를 오른 손바닥으로 슬슬 문지르며 엄살 부리듯 말했다. 그러면서 옆자리에 나리를 힐끗 봤다.

"나리야. 넌 그렇게 마시고도 아무렇지도 않아?"

"끄떡없슴다."

채 반장이 신기하다는 듯 미소를 짓는 사이 태풍이 불쑥 끼어들어 팀장을 언급했다.

"그나저나 우리 팀장님 뭔가 이상하지 않아요? 사람이 좋게 변한 것 같으면서도, 여전하기도 하면서도, 현장 활동하는 거 보면 역시 듣던 대로 대단하긴 한데 가까이 가기엔 아직까지 찬바람이 쌩쌩 불고……."

"뭐 나쁜 사람 같지는 않아. 남이 모르는 상처도 많은 것 같고. 오늘 만수 병문안도 처음엔 가는 것도 부정적으로 생각하다가 만수랑 대화 몇 마디 하더니 갑자기 분위기가 바뀌더라고."

채 반장의 예리한 분석에 무목은 고개만 끄덕이고 있었다. 태풍이 채 반장의 말을 이어갔다.

"꿈 이야기 하고부터 바뀌었어요. 아까 원룸에서 만수랑 걸어 나올 때 분명히 팀장님이 저한테 그랬거든요. 대충 커피나 한잔하고 얼른 가자며 만수는 자기가 설득해서 내일부터라도 당장 출근시키게 하겠다고 그랬거든요. 근데 만수가 꿈 이야기 하면서부터 희한하게 만수 이야기에 집중하더라고요."

"만수가 정말 힘들어하는 모습 보니까 그랬겠지. 우리도 솔직히 만수가 어느 정도 상황인지 잘 몰랐잖아."

무목이 무심한 듯 끼어들었다. 채 반장은 무목의 말을 들으며 나리의 표정을 힐끗거렸다. 아까 카페에서 나리의 미묘한 표정 변화를 읽었던 채 반장이었다.

"나리는 뭐 할 말 없어?"

나리가 기다렸다는 듯이 말을 꺼냈다.

"팀장님도 잠을 잘 못 잡니다. 제가 자주 봤어요. 야간 근무할 때면 항상 식은땀 같은 거 흘리면서 새벽에 사무실로 내려와요."

태풍은 의아하다는 듯 표정 짓다가 이내 동의할 수 없다는 듯 나리의 말을 받아쳤다.

"에이. 야간 근무 땐 다들 그렇지. 출동이 언제 걸릴지도 모르니 긴장하면서 대기해야 하는데. 그렇지 않아요?"

무목이 어이없다는 듯 웃으며 태풍의 어깨를 한 대 툭 치며 말했다.

"대기실에서 코까지 골아가며 세상모르게 자는 사람이 누구였더라? 전혀 긴장하지 않고 편하게 주무시는 분이 한 분 있던데?"

"아이~ 그건 가정생활에 충실해서 집안일을 너무 열심히 하고 온 날만 그렇지. 아! 형은 아직 결혼을 안 해 봐서 모를 거야."

무목이 태풍의 말에 주먹을 쥐고 한 대 쥐어박을 듯 자세를 취하자 채 반장이 웃으며 둘을 말렸다.

"팀장이 변하긴 변했어. 여기 처음 올 땐 거지 같은 촌구석 소방서라며 하루라도 빨리 떠날 거라고 떠들어대던 사람이었는데 말이야."

"또 몰라요. 저러다 언제 가 버릴지. 아닌 게 아니라 여기 거쳐 간 대장, 팀장들 거의 비슷했잖아요. 다들 아시죠? 토박이가 아니고서야 거묵골은 그냥 잠시 머물다 가는 곳쯤으로 생각하는 거. 하물며 아무리 사고 쳐서 좌천됐다고 해도 전국구 레전드 구조대원 김태우 팀장이 이런 시골에 어디 오래 있겠습니까? 듣자 하니 중구본*이나 소방청 내근에서도 벌써부터 팀장님 데리고 가려고 연락하고 그런다는데요?"

무목은 태풍의 말에 내심 동의하면서도 태우가 있는 동안만이라도 그에게 하나라도 더 배워야겠다고 생각이 불현듯 들었다.

"자~ 시킨 거 나왔습니다. 국물은 말대로 두 그릇 담았고 특별히 채 반장 좋아하는 암뽕** 많이 넣었으니 식기 전에 어서들 드셔!"

태우 뒤 담화로 열 올리며 말을 나누던 대원들이 거창하게 차려진 음식이 나오자 너도나도 막걸리 잔에 술을 채우고 급하게 들이켜기 시작했다. 채 반장은 오늘따라 더 두툼하게 잘린 수육 한 점을 젓가락으로 강하게 쥐더니 옆에 놓인 쌈장 종지에 푹 박아 넣었다. 무목과 태풍은 차가워진 날씨 탓인지 뜨끈한 순대 국물을 숟가락으로 연신 퍼 먹으며 '크허' 하는 소리를 연발했다. 막걸리 잔이 몇 순배 돌고 얼굴이 발그레해진 무목이 금방 먹은 순대 한 점을 겨우 씹어 삼키며 말했다.

"그래도 전 팀장님이 든든합니다. 뭐라 하시든 실력 하나만큼은 최고 맞잖아요. 말씀대로 조금 착하게 변한 거 같기도 하고요"

듣고 있던 채 반장과 태풍 그리고 나리는 무목의 말에 별말이 없이 고개만 주억거리며 막걸리만 들이마셨다.

---

*   중앙119 구조 본부의 약칭. 국내외 대형 사고 대응, 해외 재난 출동 등을 담당하는 소방청 직할 구조 전문 기관.

**   내장 부속물로 돼지나 소의 태반과 자궁을 식재료로 일컫는 말.

태우는 흑산 소방서 2층 계단을 뛰듯이 올라갔다. 계단을 오르고 복도가 나오자 성큼성큼 걸어 2층 오른쪽 끝 문을 열었다. 부속실에서 일하고 있는 여직원이 서장님이 안에 계시다고 말하자 태우는 헛기침 한번 하고 서장실 문에 노크를 했다. 안에서 인기척이 들리자 잠시 숨을 고른 뒤 문을 열고 들어갔다. 흑산 소방서장 홍창성은 태우를 기다렸다는 듯 자리에서 일어나 있었고 곧장 태우를 소파에 앉혔다. 태우는 적잖이 긴장했다. 누구 앞에서도 주눅 들지 않는 천하의 김태우가 홍창성 앞에만 서면 왠지 모르게 어깨가 움츠러들었다. 백발이 성성한 홍창성은 싱글싱글 웃으며 태우에게 커피를 마실지 물어봤다.

"내가 직접 내려 마시는 커피야. 한번 마셔 봐. 금방 가지고 갈 테니."

통상 손님이 오면 부속실에서 차를 내 오지만 홍창성은 늘 자기가 커피를 직접 내려 대접했다. 홍창성은 능숙하게 원두를 갈아 필터를 올린 커피 잔 두 개에 적당히 갈린 커피 가루를 두 숟가락씩 올렸다. 그리고 뜨거운 물을 부어 커피를 내렸다. 바짝 마른 원두 가루에 물을 붓자 금방 갈색 거품이 몽글거리며 올라오더니 구수한 커피 향이 온 서장실 안에 풍기기 시작했다.

"마셔 봐. 귀하게 구한 원두야."

"잘 마시겠습니다."

태우가 뜨거운 커피를 좋아하는 걸 홍창성이 미리 알았을까? 거기에 홍창성이 권하는 커피는 태우 입에 기막히게 맞았다. 태우는 원두의 내력까지는 몰라도 커피 맛은 나름 잘 구별하는데 홍창성이 내놓은 커피는 지금껏 마셔 본 적이 없는 훌륭한 커피였다.

"맛이 너무 좋습니다. 서장님."

태우의 진심 어린 말에 홍창성은 다행이라는 표정으로 싱긋이 웃었다. 그런 후 등을 소파 뒤로 슬그머니 기대고 말을 꺼냈다. 태우는 만수 일에 대한 이야기를 본격적으로 꺼낼 것 같은 느낌이 들었다.

"거묵골은 어때? 지낼 만해?"

태우 예상이 빗나갔다. 홍창성은 만수보다 태우 안부부터 물었다. 태우는 당황하지 않고 대답했다.

"네. 뭐 그럭저럭 괜찮습니다."

"하하. 그렇군. 하기야 천하의 김태우가 이런 시골 구조대에서 힘들게 뭐가 있겠나?"

태우는 멋쩍게 웃으며 홍창성의 다음 말을 기다렸다. 언제쯤 만수 이야기를 꺼낼까 속으로 계산하면서.

"자네가 이곳에 온 지 두어 달쯤 되었나?

잠시 뜸을 들인 홍창성이 말을 계속 이었다.

"거묵골을 어떻게 여길지 모르겠지만 여긴 사연이 꽤 많은 곳이네."

태우는 홍창성이 무슨 말을 하려고 하는지 의아했다. 그래도 별다른 대꾸 없이 고개만 끄덕이며 계속 들었다.

"자네가 여기 오기 전에 있었던 특수 구조대 말이야. 내가 창립 멤버네. 아마 알고 있을 거야."

태우는 홍창성이 1992년에 전국에서 서울 다음으로 창립된 특수 구조대의 초기 창립 멤버라는 것쯤은 이미 알고 있었다. 그런 말을 꺼내는 홍창성의 다음 말이 궁금했다.

"당시 도내 각 소방서에서 내로라하는 소방관들이 잔뜩 지원했는데 그중에 이곳 거묵골 출신이 꽤 있었지. 체력 평가부터 화재 진압, 구조, 구급에 필요한 다양한 테스트를 했는데 흑산 소방서에서 지원한 여섯 명이 모두 합격했어. 다른 소방서 지원자들은 겨우 한두 명 붙었을 텐데 말이야."

태우가 전혀 몰랐던 이야기였다. 다만 특수 구조대 초기 창립 멤버들이 모두 손꼽히는 실력자라는 것만 들어서 알 뿐이었다.

"나도 그중 한 명이었고 말이야."

홍창성이 커피를 한 모금 머금고 다시 말했다.

"우린 대형 사고에만 투입됐어. 서해 훼리호 침몰사고, 삼풍백화점 붕괴, 성수대교 붕괴, 부산 철도 충돌 사고, 김해 항공기 추락 사고……. 그땐 왜 그리도 큰 사고가 많이 나는 지 참. 허허."

"저도 그 사고들에 대한 이야기와 서장님의 활약은 익히 알고 있습니다. 장비도 부족한 당시 상황에서 탁월하게 구조 활동을 하셨다고 들었습니다. 후배들이 서장님을 그래서 '전설'이라고 부르고 있습니다."

태우는 홍창성에 대한 명성을 알고 있는 대로 말했다. 홍창성은 마시던 커피 잔 손잡이를 검지로 한 번 툭툭 치더니 이내 태우를 바라보며 나지막이 말했다.

"아닐세. 난 전설이 아니야. 진짜 전설은 그때 나와 함께 현장에 있었던 내 동료들이지. 지금은 모두에게 잊힌 내 동료들."

태우는 뭔가 실수를 했나 생각이 들어 입이 들썩거렸지만, 홍창성의 말을 더 들어 봐야 알듯 싶어 가만히 있었다.

"삼풍백화점이 무너졌을 땐 다 같이 맨손으로 콘크리트 더미를 뒤집으며 사람을 찾아서 구해 냈네. 훼리호 침몰 땐 하루에 서너 번씩 잠수했어. 수심이 30m가 넘고 한 치 앞도 안 보이는 그 깊은 바 닷속을. 부산의 철도 사고와 항공기 추락 사고 땐 온몸이 찢겨 형체 를 알아볼 수도 없이 죽어 있는 사람들을 들어내고 또 들어냈네."

태우는 마른침을 삼켰다.

"그게 말일세. 나 혼자 한 게 아니란 말이야. 그곳에 있었던 내 동 료들과 함께했던 일이란 거지. 지금 와서 왜 홍창성이라는 이름만 남았는지 난 그것이 안타깝네. 만약 내가 그 지옥 같은 아비규환 속 에서 혼자 있었다면 결코 지금 이 자리에 앉아 있지 못했을 걸세."

"그럼 혹시 그때의 동료 분들은 지금 어디에……."

태우는 진심으로 그것이 궁금했다.

"어디긴 어디 있겠나? 더러는 이미 죽었고 몇몇은 다른 일을 하 고 있지. 그리고 아직 소방이라는 곳에 남아 있는 사람도 있고. 나처 럼 말이야.

"네……."

"내 동료들은 모두 잊혀졌네. 세월이 그렇게 만든 것일 수도 있겠 지. 내 이름 하나만 남기고 나와 함께했던 동료들은 모두 잊혀갔지. 하지만 난 기억하고 있네. 그 험한 곳에서 함께 했던 사람들을 말일 세. 지금은 저 세상 사람이 되었거나 배 나오고 머리 하얀 노인네가 되었을 테지만. 허허."

홍창성은 자신의 배를 슬그머니 어루만졌다.

"난 자네가 매우 유능하고 뛰어나다는 것을 익히 알고 있네. 듣기 거북할 수도 있겠지만 처음 자네가 본부에서 여기로 급하게 발령 날 때 난 자네의 전입을 탐탁지 않게 생각했었네. 왠지 이곳 거북골 과 어울리지 않는 듯해서 말이야."

"서장님. 그게 무슨 말씀이신지…….

태우는 속내를 들킨 듯 기분이 들었지만 모른 척 끼어들어 물었다.

"오해는 하지 말게. 그냥 내가 보기에 그렇다는 거야. 난 자네가 이곳을 그냥 잠시 머물다 가는 곳쯤으로 여기지 않을까 걱정했네."

태우는 등줄기 땀이 배어 나오는 것을 느꼈다. 나쁜 짓 하다가 들킨 것처럼 태우는 말을 잃었다.

"그렇다고 해서 내가 관여할 바는 아니지. 곧 퇴직을 앞둔 내가 본부 인사에 가타부타하기도 그렇고 말일세. 다만 이것만은 알아주길 바라네."

태우는 마른침을 삼키며 홍창성의 다음 말을 기다렸다.

"어느 곳에 가든 각자의 역할이 있는 걸세. 난 자네가 특수 구조대에서 두각을 나타낼 때부터 먼발치에서 지켜봐 왔네만 혼자서는 결코 현장에서 모든 것을 다 이룰 수 없는 것일세. 자네의 능력을 부인하는 게 아니네. 그저 자네의 뛰어난 능력을 이곳 거묵골 구조대원들에게 잘 전수해 주길 바랄 뿐이네. 자네가 보기엔 많이 부족한 대원들일 테지만 그들의 가능성과 숨은 능력을 끄집어내어 주길 바라네. 자네가 곧 이곳을 떠난다고들 다들 하더군. 그 말이 사실이라고 해도 이곳에 있는 동안만이라도 최선을 다해 주었으면 하네. 그래 줄 수 있겠나?"

태우는 대답하지 않을 이유가 없었다.

"네. 물론입니다. 서장님. 그렇게 하겠습니다."

하지만 대답을 하고 난 후에 잠시 든 생각은 달랐다. 언제라도 하루빨리 벗어나야 할 이곳이었다. 이곳에 온 후 매일 떠날 생각을 했다. 태우는 홍창성이 갑자기 왜 이런 말을 하는지 알 수가 없었다.

"아. 정만수 대원은 괜찮은가?"

이제야 홍창성은 만수를 거론했다.

"좀 힘들어 보이기 했습니다만 잘 이야기했습니다. 스스로 이겨내려는 의지도 있고요. 곧 출근할 수 있을 겁니다."

홍창성은 태우가 말하는 사이 커피를 한 모금 더 머금었다.

"다행이군. 사람 마음도 몸처럼 다치는 법일세. 나도 35년이 넘도록 그런 거 모르고 이 일 했네. 내 앞에서 죽어간 사람이 한둘이었겠나? 그런 사람 구하지 못했다는 죄책감이 쉽게 사라지지 않더군. 부디 자네가 정만수 대원을 잘 좀 챙기시게."

태우는 홍창성의 말에 짧게 대답했다. 홍창성은 몇 가지 사소한 당부를 더 한 후 태우를 보냈다. 서장실 문을 닫고 나온 태우는 홍창성의 말을 완전히 이해하지 못한 표정이었다.

'이곳에 더 오래 있으란 말인가?'

혼자 생각하며 총총걸음으로 가던 태우가 복도 반대편으로 걸어가 소방행정과장실 문을 두드렸다.

"과장님. 저 구조대 김태우입니다."

전입하는 날 봤던 행정과장이 반갑게 태우를 맞았다.

"김 팀장이 어쩐 일이야? 연락도 없이"

"서장님이 호출해서 뵙고 인사드리러 왔습니다. 잘 지내시지요?"

태우는 서장과의 대화 내용을 굳이 행정과장한테는 말하지 않았다. 그냥 신변잡기 이야기만 잠시 나누다가 인사만 하고 일어서려는데 과장이 태우 바지춤을 붙잡고 다시 자리에 주저앉혔다. 그러더니 과장은 아무도 없는 주변을 눈으로 스윽 훑은 후 낮은 목소리로 태우에게 말했다.

"김 팀장. 들었어? 서장 이렇게 되는 거?"

말과 동시에 과장은 자기 손으로 목을 두 번 그었다. 태우는 눈을 동그랗게 뜨고 무슨 말이냐는 듯 고개를 내밀었다.

"나도 어제 본부 인사과 직원한테 들었는데 곧 있을 하반기 인사 이동 때 영감이 상황실장으로 갈 거라고 하더군. 적잖게 놀랐는데 상황실장도 같은 소방정* 급이긴 하지만 서장 자리에서 그곳으로 보내는 건 거의 좌천 수준이거든. 영감이 본부에 뭐 밉보인 거 있 나?"

태우는 머리를 뭔가로 한 대 맞은 기분이 들었다. 행정과장의 말 은 계속됐다.

"영감 고향이 여기잖아. 거북골! 영감 첫 소방서 발령지도 여기고 말이야. 1년도 안 남은 말년을 고향에서 보내려고 왔는데 왜 갑자 기 밀어내는지 도통 모르겠단 말이야."

태우는 아까 서장실에서 홍창성의 말을 생각했다. 그리고 홍창성 의 부탁이 결코 빈말이 아니었다는 것도 느꼈다. 태우는 말이 끝난 행정과장을 두고 자리에서 일어나 문 쪽으로 걸어갔다. 그런 태우 의 등 뒤에서 행정과장이 조심스럽게 한마디 더 던졌다.

"근데 새로 오는 서장이 누군지 알아?"

태우는 고개만 슬쩍 돌려 행정과장을 바라봤다.

"설한국이야. 본부 설한국 과장이 다음 흑산 서장으로 온다네. 둘 이 잘 알지?"

---

*   소방관 계급으로 서장급 간부에 속한다. 고위직에 속하는데 소방령보다 높고 소 방준감보다 낮다.

태우는 어떻게 돌아가는 건지 알 수 없는 표정만 짓고 행정과장에게 인사하고 방을 나왔다.

비상 정지 버튼

양식은 콧노래를 부르며 옷을 작업복으로 갈아입었다. 지난주 일요일 학원에서 본 소방관 채용 시험 모의고사 점수가 어제 나왔는데 전 과목 다해서 서너 개밖에 틀리지 않은 점수가 나와 기분이 몹시 좋다. 전역하고 바로 시작한 소방관 시험공부였다. 하루에 네 시간만 자며 책을 봤다. 힘들었지만 꿈이 있어 즐거웠다. 하루 종일 공부에만 몰입하고 싶었지만 그러지 못했는데 이유가 있었다. 전역하고 군 생활 4년 간 모아 둔 삼천만 원을 모두 부모님께 드렸다. 간암 수술 후 아무 일도 못 하고 있는 아버지 그리고 아버지 병시중에 고생하는 어머니에게 양식이 해 줄 수 있는 것은 그게 다였다. 암수술 때문에 진 빚을 양식이 모은 돈으로 갚았다. 양식의 부모는 자식이 군대에서 번 목숨 값을 그렇게 써 버렸다며 밤새 울었다.

양식은 개의치 않았다. 뭘 하든 잘할 자신 있었고 소방관이 되면 고정적인 급여를 받을 수 있으니 그러면 고생하는 부모님을 제대로

218

모실 수 있을 것 같았다. 하지만 당장이 궁핍했고, 일하며 공부해야 했다. 군 생활할 때 대대 주임원사가 양식에게 신광실업을 소개했다. 급여도 괜찮고 유공자를 특별 채용한다는 채용 공고를 본 것이다. 주임원사는 직접 신광실업 인사부에 전화해 양식을 추천했다. 양식이 유격훈련 중 어깨를 심하게 다친 적이 있는데 공상* 처리가 되어 전역하면 유공자 대우를 받을 수 있었기 때문에 신광실업은 양식을 즉시 채용했다.

주임원사나 양식에게 신광실업은 제대 군인에게 취업 길을 열어주는 고마운 회사였다. 양식은 신광실업에서 3교대로 일하며 소방관 시험을 준비하기 시작했다. 주간에는 인터넷 강의로 공부했다. 교대 시간은 밤낮이 없으니 일정한 시간에 학원을 다니기 힘들었다. 대신 주말에 한 번만 학원에 가서 직접 강의를 들었다. 주말은 지원하는 사람들만 작업을 했는데 돈 한 푼이 아쉬운 양식도 주말과 공휴일에 일해서 돈을 더 받았으면 좋았겠지만 공부를 위해 포기했다.

"아침부터 뭐가 그리 신나 있는 거야?"

상용이 흥얼거리는 양식의 뒤에서 옷을 갈아입으며 말을 걸었다.

"그냥요. 좋잖아요. 일하러 가는 게."

"희한한 놈일세. 일하는 게 좋아? 하루 종일 고기 비린내 맡으면서 시끄러운 기계 앞에 서 있는 게 좋아?"

상용은 이해할 수 없다는 표정으로 타박하듯 말했다.

---

* 　　근로자가 업무 중 발생한 사고 등으로 부상을 당했을 때 적용되는 보상 또는 처리 방식.

"좋죠. 돈 버는데 안 좋아요? 그리고 새로 온 상철 아저씨랑도 손발도 잘 맞고. 일할 맛 나는데요?"

"하기야. 마 씨 아저씨 일 하나는 잘하더라. 별거 없는 일이긴 하지만 요령 피우면 끝도 없는데 부지런히 하더라고. 까대기 치는 거보면 초보자 수준이 아니야. 너도 봤지? 마 씨 아저씨 까대기 속도!"

칭찬에 인색한 상용이 저렇게 말할 정도면 마상철의 일솜씨가 꽤나 좋게 평가되고 있는 거였다. 양식은 일터의 파트너가 능력이 좋으니 힘든 일도 어렵지 않았다.

"그니까요! 연세가 있으셔서 걱정했는데 어휴~ 고기 박스 나르는 거며, 까대기 하는 거며, 보고 있으면 빈틈이 없더라고요."

흥분한 듯 조잘거리는 양식의 말에 상용은 타이르듯 일렀다.

"그래도 잘 지켜봐. 까닥 잘못하면 크게 다치는 기계들 많으니까. 재작년에도 분쇄기에 한 명 끼어서 불구 된 일 들어서 알지?"

"네네. 조심해야죠. 근데 형님! 저번 주부터 분쇄기 전원이 한 번씩 나갔다가 들어왔다가 하던데 설비 팀에 얘기했죠?"

"했지. 보고 가긴 가던데 오늘 한번 돌려 봐야지. 또 그러면 설비 팀에 가서 확 뭐라고 한소리 해야겠어. 기계가 오래됐으면 정비라도 잘해 줘야 할 거 아냐?"

상용이 기계 얘기를 할 때 마상철이 들어왔다.

"두 분 다 계시네요. 좋은 아침입니다. 하하. 오는 길에 붕어빵이 보이길래 사 왔어요. 아침들 안 드시고 오는 것 같던데 이거 하나씩 들고 시작하시죠"

"우와. 마 씨 아저씨 덕에 오늘은 점심때까지 배 주리진 않겠네요."

평소 마상철에게 살갑지 않았던 상용마저 먹을 것을 보자 반색했다. 양식은 붕어빵만 먹기에 벅차다며 믹스 커피 세 잔을 급하게 타 가지고 왔다. 셋은 기다란 목제 의자에 걸터앉아 붕어빵 나눠 먹기 시작했다.

"겨우 하나 먹은 거야? 더 먹지 그래. 아직 많이 남았는데"

하나 먹고 일어서려는 양식에게 마상철이 붕어빵을 더 권했다.

"이따가요. 한 타임 일하고 먹으려고요. 쉬는 시간에 하나씩 먹는 재미가 있잖아요. 흐흐."

마상철과 상용은 그런 양식을 보고 귀엽다는 듯 웃었다. 마상철과 상용은 붕어빵을 하나씩 더 먹고 종이 봉지에 남은 세 개의 붕어빵을 그대로 정수기 선반 위에 놓았다.

"자. 고기 갈러 한번 가 볼까?"

상용이 기지개를 길게 켜며 위생 모자와 마스크를 썼다. 마상철과 양식도 말없이 상용의 뒤를 따랐다. 양식의 표정은 여전히 웃고 있었다.

*

"볕이 좋네. 금방 마르겠다."

태풍이 방화복 하의를 하나 들고 팍팍 털어 내고 빨랫줄에 널며 말했다. 맞은편에 나리와 만수도 방화복을 하나씩 들어 올려 힘을 다해 털어 내고 빨랫줄에 나란히 걸었다. 만수는 오늘부터 다시 출근했다. 그저께 찾아가서 달랜 효과가 있었는지 아침에 출근하는 만수 표정이 나쁘지 않았다. 만수는 그간 자리를 비운 미안함에 대한 보상과 이제 괜찮다는 무언의 시위까지 하려는 듯 뭐든 달려들어 열심히 했다. 오전 교대 때 태우는 당분간 만수에게 출동보다 행정 업무나 장비 정비만 하라고 했지만, 만수는 기어코 출동을 같이 가겠다며 태우를 졸랐다. 태우는 마지못해 그렇게 하라고 했지만, 팀원들은 만수가 걱정되는 게 사실이었다.

점심 무렵에 비닐하우스 화재가 발생해서 출동했는데 큰불이 아니라 화재 진압 팀을 도와 잔불 정리까지 하고 온 대원들이었다. 사람 구하는 일은 없었지만 현장에서 꼬인 호스를 풀면서 이리 뛰고 저리 뛰며 뭐라도 열심히 하려는 만수를 보고 태우를 비롯한 구조대 형들 모두 조금 안심했다. 돌아와 그을린 방화복을 세탁하고 구조대 옥상 빨랫줄에 말리고 있는 중이었다. 태우는 이마저도 출동 다녀오고 나서 작성해야 하는 구조 활동 일지를 만수가 해야 하니 태풍이랑 나리에게만 세탁을 지시했는데 만수는 또 그럴 수 없다며 부득부득 따라 올라와 함께 옷을 털고 널었다.

"그나저나 박 나리! 이따 방화복 다 널고 내려가면 네가 꼭 팀장님한테 말해! 알겠지?"

태풍은 저답지 않게 잔뜩 인상까지 써가며 나리에게 말했다.

"네. 알겠습니다."

나리가 대답하자 만수가 끼어들었다.

"근데 팀장님 족구 하는 거 한 번도 못 봤는데 잘하시려나?"

"몰라. 분명히 아침에 족구 이야기 먼저 꺼낸 건 나리니까 나리가 팀장님한테 말하는 거로! 수요일이니까 일과표대로 체육 활동 한번 해 줘야지!"

222

"에이. 어디 소방서 일이 일과표대로 돼요? 괜히 놀고 싶어 꼼수 부린다고 팀장님한테 나리 형 혼나는 거 아닌지 몰라."

태풍이 들고 있는 방화복 상의를 얼른 빨랫줄에 걸치고 외쳤다.

"그러니까 나리가 말하는 게 더 효과적이지! 무목이 형이 말하면 인명 구조사 연습이나 하라고 할 거고 내가 하면 또 일 안 하고 놀 생각만 한다고 할 거고 채 반장님은 족구를 좋아하지 않으니 본인이 싫어할 거고! 자. 남은 건 일주일 만에 복귀한 너랑 나리밖에 없는데 아픈 네가 말하는 것보다 나리가 낫지!"

태풍은 말이 끝나기 무섭게 아차 싶었는지 급하게 사족을 덧붙였다.

"아니. 만수야. 아프다는 게 아니라 팀장님 생각에 넌 아직 쉬어야 한다고 생각하고 있으니까……. 무슨 말인지 알지?"

"알아요. 상관없어요. 그런 말 신경 안 써요."

태풍은 헛기침을 두어 번 해대더니 다시 나리를 보고 외쳤다.

"자. 박 나리. 이거 다 널고 나면 내려가서 팀장님께 말해. 3대 3 족구 해서 아이스크림 쏘기! 알겠지?"

곧 세 명이 사무실로 내려왔다.

"팀장님. 방화복 다 널었습니다. 흐흐. 아주 야무지게 빨았습니다."

"어. 수고했어"

태우는 실실거리며 말하는 태풍을 쳐다보지도 않은 채 생각에 잠겨 있었다.

"팀장님. 나리가 할 말이 있답니다."

그제야 태우가 고개를 들어 태풍을 한 번 보더니 제자리에서 멀대같이 서 있는 나리를 바라봤다. 태풍의 말에 자기 자리에서 일하고 있던 채 반장과 무목까지 시선을 집중했다.

"말해 봐. 박나리. 무슨 말?"

태우는 나리를 재촉했다. 나리는 잠시 뜸을 들이더니 입을 열었다.

"팀장님. 오늘 수요일 오후 3시부터 체육활동인데 저희 팀 3대 3 족구 한번 하시는 게 어떻겠습니까? 지는 팀이 아이스크림 쏘는 거로 하고요."

무목과 채 반장 표정이 살짝 일그러졌고 태풍은 긴장한 표정이 역력했다. 만수는 못 들은 척 컴퓨터 키보드만 신나게 두드리고 있었다. 김태우가 누군가? 출동이 아니라면 무슨 훈련을 해도 하는 사람이다. 잠시라도 대원들 엉덩이가 자리에 붙어 있는 꼴을 못 보는 팀장이었다. 수요일 오후는 체육활동이라고 일과표에 있었지만, 태우에게는 어림도 없었다. 늘 장비를 꺼내어 정비하거나 구조 훈련을 했었다. 그럴 때마다 잔소리와 질타는 덤이었다. 그런데 오늘 족구를 하자고 나리가 말했다. 나리가 무슨 생각으로 아침 교대 후 태풍에게 그런 말을 했는지 모르겠지만 태풍은 나리에게 공을 넘겼고 기어이 나리는 말하고 말았다.

"족구? 아이스크림?"

태우 특유의 하이톤이었다. 이쯤이면 다음 반응은 욕설이 나와야 했다. 무목은 태우 반응을 머리로 상상했다.

'이것들이 족구 좋아하네!! 조금이라도 훈련할 생각은 안 하고 말이야!! 당장 장비 꺼내서 훈련 준비해!!'

그런데 태우 대답은 달랐다.

"그럴까? 다들 족구 잘해?"

순간 정적과 함께 대원들과 말한 나리마저 눈이 커졌다.

"몇 시에 할래? 공은 있어?"

태풍이 때를 놓칠 새라 얼른 대답하고 나섰다.

"와~ 하하하. 우리 팀장님 족구 실력을 드디어 한번 보겠네요. 하하하. 3시! 3시에 하시죠. 저희가 세팅해 놓겠습니다. 하하하."

태우는 싱긋이 웃다가 잠시 정색해서 다시 말을 이었다.

"만수 복귀 기념으로 하는 거니까 다들 안 다치게 딱 한 판만!"

순간 무목과 태풍 그리고 만수가 와하고 함성을 지르며 손을 번쩍 들었다. 족구를 싫어하는 채 반장마저 반색했다. 나리는 움직임 없이 그대로 서 있었는데 얼굴에 미소가 만연했다.

*

마상철은 트레이에 실어 놓은 고기 박스를 다시 한번 세어 보았다.

'하나, 둘, 셋, 넷, 다섯, 여섯, 일곱, 여덟.'

냉동 창고에 있는 고기 박스를 한 번에 여덟 개씩 분쇄기 앞까지 옮겨야 했다. 박스를 실을 수 있는 바퀴 달린 트레이는 딱 여덟 박스만 실을 수 있게 제작되었다. 마상철은 오전 작업 땐 괜찮았는데 오후가 되자 힘이 부치는 것을 느꼈다. 그냥 나이 탓이라 여겼다. 15kg짜리 박스를 하루에 백 개가 넘게 나르고 또 뜯어낸 박스에서 고기를 꺼내 분쇄기에 던져 넣어야 했다. 육체노동이라면 평생 잔뼈가 굵은 그였지만 쉽지 않은 일이라는 것을 분명히 느끼고 있었다. 일을 시작하자마자 관두는 사람이 많다는 신 이사의 말이 이해됐다.

225

마상철은 트레이를 밀며 냉동 창고를 나왔다. 양팔을 크게 벌리고 허리를 숙인 채 트레이 좌우측 손잡이를 양손으로 강하게 움켜쥐고 뒤꿈치로 바닥을 밀어내며 앞으로 나갔다. 고기 기름이 번들거리는 녹색 우레탄 공장 바닥에 신고 있는 장화가 미끈거렸다. 트레이 바퀴도 제어하기가 영 불편했다. 20m쯤 밀고와 분쇄기 앞 대형 금속 탁자 위에 가지고 온 고기 박스를 올리기 시작했다. 여덟 개의 박스가 다 올려지자 능숙하게 박스를 뜯기 시작했다. 테이프가 발린 종이 박스 중간 부분을 힘으로 뜯어내고 뒤집었다. 그러자 비닐에 싸인 호주산 소고기가 딱딱하게 냉동된 채 둔탁한 소리를 내며 금속 탁자 위로 쏟아졌다. 마상철은 탁자에 고무줄로 매달려 있는 커터 칼로 비닐 포장 중간 자리를 스윽 그었다. 그리고 양손 끝으로 비닐을 잡고 찢어 냈고 비닐을 탁자 아래 플라스틱 수거 통에 버렸다.

"자. 고기 간다. 받아라."

마상철은 혼잣말로 중얼거리며 커다란 벽돌처럼 딱딱하게 언 고기 덩어리를 밀었다. 목장갑을 낀 마상철의 손이 고기 피로 벌겋게 물들어 있었는데 아무리 언 고기라도 사람의 열기가 있는 손이 가는 쪽이 살짝 녹아내리며 핏물이 자연스럽게 장갑에 스며들었다. 고기는 마치 얼음 위를 미끄러져 나가는 또 다른 얼음 덩어리처럼 시원하게 달려가 탁자 끝에 연결된 트레이 속으로 쾅하고 떨어졌다. 마상철은 같은 방식으로 여덟 번을 반복해 고기를 모조리 트레이에 넣었다. 그 후 분쇄기 옆에 있는 'UP'이라고 쓰인 녹색 버튼을 누르자 상승하는 체인과 결착된 트레이가 칭칭 소리를 내며 위로 올라갔다.

"양식 씨! 고기 올라가!"

마상철은 양식에게 신난 듯 외친 후 말이 끝나기 무섭게 좁은 분쇄기 계단을 올라 기다란 쇠막대기를 들어 도울 준비를 했다. 트레이가 분쇄기 끝까지 올라가자 양식은 선이 연결된 리모트 컨트롤을 조작했다. 그러자 고기가 담긴 트레이가 반대로 뒤집어지며 고기를 분쇄 통 안으로 우르르 쏟아냈다. 이번엔 리모트 컨트롤의 다른 버튼을 조작하자 분쇄기가 와앙 하는 굉음을 내며 돌아가기 시작했다.

사람 손바닥보다 조금 큰 톱날이 적당한 간격을 두고 서로 엇갈리며 돌아가기 시작했고 톱날 사이로 냉동 고기들이 이리 튀고 저리 튀다가 하나씩 갈려 들어갔다. 고기는 마치 살아 있기라도 한 듯 톱날을 피해 도망가려고 떼를 썼다. 하지만 안쪽으로 휘어진 톱날 끝에 고기 살점이 살짝이라도 걸리면 여지없이 걸려 들어가 형체도 없이 갈리고 말았다. 그렇게 해도 잘 들어가지 않는 고기가 있었는데 아무래도 냉동되어 고기가 얼음같이 딱딱하다 보니 톱날 끝에 걸리지 않을 수 있었다. 그런 것들은 마상철이 쇠막대기로 고기를 톱날 쪽으로 밀어 넣었다.

이 작업이 특히 중요했는데 쇠막대기가 톱날에 같이 들어가지 않게 조심스럽게 고기를 밀어 넣어야 했다. 양식은 초보 시절에 쇠막대기를 톱날에 밀어 넣어 분쇄기가 강제로 멈춰지고 톱날이 상해 작업반장한테 호되게 혼난 적이 있었다. 어쨌든 그렇게 갈려버린 고기는 분쇄기 아래쪽으로 털털 소리를 내며 떨어져 쌓였고 상용이 'T'자 모양의 밀대로 고기를 컨베이어 벨트 방향으로 곱게 펴 밀어냈다. 고기는 5m 정도 컨베이어 벨트를 따라 스팀기로 들어갔고 그

227

안에서 적당히 익혀져 나오게 되어 있었다.

'끼잉. 끼잉. 턱.'

그때였다. 고기가 거의 다 갈릴 무렵에 분쇄기가 이상한 소리를 내기 시작하더니 이내 멈춰버렸다. 분쇄기 톱날에는 아직 덜 갈린 고기 덩어리들이 군데군데 보였다. 아래에서 작업하던 상용이 위로 고개를 들며 양식에게 외쳤다.

"이거 또 이러네. 양식아. 고기 아직 많이 들어있냐?"

"아뇨. 거의 다 갈리고 두 덩어리 정도 남았어요."

분쇄기는 웅웅 소리를 내며 버거운 듯 벌벌 떨고 있었는데 완전히 멈춘 것도 아니고 그렇다고 다시 돌아갈 기미도 보이지 않았다. 결국, 상용은 분쇄기 옆으로 나와 위를 향해 다시 양식에게 말을 했다.

"어제 설비 팀 말이 분쇄기 위에 전원 스위치를 다시 껐다가 켜 보라고 하긴 하던데. 너 있는 곳에서 보이냐?"

양식은 상용의 말을 듣고 고개를 들어 분쇄기 위를 봤다. 자신의 키 보다 높은 곳에 메인 전원 스위치 박스가 보였다. 까치발을 들어 손을 뻗었지만 닿지 않았다. 마상철은 쇠막대기를 들고 양식 옆에 서서 둘을 번갈아 보며 상황을 그냥 지켜만 봤다.

"높이가 애매하네요. 일단 한번 해 볼게요."

양식은 분쇄 통 앞에 돌출된 턱을 살짝 밟고 올라섰다.

"어허. 조심해. 신발 미끄러워. 내가 뒤에서 좀 잡아 줄까?"

번들거리는 기계 표면에 기름 묻은 작업화를 신고 올라선 양식의 몸이 위태로워 보였는지 마상철이 앞으로 다가가 물었다.

"아니요. 아저씨. 다 됐어요."

양식은 메인 전원 박스의 뚜껑을 열고 기다랗게 솟아 있는 스위치를 아래로 내렸다. 그러자 웅웅거리던 기계음이 쥐 죽은 듯 조용해졌다. 기계가 완전히 멈춘 걸 확인한 양식은 잠시 숨을 돌리고 다시 스위치를 위로 올리자 기계가 다시 돌기 시작했다. 멈춰 있던 톱날이 서서히 맞물려 돌았고, 분쇄 통 아래로 갈린 고기들이 내려오는 것도 상용이 확인했다. 양식은 뿌듯한 마음에 고개를 오른쪽으로 돌려 마상철을 바라봤다. 선하게 웃고 있는 양식을 보고 마상철도 같이 씩 웃었다.

"헉!"

순간이었다. 고개를 돌린 양식의 상반신이 살짝 뒤틀린 듯 움찔하더니 발끝으로 겨우 디뎌 서 있던 기계 돌출부에서 미끄러지고 말았다. 양식의 두 다리가 분쇄 통 아래로 향했고 그나마 버티려던 손도 전원 박스에서 떨어졌다. 양식은 분쇄 통 난간에 엉덩방아를 한 번 찧고 다리부터 그대로 통 안에 들어가 버렸다.

"아아아악!!!!!!!!!!"

양식은 비명을 질렀다. 눈은 커지고 양팔은 허공을 저었다. 톱날은 서서히 양식을 끌어당겼다. 이미 발목 아래는 톱날 속에 들어갔다. 분쇄기는 여태껏 들어오던 것과 다른 게 걸린 것을 알았는지 제속도를 내지 못했다. 사람의 근육과 뼈가 어그러지듯 괴이한 소리가 들리기 시작했다.

"아저씨!! 살려 주세요!!"

"양식아! 양식아!"

마상철은 미친 듯이 양식의 이름을 불렀다. 상용이 둘의 비명을 듣고 기겁하며 기계 옆으로 뛰쳐나왔다. 상용의 눈에 양식이 보이지 않았다. 상용은 동시에 분쇄 통 아래를 봤다. 그곳에서는 갈린 고기가 아니라 진하고 검붉은 핏물이 줄줄 흘러내리기 시작했다. 상용은 사태를 짐작했다.

"상용 씨!!! 비상 정지 버튼!! 비상 정지 버튼 눌러요!!"

분쇄기 위에서 마상철은 상용을 보며 외쳤다. 상용은 빠르게 분쇄기 계단 옆의 빨간 비상 정지 버튼을 눌렀다.

'콱콱.'

상용은 손바닥을 바짝 펴서 있는 힘껏 비상 정지 버튼을 미친 듯이 눌러 대기 시작했다. 하지만 기계는 멈추지 않았다. 상용의 눈에는 분쇄 통에서 쏟아지는 피가 점점 많아지는 것이 보였다.

"이런 쌍! 이거 왜 안 눌러지는 거야!"

상용은 정신 나간 사람처럼 괴성과 욕설을 지르며 비상 정지 버튼을 더 빠르고 강하게 눌렀지만, 기계는 여전히 돌아가고 있었다. 그 사이 마상철은 들고 있던 쇠막대기를 톱날 사이에 깊숙이 눌러 끼어 넣었다.

'턱! 끼끽!'

톱날이 쇠막대기를 강하게 씹어 먹는 소리가 들렸다. 그런데 쇠막대기가 일순간 휘기 시작하더니 삼분의 일 이상이 톱날에 말려 들어가 버렸다. 그나마 톱날의 돌아가는 속도는 확연하게 줄어들었다.

"상용 씨!! 쇠막대기! 아래에 있는 쇠막대기 다 올려줘요. 얼른!!!"

상용은 마상철의 외침을 듣고 탁자 아래 있는 쇠막대기 두 개를 들어 마상철에게 올려 줬다.

"이게 다예요. 두 개밖에 없어요!!"

마상철은 양손에 쇠막대기를 하나씩 들고 톱날 양쪽 가장자리에 하나씩 끼워 넣었다. 그러자 톱날은 더 돌아가지 않았는데 다만 쇠막대기를 곧 부숴 버릴 듯 왕왕거리며 떨고 있었고 쇠막대기 세 개는 어떻게든 버텨 보려는 듯 톱날 사이에서 꽂혀 부들부들 떨고 있었다. 마상철은 다시 상용에게 외쳤다.

"119! 119에 전화해요. 빨리!!"

마상철은 말이 끝나기 무섭게 아까 양식이 밟고 올라선 돌출부 쪽으로 갔다. 곧 그것을 밟고 올라서 전원 스위치를 아래로 당겨 내렸다. 그제야 기계음이 조용해졌고 마상철은 급히 허리를 숙여 앉아 양식에게 말을 걸었다.

"조금만 참아. 곧 꺼내줄게."

양식은 눈물과 콧물이 범벅된 얼굴로 반쯤 넋이 나가 있었다. 이미 양쪽 허벅지까지 톱날에 말려 들어가 있었다. 마상철은 순간 양식의 무릎 아래가 아마 모두 갈려 버렸을 것 같은 끔찍한 생각이 들기 시작했다.

"아저씨……. 너무 아파요……. 살려 주세요."

양식은 절규할 힘도 없었다. 무릎 아래 허전한 느낌을 이미 받고 있었다. 그것은 절망이었고 공포였다. 신체 일부가 사라졌다는 좌절과 죽을지도 모른다는 무서움이 양식의 온몸을 휘감았다. 그리고 쏟아지는 피 때문에 빠르게 안색이 창백해져 갔다. 마상철은 허리를 더 숙여 양식의 손을 잡았다. 손아귀에 강하게 힘주며 양식의 얼굴을 보며 눈을 맞힌 채 말했다.

"양식아!! 참아야 해. 조금만 참으면 돼! 곧 119가 올 거야. 119가 꺼내 줄 거야. 그때까지 버텨야 해. 내가 옆에 있어 줄게!"

마상철의 눈에 눈물이 고였다. 죽어가는 청년에게 아무것도 해 줄 수 없는 자신의 처지에 무력감이 몰려왔다. 마상철의 눈에는 수십 년 전 베트남 전쟁 속 전장에서 팔다리가 떨어진 채 죽어가던 전우들이 겹쳐 떠올랐다. 솟구치는 피와 고통에 절규하는 표정이 지금과 같았다. 시선을 아래로 떨구며 양식을 바라보고 있는 마상철의 얼굴에서 땀인지 눈물인지 모르는 물기가 하염없이 흘러내리고 있었다.

"여기 신광실업 분쇄작업장이요!! 빨리 와요!!! 사람이 기계에 끼었어요. 이러다 사람 죽어요. 빨리요!!!"

상용이 119에 신고하며 미친 듯 내 지르는 소리가 공장 안에 울려 퍼지고 있었고 다른 작업장에서 일하던 인부들이 무슨 일인가 싶어 분쇄기 주위로 하나둘 모여들기 시작했다.

"신광실업? 저기잖아!"

채 반장은 구조공작차를 출발시키며 지령서의 사고 위치를 다시 한번 확인하며 말했다. 신광실업 공장은 구조대에서 봐도 눈으로 보이는 곳에 있다. 구조대 앞에 흐르는 소리천 넘어 공단 입구 바로 옆이 신광실업이었다. 구조공작차로 달리면 3분도 걸리지 않는 지척이다.

"거묵 구조! 거묵 구조! 끼임 사고! 끼임 사고! 구조 대상자 하반신이 기계에 끼어있는 상태. 위급한 상황. 신속 출동! 신속 출동!"

무전만 들어도 상황이 그려졌다. 족구 준비한다고 조금 전까지만 해도 웃고 있었던 대원들의 표정이 심각해졌다. 태우는 만수보고 구조대에 남으라 했지만, 만수는 기어이 차에 올라탔다. 말리고 할 시간도 없었다. 끼임 사고는 신속해야 했다. 지령만 들어도 시급을 다투는 상황이라는 것쯤은 대원 누구라도 알 수 있었다. 오래되고 빛바랜 구조공작차는 제 능력 이상의 속도를 내주며 달렸고, 채 반장은 두 번이나 걸린 신호를 모두 무시하고 신광실업 공장에 순식간에 도착했다. 그런데 신광실업 입구의 경비원이 구조공작차를 막아서며 바리케이드를 열어 주지 않았다.

"출동입니다. 신고받고 왔어요. 얼른 열어 주세요."

태우는 급한 목소리로 경비원을 보자마자 닦달했다.

"어? 사고? 아무 얘기 못 들었는데? 무슨 사고요?"

"가 봐야 알죠! 빨리 바리케이드 올려 주세요!!"

무슨 말인지 모르겠다는 경비원이 어디론가 전화를 걸려고 할 때 한참 떨어진 곳에서 흰색 작업복을 입은 인부들이 구조공작차 방향으로 크게 손짓하고 있었다.

"여기요! 여기!"

그 모습을 본 경비원이 그제야 바리케이드를 위로 올렸다.

"태풍아! 스프레더, 절단기, 빠루, 로프까지 있는 대로 다 챙겨! 무목이는 나랑 먼저 공장 안으로 들어 가자."

공장 앞에 구조공작차가 정지하고 태우는 뛰어내려 달렸다. 무목은 구조 헬멧의 턱 끈도 제대로 채우지 못하고 앞서 뛰어가는 태우 뒤를 따라 달렸다. 태풍과 만수가 구조공작차 적재함에서 장비를 꺼내 서로 나누어 들고 그 뒤를 따랐다.

"여기요. 빨리!!"

마상철은 멀리서 뛰어오는 구조대원 둘에게 한 손을 크게 좌우로 흔들며 소리쳤다. 분쇄기 아래로 공장 인부 열댓 명이 웅성거리고 있었다. 마상철의 한 손은 아직 양식의 손을 부여잡고 있었다. 태우와 무목이 분쇄기 옆 철제계단으로 빠르게 올라 분쇄 통 위에 올라 섰는데 양식의 모습을 본 무목의 입에서 짧은 탄식이 흘러나왔다.

"이렇게 큰 곳에 끼인 사람은 처음이다."

들릴 듯 말 듯 혼잣말처럼 하는 태우의 말을 들은 무목의 표정이 더 심각해졌다. 그리고 끼어 있는 양식의 얼굴을 봤다. 양식은 이미 혼절해 있었다. 얼굴은 창백했고 끼어 있는 허벅지 근육 사이에 톱날이 깊숙이 박혀 있었다. 톱날은 양식의 몸에서 나온 피로 물들어 번들거리고 있었다. 태우는 양식의 몸을 빼내기 위해서는 다시 기계를 되돌려야겠다고 생각했다. 태우는 상황을 파악하고 행동하기 위해 크게 외쳤다.

"이 기계 전문가 여기 있어요? 설비 전문가 있냐고요?"

그러자 상용이 설비 팀을 찾았다.

"설비 팀!! 설비 팀 어딨어? 아까 왔었잖아!"

상용이 소리 지르자 두어 명의 남자가 무리 속에서 슬그머니 걸어 나왔다. 그들은 겁에 질려 있었고 아무것도 할 수 없다는 듯 울먹거렸다. 태우는 그들을 보고 말했다.

"도와주셔야 합니다. 제가 이 기계를 잘 모르잖아요. 저희가 가진 장비로는 이 큰 기계를 뜯어서 끼인 사람을 꺼낼 수 없습니다. 기계를 역으로 돌려야 합니다. 톱날이 반대 방향으로 움직이게 해서 사람을 빼야 해요. 그렇게 움직일 수 있겠습니까?"

태우의 말에 설비 팀 직원들은 서로의 얼굴을 보며 선뜻 대답하지 못했다. 그러는 사이 태풍과 만수가 장비를 들고 도착했고 구급대원들 둘도 접이식 들것을 빠르게 밀며 뒤따라왔다.

"팀장님. 장비 준비할까요?"

234

"소용없어. 우리 장비로는…….."

태우는 태풍의 질문에 말끝을 흐리며 답했고 다시 설비 팀을 바라봤다. 그러자 설비 팀 직원 중 가장 나이가 많아 보이는 남자가 떨리는 목소리로 말했다.

"역류 장치가 있긴 있습니다만 잘 작동하는지 모르겠어요. 그리고 우리가 역류 장치를 일부러 안 한 건 아니고 워낙 겁이 나서 어쩔 줄 모르고 발만 구르고 있었던 겁니다."

설비 팀 직원의 울먹이는 말에 태우는 상관없다는 듯 말했다.

"선생님 책임을 물으려는 게 아니에요! 역류 장치! 그것만 돌려주세요. 그럼 우리가 빼내겠습니다. 빨리요!"

태우의 말을 들은 나이 든 설비 팀 직원은 그제야 직접 분쇄기 아래쪽으로 가 허리를 숙여 역류 장치를 찾기 시작했다. 동시에 분쇄통 아래 여전히 흘러내리고 있는 핏물을 보자 눈을 질끈 감았다. 태우는 구조대원과 구급대원들에게 소리쳤다.

"잘 들어. 기계가 반대로 돌면 사람을 들어 올려 빼낼 거야. 분쇄통 안으로 들어가서 구조 대상자 상체만 결착할 건데, 톱날이 반대로 돌기 시작하면 그 속도에 맞춰서 로프를 위로 조금씩 당길 거야. 구급대는 바로 지혈과 이송 준비해 주고 나랑 무목이만 위로 올라가자. 태풍이와 만수는 아래에서 신호 맞춰서 역류 장치 작동하는 거 확인하고!!"

침착하고 정확한 지시에 순식간에 대원들은 자기 위치로 갔다. 구급대원은 지혈할 응급 장비를 들고 분쇄 통이 있는 기계 위쪽으로 올라갔다. 로프를 준비해서 올라가는 무목은 더 긴장했다. 멈춰섰다 해도 위험천만한 분쇄 통으로 누군가 들어가야 했다. 평소의 태우라면 직접 들어갈 것이다. 태우가 위급한 상황에서 자신 말고 아무도 믿지 않는다는 것을 잘 아는 무목이었다. 거기에 처음 구조대에 와서 혼자 로프 연습을 할 때 실수한 것을 태우가 직접 본 것도 무목이 자신감을 잃게 했다. 분쇄 통 앞에 도착한 후 무목은 말 없이 로프를 태우에게 슬그머니 내주었다. 그러자 태우가 말했다.

"무목아. 네가 직접 해. 네가 들어가는 거다. 난 역류 장치 조작하는 것을 여기서 컨트롤해야 한다. 네가 통 안으로 들어가서 긴 로프 하나는 겨드랑이 통과해서 가슴 쪽을 잡아매기*로 묶어. 짧은 나머지 하나로는 양손이 빠지지 않게 허리 쪽에 고정해. 할 수 있지?"

무목에게 지시하는 태우의 표정에 신뢰감이 묻어 나왔다. 무목은 태우의 믿음을 느꼈다. 과거 소방 학교에서 할 수 있다고 자신감을 가지라던 태우의 모습이 그대로 보였다. 그리고 무목은 스스럼없이 분쇄 통 안으로 들어갔다.

"양식아. 이놈아. 흑흑. 눈 좀 떠 봐……."

마상철은 양식의 손을 잡고 여전히 울고 있었다.

"팀장님. 다 결착했습니다!"

무목의 손은 빨랐다. 양식의 몸을 감싼 로프 매듭이 탄탄하고 안정적으로 고정되어 있었다.

"자. 그럼 빨리 올라와."

태우는 무목이 로프 작업을 하는 동안 멈춘 기계가 작동이라도 할까 봐 심장이 녹아드는 것만 같았고, 작업이 끝나자마자 무목을

---

* 　안전벨트 대용으로 사용하는 매듭. 구조 대상자의 신체에 로프를 직접 결착하는 고정매듭의 일종으로 위로 끌어올리거나 하강시킬 때 사용하는 매듭법.

그곳에서 빼냈다. 공장 천장의 조명에 반사된 기계 몸체가 은색 빛을 발하며 더욱 번들거렸고 태우는 살아 움직일 것 같은 기계의 섬뜩함을 느끼며 아래를 향해 외쳤다.

"역류 장치 작동 준비해!"

태우의 말을 들은 태풍이 기계 아래에서 역류 장지 조작을 준비하는 설비 팀 직원에게 똑같이 전했다.

"아저씨. 제가 신호하면 기계 작동하세요!"

태풍은 말이 끝나자 고개를 들어 태우에게 손으로 오케이 사인을 보냈다.

"무목아. 힘 한번 써 보자."

태우는 양식의 몸에 결착된 로프를 바짝 위로 당겨 올리며 텐션을 유지했다.

"선생님. 이제 손 놓고 일어나시죠. 위험합니다."

눈물을 흘리며 여전히 양식의 손을 잡고 있는 마상철에게 무목이 말했다.

"양식아. 이제 꺼내 줄게. 조금만 참아. 흑흑."

마상철이 손을 놓자 양식의 팔이 힘없이 아래로 떨어졌다. 양식의 고개는 이미 옆으로 힘없이 젖혀져 있었다.

"작동해!"

태우가 소리쳤고 태풍이 설비 팀 직원에게 신호했다. 설비 팀 직원은 역류 장치 버튼을 꾹 눌렀다. 역류 장치 버튼은 사람이 계속 누르고 있어야 작동이 되었는데 태우는 양식의 다리에 박힌 톱날이 돌며 혹시 근육이나 뼈에서 빠지지 않으면 즉시 신호해서 멈추게 해야 했다.

'끼릭끼릭.'

역류 장치가 돌기 시작했다. 하지만 속도가 무척 느렸다.

"무목아. 억지로 당기면 사람 몸 상한다. 밀려 나오는 만큼 다시 떨어지지만 않게 잡고 있으면 돼."

"네. 팀장님. 걱정 마십쇼!"

둘은 한 몸이 되어 로프를 강하게 움켜잡았다. 양식의 하반신이 서서히 톱날 사이로 빠져나왔다. 태우의 예상대로 톱날은 양식의 두꺼운 허벅지에 깊게 박혀 있었는데 근육에 박힌 톱날이 빠질 듯 하면서도 쉽게 빠지지 않았다.

"스톱!"

태우가 결국 기계를 멈추게 했다. 태우의 말을 태풍이 설비 팀 직원에게 즉시 전달했고, 직원은 버튼을 누르고 있던 손바닥을 황급히 뗐다. 양식의 허벅지에 가장 깊고 날카롭게 박힌 톱날 하나가 빠지지 않고 있었는데 그렇다고 힘으로 끌어올릴 수도 없었다. 그러면 양식의 몸이 더 다칠 수 있었다.

"제가 해 볼게요. 쇠막대기로 톱날 사이를 벌려 볼게요."

지켜보던 마상철이 나섰다. 태우는 마상철의 얼굴을 잠시 바라봤다. 둘의 얼굴을 번갈아 보던 무목은 생각했다. 구조 현장에서 후배 대원도 잘 믿지 않는 태우가 과연 마상철의 도움을 받으려 할까?

"그렇게 해 주십시오. 대신 제 지시를 잘 따라 주셔야 합니다."

태우는 아래에 있는 만수를 불러올려 시킬 수도 있었지만 오늘 복귀한 만수에게 사람 다리가 잘려있는 피 칠갑 상황을 보여 주기 싫었다.

"다시 작동!"

태우의 외침 뒤 기계는 다시 돌기 시작했다. 양식의 몸이 다시 조금씩 위로 들어 올리는 것이 느껴질 때쯤 태우가 마상철에게 말했다.

"지금입니다. 벌리세요!"

상철은 쇠막대기를 양식의 다리 가까운 톱날 사이에 넣고 앞뒤로 강하게 힘주어 좌우로 재꼈다. 상철의 손에 힘이 들어가기 시작했고 온몸이 벌벌 떨리기 시작했다.

"놓치면 안 됩니다. 조금만 더 버티세요!"

태우의 외침에 마상철은 두 눈을 질끈 감고 쇠막대기를 쥔 손에 더욱 압력을 가했다. 감은 두 눈에서는 눈물이 짜여 나왔는데 마상철의 심정이 흐르는 눈물 따라 밖으로 보이는 듯했다.

"됐어. 거의 다 나왔어!!"

태우가 톱날이 박힌 양식의 허벅지가 천천히 그곳을 벗어나자 소리쳤다. 설비 팀 직원은 자기 눈에 보이지 않는 구조 모습을 마치 훤하게 보는 듯 느낌이 들어 겨우 역류 장치 버튼에서 손을 떼었다.

"오케이. 됐어! 구급대. 지혈!"

허벅지가 톱날에서 빠져나오자 양식의 몸은 로프에 매달린 채 위로 들어 올려졌다. 하지만 양식의 무릎 아래가 보이지 않았다. 양식의 몸을 들어 올리는 태우와 무목은 뭔가 가벼움을 느꼈는데 곧 사라진 두 다리를 보자 그 이유를 알 수 있었다.

"아이고!! 양식아!!!"

마상철은 양식의 짓이겨진 두 다리를 보고 혼절하듯 주저앉아 절규했다. 구조대원들은 분쇄 통 옆 좁은 곳에 양식을 눕힐 수 없자 들쳐 매고 아래로 내려왔다. 분쇄기 아래로 내려와 들것에 눕힌 양식은 의식이 없었다. 양식이 들쳐 매여 내려와 눕혀질 때 그 광경을 본 직원들은 고개를 돌리거나 아연실색한 표정을 지었다.

"바이탈* 확인해 봐!"

선임 구급대원이 다른 동료에게 외치면서 양식의 잘린 다리 끝에 식염수를 들이붓고 멸균 거즈를 두껍게 갖다 댔다. 무목과 태풍이 거즈 대는 것과 압박 붕대를 감는 것을 도왔다. 태우는 이 상황에서 만수를 챙겼다. 만수는 아무것도 하지 못한 채 한 걸음 떨어진 뒤에서 상황을 지켜보고 있었다.

"정만수! 넌 장비 챙겨서 공작차로 돌아가 있어!"

태우가 만수에게 지시했다. 그것은 죽어가는 자의 피를 봐야 하는 만수의 심정이 걱정되었기 때문이었다. 주섬주섬 장비를 챙겨 만수가 현장을 떠났고 대략의 응급 처치가 끝난 양식이 곧 현장을 벗어났다. 마상철과 상용이 울면서 구급대원을 뒤따랐다.

무목과 태풍이 마지막으로 현장을 둘러봤다. 기계와 바닥 모든 곳이 피였다. 분쇄 통 아래 가장 많은 피가 있었는데, 한데 고여 이미 굳어 있었다. 굳어 있는 피 위로 분쇄기에 갈려버린 양식의 다리 살점이 소복하게 떨어져 있었다. 무목은 고개를 돌렸고 태풍은 말이 없었다. 태우는 양식을 끌어올리고 분쇄기 아래로 내려오는 동안에 기계에 묻은 피를 바라봤다. 페인트 붓으로 덕지덕지 그린 듯 양식의 피가 기계 여기저기에 진하게 묻혀 있었다. 태우가 끼고 있는 장갑과 입고 있는 구조복 모든 곳에도 피가 흥건했다.

"내 또래쯤 됐으려나……."

태풍이 낮게 말하자 무목이 태풍의 머리에 쓰고 있는 헬멧을 손

---

* 활력 징후(vital sign)로 환자의 호흡, 맥박, 체온, 의식 정도, 혈압을 말한다.

으로 감쌌다. 그리고 힐끗 태우를 봤다. 태우는 비상 정지 버튼을 보고 있었는데 잠시 생각하는듯하다가 이내 몸을 돌렸다. 셋은 아무도 없는 공장을 힘 빠진 포대자루마냥 털썩털썩 걸으며 밖으로 나왔다.

밖은 아수라장이었다. 금방 떠난 듯 구급차 사이렌 소리가 멀어지고 있었고, 언제 왔는지 경찰차도 두 대나 있었다. 직원들은 웅성거리며 공장 밖에서 삼삼오오 모여 얘기하고 있었다. 저 멀리 본관동 앞에 아까 태우를 도왔던 마상철이 망연자실한 표정으로 땅바닥에 주저앉아 울고 있었고, 그 옆에 상용은 쪼그리고 앉아 두 손으로 얼굴을 감싸고 있었다. 태우는 문득 자신이 구한 젊은 남자의 생사가 궁금했지만, 이내 불어오는 늦가을 바람에 한기를 느끼며 정신을 차려 주변을 다시 살폈다.

"장비 다 실었냐?"

공작차 앞에서 이제 막 적재함 셔터를 내리고 있는 만수에게 태우가 묻자 만수는 고개를 끄덕였다.

"들어가자"

태우의 말에 모두 공작차에 올라탔다. 가을바람이 찼지만, 대원들은 돌아오는 내내 피비린내가 차 안에 배지 않게 창문을 활짝 열고 달렸다.

다가오는 슬픔

'따르릉.'

"네. 관리 과장입니다. 아. 네. 회장님⋯⋯. 그런데 지금 이사님
이⋯⋯."

관리 과장은 말을 잇지 못했다. 어제 분쇄 작업장에서의 사고로
오전부터 경찰이 와 사고 조사 중이었다. 현장 조사를 갓 마친 경찰
들이 지금 막 신 이사를 만나고 있었다.

"뭐 이사님께 답을 듣자는 건 아니고요. 현장 작업자들이랑 말이
조금 달라서요."

신 이사는 억지로 차분한 표정을 짓고 있었지만, 눈매에서 짜증
섞인 심기가 확연히 드러났다. 경찰은 분위기를 감지했는지 굳이
신 이사를 압박하지 않았다. 그도 그럴 것이 거물 사업가의 공장에

서 중대재해법* 위반에 해당하는 사고가 벌어져 봤자 서로 곤란할 지경에 이를 것이기 때문이었다.

"아니. 다친 사람은 안타깝지만 이게 뭐라고 아침 댓바람부터 우르르 몰려와서 일하는 사람 이렇게 귀찮게 하는지 모르겠네요. 조사해 보셔서 아시겠지만, 해당 직원의 부주의예요. 부주의. 굳이 자기가 기계를 왜 만져요. 만지길. 그렇지 않아요?"

말이 길어질수록 신 이사의 목소리는 날카로워져 갔다. 경찰은 신 이사의 표정을 눈으로 읽느라 분주했다.

"저희도 압니다. 분쇄 통 안으로 떨어진 이유가 전원 장치를 만지다가 그랬다는 거. 그거보다 설비가 전부터 문제가 있었다는데 수리나 정비 내역 같은 거 있으면 좀 보여 달라는 거죠."

눈꼬리가 아래로 많이 처지고 이마 주름이 진한 나이 든 경찰 한 명이 신 이사에게 길게 질문했다.

"뭐 고장이 나야 수리를 하든지 하지요. 그전에도 자꾸 문제가 생겼다는 건 그 직원들 말이고요. 저희 설비 팀 직원들은 아무 문제없었다고들 하잖아요. 저도 그렇게 보고 받았고요"

신 이사의 말은 일관적이었다. 기계는 문제없었고 수리나 정비 명세도 없다고 말했다. 하지만 경찰들은 현장에 가장 가까이 있었고 이 문제를 최초로 진술한 마상철과 윤상용의 말에 근거해 질문했다. 만약 설비의 문제점을 인지하고 있는 상태에서도 조치가 되

---

* 　중대재해 처벌 등에 관한 법률의 약어로 사업 또는 사업장, 공중이용시설 및 공중교통수단을 운영하거나 인체에 해로운 원료나 제조물을 취급하면서 안전·보건 조치 의무를 위반하여 인명피해를 발생하게 한 사업주, 경영책임자, 공무원 및 법인의 처벌 등을 규정한 법. 2021년에 시행되었으나 극의 전개상 등장시킴.

지 않았다면 문제가 커질 수도 있음을 경찰들도 신 이사도 서로 잘 알고 있었다.

"비상 정지 버튼이 눌러지지 않았다는 진술도 있습니다. 물론 설비 팀 직원들은 아니라고 하고요."

이번에는 젊은 다른 경찰이 신 이사에게 물었다.

"그것도 마상철, 윤상용 두 사람 말만 들은 거군요. 생각해 보세요. 사람 몸이 기계에 빨려 들어가고 있는데 옆에서 지켜보던 두 사람이 어디 제정신이었겠어요? 비상 정지 버튼을 제대로 누르기나 했겠어요?"

신 이사는 단호했다. 경찰들도 이를 의아하게 생각했다. 오늘 오전 현장 조사에서 확인해 보니 비상 정지 버튼이 분명히 잘 작동하는 것을 확인했기 때문이었다. 비상 정지 버튼은 한번 눌러지면 잠금장치가 걸려 복구 전원을 완전히 꺼야만 다시 위로 올라오는 구조였다. 그런데 오전에 경찰들이 직접 분쇄기를 돌리다가 비상 정지 버튼을 누르자 기계는 즉시 멈춰 섰고 눌러진 버튼은 깊숙이 들어가 위로 올라오지 않았다.

"일단 잘 알겠습니다. 오늘은 이만 가겠습니다. 혹시 조사가 더 있을 수 있으니 협조 잘 부탁드립니다."

경찰들이 자리에서 일어나 나가려고 하자 신 이사도 일어나 문 앞까지 따라나섰다. 그리고 언제 그랬냐는 듯 얼굴에 미소를 띠며 경찰 둘을 배웅했다.

"그럼요. 협조해야죠. 그리고 아시잖아요. 저희 신광이 지역 발전을 위해 얼마나 노력하는지. 저희 회장님이 유공자부터 장애인, 노인분들까지 사회적 약자 채용에 최선을 다한다는 거 거북골에서 모르는 분 없는 거 아시죠? 어쨌든 저희도 다친 직원에게 최대한 보상해 주고 그럴 테니 너무 저희 쪽으로 몰아붙이지 말아 주세요."

경찰은 그새 표정이 바뀌고 말을 하는 신 이사에게 다시 한번 인사를 건네고 본관 밖으로 걸어 나갔다. 경찰이 나가고 난 신 이사는 신오수에게 전화를 걸었다.

"네. 오빠. 금방 갔어요."

"설비 문제를 물어보던?"

"네. 오빠 말대로 사고 직후 바로 안 고쳐 놨으면 큰일 날 뻔했네요. 경찰들이 작동까지 해 볼 줄이야."

"설비 팀 직원들도 단속 잘해 뒀지?"

"걱정하지 마세요. 설비팀장한테 엊저녁에 바로 큰 거 다섯 장 찔러 넣어 주고 직원들 입단속 시켜 놨어요. 오늘 조사에도 다들 입을 잘 맞춰서 왔더라고요. 오빠 말대로 하니 책잡힐 거 없네요."

"큰일 앞두고 자꾸 사고 터지는데 소나기는 피하는 게 상책이다. 당분간 고기 공장은 바짝 엎드리면서 운영해. 연말 물량 다 못 대더라도 무리해서 공장 돌리지 마."

신오수의 말에 신 이사의 볼멘소리가 나왔다.

"그래도 대목인데 사람 하나 다쳤다고 들어오는 일감 일부러 안 받는 건 좀 그렇지 않아요?"

"야 이년아! 내가 어디 돈이 아까워서 그래? 별것 아닌 사고 때문에 내년 선거 공천 못 받으면 네년이 책임질 거야?!"

신오수의 불화와 같은 성이 수화기를 넘어오자 신 이사는 움찔하며 기어들어 가는 목소리가 됐다.

"아니. 그게 아니고……."

"아. 그리고 출동했던 119 애들. 개들은 따로 말 없지?"

"무슨 말이요? 119쪽에서 말 나올 게 뭐가 있어요?"

"아니다 됐다! 일단 난 당분간 오토팰리스 개장식에만 신경 써야 하니까 넌 얌전하게 일 처리 잘해! 알겠어?"

신오수는 동생 대답도 듣지 않은 채 전화를 끊었다.

신오수는 달리는 차 뒷자리에 앉아 창밖을 잠시 바라봤다. 거묵골을 금방 빠져나와 고속도로로 신 오수의 고급 외제차가 미끄러지듯 달리고 있었다. 신오수의 시선은 나들목 인근에 거대하게 지어지고 있는 오토팰리스 건물에 계속 머물렀다. 신오수는 뿌듯한 기분이 들었다. 도내 유지들에게 돈을 있는 대로 끌어모아 만드는 사업장이었다. 신오수 인생 최대의 투자이고 지역 정가에 발을 들일 강력한 무기인 것이었다.

"박 기사. 저기 좀 봐. 멋지지 않아? 저거 곧 다 지어지면 저 안에 오천 대가 넘는 중고차가 들어갈 거야. 전국에서 가장 큰 중고차 판매장이 생기는 거라고. 그리고 그거 알아? 이제 우리나라 완성차 업계도 중고차 판매장을 직접 운영한다는구먼. 그러면 대기업 중고차 판매장이 어디부터 찾겠어? 여기야. 거묵골! 전국의 중고차 딜러들이 이곳으로 다 모일 거야! 멋지지 않아?"

운전석의 박 기사는 오른쪽 창을 힐끗거리며 오토팰리스 건물을 바라봤다. 멀리 떠 있는 해가 오토팰리스의 번쩍거리는 건물 외관을 눈부시게 비추고 있었다. 20년 넘게 신오수의 차를 몰고 있는 박 기사는 신 회장의 사업 수완을 모두 지켜봐 왔다. 그리고 그가 벌이는 일은 모두가 성공했다는 것도 누구보다 잘 알고 있었다. 박 기사는 시원하게 답하며 신오수의 말에 맞장구를 쳤다. 조금 전까지만 해도 신 이사와의 통화에 불같은 성질을 부리던 신오수의 모습은 어느새 사라지고 호탕하고 웃는 사업가 신오수가 뒷자리에 앉아 있었다.

*

새로운 흑산 서장이 된 설한국이 가장 먼저 찾은 곳은 구조대였다. 12월 초에나 있을 거라는 소방서장 인사이동은 일주일이나 빨리 진행됐다. 기존 서장 홍창성은 흑산 서 직원들과 제대로 된 인사도 없이 쫓겨나듯 상황실로 자리를 옮겼다. 젊고 유능한 소방관 설한국은 도에서 가장 젊은 소방서장이 되었다. 파격적인 승진이었다. 구조대원으로 채용되어 거쳐 거침없이 위로 올라왔다. 특히 승진 심사는 일사천리였다. 위만 보고 아래를 무시한다는 세간의 말을 듣고도 끄떡없는 그였다. 냉혈한이라고 소문난 설한국은 자신의 목표를 이루는 데는 물불을 가리지 않았다.

"행정계장님. 구조대에 말 안 했죠?"

설한국은 자신보다 연배가 일곱 살이나 많은 행정계장에게 존대로 물었다. 서장 취임식을 오전에 마치고 간단한 업무를 본 후 다짜고짜 구조대로 가자고 했다. 서장을 수행하는 행정계장에게 자신의 동선을 아무에게도 알리지 말라고 했다. 통상 취임 후 순시는 관할서 안전 센터와 구조대를 순차적으로 도는데, 취임 첫날 구조대부터 부랴부랴 찾아가는 것은 행정계장 입장에서도 난감하긴 마찬가지였다.

"네. 알리지 않았습니다."

행정계장은 탐탁지 않았지만 그렇게 할 수밖에 없었다.

태우는 무목의 인명 구조사 1급 평가 연습을 봐 주고 있었다. 무목이 어려워하는 로프 구조 연습을 점심나절부터 쉬지 않고 같이 하는 중이었다. 4인 1개 조로 평가를 봐야 해서 무목 혼자 연습에 한계가 있었다. 태풍과 나리까지 합세하여 역할을 바꿔가며 평가 내용에 맞게 손발을 맞추고 있었다.

"무목아. 일단 말이야. 네가 평가표 감점 사항을 달달 외웠다는 가정하에 말해 줄게. 절대로 실수했다고 머뭇거리지 마. 감점된 점수는 그것대로 놔두고 계속 평가를 진행해야 한다는 거야. 시간 초과하면 바로 실격인 거 알지?"

무목이 들것 상승 중 맨홀 통과 부분에서 버벅거리며 시간을 다 보내고 있으니 잠시 멈추고 태우가 그 점을 강하게 지적을 했다.

"네. 그런데 잘 안 된 부분에 자꾸 미련이 남아서요."

"그럴 필요 없어. 실수한 거는 과감하게 포기해야 해. 점수 계산해 보고 과락 점수까지 여유가 있으면 다음 미션으로 빠르게 이동해."

태우는 성격답게 단호하고 정확하게 무목을 가르쳤다. 무목은 혼자 연습하며 답답했던 것들이 하나둘 해소되는 듯 기분이 좋았다. 태우의 달라진 태도에 무목은 가끔 어색하기도 했지만 태우의 가르침을 받을 수 있다는 것만으로도 무목은 기뻤다. 태풍과 나리가 로프를 정리하는 동안 무목이 태우에게 물었다.

"팀장님. 어제 끼임 사고 출동에서 말인데요."

무목은 슬그머니 어제 출동 얘기를 꺼냈다.

"어제? 뭐?"

태우는 무목을 쳐다보지 않고 다음 말을 재촉했다.

"현장에서 저를 믿어 주시는 것 같아 너무 좋았습니다. 그냥 그 말 드리고 싶었습니다."

태우는 여전히 눈길을 무목에게 주지 않고 무목이 묶어 놓은 들것의 로프를 풀어내고 있었다. 무목은 답 없는 태우 뒤만 바라보며 괜히 말했나 싶어 민망해질 때쯤 태우가 허리를 펴고 말했다.

"박무목. 나 너 알아. 소방 학교 때 비리비리했던 모습 다 기억하고 있다고."

무목은 놀란 눈으로 태우를 바라보며 겨우 입을 열었다.

"저, 저를 기억하고 있었다고요?"

"그래. 인마. 네 이름도 알고 있었어. 근데 그거 아냐? 너한테 내가 어떻게 했든 그런 거 나랑 같이 근무했던 후배들이라면 똑같이 대했던 그대로야. 무슨 말이냐면, 너라고 다를 게 없었어. 네가 잘하든 못하든 넌 똑같은 내 구조대 후배라는 거. 그것뿐이야. 네가 특수 부대를 나왔든 안 나왔든 난 그런 거 신경 안 써. 지금 나하고 같이 있다는 게 중요한 거고 그래서 좀 더 가혹하게 대했던 거야. 그러니까 혼자 쓸데없는 생각하지 말고 지금껏 하던 대로 잘해."

그랬다. 태우는 무목을 기억하고 있었고 특별히 대하지도 않았다. 만약 태우가 무목을 구조대원으로 보고 있지 않았다면 그렇게 모질게 대하지도 않았을 것이다. 무목이 강하게 배우길 바랐을 뿐이었다.

"남들이 그래. 내가 심하게 대하면 다들 내 성격이 지랄 맞으니까 그냥 피해야 한다고. 내 마음은 그게 아닌데 말이야. 세게 가르쳐 줘야 잘 배우고 또 그렇게 배워야 현장에서 안 다치고 안 죽는다는 것을 알려 주고 싶은 것뿐인데, 마치 내가 후배를 미워해서 그러는 것처럼 보이나 봐."

"아. 아닙니다. 팀장님. 저희한테 그러신 거 다 이유가……."

"됐어. 인마. 나도 그런 거 신경 안 쓰니까 굳이 말 안 해도 돼. 그렇다고 맘 놓지 마. 까딱 잘못하면 언제든 나한테 박살나니까! 특히 인명구조사 시험 떨어지기만 떨어져 봐. 나한테 죽는 줄 알아!"

무목은 반드시 합격하겠노라고 크게 대답했다. 태우의 속마음을 안 무목은 그동안 멀게만 느껴졌던 태우가 한껏 더 크게 보였다. 거인의 어깨에 올라탄 듯 든든했다. 그를 끝까지 믿었던 자신의 선택이 옳았음을 태풍과 나리에게 말해 주고 싶었다.

"알립니다. 구조대 전 직원! 사무실 집합해 주시기 바랍니다. 다시 한번 알립니다. 구조대 전 직원 사무실에 집합하기 바랍니다."

순간 구조대 청사에 집합 방송이 울려 퍼졌다. 방송의 목소리는 대장이었다.

"웅? 뭔 일인데 대장님이 직접 방송을 하지?"

"팀장님. 장비는 제가 이따 정리할 테니 빨리 내려가 보시죠?"

"어허이~ 이거 석 달 만에 촌사람 다 됐네. 대한민국 최고의 구조대원 김태우 모양새가 이래서 되겠어?"

사무실로 걸어 들어오는 태우를 보자마자 설한국이 크게 웃으며 떠들어댔다. 옆에 서 있는 구조대장은 어쩔 줄 몰라 하는 표정으로 태우에게 얼른 오라며 손짓했다.

"서장님이 오늘 취임하시자마자 구조대부터 가자는 이유가 김태우 팀장 때문이었군요. 하하하."

행정계장이 옆에서 서장의 말을 거들었고 구조대장은 영문도 모른 채 같이 따라 웃었다.

"승진 축하드립니다. 서장님."

태우는 웃으면서도 왠지 모를 낯섦을 느끼며 설한국에게 축하 인사를 건넸다.

"우리 사이에 축하는 무슨! 나도 깜짝 놀랐다. 갑자기 승진시키고 발령을 내 버리니 이거 원 번개 불에 콩을 볶아도 이렇게 빠를 줄이야."

구조대장은 앉아서 얘기하자며 설한국에게 상석을 권했고 양옆으로 행정계장과 구조대장이 앉았다. 설한국은 이왕 온 김에 구조대 직원들 고충도 듣고 그러자며 대원들을 다 사무실로 불러 모아 앉혔다.

"이야~~ 시골 구조대답지 않게 다들 덩치가 좋은데? 저기 저 직원은 키가 어떻게 돼?"

한국은 나리를 보고 소리쳤다.

"아. 박나리 대원이요? 나리가 아마 190이 넘지요? 그치 나리야?"

구조대장이 나리를 보며 확인하듯 되물었다.

"193cm에 130kg입니다."

나리가 기계적으로 답했다. 서장과 행정계장이 '우와' 하고 웃었다. 구조대장이 멋쩍게 따라 웃었다. 태우는 웃지 않았는데 왜 설한국이 갑자기 왔는지만 계속 궁금했다. 설한국은 말을 이어갔다.

"거묵골이야 워낙 한적한 곳이고 큰 사고도 잘 안 나니까 다들 뭐 일하면서 어려운 게 없을 거야. 나도 초임 서장만 아니면 이런 시골에 올 건 아니었는데 위에서 까라고 하니까 까야 안 되겠어?"

한국의 말에 등장하는 시골, 촌구석 같은 단어가 태우 귀에 거슬렸다. 그런 태우의 마음과 상관없이 한국의 거침없는 말은 계속됐다.

"다들 사고 치지 말고 그럭저럭 현장 활동 안전하게 하면서 잘들 지내자고. 응? 여기 우리 김태우 팀장이 어련히 알아서 하겠지만 말이야. 대원들은 김태우 팀장 말 잘 듣지? 다들 그거 알아? 우리 김태우 팀장이 이런 촌구석에 있을 사람이 아니야. 아마 곧 좋은 곳으로 갈 거니까 김 팀장은 조금만 버텨. 현장 활동이야 대원들이 알아서 할 거니까 괜히 직접 나서지 말고. 그러다 몸 다치면 큰일 나."

태우는 흠칫했다. 다른 곳으로 가겠다는 마음이야 처음부터 있었지만, 공식적으로 그것도 서장이 된 설한국이 직접 구조대원들 앞에서 밝힌다는 것이 못내 부담스러웠다.

"아닙니다. 제가 아직 할 일도 많고⋯⋯."

태우의 마음에도 없는 말에 한국이 다시 못을 박았다.

"어이. 김 팀장. 자네가 이런 데서 1년이 아니라 일주일만 있어도 좀이 쑤신다는 거 알아. 기다려 봐. 곧 좋은 자리 날 거야. 다른 곳에서 큰일 해야지 큰일!"

무목과 태풍, 나리와 만수 그리고 채 반장까지 모두 한국의 말에 못내 불편한 모습이 확연했다. 결국, 태우가 이런 곳에 오래 머물지 않을 거라는 것을 서장이 공식화하는 순간이었다. 태풍은 역시라는 표정이었고, 채 반장은 시선을 다른 곳으로 돌렸다. 만수는 괜히 한숨을 지었다.

"자자. 다들 서장님한테 뭐 부탁할 거 있으면 얘기들 해 봐. 이렇게 오셨으니 격 없이 건의 드려."

구조대장이 어색해진 것 같은 분위기를 바꾸려 직접 나섰다. '격 없이'라는 말에 자신도 민망했는지 설한국 서장과 대원들을 번갈아 봤다. 대원들은 다 아무 말이 없었다. 다시 한번 구조대장이 일어서면서까지 대원들에게 말을 해 보라 권했지만, 누구도 입을 열지 않았다. 설한국은 뻔한 분위기를 스스로 만회해 보려는지 주변을 두리번거리다 말을 했다.

"아. 저런 거 바꿔야겠네."

사무실 한구석에 빛바래져 서 있는 스탠드 형 에어컨을 본 설한국이 대뜸 말했다.

"저거 색깔이 누레진 게 바꿀 때가 됐나 보네. 허허. 행정계장 장비계* 말해서 구조대 에어컨 하나 바꿔줘요."

행정계장은 바로 답했고 설한국은 할 일 다 했다는 표정으로 자리에서 벌떡 일어났다.

"자 그럼. 수고들 하라고."

구조대장과 태우 그리고 대원들이 우르르 일어났고 밖으로 나가려는 설한국을 뒤따르려 움직였다.

"아니. 나오지 마. 그대로들 있어. 저기 김 팀장만 잠깐 나하고 얘기 좀 해."

설한국이 태우에게 눈짓하자 구조대장이 태우 등을 슬쩍 밀었다. 밖으로 나온 설한국을 뒤따라 태우가 걸어 나오자 먼저 나와 있던 행정계장이 둘 앞에 섰다. 설한국은 행정계장에게 차에 먼저 가 있

---

*　소방서 내 행정부서의 하나로 예산을 담당, 집행하는 부서.

으라 했다. 상순이가 쪼르르 달려와 태우 옆에서 서서 꼬리를 살랑 살랑 흔들며 헥헥거리고 있었다. 설한국은 잠시 주변을 둘러보더니 태우에게 말을 걸었다. 좀 전 사무실에서의 표정과 다르게 설한국 의 표정은 정색이었다.

"태우야. 아까 한 말 빈말 아니다. 내년에 있을 미국 뉴욕 소방국 연수에 너를 추천할 생각이다. 너 예전부터 정말 가고 싶어 했잖아. 곧 심사 들어갈 건데 준비해라. 내가 무슨 수를 써서라도 보내 줄게. 거기 다녀오면 너 못해도 서장까지 일사천리야. 알지?"

태우는 설한국의 말에 움찔하며 얼굴을 빤히 바라봤다. 설한국의 표정에서 태우는 알 수 있었다. 언제나 자신을 챙겨준 설한국이었 다. 거절할 수 없는 제안이었다. 해외 연수의 기회라면 태우가 몇 년 전부터 그렇게도 바라던 기회였다. 그런데 희한하게도 태우의 입에 서 기쁜 대답이 선뜻 나오지 않았다.

"감사합니다. 형님."

한국의 입이 샐쭉해졌다.

"어? 그게 다야?"

태우는 당황한 표정으로 어쩔 줄 몰라 했다.

"아니다 이놈아. 하하. 쫄긴. 내가 어디 너한테 뭐 바라고 그러더 냐?"

태우는 한국의 말에 표정이 풀렸지만, 지금의 상황이 왠지 모르게 불편했다. 한국은 태우의 등을 손으로 두드리며 다독이듯 말했다.

"두어 달만 참아. 요양한다고 생각하고 출동 나가서도 몸 사리면 서 대충해. 여기 촌놈들 뭐 챙겨 주려고 하지도 말고. 아까 올 때 보 니까 같이 훈련도 하고 그러던데⋯⋯. 아서라. 이런 곳은 그냥 흘러

가는 대로 놔두면 되는 곳이야."

지금 설한국의 말은 처음 이곳에 올 때 태우의 마음이었다. 그런데 이상하게도 태우는 불편함을 느꼈다.

"그리고 전에 내가 너한테 사람 한 명 소개해 주려고 했었잖아?"

태우는 자살 출동 다녀오던 때 대뜸 전화해서 누군가를 소개해 주려던 설한국과의 통화를 기억했다.

"아. 네. 기억하고 있어요. 근데 누구⋯⋯?"

"어. 신광실업 신 회장이라고 있어. 여기 유지인데 근무하는 동안 알아놓으면 나쁘지 않을 사람이야. 나중에 인사 한번 시켜 줄 테니까 연락하면 바로 튀어 와. 출동보다 지역 유지들 만나며 발이라도 넓혀놔야지."

태우는 신광실업이라는 말에 숨이 멎는 듯했다. 그리고 두 다리가 잘린 채 피 흘리며 혼절해 있던 젊은 청년의 얼굴이 순식간에 스쳐 갔다.

"아⋯⋯."

태우의 미간이 찌그러졌다. 설한국은 태우의 표정을 보고도 신경 쓰지 않고 걸음을 옮겼다.

"난 그럼 간다."

설한국이 서장 전용차로 몇 걸음 걸어가는 동안 상순이가 그 뒤를 쫓으며 거세게 짖어 댔다.

"에이. 뭔 놈의 개가 이리도 짖어? 야! 태우야. 구조대 청사에 뭐 하러 개를 키우고 그러냐? 이거 어디 좀 갖다 버려라!"

상순이가 설한국의 말이 끝나자 가뜩이나 동그란 눈이 더 동그래지더니 설한국을 향해 더 미친 듯 짖어 댔다.

*

　마상철은 다음 날 회사 총무 팀으로 불려 갔다. 상용과 함께였는데 출근하기도 전에 전화가 와 사무실로 바로 오라고 했다. 총무 팀 회의실에는 신 이사와 총무과장 그리고 마상철, 상용 이렇게 네 명만 앉았다. 마상철은 회사의 실질적 운영자인 신 이사를 직접 대면하는 것이 왠지 께름칙했다.

　"두 분, 사고 때문에 충격을 많이 받으셨을 것 같아 이사님이 직접 위로도 할 겸 모셨습니다."

　총무과장의 말을 시작으로 두 사람에 대한 위로가 시작되었는데 신 이사가 평소답지 않게 사근사근하게 말문을 열었다.

　"앞길이 구만리 같은 젊은 사람이 크게 다쳐서 저도 그렇고 특히 저희 회장님이 충격이 상당하시네요. 조금 전까지 전화 와서 어쨌든 최대한 치료 지원을 잘해 주라고 지시하셨어요."

　신 이사의 말은 사실이었다. 양식은 신광실업의 지원으로 오늘 아침 서울에 있는 큰 대학병원으로 이송되었고 값비싼 1인 특실에서 진료를 받고 있었다.

　"아이고. 회장님께서 그렇게 신경 써 주시니 감개무량입니다."

　상용이 앉은 자리에서 신 이사에게 고개를 깊숙이 숙였다. 신 이사는 살짝 미소를 띠며 시선을 마상철에게 두고 다시 말하기 시작했다.

　"그런데… 어제 경찰이 조사니 뭐니 와서 하는 말이 좀 걸려서요."

　신 이사는 슬그머니 마상철과 상용의 눈치를 봤다.

"분쇄기에 비상 정지 버튼이 작동하지 않았다고 말씀하셨다던데…… 저도 설비 팀에 물어보니 정상적으로 작동이 잘 되더라 그러더라고요."

마상철과 상용은 의아한 표정으로 서로를 바라봤다.

"이사님. 양식이가 분쇄기에 떨어지고 마 씨 형님이 비상 정지 버튼 누르라고 해서 제가 미친 듯이 눌렀거든요. 그런데도 분쇄기가 계속 움직였어요. 둘이서 똑똑히 봤어요."

상용의 말이 끝나자 신 이사는 마상철을 한참 응시했다. 신 이사의 표정이 묘했다.

"상용 씨가 누르지 않았다고 하는 게 아니라요. 호호호."

신 이사는 난데없이 어색한 웃음을 짓기 시작하더니 총무과장을 바라보며 뾰족한 턱을 슬쩍 움직이며 눈치를 줬다. 총무과장은 알았다는 듯 옆에 있는 서류 가방에서 무언가를 꺼내며 말을 이었다.

"일단 두 분 이거부터……."

총무과장은 두툼한 흰색 봉투 두 개를 슬그머니 탁자 위에 올리더니 손으로 둘 앞에 슬그머니 밀었다.

"이거 회장님께서 사고 때문에 충격이 크시겠다며…… 거 뭐라 그러더라? 트, 트라우 뭐 그거 있을지도 모르니 위로금이라도 전달하라고 해서 특별히 챙겨드리는 겁니다. 한번 확인해 보세요."

마상철과 상용은 흰 봉투를 함께 쳐다보았고 상용이 먼저 반응했다. 상용은 봉투를 들어 몸과 고개를 오른쪽으로 돌리며 봉투 안을 열어 봤다. 순간 상용의 눈이 커졌고, 신 이사와 총무과장이 그것을 놓치지 않았다.

"어이쿠. 뭐 이런 걸! 저흰 다치지도 않았는데!"

"정신적 충격이 크시잖아요."

총무과장은 상용이 먼저 반응하자 거들 듯 한마디 했다. 그렇게 말하는 총무과장을 마상철이 가만히 바라보았다. 그리고 시선을 신이사 쪽으로 돌렸는데 신 이사의 표정이 미묘하게 변했고, 그에 맞춰 총무과장이 상용을 뚫어지라 보며 말했다.

"혹시 비상 정지 버튼 잘못 누르신 거 아닌가요? 아무래도 그럴 것 같아서요."

총무과장은 웃고 있었지만, 그의 표정엔 무언의 압박이 담겨 있었다. 마상철은 무슨 말이라도 하고 싶었지만, 정작 비상 정지 버튼을 누른 것은 상용이었다.

"그런데 과장님. 위에서 제가 봤을 때도 이게 눌러지지……."

그때 상용이 마상철의 말을 끊고 나섰다.

"아! 다시 생각해 보니 제가 잘못 누른 것 같긴 합니다. 어설프게 눌렀나 봅니다요. 맞아요. 잘못 누른 게 맞습니다!"

마상철은 순간 귀를 의심했고 신 이사와 총무과장은 서로 눈을 마주치며 미소를 띠었다.

"아. 그렇죠? 잘못 누르신 거 맞죠? 기계 고장이 아니었던 거죠?"

신 이사의 얼굴에 웃음기가 만연했고 총무과장은 놓치지 않고 상용에게 말했다.

"아마 경찰이 다시 물어볼 겁니다. 그럼 그렇게만 말해 주세요. 그게 사실대로 말하는 거잖아요? 그렇지요?"

상용은 연신 고개를 끄덕였다. 그런 상용을 보던 신 이사의 시선이 마상철에게로 갔다.

"마 선생님은 어렵게 직장 구하셨고 일하신 지 얼마 되진 않으셨지만, 일을 잘하신다고 다들 칭찬이 자자하더라고요. 마 선생님은 오늘부터 바로 정직원으로 전환하고요. 일하는 곳도 검사팀으로 변경할까 해요. 힘들게 고기 박스 들고 나르지 마시고 제품 포장 검사 라인으로 가서 일하도록 조치해 놓을게요. 괜찮으시죠?"

파격적이었다. 수습 기간이 끝나지도 않은 나이 많은 직원을 정직원 채용과 함께 수월한 부서로 옮기는 제안에 마상철은 눈빛이 심하게 흔들렸다.

"다른 거 없어요. 다친 양식이는 우리가 최선을 다해 치료 지원할 테니 경찰 조사에 가서 기계 설비 이상 없었고 관련된 사전 안전 교육 잘 받으셨다고만 하시면 됩니다."

신 이사의 말이 끝나자 총무과장이 나섰다.

"그리고 마 선생님 용접 기사 자격 있으시죠? 여기 오시기 전에 인테리어 업체에서 용접 일했다고 하시더군요. 아시겠지만 저희 회장님이 대형 중고차 매매단지를 짓고 있으십니다. 오토팰리스라고."

마상철은 출근길 큰 도로가 여기저기에 현수막 광고 중인 오토팰리스라는 글씨를 순간 떠올렸다.

"한창 마무리 공사 중인데 혹시 돈벌이되실 일 있으면 그쪽 일도 하나 드릴까 합니다. 용접공이 많이 필요해서요. 아르바이트라고 생각하면 됩니다. 쉬는 날 한나절 정도만 가서 일하셔도 하루 일당 치 다 드릴 거니 쏠쏠할 겁니다. 마 선생님 추천했던 인테리어 공사 업체 사장님 말로는 용접 솜씨가 상당하시다고 하니 저희가 돈벌이 하나 더 드리는 겁니다. 하하."

마상철은 난데없는 제안에 놀라기보다 지금 상황을 쉽게 가늠하지 못하고 있었다. 뭐라도 말 하고 싶었지만, 목덜미가 부들부들 떨리고 눈앞이 아득해지면서 목이 말라져 갔다. 그리고 생각나는 것은 두 다리가 기계에 끼인 채 비명을 지르는 양식의 모습이었다. 마상철은 그토록 원했던 안정적인 일자리를 눈앞에 두고 있었지만, 양식의 찢어지는 비명이 자꾸 커지며 이명처럼 귀 안에서 맴돌았다.

"마 씨 형님! 이런 좋은 대우가 어디 있어? 땡잡았구먼!"

상용이 속도 모르고 옆에서 신 이사의 말을 신나게 거들었다.

마상철은 양식의 고통스러운 모습과 건사해야 할 아내와 아들의 얼굴이 함께 떠올랐다. 그것은 무력감이었고 동시에 책임감이었다. 혼돈의 시간이었다. 등줄기 따라 땀방울이 도르르 굴러떨어지는 것을 느꼈다. 마상철은 크게 숨을 들이마시며 잠시 눈을 감았다. 떨리는 양손을 무릎 위에 올려놓고 진정시키기 위해 애썼다. 마상철의 행동을 본 신 이사가 눈을 얇게 뜨며 마상철의 말을 기다렸다. 그러기도 잠시. 결국, 마상철이 대답했다.

"네. 그렇게 하겠습니다."

신 이사와 총무과장은 됐다는 표정으로 크게 웃기 시작했다.

"자. 그럼 우리 서로 믿고 여기서 그만 일어날까요?"

총무과장의 말에 마상철과 상용이 일어났는데 차마 마상철은 봉투를 제 손으로 잡지 못하고 몸만 일어섰다. 그것을 본 상용이 헛기침을 한번 하더니 마상철 몫의 봉투를 집어 들고 그의 오른쪽 바지 주머니에 슬그머니 집어넣으며 사무실을 빠져나왔다. 총무과장은 두 사람이 나가고 나서도 여전히 앉아 있는 신 이사를 바라보며 물었다.

"마상철 저 노인네 괜찮겠죠? 표정이 뜨뜻미지근한데요?"

"아니에요. 평생 거칠게 살아온 양반이에요. 이제 겨우 꾸린 가정을 생각하면 절대 입 함부로 못 놀립니다. 제가 첫 출근 때 표정 보고 느꼈어요. 사연 많은 인생일수록 입이 무거운 법이거든요."

"네. 그렇군요. 하하. 역시 예리하십니다."

신 이사는 자리에서 일어나며 총무과장에게 당부하듯 말을 남겼다.

"이제 할 건 다 한 거 같으니 경찰이 공장 기계 정비 부실 같은 문제로 트집 못 잡게 단단히 막으세요. 중대재해법인지 뭔지에 코라도 끼면 내년 회장님 일은 물 건너가는 겁니다. 아시겠죠?"

총무과장은 연신 허리를 숙이며 고개를 조아렸다. 신 이사는 그런 총무과장을 무시하고 휴대전화 메시지를 어딘가에 보내기 시작했다.

'오빠. 처리했어요.'

침묵의 대가

설한국과 태우는 오토팰리스의 화려한 외관 앞에 서서 입을 떡 벌렸다. 오토팰리스는 하늘 위로 10층, 땅 아래로 5층의 대형 건축물이었는데 겉으로 보면 마치 서울 강남의 호화 백화점이라고 해도 무색할 만큼 웅장하고 화려했다. 정 사각형 모양의 외관에 코발트 블루 색 마감재가 번들거리며 빛을 발했는데 3층부터 9층까지 자동차 전시장으로 보이는 곳은 내부가 환하게 들여다보이며 밖에서도 이곳이 무엇을 하는 곳인지 알게 했다.

"엄청나구먼."

설한국은 고개를 뒤로 젖힌 채 위를 바라보며 감탄을 연발했다. 태우는 말 없이 바라만 보다가 주변으로 눈을 돌리니 공장이 다 떠나 이곳과 어울리지 않는 황량한 풍광만 눈에 띄었다.

"여기 회장이 이곳 토박이야. 알아 놓으면 나쁠 거 없으니까 인사 정도만 한다고 생각해. 알겠지?"

설한국은 태우를 쳐다보지도 않고 눈은 여전히 오토팰리스를 바라보며 앞으로 걸었다. 둘은 주차장을 가로질러 건물 중앙 출입구로 들어섰다. 주광색 빛이 눈 부시도록 강하게 내려 비추는 입구 안쪽은 마치 특급 호텔 로비처럼 꾸며놨는데 한국과 태우는 어디로 가야 할지 몰라 두리번거리고 있을 수밖에 없었다.

"어서 오십시오. 흑산 소방서장님이시죠? 회장님께서 기다리고 계십니다."

밤색 정장을 말끔하게 차려입은 중년의 남자가 순간 어딘가에서 뛰어왔다. 총괄 매니저라고 자신을 소개하는 남자는 둘을 엘리베이터 앞으로 인도했다.

"정말 화려하네요."

설한국이 앞서가는 매니저 뒤에서 감탄하듯 말했다. 매니저는 뒤돌아보며 나긋한 목소리로 이곳을 소개하기 시작했다.

"지하층 몇 군데와 4층 중고차 판매장 사무실 쪽 빼고는 모든 공사를 다 마쳤습니다. 말씀드리자면 단순한 중고차 판매장이 아닙니다. 전시 층 모두에 고급 카페형 조명을 설치해서 눈이 부시게 화려한 빛이 특징입니다. 개별 중고차 상사만 200여 군데가 들어오는데 입점 계약이 이미 완료했습니다. 수입 외제차는 물론이고 대형 트럭 같은 상용차도 전시됩니다. 지하층에는 고객 주차장 외에 차량 전문 정비 센터만 다섯 군데 넘게 들어옵니다. 1층부터 3층까지는 카페, 레스토랑, 어린이 놀이 시설, 차량용품점이 입점합니다. 중앙 정원 아트리움에는 녹지공간이 화려해서 공연이나 전시도 할 수 있게 했습니다."

"차를 고층 전시장까지 어떻게 이동시키나요?"

부지런히 말하는 매니저에게 태우가 물었다.

"하하. 좋은 질문이십니다. 지하부터 최고층까지 차량용 고속 엘리베이터가 있습니다. 1층은 차량 전시를 위해 바로 진입할 수 있고요. 저기 보이시죠?"

매니저가 손으로 가리키는 곳은 설한국과 태우가 들어온 현관 옆이었는데 자동차가 들락거릴 수 있는 별도의 입구가 따로 있었다. 크기가 구조공작차도 들어올 만큼 컸다.

"그래서 로비 층고가 엄청 높군요."

태우가 걸어가면서 로비 천장에 달린 휘황찬란한 샹들리에를 보며 말하자 매니저가 기다렸다는 듯이 답했다.

"회장님께서 로비 공사에 공을 많이 들였습니다. 건물 특성상 로비에 가장 화려하고 멋진 차들을 전시해야 한다고 하면서요. 전체로 보자면 2, 3층을 제외하고는 전 층에 차량용 엘리베이터로 차량이 쉽게 올라갈 수 있게 했습니다."

"지하에도 연결되어 있나요?"

"그럼요. 특히 지하층에는 차량용 엘리베이터 외에 고객들이 진입할 수 있는 회전식 진입로도 있습니다. 지하 주차장에만 천 면이넘는 주차 공간이 있거든요."

매니저의 잘 학습된 안내에 태우는 그냥 말없이 고개를 끄덕였고, 매니저는 흡족한 표정을 짓더니 엘리베이터를 타고 PT 버튼을 눌렀다.

"아이고. 서장님. 하하하. 와 주셔서 감사합니다."

신오수는 설한국을 끌어안다시피 반갑게 맞았다. 한국은 마다

하지 않았지만, 옆에서 지켜보는 태우를 의식해 적당한 거리를 두었다.

"회장님. 진즉에 인사드리러 온다는 것이 늦었습니다. 오면서 보니 건물이 기가 막힙니다. 하하."

"아직 마무리가 덜 됐어요. 신경 쓸 게 이만저만이 아닙니다."

신오수는 저답지 않은 엄살 투로 말하며 태우를 흘깃 봤다. 설한국이 급한 듯 태우를 소개했다.

"아! 회장님. 일전에 말씀드렸던 흑산 구조대 김태우 팀장입니다. 제 친동생 같은 사람입니다."

태우는 설한국의 인사가 끝나자 허리를 숙이며 신오수에게 인사했다.

"처음 뵙겠습니다. 김태우입니다."

신오수는 허리를 펴고 일어서는 태우의 손을 두 손으로 감쌌다.

"말씀 많이 들었습니다. 전설적인 구조대원이시라고? 하하하. 뵙게 되어 영광입니다."

전설적이라는 말에 태우가 움찔했다. 진짜 전설은 홍창성이라는 생각이 자기도 모르게 불현듯 들었는데, 신오수를 앞에 두고 희한하게도 홍창성의 얼굴이 급히 떠올랐다.

"앉으세요. 차를 미리 갖다 놓았습니다."

셋은 고급 이탈리아제 소파에 앉아 서로를 마주했다. 10층 펜트하우스에 있는 신오수의 집무실 창밖으로 거묵골 경관이 한눈에 들어왔다. 멀리 흑산 소방서의 초라한 모습이 설한국의 눈에 가장 먼저 띈 것이 당연했다.

"경치가 기가 막힙니다."

신오수는 그냥 웃더니 성격답게 바로 본론을 꺼냈다.

"다음 달 개장식에 서장님도 오셔서 자리를 빛내 주시면 좋겠네요."

설한국은 웃으며 기꺼이 그러겠노라고 답했다.

"성대하게 할 겁니다. 아래 외부 주차장에서 유명 가수들 불러서 음악회도 열고요. 지역 유지부터 도내 정치권 인사들에게 벌써 초청장도 보냈습니다."

정치권 인사들이라는 말에 설한국의 입에 미소가 보였다.

"회장님 스케일이 대단하십니다."

"개장식 때 소방차를 근접 대기 시키겠습니다. 펌프차와 구조공작차, 구급차까지 지원하겠습니다."

설한국은 그렇게 말하며 태우를 봤고, 태우는 고개를 끄덕였다.

"그렇게 해 주시면 감사하지요. 하하하. 서장님 지원이 든든합니다."

설한국은 흡족한 듯 웃어 보이더니 화제를 다른 곳으로 돌렸다.

"아. 고기 공장 일은 잘 마무리되었습니까?"

신오수는 설한국의 말이 끝나기 무섭게 손을 앞으로 휘저으며 답했다.

"아이고. 말 마요. 경찰이 와서 이틀 동안 얼마나 캐물었다는지 중대재해법인가 뭔가 그것 때문에 이거 뭐 공장 돌리는 우리 같은 사업가만 여간 골치 아파진 게 아니더군요. 암만 봐도 일하던 인부가 잘못해서 사고가 난 건데 자꾸 우리 보고 이유를 따지고 드니 말입니다. 저 야 여기 일로 바빠서 그렇다지만 공장 운영 도맡아 하고 있는 제 여동생이 아주 욕을 많이 봤다고 합니다."

태우는 신오수의 말에 그날의 기억을 생생하게 다시 떠올렸다. 그리고 젊은 공장 인부의 몸에서 뿜어져 나온 피 냄새가 코안으로 다시 밀고 들어오는 것을 느꼈다.

"막말로 내가 사고 낸 것도 아니잖소? 다친 사람이야 안타깝지만, 이거 원 사람을 무슨 악덕 업주로 보더군요."

신오수의 볼멘소리는 계속됐고 설한국은 고개를 끄덕이며 듣고만 있었는데 태우가 불쑥 나섰다.

"기계에 있는 비상 정지 버튼이 바로 작동되었는지 모르겠습니다."

신오수는 순간 표정이 굳어졌다. 설한국은 태우를 힐끔거렸는데 순간 신오수의 넓은 펜트하우스 안의 공기가 차가워지는 것을 느꼈다. 하지만 신오수가 금세 능글맞은 웃음으로 태우에게 말했다.

"허허. 우리 팀장님이 그 사고를 어떻게……?"

"제가 출동 갔었습니다. 두 다리를 잃은 젊은 사람을……."

태우는 잠시 마른침을 삼켰다.

"그 젊은 공장 사람을 저와 우리 팀원들이 기계에서 꺼냈습니다."

설한국이 모르는 척 놀라며 끼어들었다.

"아. 그래? 그 사고에 너희 팀이 갔었구나!"

신오수가 이번에는 태우를 빤히 바라보며 말했다.

"오늘 아침에 제가 다시 보고받기로는 현장에 있었던 우리 공장 인부들이 비상 정지 버튼을 잘 작동시키지 못했다고 하더군요. 정상 작동이 잘 되는 건데 말입니다. 안타까운 일이죠. 저도 그 기계를 잘 압니다. 제가 도입했으니까요. 말씀대로 비상 정지 버튼이 작동되었다면……."

신오수는 잠시 숨을 들이마신 후 다시 말했다.

"그렇게 되었다면 아마 그 젊은 직원의 두 다리가 고기 갈리듯 갈려 버리지는 않았을 수도 있었겠지요."

설한국은 신오수의 말에 인상을 찌푸렸고 태우는 갈려 버리고 없는 양식의 허전한 두 다리를 다시 떠올렸다.

"그런데 어쩌겠습니까? 같이 일하는 직원들이 비상 정지 버튼을 잘못 눌렀다고 하니 그저 안타까울 뿐이지요."

신오수는 말이 끝나자 허리를 뒤로 젖히며 다시 한숨을 내쉬었다. 태우는 뭐라고 답할 수가 없었다. 분명 비상 정지 버튼은 눌러져 있지 않은 것을 자기 눈으로 봤지만, 그전에 그것을 어떻게 누르고 했었는지 알 수 없으니 신오수의 말에 입을 대기가 어려웠다.

"뭘 이제 와서 그런 거 따집니까? 앞으로 그런 일이 안 일어나게 하는 게 중요하지요."

설한국이 신오수의 말에 동의하듯 말했고 태우도 그만 입을 닫았다. 어색한 침묵이 수 초간 이어졌는데 신오수가 조금은 높은 소리로 아까 안내했던 매니저를 부르며 침묵이 깨졌다.

"여기! 두 분 오셨는데 선물이라도 좀 드려!"

말이 끝나기가 무섭게 매니저는 흰색 쇼핑백 두 개를 들고 소파 앞으로 빠르게 왔다.

"프랑스 와인입니다. 값이 솔찬히 나가는 겁니다. 제가 파리 출장 갔을 때 직접 고른 건데 집에서 식사하며 두어 잔 드시면 잠이 아주 잘 올 겁니다."

설한국은 겸연쩍은 웃음을 보이면서도 눈은 신오수가 들어 보이는 와인 병에 쏠려 있었다. 태우는 그런 설한국을 지켜만 봤다.

엘리베이터를 나와 1층 로비를 가로지르며 걸어오는 태우의 손에 쇼핑백 두 개가 들려 있었다. 정문까지 따라 나와 인사하는 매니저를 뒤로하고 설한국과 태우는 주차장 쪽으로 빠르게 걸었다. 설한국은 무언가 불편한 표정이었는데 태우는 한국이 어떤 말을 할지 짐작할 수 있었다. 태우가 차를 몰고 오토팰리스 야외 주차장을 빠져나오자 조수석에 탄 설한국이 그제야 불편한 속내를 쏟아대듯 털어놓기 시작했다.

"넌 뭐 하러 무슨 비상 정지 버튼이니 뭐니 그런 소리를 해? 언제부터 네가 다친 사람 생각을 그렇게 했다고! 현장에서 사람 피 터지며 죽어 나가도 눈 하나 깜짝 안 하던 놈이 여기 와서 뭔 일이 있었기에 그렇게 감성적으로 변한 거야? 인사만 하러 온 자리에서 좋은 말만 해도 모자랄 판에 신 회장 심기를 왜 건 들어? 건들길!"

태우는 답하지 못했다. 아니 하지 않았다.

"너 촌구석에 오더니 감을 많이 잃은 거 같다? 너 해외 연수 가는 거 부탁도 저 양반 줄 타고 해야 해. 알아? 저 영감이 위에 있는 행정국장이랑 형 동생 하더란 말이야. 행정국장이 해외 연수 결정하는 거 너도 알지?!"

"죄송합니다."

태우는 그제야 기어들어 가는 목소리로 말했는데 설한국은 여전히 태우의 태도가 마음에 들지 않았다. 설한국은 검지를 펴 태우 얼굴 앞에 위아래로 흔들며 말을 더했다.

"이거 이거 빠릿빠릿한 김태우는 어디 가고 어리바리한 촌놈이

내 옆에 앉아 있네. 정신 똑바로 차려 인마! 알겠어?"

태우는 설한국의 말에 힘겹게 대답했다. 그리고 속으로 생각했다. 자신이 정말 바보가 된 것일까? 아니면 이제껏 보이지 않은 것들이 보이게 된 것일까? 태우는 자신에게 묻는 말에 답하지 못했다. 옆자리에 앉은 설한국의 타박이 멈추지 계속되고 있었지만, 태우 귀에는 아무 말도 들리지 않았다.

*

마상철은 퇴근길에 사 들고 온 막걸리를 식탁에 놓았다. 그리고 식기 건조대에 뒤집어 놓여 있는 국그릇을 가지고 와 가득 따른 후 쉬지 않고 단숨에 마셔 버렸다. 성에 차지 않은지 남은 막걸리를 다시 따르기 시작했다. 안방에서 나오며 이 모습을 본 아내가 상철의 등 뒤로 빠르게 다가가 얼굴을 내밀었다.

'왜 그래요? 무슨 일 있어요?'

아내의 수어가 평소와 다르게 빠르게 움직였다.

"아니야. 그냥 목이 타서 그래."

마상철은 평소와 다르게 손이 아니라 입으로 말했다.

'술 끊은 지 오래됐잖아요. 갑자기 왜 마셔요?'

아내는 더 걱정되는 표정으로 물었다. 마상철은 답하지 않고 두 번째 잔도 한 번에 마셔 버렸다. 이번에는 다 들이키기 버거웠는지 입가로 뽀얀 막걸리가 줄줄 새면서 턱 아래로 흘러내렸다. 마상철은 다 마신 국그릇을 싱크대에 가져가 바로 씻었다. 아내는 그마저 계속 지켜만 보고 있었는데 표정은 여전히 걱정 한가득이었다. 씻은 국그릇을 건조대에 다시 뒤집어 올려놓은 마상철이 바로 뒤돌아 아내에게 말했다.

'임자. 나 정직원 됐어. 잘됐지?'

마상철의 손짓에 아내 표정이 환하게 바뀌었다.

'정말요? 잘됐네요! 당신이 일을 잘하니까 인정해 주는 거죠?'

마상철은 알 수 없는 표정으로 수어를 더 이었다.

'그리고 임자가 인테리어 일하는 중고차 판매장인가 거기에 나도 일감이 생겼어. 그쪽 사장이 우리 회사 대표야. 나한테 용접 거리를 주더라고. 공장 출근하지 않는 날엔 거기 가서 용접일로 가욋돈 벌 수 있을 거야.'

아내는 이건 무슨 일 인가하는 표정으로 답했다.

'정말요? 근데 좋긴 한데 당신 피곤하지 않겠어요?'

'이 사람아. 동우 대학 보내려면 한 푼이라도 더 벌어야지. 잘된 거야. 임자랑 같이 가서 일하면 되니까 서로 좋잖아?'

아내는 같이 간다는 말에 웃었다. 아내는 이미 오토팰리스 4층 인테리어 공사를 하고 있었다. 아내는 남편과 일주일에 한두 번이라도 같이 갈 수 있다는 것이 기뻤다.

'그런데 왜 술을 마셔요? 당신 표정도 안 좋아요. 공장 사고 때문에 그렇죠?'

잠시 기뻐했지만, 아내는 불안한 표정의 남편을 걱정했다. 분쇄기 사고가 난 날 마상철은 아내에게 사고 얘기를 했는데 그날 이후 힘들어하는 마상철 때문에 아내도 마음이 편치 않았다.

'아니야. 금방 괜찮아질 거야. 너무 걱정하지 마.'

마상철은 그 후 아내에게 사고 이야기를 더 하지 않았다.

"으……. 이제 제법 춥네요. 그죠?"

태풍이 믹스 커피를 탄 종이컵 하나를 무목에게 건네며 구조대 앞마당 구석 등나무 아래에 쪼그리고 앉았다. 무목은 받아 든 커피를 들고 잘린 나무 밑동으로 만든 간이 의자에 엉덩이 끝을 살짝 걸쳤다.

"암만 생각해도 기분 더럽네요."

"왜? 아… 새로 온 서장님?"

태풍은 커피를 홀짝대며 언짢은 듯 입술을 삐죽거리며 말했다.

"자기가 서장이면 서장이지 뭐 얼마나 여길 잘 안다고 말끝마다 시골, 촌구석 어쩌고저쩌고 그래요? 듣는 촌놈 기분 나쁘게!"

태풍은 말을 마치자마자 칵하고 목을 울컥거리더니 가래를 한 움큼 뱉어냈다.

"잘나가는 서장이잖아. 도내 최연소 서장에 전국 최초 구조대원 출신 서장."

"그러니까 그렇게 잘났으면 이런 시골 소방서에는 왜 왔대요? 오자마자 구조대부터 와서 하는 말이 우리 무시하는 말만 잔뜩 늘어놓고, 거기다 겨울 코앞인데 에어컨은 뭣 하러 새로 바꿔준대요? 뭐, 얼어 죽으라는 거야 뭐야? 에잇!"

태풍의 말투가 점점 격앙되어 가고 있었다.

"그리고 암만 생각해도 우리 팀장님이요."

무목은 팀장 이야기가 시작되자 표정이 어두워졌다.

"서장 말 들어보니 곧 어디로 갈 것 같네요. 청도 좋고 중구본도 좋고 어디든 말이에요. 알고 보니 괜찮은 분 같아서 이제 좀 친해지나 싶었는데 누구 말대로 여긴 그냥 잠시 머물다 가는 거였어요. 그러면 그렇지. 암만 사고 치고 왔어도 위에서 알아주는 사람인데 이런 촌구석에 오래 있을 리 없죠."

무목은 길어지는 태풍의 말에 이렇다 할 대답을 못 하고 있었다.

"추운데 왜 나와 있어들?"

채 반장이 두 손을 활동복 점퍼에 손을 집어넣으며 다가왔다.

"오셨어요?"

무목이 먼저 인사를 건네자 채 반장이 슬그머니 무목의 종이컵을 뺏어 들고 한 모금 마셨다.

"맛 좋다."

채 반장은 무목을 보며 씨익 웃으며 종이컵을 무목의 손에 다시 들렸다.

"표정 보아하니 또 팀장 얘기하고 있었나 보네."

무목이 속을 들킨 듯 어색하게 웃었다.

"어? 저기 만수 아네요?"

태풍이 멀리 손을 가리키며 말했는데 거묵골 구조대 맞은편 도로가 버스정류장에 멈춰 선 71번 버스에서 만수가 헐레벌떡 뛰어내리고 있었다. 버스가 문을 닫고 다시 출발했는데 만수는 아차 싶었는지 고래고래 고함을 지르며 버스를 따라 뛰었다. 이내 버스가 멈춰 섰고, 만수가 다시 버스에 올라탔다가 금방 또 내렸다. 아까 만수에게 보이지 않던 가방이 손에 들려 있었다.

"으이그~ 어린놈이 저렇게 정신이 없어서야."

"그래도 애는 착해. 흐흐흐."

무목과 태풍이 만수의 모습을 다 지켜보면서 한마디씩 했다.

"안녕하세요. 좋은 아침입니다."

헐레벌떡 뛰어 들어오던 만수가 채 반장과 무목, 태풍을 보고 먼저 인사를 했다. 채 반장이 손을 흔들어 보이며 만수에게 말했다.

"어. 왔냐? 얼른 옷 갈아입고 나리랑 커피 한 잔 타서 들고 이리 좀 와."

"어? 왜요?"

말은 만수에게 했는데 옆에 있는 태풍이 눈을 흘기며 채 반장에게 물었다.

"나오라면 나와. 할 말 있으니까"

잠시 후. 나리가 먼저 나오고 뒤이어 만수가 활동복 점퍼의 앞 지퍼를 급하게 끌어올리며 따라 나왔다. 채 반장이 손목에 찬 시계를 보더니 바로 본론을 말했다.

"곧 팀장 출근할 테고 교대도 해야 하니까 빨리 말할게."

네 명의 구조대원이 채 반장의 말에 귀를 쫑긋했다. 채 반장이 각 잡고 무언가를 전달하려고 한다면 분명히 중대 사안임을 다들 알고 있었다.

"김태우 팀장은 아마 곧 여길 떠날 것 같다."

구조대원 네 명의 표정이 살짝 어두워졌고, 말하는 채 반장의 표정도 씁쓸해 보였다.

"해외 연수를 간다는 말을 들었어. 행정과에 근무하는 동기가 말해줬는데 새로 온 서장이 소방청에서 추진하는 내년 해외 장기 연수에 김태우 팀장을 추천하려나 봐."

무목은 미간을 살짝 찌푸리며 채 반장에게 물었다.

"그거 3년인가 외국에 나가는 거잖아요? 우리 도에서도 1명만 추천되는 거 아닌가요? 경쟁이 치열하다던데……."

채 반장이 무목의 말을 받았다.

"그럼. 치열하지. 전국의 내놓으라 하는 소방관들이 서로 가려고 온갖 수를 쓰는 기회니까. 거기에 김태우 팀장이 추천되는 거야. 어디 그뿐이야? 갔다 오면 진급은 떼 놓은 당상이고. 뉴욕시 소방국에 3년 같이 근무할 거래. 인근 대학에서 학위도 따고."

"근데… 징계 있지 않아요? 우리 팀장……."

태풍이 의아한 듯 무목과 채 반장을 번갈아 보며 물었다.

"징계는 없어. 징계받지 않고 징계성 인사이동으로 이곳에 온 거잖아. 거기에 새로 온 서장이 힘썼다는 건 다들 알 테고. 팀장을 감사과에 찔렀던 특수 구조대 직원들 달래고 구슬리는데 설한국 서장이 무지하게 용썼나 봐."

"이야. 되는 사람은 뭘 해도 되는구나!"

태풍이 살짝 비꼬듯 말했다.

"뭐 팀장이 다른 곳에 가는 게 중요한 게 아니라 다들 얼마 전 새로 온 서장 말 듣고 뭐 괜히 기분이 그럴 것 같아서 미리 언질 주는 거야. 팀장 간다고 흔들리지 말고 일이나 잘하자고 말이야."

채 반장은 모두를 다독이듯 말을 마무리하려 했다.

"결국, 그렇군요. 저분도 그냥 왔다 가는 사람이었군요. 보잘것없는 시골 구조대에 와서 잠시 쉬었다가 더 좋은 자리 찾아갔던 다른 팀장들과 크게 다를 게 없네요."

만수가 체념한 듯 눈빛으로 채 반장을 바라보며 말을 했다.

"어디 하루 이틀이니? 사고 치거나 현장 근무 기간 채우러 오는 소방위들이 가장 좋아하는 곳이 거묵골이라는 거 도내 모르는 사람 어디 있냐? 이러니 우리가 아무리 열심히 노력해 봤자 다들 우릴 그냥 촌구석 구조대원들이라 비아냥거리는 것 같구나."

태풍은 말이 끝나자 다시 한번 목구멍의 가래를 깊숙이 끌어내 바닥에 뱉었다. 그때 멀리서 상순이가 짖어 대기 시작했는데 곧이어 태우의 차가 앞마당으로 들어왔다. 태우는 늦었는지 급하게 차에서 내렸고 모여 있는 1팀 대원들과 눈이 마주쳐 소리쳤다.

"다들 모여서 뭐 해? 혹시 내 얘기하고 있었어?"

대원들은 태우의 농 섞인 말에 대답 없이 슬그머니 자리를 뜨며 사무실로 우 몰려 걸어갔다. 사무실에서 교대를 기다리던 어제 야간 조 2팀이 한꺼번에 들어오는 1팀을 보더니 얼른 교대하자는 눈빛을 마구 쏘았다. 시계가 교대 시간인 8시 45분을 넘고 있었다.

"이봐 김 팀장. 서장님 말이 빈말은 아닌 듯하네. 소문에 자네에게 좋은 기회가 올 거 같은데?"

구조대장은 대원들이 모두 장비 점검을 하러 나간 사이에 태우에게 말을 건넸다. 옆에 있던 2팀장도 어디서 들었는지 맞장구쳤다.

"1팀장님 능력에 여기 거묵골에서 6개월도 길지요. 거기다 해외 연수라니. 역시 김태우 팀장입니다."

태우는 대장과 2팀장의 연이은 설레발이 반갑지 않았다. 어제 설한국과 밤새워 마신 술 때문에 아침밥도 제대로 챙겨 먹지 못하고 왔는데 구조대장의 말이 속을 더 쓰리게 했다. 태우는 모른 척 둘의 말을 받아쳤다.

"당사자인 저도 모르는 얘기를 다들 자꾸 하시니……. 사고 치고 왔는데 해외 연수가 가당키나 합니까?"

말을 마친 태우는 평소 거들떠보지도 않던 장비 점검을 하러 밖으로 나갔다. 구조대장은 2팀장과 서로 눈을 마주치더니 누가 들을세라 한마디 더 했다.

"2팀장. 그거 알아? 신광실업 신 회장이 김 팀장 밀어준다는 거?"

2팀장은 기대고 있던 의자에서 자세를 고추 세우며 놀란 눈으로 다시 물었다.

"진짜요? 갑자기 신 회장이 뭐 하러 김태우를 돕습니까?"

구조대장은 다시 한번 주변을 두리번거리더니 말을 이었다.

"신 회장이 설한국 서장이랑 뭔가 있나 봐. 오토팰리스! 그거 홍창성 서장 있을 때 소방 설비 설치 기준 미달해서 허가 안 떨어졌었는데 설 서장 오자마자 허가 나온 거 보면 뭔가 있는 거 맞아. 설 서장이 이번 서장 진급에 원래는 명단도 없었는데 급하게 승진된 거랑 설 서장을 이곳 흑산 서장으로 발령 낸 것도 그렇고 말이야"

"그러니까 그게 김태우랑은 무슨 관계인데요?"

2팀장은 답답한 듯 더 물었다.

"설 서장이랑 김태우랑 군 시절부터 사이가 돈독했나 봐. 설 서장이 무슨 군수품을 빼돌려서 까딱 잘못하다가 헌병대 끌려가서 감방에 갈 뻔했는데 김태우가 결정적으로 무슨 도움을 줬다나 어쨌다나. 결국, 설 서장은 그냥 권고 제대로 군복만 벗는 거로 끝난 거지. 그 후 소방서에서 둘이 다시 만나서 서로 밀고 당겨 주고 한 거 같구먼."

알 수 없이 장황하게 설명하는 구조대장의 말에 2팀장은 그냥 고개만 끄덕일 뿐이었다.

태우는 말 없이 식사하는 팀원들의 눈치를 아까부터 살피고 있었다. 오전 내도록 뭐가 불만인 듯 무뚝뚝한 듯 대원들 표정이 못마땅했다. 그나마 애살맞은 조태풍 마저 표정이 뾰루퉁했다.

"다들 왜 그래? 무슨 문제 있어?"

태우가 결국 다 먹은 그릇에 숟가락을 올려놓으며 한마디 했다. 대원들은 서로 눈치만 볼 뿐이었다. 태우는 자기 말에 오히려 더 입을 닫는 것 같아 다시 사근사근 말을 더했다.

"저번에 출동 때문에 족구 못 했잖아. 오후에 족구 한판 할까?"

여전히 답 없는 대원들에 태우의 표정이 민망해지자 결국 채 반장이 수습에 나섰다.

"고기 공장 출동 다녀와서 다들 심란한 모양입니다. 험한 현장 보고 나면 원래 좀 그렇잖아요?"

태우는 채 반장의 말에 수긍하는 듯 더 말하지 않고 자리에서 일어나 먼저 식당을 나갔다. 태풍이 팀장이 나간 것을 확인하고 그제야 입을 열었다.

"낼모레 갈 사람인데 말 많이 섞어 봐야 뭐 하겠어요?"

신세 한탄하듯 한숨 섞인 태풍의 말이 마치자 대원들도 다 일어나 밖으로 나갔다.

태우는 식당에서 우르르 내려와 사무실로 들어와 커피를 타서 밖으로 나가려는 대원들을 급히 다 불러 세웠다.

"다들 잘 들어."

대원들은 태우가 무슨 말을 할지 알 것 같았지만 관심 없는 표정으로 그냥 멀겋게 눈만 껌벅이며 서 있을 뿐이었다. 태우는 대강의 분위기를 알면서도 그의 성격답게 지금 말하지 않으면 안 될 것 같아 어렵게 입을 열었다.

"얼마 전 새로 오신 서장님 왔다 가고 나서 나에 대해 이런저런 소문 있는 거 안다. 그런데 그런 거와 상관없이 너희들이 지금처럼 잘해 줬으면 해."

태우의 말이 나오는 동안 대원들은 고개를 숙이거나 딴청 피는 척했다. 불과 몇 달 전 태우 같으면 쌍욕이 시전 될 상황이었지만 태우는 꾹 참으며 말을 더 이어갔다.

"다들 잘하고 있잖아. 괜히 나 때문에 분위기 흔들리지 말자고."

태우의 말에 대원들은 여전히 말이 없었는데 서로 간 무언의 약속처럼 보였다. 대원들이 태우에게 가지는 감정은 무관심처럼 보였고 태우 역시 그런 기운을 느꼈다. 그런데 만수가 무언의 약속을 깨고 태우에게 물었다.

"팀장님. 정말 해외 연수 가세요? 해외 연수 가시면 여기 떠나시는 거죠?"

태우는 만수의 말에 바로 답하려고 입이 들썩이다 이내 말문이 막혔다. 이내 만수의 시작을 놓치지 않고 태풍이 조금은 반항적인 어투로 거들었다.

"저도 궁금합니다. 듣기론 1월에 바로 가신다던데요?"

1월이면 한 달도 남지 않은 시간이었다. 태우의 표정이 급격하게 굳어져 갔다.

"아니. 아직 결정된 건 아니고……."

겨우 한마디 하려고 했지만 무슨 말을 이어야 할지 몰라 금세 입이 닫혔다.

"올 때부터 가려고 하셨다는 거 잘 압니다. 저희 같은 촌놈들 무시하시고 여기 떠나셔도 저희가 뭐라 하겠습니까?"

입이 가장 무거운 나리가 고개를 숙인 채 중얼거리듯 말했고 무목이 뒤를 이었다.

"여길 싫어하시는 거 잘 압니다. 그래도 팀장님이 가신다고 하니 섭섭한 마음이……."

태우는 무목과 나리의 연이은 말에 특유의 욱하는 성질이 올라왔다.

"너희들 정말……."

무목이 움찔했지만 고개를 들지는 않았다. 태우는 왠지 모를 분노가 끓어올랐다.

"그래! 갈 거다. 이런 시골은 꼴도 보기 싫어 갈 거라고! 너희 같으면 그런 좋은 기회 마다할 자신 있어? 없지? 아니, 너희들한테 이런 기회나 오겠니? 그래서 너희들 보고 다른 구조대에서 촌놈들이라고 그러는 거야 이것들아!"

무목과 태풍이 한숨을 쉬었고 나리는 눈을 감았다. 만수와 채 반장은 태우를 바라보던 고개를 뒤로 돌려 자기 자리로 가서 앉았다. 태우는 성에 못 이긴 듯 팀장실로 들어가 문을 쾅 닫아버렸다. 닫힌 문 사이로 태우의 화가 삐져나오는 듯했다.

"우리가 뭐 그러면 그렇지."

태풍의 자조 섞인 말만이 사무실 안을 맴돌았고 만수는 괜히 미국 연수 얘기를 먼저 꺼내어 사태를 크게 만든 게 미안했는지 형들 눈치만 보며 어쩔 줄 모르는 표정이었다.

팀장실에 혼자 서 있는 태우는 숨을 몰아쉬며 선 채로 안절부절 못했다. 아쉬운 마음 토로하는 대원들에게 괜한 성질을 낸 것이 금방 후회됐다. 그리고 갑자기 외로웠다. 혼자라는 쓸쓸함이 거세게 몰려왔다. 최근 뭔가 좋아지는 것 같은 기분도 잠시, 또 각박하게 혼자서 모든 것을 헤쳐나가야 할 것 같은 예감이 들었다. 그리고 벽에 걸린 거울을 봤다. 어딜 가든 혼자일 수밖에 없는 남자가 서 있었다. 평생 누구와도 소통하지 못했던 고집불통의 남자. 태우는 결국 그런 사람으로 돌아왔다. 그리고 체념하듯 마음먹었다.

'그래. 가자. 떠나면 그만이야.'

각자의 길

눈이 내렸다. 첫눈이었다. 분지 지형인 거묵골에 눈은 귀했다. 산에 둘러싸여 갇힌 열이 빠져나가지 못해 하늘에서 눈을 뿌려도 땅이 가까워지면 비가 되곤 했다. 당연히 여름은 덥고 습했다. 열기에 물기까지 머금은 날들이 많았다. 가을에는 아침 안개가 잔뜩이었고, 겨울은 안개가 얼어 서리가 되었다. 어떤 날은 서리가 눈처럼 온 동네를 하얗게 덮기도 했는데 햇볕이 내리는 정오가 되면 물처럼 녹았다.

"아버지. 천천히 가요."

마상철은 아침부터 아내와 아들 동우를 자신의 용달 트럭에 태우고 오토팰리스로 달리고 있었다. 오토팰리스는 내일 있을 개장식 준비가 한창이었는데 지하 1층 자동차 정비공장 공사와 4층과 9층 인테리어 공사는 마무리되지 않았다. 마상철의 아내는 4층 인테리어 공사장에서 일하고 있었다. 오늘 마지막으로 천장 칠 마감만 하

282

면 됐는데 동우가 주말이라고 엄마 일을 거들겠다고 따라나섰다. 일당은 안 받아도 되니 일만 돕겠다고 했는데 인테리어 사장은 동우 일당까지 챙겨준다고 흔쾌히 약속했다.

"아버지는 언제 끝날 것 같아요?"

운전하는 마상철에게 동우가 물었다.

"글쎄. 리프트 거치대 철제 빔 자르고 때우면 끝나니까 오후 늦게?"

마상철은 동우의 질문에 신난 듯 답했다. 동우는 마상철과 자신 중간에 앉아 있는 엄마에게 수어로 말했다.

'아버지 일찍 끝난대. 저녁에 우리 맛있는 거 먹으러 가자.'

동우 엄마는 동우에게 답하는 대신 마상철을 바라봤다. 남편은 아내에게 말했다.

"동우 말대로 해. 저녁에 어디 가서 소고기라도 먹자. 여기 일도 오늘 다 끝나잖아."

아내는 그런 남편을 바라보며 수어를 했다.

'그건 그거고 용접할 때 조심히 하세요. 그거 볼 때마다 불날까 무서워요.'

아니나 다를까 아내는 지난주 점심시간에 마상철의 지하 작업장에 잠시 들렀을 때 용접 불똥이 인부들이 벗어놓은 작업복에 튀어 옷이 홀라당 타 버리며 한바탕 소동이 난 것을 바로 앞에서 봤다. 그 후 늘 용접하는 남편 걱정이었다. 더구나 마상철은 지난 분쇄기 사고 이후 여전히 심적으로 불안한 상태였다.

"걱정하지 마. 오늘 하루면 돼. 오늘만 하고 나도 용접일은 그만 할 거야. 고기 공장 일이 수월도 하고 거기 급여만 해도 살림은 되니 오늘 이후로 용접기 잡을 일 없을 거야."

마상철은 분쇄기 사고 이후 급격히 쇠약해졌다. 잠을 거의 자지 못했고 잠이 들더라도 악몽에 시달렸다. 무언가 자꾸 깜박하는 일도 잦았다. 마상철과 상용은 사고 이후 한 차례 더 경찰 조사를 받긴 했는데 신 이사와의 약속대로 상용은 스스로 비상 정지 버튼을 잘못 눌렀다고 기존 진술을 번복했고, 마상철 역시 자기가 사고 직후 확인해 보니 비상 정지 버튼은 눌려 있지 않았으며 그것은 상용의 조작 실수로 여겨진다고 말했다. 경찰은 둘의 진술을 기다렸다는 듯 사업장 귀책이 아니라 노동자의 작업처리 미숙 또는 부주의로 사건을 종결했다. 그 후 마상철은 양식의 건강이 회복되어 가는 중에 한번은 병원에 들러 위로하고 싶었으나 그럴 용기가 나지 않았다. 마상철은 죄책감에 시달리고 있는 듯했는데 그런 마상철의 사정을 아는 사람은 거의 없었다.

마상철이 하는 오토팰리스 일감은 가욋일이었지만 일당이 적지 않았는데 한 달여를 일하고 모은 돈치고는 꽤 큰돈이었다. 돈이 더욱 간절했던 마상철에게 용접 급여는 귀하게 다가왔다. 얼마 전 동우가 처음으로 자신에게 아버지라고 부르는 날 동우를 위해 약속했다. 좋은 차를 사서 함께 낚시도 하러 다니고 엄마를 태우고 여행도 다니기로. 마상철은 힘든 상황에서도 장밋빛 미래를 꿈꾸고 있었다. 마상철에게 가족은 세상 무엇보다 중요했다.

"다 왔다. 들어가자."

오토팰리스는 한 달 전과 확연하게 달랐다. 외관은 완벽했다. 영어로 'AUTO PALACE'라는 거대한 간판이 건물 맨 꼭대기에 커다랗게 번쩍이며 걸려있었고 주차장부터 입구까지 걸쳐 곳곳에 내일 있을 개장식을 준비하는 사람들로 분주했다. 내일 개장식에 유명 가수를 초청해 펼쳐질 축하 공연 무대는 이미 설치되어 있었고, 그 앞으로 관객 좌석이 깔리고 있었다. 화려한 무대 조명등이 비계* 위에 주렁주렁 매달려 있었다.

주차장에서 입구까지 걸어가는 곳 여기저기에 형형색색 만국기와 플래카드가 펄럭였다. 1층 로비에 들어서자 대형 전광판에서 오토펠리스 홍보 영상이 줄기차게 나오고 있었다. 전광판은 합판으로 임시 가설된 무대 중앙에 있었고 무대는 좌우로 꽃장식이 화려했다. 1층부터 3층까지 입점한 카페와 패밀리 레스토랑, 대형 차량용품점 같은 판매업종은 개장에 맞춰 물품 정리에 직원들이 분주했다. 마상철과 아내 그리고 동우는 후문을 통해 직원 전용 엘리베이터 앞으로 갔다.

"엄마 잘 도와줘. 이따 저녁같이 먹자. 알겠지?"

"네. 아버지도 조심하세요."

마상철은 동우의 어깨를 두 번 두드리고 엘리베이터에 먼저 탔다. 뒤이어 옆쪽 엘리베이터를 타고 아내와 동우도 4층으로 올라갔다.

지하 1층에 도착한 엘리베이터가 열리자 매캐한 용접 연기 냄새가 마상철의 코를 찔렀다. 먼저 온 인부들이 벌써 일을 시작하고 있었는데 다들 분주한 모습이었다. 마상철은 작업복을 갈아입고 용접기가 있는 곳을 갔다. 그런데 멀리서 한 무리의 사람들이 자기 쪽으로 걸어오고 있었다. 신경 쓰지 않고 용접봉을 챙기고 용접에 필요

---

*   높은 곳에서 공사할 수 있도록 임시로 설치한 가설물. 속칭 '아시바'.

한 산소 탱크를 한쪽으로 굴려 눕혔다. 그러다가 가까이 다가온 사람들을 힐끗 보았는데 지하 용접 작업을 수주한 공사 업체의 담당자와 소방관들이었다.

"이거 패널을 왜 이렇게 많이 쌓아 둔 거요? 위험한데 이거……."

소방관 옷을 입고 있는 한 남자가 곳곳에 쌓여있는 스티로폼 패널을 보고 걱정스러운 표정으로 말했다.

"정비 센터 만드는 데 쓸 거예요. 내일 개장식 행사 때문에 밖에 놓기 그래서 잠시 넣어놨어요. 절단이랑 용접 작업은 오늘 다 끝납니다. 그리고 내일 개장식에 여긴 어차피 공개 안 되니까 아직 좀 어수선해요. 이해 좀 해 주십시오."

공사 담당자가 턱 끈이 헐거워 자꾸만 내려오는 안전모를 위로 들어 올리며 소방관에게 읍소하듯 장황하게 설명했다. 처음부터 공사 기간이 빠듯했다. 하지만 신오수 회장은 무조건 크리스마스 개장을 고집했다고 한다. 그런데 가장 늦어진 곳이 지하 정비 센터 공사였다. 정비 센터에 들어올 자동차 정비, 수리 설비들의 수급이 늦어졌기 때문이었는데 신 회장은 지하 쪽 공사가 늦어지더라도 개장식은 미룰 수 없다고 했다.

"개장식을 저희가 뭐라 할 거는 아니고요. 제가 걱정하는 건 저거요. 저거."

날카로운 눈매의 남자가 앞쪽에 가득 쟁여져 있는 용접용 이산화탄소 탱크와 절단에 필요한 산소 탱크 그리고 주변에 쌓여있는 스티로폼 패널을 손으로 가리키며 말했다.

"CO_2야 그나마 좀 낫지만, 산소는 까딱하면 큰일 나요."

사람 숨 쉬는데 가장 중요한 산소가 무시무시한 가연성 물질이라는 것은 지금 이 자리에 있는 사람 치고 모르는 사람이 없었다.

"탱크가 여기 말고도 군데군데 눕혀져 마구 널려 있던데 저렇게 관리하면 안 됩니다."

마상철은 말소리가 들리는 쪽으로 눈을 가늘게 떠 바라봤는데 곧 손으로 여기저기 가리키며 말하는 소방관과 눈이 마주쳤다.

"어. 그때……."

마상철과 눈이 마주친 소방관은 태우였다. 마상철은 별다른 말 없이 그냥 태우를 잠시 바라보며 고개를 끄덕였다가 뭔가 모르게 뜨끔한 기분이 들었다.

"저기… 맞죠? 신광실업? 분쇄기 사고 때 계셨던 분."

태우는 업체 담당자를 뒤로한 채 슬쩍 마상철에게 다가왔다.

"안녕하세요. 소방관님."

태우는 괜히 반가운 표정이었다. 그날의 기억이 선명하지 않을 리 없는 태우였다.

"안녕하세요? 이제 여기서 일하세요?"

태우는 마상철의 직장이 바뀐 듯 보여 물었다.

"아, 아닙니다. 고기 공장이랑 여기 사장님이 같으시거든요. 주말에만 용돈 벌이할 수 있게 배려해 주셔서 나왔습니다."

마상철은 사정 설명이 멋쩍어 괜히 웃어 보였다.

"그렇군요. 전 또 그쪽 일을 그만두셨나 해서요."

그럴 거로 생각했던 마상철이었다. 하지만 더 답하진 않았다. 태우는 마상철의 속내와 상관없이 말을 더 걸었다.

"근데 산소 탱크 이거 이렇게 두시면 안 불안해요? 한꺼번에 너무 많이 두시고 작업하시네요. 어? 여기도 패널이 있네?"

마상철은 당황한 표정을 지었다. 뭐라 답하려다 뒤에 있는 공사 업체 담당자의 눈치를 급히 봤다. 태우는 작업장 군데군데 쌓인 스티로폼 패널을 보며 또 물었다. 인상을 구기고 있던 공사 업체 담당자가 결국 나섰다.

"거 뭣이냐. 산소통은 곧 치울 거고, 스티로폼 패널도 이따 안전한 곳으로 옮길게요. 그리고 여기 안전지도사*가 와서 교육 두어 시간씩 다하고 그랬어요. 어이! 마 씨! 오늘 자를 거 많이 없지? 산소는 오늘 쓸 분량만 두고 나중에 1층으로 다 올려요!"

업체 담당자는 재촉하듯 마상철에게 말했다.

"자. 김 팀장. 이따 치운다니까 여긴 그만 보고 위로 가 보자고."

태우와 동행한 소방서 검사과 직원이 이동을 재촉했다.

"좌우간 불붙으면 큰일 나는 거는 다 있네. 정말 조심해야 해요."

태우는 마지못해 걸음을 옮기기 시작했다.

태우와 몇몇 소방관 그리고 공사 담당자는 쭈뼛하게 서 있는 마상철을 뒤로하고 그곳을 벗어났다. 마상철은 계속 작업하기 위해 절단기에 산소 탱크를 연결하고 자를 곳을 훑어보며 오늘의 작업량을 대충 가늠했다. 그런데 생각보다 작업량이 많아 보였다.

'이거 잘못하면 저녁 넘어가겠는데……'

작업이 간단치 않을 듯 보여 동우하고 한 저녁 약속이 슬그머니 걱정됐다. 그때 아까 소방관들과 같이 있던 공사 담당자가 다시 마상철에게로 왔다.

---

* 　산업 안전지도사의 약칭. 공사장 내의 안전 · 보건상의 문제점을 개선하기 위하여 두는 외부 전문가.

"마 씨. 작업할 때 조심히 해요. 산소 때문에 소방관들이 자꾸 시비 거니까."

그냥 알겠다고 답하려다 산소 탱크 문제를 되물었다.

"그럼 어쩌죠? 열 개가 넘는 탱크를 아까 소방관 말대로 위로 옮겨야 하지 않나요? 그리고 다른 작업장에도 몇 개씩 더 있을 텐데?"

담당자는 인상을 찌푸리며 답했다.

"에이. 뭘 하게요. 오늘만 하면 다 끝나는데 내일 개장식 마치면 업체 시켜서 남는 거 빼가라고 할 테니 마 씨 아저씬 그냥 조심히만 하면 돼요."

마상철은 괜히 찝찝했지만, 그의 말대로 그냥 두기로 했다. 저 무거운 탱크를 손으로 굴려 옮기기도 힘들거니와 그 일이 마상철의 일도 아니었기 때문이었다. 하지만 마상철은 마음이 편치 않았다. 용접이야 CO_2로 하면 되지만 절단에는 산소가 필요했는데 오늘 잘라서 쓸 사각 철제물량이 생각보다 많았다. 여러 개의 산소 탱크를 옆에 두고 작업하자니 여간 신경이 쓰이지 않았지만 일이 먼저였다. 말 그대로 오늘만 잘 마치면 적잖은 돈이 들어온다. 마상철은 버거워도 그냥 작업을 시작하기로 하고 몸을 분주히 움직였다.

"우와~"

동우는 전시된 차들을 보고 탄성을 내질렀다. 4층 중고차 딜러 사무실로 가는 도중 전시공간을 지날 때 화려하게 전시된 자동차들을 보는 순간 무슨 신세계라도 온 듯했다. 특히 4층은 고급 외제차 매장이었는데 신차 못지않은 깨끗한 외제차의 차체가 고급 LED조명 빛을 받으며 길게 도열해 있었다.

"우리 아버지도 저런 차 탔으면 좋겠다."

동우 엄마는 동우의 말을 바로 이해하지 못했지만, 차를 보고 좋아하는 동우의 표정을 보고 아들이 어떤 생각을 하는지 느낄 수 있었다. 지난주 작업하러 올 때 만 하더라도 전시장에 차가 들어오기 전이었다. 과연 이 커다란 공간이 어떻게 채워질까 했는데 말로만 듣던 고급 외제차가 이렇게 많이 들어찬 걸 보니 생전 느껴보지 못한 아찔함까지 느껴졌다.

"어서 와."

전시실 가장자리로 다닥다닥 붙어 있는 수많은 중고차 사무실 중에 가장 끝에 있는 곳에서 인테리어 사장이 동우와 엄마를 맞았다. 동우 엄마는 인테리어 사장을 보자 마치 친정 오빠를 보는 듯 기쁘게 웃으며 뭐라 뭐라 손짓을 했는데 인테리어 사장은 동우 엄마의 수어를 다 알아들었다.

"아니 그래서? 동우가 운전면허를 땄다고? 정말?"

아들 자랑에 여념 없는 동우 엄마 얘기에 인테리어 사장은 신나게 맞장구쳐주었다. 만 18세가 되자 동우는 운전면허를 바로 땄다. 뭐라도 돈을 벌기 위해서는 운전면허가 필수라 여겼다. 엄마는 동우가 자랑스러웠다.

"동우 돈 많이 벌어서 여기 보이는 차 중에 하나 골라 사야겠구나 하하하."

동우는 사장의 농을 듣는 둥 마는 둥 자기 말을 물었다.

"오늘 일 많아요?"

동우는 시작 전부터 끝날 생각부터다.

"빠르면 오후 4시쯤 끝날 거야. 천장 쪽 칠이 좀 까다롭긴 한데 엄마 실력 좋으니 금방 할 거야. 9층은 나 혼자 하고 너랑 엄마가 4층을 해. 빨리 끝내려면 엄마 열심히 도와줘야 한다."

인테리어 사장이 슬그머니 겁을 주자 동우는 비장한 얼굴로 작업복을 갈아입고 나왔다. 그러더니 밖에 있는 아이보리색 페인트와 희석제 통을 양팔에 하나씩 들고 사무실 안으로 들어왔다. 기세등등 일을 시작하려는 동우를 보고 동우 엄마는 그저 웃을 뿐이었다. 그녀는 오늘이 지나면 마치 모든 것이 잘될 것 같은 기분이 들었고 그것이 사실로 이어지길 바라는 마음이었다.

*

늦은 점심을 막 먹고 오토팰리스 펜트하우스 집무실에 들어온 신오수는 콧노래가 절로 나왔다. 10층에서 내려다본 오토팰리스 주차장에서는 내일 저녁 펼쳐질 개장 축하 공연 준비가 한창이었다. 커다란 무대 뒤에 설치된 LED 전광판에는 사전 행사 때 보여 줄 오토팰리스의 홍보 영상이 반복되어 상영되고 있었다. 무대 앞으로 관객 의자가 끝없이 깔려 있었고 사방으로 설치된 조명 탑에서는 수많은 조명등이 빙글빙글 돌아가며 번쩍거리고 있었다.

"멋지군. 멋져."

신오수는 내일 초청될 내빈들에게 자신이 이룬 것들을 보여 주고 그들이 보내 줄 박수와 환호를 생각했다. 칠십 평생 돈만 보고 쫓아온 삶이 때론 서글펐지만 이제 또 다른 길로 나아가리라 생각하니 자기도 모르게 미소가 지어졌다. 내일 개장식 행사는 오토팰리스의 시작을 알리는 이벤트가 아닐지도 몰랐다. 어쩌면 인간 신오수가 지금까지 손에 묻은 동물의 피를 씻어 내고 지역에 봉사하는 존경받는 정치인으로서의 시작을 알리는 날일 수도 있었다.

신오수는 오토팰리스 사업을 시작으로 지방 정계에 진출하고 바로 자치단체장에 도전할 생각이었다. 그의 재력과 그의 인맥이라면 그것도 소박하다 여기는 맘도 없지 않았다. 예순이 넘는 때부터 그가 후원한 정치인 중에 중앙에서 한자리 하는 사람 수가 열 손가락 모자랄 정도였다. 비록 대기업이나 이름 있는 중견기업은 아니었지만, 오히려 그렇기에 정치인들은 신오수 같은 후원자를 더 반겼다. 씀씀이가 컸고 특히 입이 무거워 뒤가 깨끗했다. 그래서 신오수가 자신의 야망을 드러냈을 때 누구도 그의 청을 거절하지 않았다. 다만 대단할 것 없는 그의 이력에 눈에 띄는 방점 하나 찍어야 했기에 그것이 오토팰리스였다.

신오수는 그간의 시간이 떠올랐는지 난데없는 회한을 느꼈다. 창을 바라보던 그가 발길을 옮겨 한쪽 벽면에 고급 양주가 잔뜩 들여진 유리 벽장 앞으로 갔다. 먼지 한 톨 없는 유리 선반에 가지런히 놓인 많은 양주병을 신오수는 좌우로 천천히 훑었다.

"오늘은 너로 해 보자."

야마자키 25년. 일본 산토리 사에서 나온 최고령 위스키로 스패니시 오크 너트 향이 더없이 진하게 밴 명품 중의 명품. 신오수는 일찍이 일본 위스키의 진짜 맛을 알고 있었다. 누구나 찾는 스코틀랜드 위스키보다 더 강한 풍미를 자랑하는 일본산 술은 그 맛이 거칠지만, 세월에 순응하지 않고 살아온 자신의 인생과 닮아 좋아했다. 신오수는 지금 시간을 오롯이 그대로 느끼고 싶었다. 내일이면 또 시끌벅적할 것이다. 모든 것을 이루기 직전의 적막함을 혼자

서 음미하고 싶었다. 지난 10여 년 동안 오로지 이날을 위해 무섭게 질주하며 살았다. 그 끝이 내일이다. 신오수는 자신에게 위로의 건배를 올리고 싶어 위스키를 크리스털 잔에 찰랑거릴 만큼 가득 따랐다.

"수고했어."

순식간에 얼음도 타지 않은 위스키를 단숨에 마셔 버렸다. 칠십 노인의 주량이라고는 믿어지지 않을 만큼 거침없이 들이키는 그의 모습에서 강인함이 느껴졌다.

입 주위로 한 방울도 흘리지 않고 잔을 깔끔하게 비운 신오수는 출입문 옆쪽에 있는 대형 LED 화면을 바라봤다. 화면은 지하부터 옥상까지 전 층을 보여 주는 CCTV였다. 1층 로비를 비추는 화면에는 직원들이 분주히 오가는 모습이 보였고, 다른 층 화면은 눈부시게 번들거리는 수백 대의 차량이 가득 메우고 있었다. 하지만 지하 주차장 화면에는 아직 공사하는 모습이 나왔는데 용접 불꽃이 번쩍거리며 튀는 모습이 잡혔다. 4층 화면 한구석에도 페인트를 칠하는 인부들 모습이 보였다. 아직 완벽하게 공사가 끝나지 않은 것을 보더니 탐탁지 않은 입맛을 다셨다. 곧 인터폰의 매니저 호출 버튼을 눌렀다. 두 번의 신호 뒤에 매니저의 목소리가 인터폰 스피커로 흘러나왔다.

"네. 회장님."

"잠시 눈 좀 붙일 테니 전화 연결하지 말고, 사람 들이지 마. 그리고 설비 팀 직원들만 남기고 자네랑 다른 직원들도 그만 퇴근해."

자기 할 말만 하고 인터폰을 끊은 신오수는 응접실 기다란 소파에 몸을 뉘었다. 잠이라면 더 편한 곳에 가서 잘 수도 있었지만 젊

은 시절 고생할 때부터 아무 곳이나 드러누워 쪽잠을 자던 습관이
남은 노인네였다. 어차피 저녁이면 어딘가로 저녁 약속에 가야 했
다. 그전까지 자신의 성(城)에서 단잠을 자고 싶었다. 그것도 가장
높은 곳에서. 눈을 감은 지 얼마 되지 않아 신오수는 코를 골며 곯
아떨어졌다.

*

"여기 내려 주세요. 걸어 들어갈게요."

태우가 오토팰리스 현장 확인을 마치고 돌아오는 길에 자신을 태
워주는 서 내근 직원에게 말했다. 큰길에서 20m도 안 되는 구조대
마당까지 차가 들어가는 게 무엇이 어렵냐며 서 직원은 그냥 들어
갈 기세였는데 태우는 한사코 내려달라고 했다. 차가 세워지고 내
리려는 태우에게 직원이 뭔가 생각났다는 듯 급하게 말했다.

"미국 연수 가는 거 관련 서류 정리해서 늦어도 다음 주 월요일
까지는 보내 주세요."

잠시 태우는 머뭇거리는 듯했지만, 알겠다고 짧게 대답하고 조
수석 문을 열었다. 매서운 바람이 차 안으로 훅 밀려 들어왔고 벗고
있던 방한복을 얼른 집어 들으며 차에서 내렸다.

"거묵골에는 눈 안 온다더니……."

차에서 내린 태우가 하늘에서 내리는 눈 사이에 잠시 서서 눈을
맞았다. 그리고 고개를 까닥거리더니 길가에 편의점 쪽으로 발길을
돌렸다.

'딸랑.'

편의점 유리문에 달린 종이 울리자 뜨끈한 실내 온기에 젖어 꾸벅대던 편의점 알바생이 더듬거리는 말투로 어서 오세요를 외쳤다. 태우는 뭐를 급하게 찾는 그거처럼 이쪽저쪽 구석을 휘젓고 다니기 시작했다. 편의점 알바생은 태우의 방한복을 보고 바로 앞 119 구조대 소방관이라는 것을 눈치챘다. 그런데 늘 오던 젊은 소방관이 아니라는 것을 알고 이내 도움의 손길을 내밀었다.

"뭐 찾으시는 거 있으세요?"

"아이스크림 어디 있어요?"

알바생은 그럴 줄 알았다며 퉁명스럽게 대답했다.

"저기요. 온수 통 맞은편에요."

태우는 알바생 말대로 걸어갔다. 기다란 아이스크림 냉동고 앞에 멈춰 서 문을 열려다가 멈칫하더니 냉동고 유리에 붙은 안내문을 유심히 바라봤다.

"2+1이라는 게 두 개 사면, 하나 그냥 준다는 거죠?"

알바생은 멀리서 큰 소리로 그렇다고 외쳤다. 태우는 조심스럽게 냉동고 문을 옆으로 밀어 열고 아이스크림을 집어 들기 시작했다.

"계산해 주세요."

태우는 양손 가득 아이스크림을 집어 와 편의점 알바생 앞에 쏟아붓듯 놓았다. 알바생은 아이스크림 하나를 집어 바코드를 찍었고 포스기 자판에 +5를 쳤다.

"총 여섯 개 하셨고요. 2+1이니까 네 개 값만 주시면 돼요."

알바생의 말에 태우는 방한복 안주머니에 있는 지갑을 찾았다.

"1팀이시죠?"

지갑을 겨우 꺼낸 태우에게 알바생이 물었다.

"네?"

"1팀 아니세요? 왜냐면 다른 팀은 워낙 자주 와서 얼굴을 다 알거든요. 아저씬 낯선 얼굴이라서요. 1팀만 거의 우리 가게에 안 와요."

태우는 지갑에서 카드를 천천히 꺼내며 조심스럽게 되물었다.

"다른 팀 누가 와요?"

"다 와요. 특히 팀장님들이 자주 와요."

태우가 준 신용카드를 카드 리더기에 꽂아 넣은 알바생이 태우를 쳐다보지도 않고 말했다.

"다른 팀 팀장님들은 와서 주로 뭐 사가요?"

"아이스크림이요. 아무래도 2+1도 되고 달달 하니까 소방관 아저씨들이 제일 좋아하는 것 같아요. 거묵골 구조대 소방관 아저씨들은 거의 우리 편의점에서 아이스크림만 사 가세요."

태우는 계산한 카드를 되돌려주는 알바생의 말을 들으며 잠시 멍하니 계산대 위의 아이스크림을 바라봤다.

'이게 뭐라고……'

"봉지 같이 드릴까요?"

딴생각하던 태우가 한 박자 늦게 답했다.

"아. 네. 주세요."

"봉툿값 100원이요. 따로 계산해 드려요?"

태우는 무슨 말인지 몰라 눈만 껌벅이며 말했다.

"봉툿값을 따로 받아요?"

알바생의 얼굴이 '뭐지?' 하는 표정으로 변했다.

편의점을 나오는 태우가 까만 봉투를 오른 손목에 끼고 양손을 방한복 주머니에 넣었다. 바람은 더 거세지고 눈발이 굵어지기 시작했다. 구조대 마당을 걸어 차고 앞을 지나는데 무목이 장비 창고에서 나오고 있었다.

"잘 다녀오셨습니까?"

고개를 살짝 숙이며 무목이 태우에게 인사를 했다.

"어. 뭐 하다 나오냐?"

태우가 가던 걸음을 멈추고 무목을 붙잡고 물었다.

"다음 달 있을 수난 구조 훈련 장비 좀 미리 챙기려고요. 잠수 장비 고장 난 거 미리 수리도 보내야 하고…….."

"다음 달 수난 구조 훈련이 언젠데?"

태우가 관심 없는 듯하면서도 의례적으로 물었다. 무목은 코끝을 한 번 만지더니 기어들어 가는 목소리로 답했다.

"1월 말이요. 아마 팀장님 연수 가시고 나면 할 것 같습니다."

태우는 할 말을 잃은 표정이었고, 무목은 괜한 말을 한 듯 침을 꿀꺽 삼켰다.

"들어와. 간식 먹게. 뭐 좀 사 왔다."

태우는 다른 말 없이 사무실로 향했고, 무목이 눈을 질끈 감은 채 자기 머리를 두어 차례 때리며 뒤를 따랐다.

"오다 편의점 보이기에……. 다들 하나씩 먹어 봐."

태우는 구조대 사무실 테이블에 꺼먼 봉투 하나를 툭 던졌다. 뽀스락 소리를 내며 올려진 봉투를 가장 먼저 만수가 들춰봤다.

"우와. 아이스크림이네요. "

태우는 만수의 반응이 나쁘지 않은 걸 보고 입을 더 열었다.

"그냥 뭐 다른 거 사러 갔다가 2+1이라고 하니까 사 왔어. 다들 이거 좋아해?"

만수가 태우가 사 온 아이스크림을 유심히 들여다봤다.

"비비빅? 이게 뭐예요?"

"뭐라니? 그게 젤로 맛있는 건데."

곧 태풍이 사무실로 들어오더니 비비빅을 하나 집어 들고 말했다.

"야. 아이스크리이임~~~ 누구야? 만수가 쏘는 거야?"

"아뇨. 팀장님이……."

태우가 태풍의 표정을 살피며 헛기침을 했다. 하지만 태풍의 표정이 살짝 굳어지더니 손에 든 아이스크림을 슬그머니 내려 봤다. 그사이 채 반장이 하던 일을 급히 마치더니 다가와 반색했다.

"맛있죠. 비비빅. 저는 이거 좋아합니다."

태우가 환하게 웃었다.

"나리야. 너도 하나 먹어 봐."

서류뭉치를 정리하던 나리가 태우의 말에 답했다.

"저 팥 알레르기 있습니다. 안 먹겠습니다."

태우는 나리의 말에 입을 삐죽거렸다. 그때 뒤늦게 들어온 무목이 비비빅 봉지를 확 찢더니 한 입 크게 베어 물었다.

"괜찮네요. 근데 원래 이렇게 딱딱해요?"

태우는 답하지 못하고 그냥 슬쩍 웃기만 했다. 무목이 우적우적 비비빅을 씹어 먹기 시작하자 태풍과 만수도 그제야 입에다 아이스크림을 가져다 댔다. 다들 말은 없었지만, 점심 먹은 후 달달한 무언가가 입에 들어오니 기분이 나쁘지 않은 얼굴이었다.

태우는 신경 쓰지 않는 듯하면서도 아이스크림을 먹는 대원들의 얼굴을 하나씩 관찰하기 시작했다. 자신이 곧 이곳을 떠난다는 것이 확실시되는 서장의 말 이후에 서로 어색해지고 데면데면했던 거묵골 구조대 1팀이었다. 태우는 여전히 이곳을 곧 벗어날 거라는 생각에는 변함이 없었지만, 가끔 후회하는 마음이 생기기도 했다. 알 수 없는 감정이었는데 미안함이었을 수도 있고, 외로움이었을 수도 있었다. 지난주, 연수가 확정되었다는 인사팀 전화를 받은 뒤로 더했다.

1월 20일 출국이라고 한다. 연수 지역은 미국 뉴욕이었다. 뉴욕 소방관들과 3년 동안 함께 생활할 기회가 드디어 온 것이다. 해군 특수 부대 시절 911 테러를 보고 그곳에서 목숨 걸고 활약하던 뉴욕 소방관들을 보고 언젠가 그곳에 자신이 서 있는 모습을 매일 상상했었다. 그렇게 바라던 곳에 가게 된 것이다. 이제 한 달도 채 안 남았다. 딸 규리는 이혼한 전처가 맡아주기로 했다. 그나마 다행인 것은 규리가 바라던 예술 고등학교에 입학하게 되었는데 기숙사에 들어가게 되었고 규리 역시 태우의 미국행을 응원했다. 그런데 규리의 말이 맘에 걸렸다.

"구조대 아저씨들은 아쉬워하지 않아? 그래도 아빠가 거묵골에 와서 같이 일했던 삼촌들이잖아."

규리의 말만 생각하면 한숨이 나왔다. 하루하루 떠날 날이 다가오며 대원들을 마주치는 것이 더 어색해지기 시작했다. 그래도 그냥 가 버리면 그만이다 하고 여길 뿐이었다. 여기 처음 올 때 그랬던 것처럼 거묵골은 그냥 스쳐 지나가면 그뿐인 곳이라 생각했다.

여기 사람 있어요

눈발이 거세지자 하늘의 빛은 더 빨리 사라졌다. 거묵골의 겨울은 그래서 다른 곳보다 늘 더 까맸다. 원래 까만 산, 까만 땅이었던 이곳에 짙은 어둠이 이르게 다가왔다. 오후 네 시가 갓 넘어가고 있었지만, 하늘은 모두 눈구름으로 뒤덮여 어둑어둑했다. 내리는 눈이 쌓여가기 시작했고 검은 땅을 하얗게 가렸다. 바람도 강했다. 분지 지형인 이곳의 바람은 산을 타고 넘어와 거묵골 안에서만 돌았다. 산등성에 바짝 붙어 불어 저공비행 하듯 들어온 겨울바람이 거묵골 전체 땅바닥에서 지들끼리 뭉쳤다가 다시 회오리처럼 위로 솟구쳐 오르기를 반복했다. 바짝 마른바람이 기둥을 만들어 하늘을 뚫을 기세로 올랐는데 그때마다 주위의 마른 나뭇가지며 흙먼지가 함께 솟았다.

"어이쿠. 이거 뭔 바람이 갑자기 휘몰아쳐?"

바람은 오토팰리스 인근에서 가장 크게 불었다. 오토팰리스는 거묵골에서 가장 목이 좋은 곳에 있지만, 이곳은 거묵골 바람이 모두 모이는 곳이었다. 바람은 오토팰리스 주위 이곳저곳에서 쉴 새 없이 휘몰아쳤다. 개장 행사 준비를 거의 끝마쳐 가던 인부들이 갑자기 강해진 눈과 바람에 적잖이 당황했다. 어둑한 기운까지 급히 덮치자 날려갈 만한 것들을 정리한 채 서둘러 작업을 마무리했다.

"무대 조명탑 단단히 고정하고 나머지 집기들은 탑차에 실어서 보관해! 의자도 다시 수거해. 다 날아가 버리겠네! 내일 아침 일찍 다시 시작하자고!"

작업 책임자로 보이는 사람이 외치자 기다렸다는 듯 모두가 일사불란하게 일을 마무리했다. 무대가 날아갈 것으로 보이지는 않았다. 객석 의자나 다른 집기들은 책임자의 말대로 8t 트럭에 실은 채입구 도로가로 이동시켰다. 외부에서 분주히 움직이는 동안에 오토팰리스 전체의 화려한 불빛은 여전히 꺼지지 않고 있었는데 이유는 신오수의 지시 때문이었다. 내일 개장식까지 밤새 건물 전체의 빛을 가장 화려하게 밝혀 사람들에게 이곳의 위용을 미리 보여 주고 싶었기 때문이었다.

신오수는 여전히 10층 펜트하우스에 잠들어 있었고 자신이 만든 이 거대한 성(城)이 세상에 화려하게 내보이는 꿈을 꾸고 있었다. 신오수의 비서와 개장식을 준비하던 몇몇 직원들은 이른 퇴근을 하거나 1층 카페테리아에서 커피를 마시며 시간을 죽치고 있었다. 4층에서 중고차 입주 업체의 인테리어 공사를 마무리하던 말 못 하는 여인과 그의 아들은 거의 일을 마무리하고 있었는데 창밖의 눈보라가 신경 쓰인 아들이 지하에서 용접하는 의붓아버지가 걱정되었다. 그때 9층 작업을 마치고 다른 일 때문에 먼저 나서는 인테리어 업체 사장에게 전화가 왔다.

"동우야. 바깥에 눈이 너무 많이 내리니까 작업 대충 마무리하고 얼른 퇴근해. 나는 다른 일이 있어 먼저 갈게."

동우는 그 말을 엄마에게 몇 마디 더 거들어 전했다.

'이제 정리해요. 제가 아버지한테 연락해서 언제 끝날지 물어보게요.'

'연락 없는 거 보면 아직 일하고 있을 거야. 일단 우리 일부터 빨리 마치고 내려가 보자.'

여인은 위험한 일 하는 남편에게 방해될까 굳이 연락할 필요가 없다고 생각했다. 엄마의 수어를 본 아이는 고개를 끄덕였지만 일단 문자라도 남겨 놓아야 할 것 같았다.

마상철은 손이 바빴다. 정비 센터에 쓰일 H빔을 하나만 더 자르면 됐다. 그러면 이어 붙이는 일은 다른 인부들이 할 것이다.

'치익.'

산소를 강하게 내뿜는 절단기에 불이 점화되며 파아란 불꽃이 칼처럼 뻗어 나왔다. 마상철은 표시된 곳에 절단기를 서서히 갖다 대며 자르기 시작했다. 쇳물이 몽글몽글 모이며 흘러내렸고, 바닥에 닿자마자 붉은빛을 잃고 금세 짙은 검회색 쇠 구슬로 변했다. 더 작은 것은 가루처럼 남았고 조금 큰 것은 덩어리져 붉은색을 더 오래 머금었다. 자로 잰 듯 길게 쓸어내리며 자르던 마상철의 절단기가 빔의 끝부분에 이르자 마상철은 손끝에 힘을 강하게 주며 툭 끊어내 마무리했다. 빔의 한쪽이 텅 소리를 내며 바닥에 떨어지자 마상철은 나머지 한쪽을 세워 오늘 잘린 빔들과 함께 구석에 눕혔다.

용접 마스크를 얼굴 위로 들어 올려 손목에 찬 시계를 봤다. 용접공들은 시력이 아주 좋지 못하다. 거기에 방금까지 눈을 상하게 할 만큼 강한 절단기 빛을 본 마상철의 눈에는 시곗바늘이 보이지 않았다. 얼른 휴대전화를 꺼내어 보니 네 시를 넘기고 있었다. 마상철은 고개를 돌려 옆 작업장에서 일하던 인부에게 소리쳤다.

"오장 영감! 난 이만 갈 테니까 마무리 좀 하쇼! 잘라 놓은 것들 숫자 잘 쉬어 보시고!"

"알았으니 가 보시구려. 우리도 좀 쉬었다 할 참이니. 성탄 전날인데 어디 좋은 데라도 가시려나?"

"안식구랑 아들이랑 소고기 한 판 구워 먹으러 가려고. 허허."

"어쩐지. 얼른 들어가 봐요. 여긴 우리가 마무리할게요. 자! 우리도 1층 가서 커피 한 잔만 하고 다시 시작하자고. 어차피 저녁 넘어갈 것 같으니까. 마 씨도 커피 한잔하고 가요."

마상철과 말을 나누던 용접 오장 뒤로 용접공들이 쉴 새 없이 용접하고 있었다. 용접봉과 H빔이 맞닿는 곳에 짙은 주광색 불꽃이 사방으로 튀었다. 불꽃은 한껏 달아올라 주위로 비산한 후 바닥으로 떨어졌다. 떨어진 불꽃들은 금방 빛을 잃고 열을 잃었다. 그리고 불꽃은 작은 쇳가루가 되어 바짝 말라 서로 떨어져 여기저기 흩어졌다. 오장이 재촉하자 서넛의 용접공들이 들고 있던 용접기를 끄고 모두 일어섰다. 마상철은 이미 작업복을 갈아입고 있었다. 점퍼를 입고 휴대전화의 문자를 확인했다.

'아버지. 아직 안 끝나셨어요? 엄마랑 저는 이제 다 끝나가요. 마치면 전화해 주세요.'

마상철은 고개를 멀찍이 뒤로 두고 아들의 문자를 겨우겨우 읽었다. 그리고 바로 아들에게 전화해 같이 일하는 아저씨들이랑 1층에서 커피 한잔하고 있을 테니 정리되는 대로 내려오라고 말했다. 먼저 자리를 뜨는 게 미안해서인지 마상철은 오장과 다른 인부들에게 아메리카노 한 잔씩 살 요량이었다.

전화를 끊은 동우는 페인트가 번지지 않게 벽에 발라 놓은 마스킹 테이프를 떼고 있는 엄마의 등을 두드렸다.

'아버지 1층에 있겠대요. 이제 우리도 정리해요.'

엄마는 고개를 끄덕이면서도 붙여져 있는 마스킹 테이프 떼는 일을 바로 그만두지 못했다. 동우는 엄마가 그러는 사이 오늘 쓰고 남은 페인트를 한 곳에 모았다. 하얀색 페인트였는데 시너가 많이 섞여 물처럼 묽었다.

'시너가 많이 남았네.'

동우는 열댓 통 남은 페인트와 시너를 먼저 옮겨야 했다. 인테리어 사장이 자신의 차를 가지고 올라와서 실으면 된다면서 차량용 승강기 앞쪽으로 남은 페인트와 시너를 옮겨놓으라고 했다. 인테리어 사장은 이미 9층 작업에 쓰고 남은 시너도 차량용 승강기 앞에 쌓아 두었다. 동우는 양손에 시너를 들고 주차된 중고 외제차들 사이로 시너를 옮겼다. 대 여섯 번이면 다 될 것이다. 마지막 작업에 더욱 힘을 냈다.

모두가 1층으로 떠난 지하 작업장은 적막했다. 광활할 만큼 넓은 지하 주차장이었다. 한쪽에 만들어질 정비 센터의 규모가 컸다. 인부들이 쉬기 위해 잠시 자리를 비운 이곳은 어수선한 용접기, 절단기와 더불어 작업용 도구들이 곳곳에 널브러져 있었다. 그리고 절단에 필요한 산소 탱크가 여전히 남아 있었는데 눕혀 있는 것도 있었고 세워져 있는 것도 있었다. 그중 눕혀 있는 탱크에 연결된 호스의 압력 조절기에는 산소 밸브가 열린 채였다. 산소의 압력은 100bar가 넘었다. 고압이었다. 압력 조절기에서 뻗어 나온 녹색 호스를 따라가니 절단기에 연결되어 있었다. PVC 호스로 된 연결 호스가 뱀처럼 배배 꼬여 바닥 여기저기로 기어가듯 놓여 있었다.

'번쩍.'

옆 작업장에서 순간적으로 명멸한 환한 빛과 함께 작은 불길이 일었다. 그것은 가연물과 점화원의 조합이었는데, 가연물은 스티로폼 패널이었고, 점화원은 사그라지지 않은 불꽃이었다. 그렇게 불은 스티로폼 패널에서 시작되었다. 조금 전까지 용접 작업을 하던 곳이었다. 용접 불똥 몇 개가 스티로폼 사이로 튀어 들어간 듯했다. 불은 바로 일어나지 않았다. 불똥의 열기가 서서히 스티로폼에 달궜고 인부들 누구도 눈치채지 못했다. 결국, 아무도 없는 작업장에서 불은 혼자서 살아났다. 불은 생명을 잉태하듯 살려고 발버둥 치며 스티로폼이라는 가연성 물질을 숙주로 하여 몸집을 더 키워갔다. 열은 빛으로 빚은 불꽃으로 불꽃은 결국 화염으로 솟아올랐다.

불길은 금방 거세졌다. 조금 전까지만 해도 힘없이 바들거리던 불은 몸짓이 커지자 오만한 기세로 주변을 집어삼키기 시작했다. 당장은 스티로폼 패널에 모조리 불을 붙였다. 스티로폼은 불이 가장 좋아하는 먹잇감이다. 기름진 스티로폼에 붉은 불이 무시무시하게 붙어 나갔다. 화염은 곧 위로 솟구쳐 천장을 뒤덮었고 이어서 벽을 타고 아래로 흘러 내려왔다. 벽에 걸린 인부들의 옷가지를 모두 잡아먹었을 때쯤에는 지하 주차장 전체가 환하게 밝혀질 만큼 불의 위세는 거대해졌다.

곧 불은 또 다른 괴물을 잉태했다. 그것은 연기였다. 불이 만든 검회색의 연기가 지하 천장 전체로 뻗어 나갔다. 연기의 형태는 기체이지만 고체처럼 밀도가 높았다. 손으로 잡으면 잡힐 것 같은 연기 덩어리가 천장에 붙어 슬금슬금 기어가더니 아래로 뚝뚝 떨어졌다. 떨어진 연기는 조금씩 쌓였고 주차장 전체가 한 치 앞도 보이지 않을 만큼 암흑이 되었다. 연기는 빈틈이 있는 곳이라면 어디든 밀고 들어갔다. 그리고 주차타워를 타고 위로 올라가기 시작했다. 그 후 위로 오르기 시작했는데 속도가 엄청났다. 그것은 매우 강한 굴뚝 효과*였다.

연기는 이내 위로 솟구쳐 올라가기 시작했다. 마치 거묵골에 휘몰아치는 회오리처럼! 연기는 건물 모든 공간을 암흑으로 뒤덮은 후에야 멈출 것 같았다. 꿈틀거리는 화염은 기어이 산소탱크 호스 가까이 붙었다. 불에 약한 PVC 호스는 빠르게 녹아내렸다. 호스 피복이 지글지글 끓듯이 하더니 피식피식 소리를 내며 부풀어 오르기 시작했다. 산소탱크의 밸브는 여전히 열린 상태였다.

1층 카페테리아에 대여섯의 용접 인부들이 모여 있었다. 카페테리아는 이곳에서 일하는 공사 인부와 직원들을 위해 미리 오픈해서 성업 중이었다. 로비에는 크리스마스트리 장식이 곳곳에 있었고, 캐럴이 경쾌하게 흘러나왔다. 이곳에서 비서실 직원과 개장식을 준

---

* 건축물 위층과 아래층의 내부 및 외부 온도, 기압 차로 인해 연기가 굴뚝과 같은 통로를 따라 급격하게 위로 올라가는 현상.

비하는 직원 몇몇은 따뜻한 아메리카노를 홀짝이며 내일 개장식 이야기를 하고 있었다.

"먼저 나가려니 영 죄송하네. 마시고 싶은 거 있으면 하나씩 골라 봐요. 내가 살게."

마상철의 말에 오장과 인부들이 만연의 미소를 띠며 계산대 앞으로 모여들었다.

'때르르르르르릉~~~~!!!!!!!!'

'화재 발생! 화재 발생! 화재 발생!'

순간 경보기 벨 소리와 경보음이 1층 로비 전체에 크게 번졌다. 카페테리아 앞에 있던 사람들은 눈만 껌벅이며 서로를 바라보든지 아니면 주위를 두리번거렸다.

"불난 거야?"

어느 여직원이 어색한 미소를 지으며 말했다.

"고장일 거야. 저번에도 이랬어."

남자 직원이 대수롭지 않다는 듯 말했다.

"설비 팀 이것들 내일 개장인데 경보기 점검을 어떻게 하는 거야?"

앉은 채로 성을 내는 사람은 신오수의 비서였다. 비서는 설비 팀에 전화를 걸었다. 그런 그를 보는 용접 인부들의 표정이 좋지 못했다.

"지하 작업장 아니겠지?"

오장의 눈빛이 심하게 흔들렸다.

동우는 엄마 등을 마구 두드렸다. 경보기 벨 소리가 엄마의 귀에 들릴 리 없기 때문이었다. 엄마는 떼어낸 마스킹 테이프 한 움큼을 손에 쥐고 동우를 바라봤다.

'엄마. 무슨 일 있나 봐. 벨이 울려.'

동우의 수어를 본 엄마는 고개를 두리번거렸다.

'무슨 일이야?'

듣지 못하면 위험하다. 인간이 가진 오감 중 무엇 하나라도 없으면 다가오는 위험에 대처하기가 어렵다. 하지만 동우 엄마는 다른 감각을 발달시켰다. 후각이었다.

'연기 냄새나.'

동우는 엄마의 말에 고개를 좌우로 돌리며 코를 킁킁거렸는데 느끼지 못했다. 혹시나 해서 실내 천장에 달린 화재 감지기를 힐끗 쳐다봤지만, 감지기도 아무런 반응을 하지 않았다. 동우는 엄마의 팔을 잡았다.

'일단 나가자. 엄마.'

벨 소리를 듣고 깬 신오수는 잠시 누운 채로 있었다. 머리가 멍했고 여전히 현실과 꿈을 구분하지 못하고 있었다. 다만 벨 소리가 어떤 벨 소리인지만은 알았다. 늙은 여우 같은 그의 감각은 본능적으로 위험에 민감했다. 신오수는 순간 섬뜩함을 느꼈고 용수철처럼 소파에서 팅기며 일어났다. 그리고 급하게 비서에게 전화를 걸었다.

"무슨 일이야?"

휴대폰 너머로 들려오는 비서의 말은 급했다. 신오수의 인상이 구겨지기 시작했다.

"뭐? 불이 난 것 같다고!!?"

그 순간.

'쾅!!!! 콰광~!!!!'

지축이 흔들리듯 건물 전체가 휘청거렸다. 펜트하우스에 있던 신오수는 흔들림을 건물 안에 있는 누구보다 가장 크게 느꼈다. 사무실 전체를 휘감고 있는 통유리가 물결처럼 휘더니 드르륵 떨렸다. 신오수는 폭발이라는 것을 알아차렸는데 그것이 어디서 시작되었는지 가늠하지 못했다. 어쩔 줄 몰라 하며 책상 위에 놓인 휴대폰을 집으려는 순간.

'쾅!'

다시 한번 거대한 충격과 함께 폭발음이 났다. 사무실 전등 불빛이 지지직거리는 소리를 내며 껌벅거렸다. 건물의 흔들림이 처음보다 작았지만 신오수의 두려움은 수십 배 더 커졌다.

"경보기! 화재경보기가 왜 안 울리는 거야!"

신오수는 휴대폰을 겨우 집어 들고 어디론가 전화를 했다. 이내 누군가 받았고 신오수가 외쳤다.

"어이! 이것 봐. 설 서장!! 나요. 여기 빨리 소방차 보내시오! 빨리!"

1층은 이미 진하디 진한 연기로 가득 차 있었다. 연기는 비상계단 문틈에서 마구 솟구쳐 나왔고 엘리베이터 문에서도 마구 삐져나오고 있었다. 특히 엘리베이터 문은 두 번의 폭발과 함께 강한 화염이 동반되었는데 그 충격으로 문이 바깥쪽으로 튀어나오듯 심하게 찌그러져 있었다. 찌그러진 엘리베이터 문틈 사이로 시뻘건 불길이 미친 듯이 솟구쳤다. 기겁하고 놀란 직원들과 인부들은 저마다 소리를 지르며 밖으로 달렸다. 그 와중에 두어 명의 여직원은 몸이 얼어붙은 듯 움직이지도 못하고 바닥에 엎드려 있을 뿐이었는데 용접하던 인부들이 그녀들을 일으켜 세워 같이 달렸다. 연기는 마치 살아 있는 듯 꿈틀거리며 사방으로 번져 나갔는데 열기까지 가득 품은 연기가 보는 이로 하여금 지독한 공포를 자아냈다.

"콜록, 콜록, 캑캑!"

사람들은 저마다 외마디 기침과 헛구역질까지 해가며 연기를 피해 달아나기 시작했지만, 마상철은 그럴 수 없었다.

"어이. 마 씨. 뭐 해! 얼른 밖으로 나가지 않고!"

오장이 얼 띤 표정으로 있는 마상철을 향해 소리치자 그제야 마상철은 정신을 차린 듯 계단이 있는 곳을 바라보며 외쳤다.

"임자! 아들!"

마상철은 연기가 풀풀 새 나오는 계단 출입문 쪽으로 뛰었다.

"안 돼! 가지 마!"

오장은 계단 문을 열려고 하는 마상철에게 소리쳤지만, 마상철은 기어이 문을 열고 그 안으로 뛰어들었다. 마상철이 계단실 안으로 사라지자 열린 문밖으로 연기가 쏟아져 나왔다. 그것은 연기의 모양이 아니었다. 마치 커다란 물체가 성큼성큼 걸어 나오는 듯했다. 오장은 연기를 보자 기겁하고 뒤도 돌아보지 않고 바깥으로 달아났다. 오장의 뒤에는 아무도 없었다.

"엄마!"

4층 출입문으로 향하던 동우와 엄마는 폭발 소리에 그만 그 자리에 주저앉았다. 두 번의 폭발이 있는 동안 동우는 몸을 피할 곳을 찾았는데 가장 가까운 중고차 사무실로 엄마를 이끌었다. 동우는 몸을 피하며 뒤를 보았는데 먼 쪽 반대편 차량용 엘리베이터 앞쪽으로 불길이 치고 들어오는 것이 보였다. 그리고 그 앞에 위태롭게 쌓인 시너통이 보였다.

'확. 확.'

엘리베이터 사이로 마구 뿜어져 나오는 불길에서 불붙는 소리가 크게 들렸다. 그 광경을 본 동우는 눈을 질끈 감으며 엄마를 껴안았다. 드넓은 중고차 매장 안에 연기가 차기 시작했다. 거기에 괴이한 소리까지 내면서 조금씩 안으로 밀고 들어오는 불길이 동우와 엄마를 더욱 공포스럽게 했다. 동우 엄마는 사무실 창문을 열었다. 그리고 일하면서 땀을 닦는 수건에 마시다 말고 남겨 놓은 생수병의 물을 들이붓고 젖은 수건을 동우에게 건넸는데 동우는 괜찮다며 수건을 들고 있는 엄마의 손을 잡고 엄마의 코와 입에 갖다 댔다. 동우는 몸을 돌려 페인트를 닦기 위해 가져다 놓은 못 쓰는 수건이나 헝겊 따위로 문틈을 모두 막아 연기가 들어오지 않게 했다. 최소한의 조치였지만 효과는 있었다. 그리고 엄마에게 크게 외쳤다.

"119에 전화할게!"

*

태우는 팀장실에 혼자 앉아 미국 연수 지원서를 모두 작성하고 내부 메신저를 켰다. 오전에 함께 오토팰리스에 갔던 흑산 소방서 행정 담당자에게 보낼 작정이었다. PDF 파일 열 장으로 되어있는

311

지원서를 다시 한번 열어봤다. 오타나 수정할 곳을 마지막으로 확인했다. 이상이 없자 메신저 쪽지 보내기를 통해 파일을 첨부했다.

'그래. 가면 그만이야. 이런 촌구석 떠나 미국으로 가는 거라고.'

태우의 오른손 검지가 마우스 위에서 마지막 움직임을 위해 까닥거리고 있었다.

"화재 출동!! 화재 출동!!"

태우의 시선이 출동 방송이 나오는 천장의 스피커로 돌려졌다. 태우는 순식간에 팀장실 문을 박차고 나갔다. 그리고 차고로 그대로 달려 나가 공작차에 올라탔다. 뒤이어 대원들이 하나둘 타기 시작했다.

"어디야?"

태우가 지령서를 들고 타는 만수를 힐끔 보며 외쳤다.

"오토팰리스라고 되어 있는데……. 여기가 어디죠?"

아직 개장도 하지 않은 오토팰리스를 만수는 알지 못했다. 태우는 만수 말에 아랑곳없이 바로 채 반장에게 외쳤다.

"고속도로 입구 쪽으로 달려요!!"

채 반장은 구조공작차를 차고에서 빠르게 몰고 나왔다. 눈 깜짝할 사이 구조공작차가 큰길 위에 올랐다. 동시에 지령 무전기에 상황실 요원의 목소리가 급하게 울려 퍼졌다.

"거묵 전 분대* 즉시 오토팰리스로 신속 출동! 폭발과 함께 화재 발생! 흑산 소방서 소속 전 분대는 오토팰리스로 신속 출동! 폭발! 폭발 신고! 안에 사람이 있다고 함!"

---

*   소방서 차량이 속한 각 단위 조직. 119 안전 센터 및 구조대.

폭발이라는 무전 음에 태우의 표정이 급격히 굳어졌다. 태우는 공기 호흡기와 개인장비를 착용 중이던 대원들에게 짧게 외쳤다.

"이거 큰 거다. 다들 정신 바짝 차려!"

대원들은 대답은 없었지만, 긴장감이 각자 얼굴에 일어났다. 그때 태우의 휴대전화가 울리기 시작했다. 설한국이었다.

"태우야! 가고 있냐?"

설한국의 목소리가 다급했다.

"네! 지금 막 출발했습니다."

"그래! 그럼 도착하자마자 10층으로 올라가! 거기에 신 회장이 있다. 너희 구조대는 무조건 10층으로 올라가서 회장부터 구해."

태우는 신 회장이라는 말에 잠시 머리가 복잡해졌다.

"항공대 헬리콥터 요청해 놓았으니까 신 회장 확보되면 옥상으로 올려! 헬기로 달아 올리게!"

출동 중이었다. 길게 말할 것 없이 알았다고만 답하고 휴대전화를 운전석과 조수석 사이 무전기 박스 위에 올려놓았다.

*

"임자!! 태우야!!"

마상철은 4층 계단을 숨도 쉬지 않고 올라왔다. 숨을 쉴 수도 없었다. 연기가 그득한 계단실을 마구 뛰어 올라오며 웃옷을 벗어 겨우 입과 코를 막아 달려 올라왔다. 연기 반 공기 반을 들이마시며 죽을 듯 괴로웠지만, 아내와 아들이 있는 4층까지 기어이 올라오고 말았다. 마상철은 계단실을 나오자마자 기겁을 했다. 차량에 이미 불이 붙어 일어나고 있었기 때문이었다. 폭발로 인하여 생겨난 엄청난 화염이 차량용 엘리베이터 안으로 솟구쳐 올라 여기까지 불길이 옮겨 붙었다. 건물 밖에서 매섭게 불어 오르는 바람이 화염을 위로 빠르게 밀어 올렸다. 거기에 엘리베이터 앞에 적재해 놓았던 시너는 촛불만 한 불씨도 커다란 화염으로 만들기 충분했다. 그나마 다행인 것은 차량용 엘리베이터와 사람이 있을 만한 중고차 사무실은 멀찌감치 반대에 있었다. 광활한 매장이라 어찌 되었든 불길이 사무실 쪽으로 오기에는 시간이 걸릴 것이었다. 마상철은 화염이 더 번지기 전에 아내와 아들을 찾아야 했다.

"동우야!!"

마상철은 들을 수 없는 아내 말고 귀가 멀쩡한 아들을 외쳐 불렀다. 다닥다닥 붙어 있는 중고차 사무실 외부를 뛰어가며 안쪽을 하나씩 살폈다. 그러는 마상철의 눈에 가장 먼저 띈 것은 비상용 공기 호흡기였다. 그것이 무엇이고 어디에 쓰이는 것인지 마상철은 충분히 가늠했다. 마상철은 급하게 공기 호흡기 보관함 문을 열기 위해 문고리 버튼을 눌렀다. 하지만 그것은 잠겨 있었는데 기다릴 새 없이 발로 보관함 전면의 투명 아크릴판을 강하게 차서 깨부수었다. 유리처럼 조각 난 아크릴판 사이로 손을 집어넣어 공기 호흡기 어깨끈을 움켜쥐고 들어냈다. 가볍지 않은 무게라는 것을 느낀 마상철의 다른 손이 거들기 위해 아크릴판 안쪽으로 들어갔다.

"윽!"

연기와 화염 그리고 공포 때문에 급한 마음이 손의 감각을 무디게 했을까? 조각난 아크릴판의 뾰족한 끝부분에 마상철의 손등이 길게 찢어져 버렸다. 벌어진 피부 사이로 피가 스멀스멀 새어 나왔는데 마상철은 통증은커녕 자신이 다쳤다는 것도 느끼지 못한 채 공기 호흡기를 기어이 꺼냈다. 하지만 거기까지였다. 마상철은 이 장비를 어떻게 사용할 줄 몰랐다. 그냥 지금 당장 아내와 아이를 살리는 데 꼭 필요하리라는 것만 알았다. 지체할 것 없이 공기 호흡기를 어깨에 들쳐 메고 다시 가족을 찾기 위해 일어섰다.

"아버지!!"

마상철을 먼저 알아본 것은 동우였다. 코와 입을 틀어막고 허리를 숙여 소리를 지르는 마상철이 아내와 동우가 있는 사무실 문을 열어젖히고 안으로 들어갔다.

"괜찮아? 다친 데 없어?"

동우는 대답했고 아내는 고개만 끄덕였다. 아내는 이미 눈물을 펑펑 쏟고 있었다.

"동우야. 너 이가 쓸 줄 알지? 얼른 어떻게 좀 해 봐!"

마상철은 들고 온 공기 호흡기를 동우에게 안겼다. 동우는 반색했고 태풍에게 배운 착용법을 떠올리며 침착하게 쓰기 시작했다. 동우는 오로지 생존해야 한다는 본능에 충실했다. 밸브를 연 다음 면체부터 썼다. 안면부에 빨간 버튼을 돌렸다. 곧 시원한 공기가 코와 입으로 불어 들어왔다. 작은 안도감이 들었다.

'쉬익! 쉬익!'

완벽했다. 동우는 마치 아이언 마스크라도 쓴 양 온몸에 강한 보호 감을 느꼈다. 동우는 공기 호흡기 면체 밖으로 보이는 마상철의 눈을 봤다. 마상철은 무언가를 더 기대하고 있는 표정이었다. 동우는 그게 무슨 뜻인지 금방 알아채고 보조 호흡기로 엄마의 코와 입을 막았다.

"엄마! 숨 쉬어 봐!"

눈물, 콧물 범벅에 겨우 버티고 있던 아내가 아들이 건넨 보조 호흡기의 공기를 마시는 순간 캑캑거리며 그제야 제대로 숨을 쉬기 시작했다.

"아버지는요?"

두 명밖에 쓸 수 없는 공기 호흡기였다. 동우는 난감해했다. 그때였다. 창밖으로 소방차 사이렌 소리가 들렸다.

"동우야. 난 괜찮다. 119가 왔으니 난 조금만 참고 기다리면 구조될 수 있을 거다."

아내는 보조 호흡기로 입과 코를 막고 숨을 쉬면서도 여전히 눈도 제대로 뜨지 못했다. 뜨지 못하는 눈으로 눈물만 줄줄 흘러내렸다. 마상철이 그런 아내를 보자 마음이 더 급해졌다.

"이쪽으로 와!"

마상철은 아내와 아들을 창문 가까이 데려왔다. 그리고 자신은 상체가 거의 창밖으로 다 나올 지경까지 빼 밖을 향해 마구 소리쳤다.

"여기요! 여기 사람 있어요!"

"이런! 뭔 놈의 트럭을 입구에 이렇게 많이 세워 놓은 거야!!"

태우의 고함에 채 반장이 운전대를 더 세심하게 돌렸다. 궂은 날씨 탓에 개장식 행사 준비를 덜 마치고 장비를 실은 트럭들이 오토팰리스 입구 근처에 줄줄이 서 있어, 거묵골 구조대 공작차가 진입하기가 쉽지 않았다. 커다란 소방차를 좁은 골목길로 쉽게 몰고 다니는 채 반장도 난감해했다.

"여기서 내려 뛰어가자!"

길어 봤자 100m였다. 태우가 먼저 조수석 문을 열고 내리자 뒷자리의 구조대원 모두가 양옆으로 줄줄이 따라 내려왔다. 20kg이 넘는 장비를 온몸에 두른 구조대원 5명이 바로 앞에 보이는 커다란 건축물 앞으로 마구 달리기 시작했다. 뛰어가는 대원들의 몸에서 공기 호흡기에 매달려 있는 열화상 카메라, 무전기같이 장비들이 철컥거리며 서로 부딪히는 소리가 났다.

"후착대* 오면 무전 줘요!!"

태우는 공작차에 남아 있는 채 반장에게 고개를 돌려 소리치고 뒤도 돌아보지 않고 달리기 시작했다. 대원들은 달리면서 점점 가까워지는 오토펠리스를 보며 긴장하기 시작했다. 1층에서 연기가 가장 많이 뿜어져 나오고 있었고, 차량용 엘리베이터가 운행되는 곳으로 보이는 한쪽 벽면에서는 화염과 연기가 동시에 분출되고 있었다. 3, 4층 어딘가에서 번쩍이는 불꽃이 다른 쪽으로 건너가는 광경이 보였는데 속도가 빨랐다. 연기는 모든 층에서 열린 창을 통해 폴폴거리며 뿜어져 나오고 있었다.

현관 입구까지 도착하여 여기저기에서 이미 탈출한 사람들이 웅성거리고 있었다.

"안에 사람 있어요. 안에 사람이 있다고요!"

새파랗게 질려 겁을 잔뜩 먹은 몇몇 인부들이 구조대를 보자마자 고래고래 외쳤다.

"면체 써. 열화상 장비 켜고."

---

* 사고 현장에 뒤이어 출동해 오는 소방차.

태우는 소리 지르는 사람들의 말을 애써 외면한 채 사지로 함께 들어가야 할 대원들부터 챙기기 시작했다. 멀리서 후착으로 오고 있는 다른 소방차 두 대가 보이기 시작했다. 그리고 태우의 지시가 이어졌다.

"10층으로 올라갈 거다. 거기에 이 회사 회장이 있어. 우리가 그 사람을 최우선으로 구한다."

무목이 조금 의아한 듯 물었다.

"다른 층은 진입하지 않습니까?"

태우의 눈썹이 움찔거렸다.

"안 해. 우린 10층이다. 다른 층은 진압대에 맡겨."

태우는 단호했다. 대원들은 더 토를 달지 않았다. 순간 태우의 무전기가 울리기 시작했다.

"여기 거북 하나!* 거북 하나! 거북 구조 현장 도착했는지?"

태우는 빠르게 답했다.

"여기 거북 구조! 현 시각 진입 준비 중!"

"진입해서 10층에 요구조자부터 최우선으로 구조할 것!"

"거북 구조. 사칠!"

태우는 무전기를 손에서 놓고 면체를 얼굴에 썼다. 대원들은 무전 내용을 들었고 태우의 지시도 인지했다. 그들이 가야 할 곳은 10층이었다. 맨몸으로 걸어 올라도 힘든 높이다. 거기에 층고가 높은 건물이었다. 아파트로 보자면 15층 높이다. 구조대원들이 입고 있는 방화복과 착용하고 있는 공기 호흡기 그리고 손에 들고 있는 파

* 통상 관할 소방서장을 가리키는 무전 약어.

괴용 도끼와 열화상 카메라와 같은 장비를 모두 합치면 30kg은 족히 되는 무게를 온몸으로 지탱하고 10층까지 올라야 했다. 두려움이 어찌 없을까마는 해야 할 일을 하러 갈 뿐이었고 그곳에서 이들을 기다리는 누군가를 위해 행동해야 했다. 태우와 거묵골 구조대원들은 면체를 쓴 채 눈빛으로 준비가 되었는지 서로 확인했다.

"바짝 붙어. 무전기 확인 잘하고. 10층까지 한 번에 간다. 호흡 조절 잘해!"

태우의 마지막 지시가 이어졌고 곧 건물 안으로 들어가기 시작했다. 빠르지 않은 걸음이었지만 주저함이 없었고, 신중해 보이는 몸짓이었지만 당당했다. 밖에서 지켜보던 사람들이 구조대원들의 뒷모습을 보고 웅성거렸는데 이내 사람들의 시야에서 모두 연기 속으로 사라졌다.

생과 사의 계단

"이봐!! 설 서장!! 빨리 여기로 누구든 보내란 말이야. 문을 열면 연기가 마구 들어와 바깥으로 나갈 수가 없어!"

다급하고 겁에 질린 신오수의 목소리가 휴대폰 너머로 크게 들렸다. 설한국은 그런 신오수를 안심시켜야 했다.

"회장님. 김태우 팀장과 구조대원들이 지금 막 진입했습니다. 곧 10층으로 올라갈 테니 조금만 기다려 주십시오!"

신오수는 설한국의 말에 조금 안심하면서도 몇 번을 더 독촉한 뒤에야 전화를 끊었다. 설한국은 계속 휴대폰으로 신오수의 생사를 확인하고 싶었지만, 현장 지휘를 해야 할 서장이 그럴 수도 없는 노릇이었다.

전화를 끊은 신오수는 CCTV 화면에 보이는 오토팰리스의 처참한 몰골에 망연자실했다. 이미 CCTV의 절반은 화면이 꺼진 것인지 연기 때문에 안 보이는 것인지 온통 컴컴하기만 했다. 4층 이상

상층부를 비추는 CCTV에 연기와 화염으로 둘러싸인 실내가 보였는데 곳곳에 차량으로 옮겨 붙은 불이 기세 좋게 타오르고 있었다. 그 광경을 본 신오수는 정신이 혼미하고 다리에 힘이 풀려 그대로 소파에 주저앉아 버렸다. 이룩해 놓은 것들과 꿈꾸던 장밋빛 미래가 저 붉은 화염과 함께 사라져 가는 현실을 두 눈으로 보고 있었다. 내일이면 화려하게 자신을 세상에 보여야 했다. 하지만 지금 이 순간, 불은 신오수의 모든 것을 태워 버리고 있었다. 그의 꿈, 그의 미래를.

구조대원들이 진입한 1층 로비는 이미 불이 한 바퀴 돌았다. 벽과 천장을 장식했던 화려한 커튼과 조형물은 재가 되었고 대형 LED 화면을 받치던 합판 구조물은 벌건 화염이 휘감고 격렬하게 불타고 있었다. 폭발이 시작된 지하 1층과 직접 연결되는 엘리베이터 문은 녹아내려 심하게 휘어져 있었고, 그 틈 사이로 미친 듯이 화염이 뿜어져 나오고 있었다.

"따라와!"

태우는 지난 방문 때 이미 이곳을 봐 놓았다. 그리고 비상계단이 엘리베이터 옆쪽에 있다는 것을 알았기에 발길을 그곳으로 옮겼다. 불과 연기가 가득한 로비를 구조대원들이 가로질렀는데 깊이 들어갈수록 강한 열기가 온몸으로 전해졌다.

태우가 선두에 섰고 그 뒤를 무목과 만수, 태풍과 나리 순으로 따랐다. 대원들은 들고 있는 연기 투시 랜턴을 여기저기 돌려 비춰보며 자기 앞에 위험물이 없는지 확인하며 걸었다. 무목과 다른 대원들은 태우의 공기 호흡기 뒤에서 반짝이는 점멸등에 집중하며 따랐

다. 서너 걸음, 아니 두어 걸음만 뒤처져도 점멸등마저 보이지 않을
만큼 지독한 연기였다.

'우당탕.'

"헉!"

만수가 로비에 놓인 소파에 다리가 걸려 넘어졌다. 사람들이 대
피하며 마구 흩뜨려 놓고 간 집기들이 곳곳에 널브러져 있는데 그
런 것들이 눈에 보일 리가 없었다. 나리가 만수를 일으켜 세웠다.

"정신 안 차려!?"

쓰러진 만수가 태우의 일갈에 기겁하며 일어났다. 태우는 보이
지 않았지만, 목소리가 매섭고 정확했다. 곧 태우가 비상계단 입구
에 다다랐다. 전실 문을 먼저 열고 다음 문을 열자 후끈한 열을 품
은 연기가 뿜어져 나왔다. 불행 중 다행인지 화염은 아직 올라오지
않았다. 태우는 한 손으로 얼굴을 막고 몸을 돌려 밀려 나오는 연기
에 맞섰다. 이 정도 연기가 아래에서 솟구쳐 오를 정도면 지하 계단
실 방화문이 열려있을 거라 태우는 짐작했다. 방화문은 늘 닫혀야
하는 구조였지만 사람들은 오가는 길이 편하기 위해 무엇을 문 아
래 틈에 뭔가를 끼우든지 아니면 말발굽 모양의 스토퍼를 달아 항
상 문을 열어놓는다. 만약 방화문이 닫혔다면 적어도 30분 이상은
열과 연기를 막았을 것이다.

'쉑! 쉑!'

누구의 숨소리인지도 모를 소리가 면체 밖으로 흘러나와 계단실
전체에 울렸다. 둔탁한 소리를 내며 계단을 딛고 오르는 무거운 방
수화 소리도 함께였다. 방수화 바닥이 계단 바닥에 닿는 소리가 일
정하지는 않게, 그러나 끊이지 않고 계단실 전체에 울렸다. 태우는

322

감각적으로 자신이 오르는 층이 몇 층인지 헤아렸는데, 층고가 높으니 두 번은 돌아 올라야 다음 층임을 금방 간파했다. 그렇다면 2층을 지나 3층에 오르는 중이었다. 태우는 벽이 아니라 계단 난간을 잡고 올랐다. 그렇게 자신의 위치를 고수해야 했다. 그때였다.

"거묵 구조! 거묵 구조! 여기 봉황!"

갑자기 무전기에서 들려오는 누군가의 목소리가 계단실 전체에 쩌렁쩌렁 울렸다.

"여기 거묵 구조!"

태우는 공기 호흡기 등지게 왼쪽 어깨에 달려있는 무전기 쪽으로 면체 쓴 얼굴을 바짝 갖다 대고 응답했다.

"여기 봉황! 현 위치 어딘지?"

상황실이었다.

"현 위치 계단실 진입하여 3층을 지나 이동 중!"

"거묵 구조. 오토팰리스 화재 추가 접수 계속되고 있고 현재 4층, 4층에 일가족 세 명 위급한 상태로 구조를 기다리고 있다고 함. 현 위치에서 4층으로 즉시 이동하여 인명구조 할 것! 다시 한번 알림. 4층에 요구조자 3명 위급한 상황! 즉시 4층으로 진입할 것!"

태우는 잠시 침묵했다. 뒤따르던 무목이 찰나의 시간이 길게 느껴져 끼어들었다.

"팀장님. 4층에 세 명 있답니다!"

그때 또 다른 무전이 들어왔다. 흑산 서장 설한국이었다.

"여기 흑산 하나! 거묵 구조는 10층으로 바로 진입할 것! 4층 요구조자는 후착대 투입 예정! 반복한다. 김태우 팀장과 거묵 구조 전원은 명령대로 10층으로 진입해!"

여섯 명의 구조대원 모두 각자의 무전기로 이 상황을 정확히 들었다. 상황실은 더 이상 말이 없었는데 그것은 관할 흑산 서장의 무전 개입이 있었기 때문이었다. 태우는 여전히 답을 하지 못했다. 태우의 침묵과 함께 구조대원들도 그 자리에 멈춰 서 있었다. 태우는 선택해야 했다. 설한국의 지시대로 10층의 신오수를 구할 것인가. 아니면 4층에 있을 세 명의 가족을 구할 것인가.

"야! 김태우! 대답해! 구조대원들 전원은 10층으로 바로 올라가란 말이야!"

설한국은 무전기에 소리 질렀다. 태우는 무언가 결정한 듯 오른손 엄지손가락으로 무전기 송신 버튼을 누르며 답했다.

"사칠. 거묵 구조는 계획대로 10층으로 바로 진입하겠음."

태우는 거묵골 구조대원들의 눈빛이 심하게 흔들리는 것을 느꼈다. 그리고 몸을 돌려 연기에 가려 희미하게 보이는 대원들을 향해 소리쳤다.

"잘 들어! 시간 없으니까 짧게 지시할게! 10층은 태풍이와 만수만 올라가. 나와 무목이 그리고 나리가 4층으로 간다. 태풍이는 10층 요구조자를 바로 옥상으로 올려. 그리고 항공대 헬기 유도해서 구조해."

대원들은 아무 말이 없었다. 태우는 모두 포기하지 않을 생각이었다.

"후착대보다 우리가 빠르다. 4층에 다수가 있으니 거기도 우리가 간다. 다들 알겠지?"

4층이건 10층이건 당장 가까운 소방관은 자신과 거묵골 구조대원들뿐이었다. 다 구해야 했다. 몸이 가장 가벼운 태풍과 만수를 높은 곳으로 보내는 것이 당연했다. 보조 호흡기에 한 명씩이라면 태우 자신과 나머지 둘이 4층으로 간다. 팀이 분리되는 위험을 감수해야 했지만 태우는 대원들을 믿었다. 잠깐의 정적이 흘렀고 태우는 다시 크게 숨을 크게 들이쉰 뒤 조금 낮은 목소리로 말했다.

"너희들… 나를 믿고 따라 줘야 한다. 우리가 다 구할 거다."

'쉑. 쉑.'

호흡기의 숨소리만 들릴 뿐 아무 대답이 없었다. 시간이 멈춰선 듯했다. 태우는 입술을 지그시 깨물었다. 그리고 곧 미국으로 떠나야 하는 자신과 눈앞에 후배들 사이의 거리가 멀게 느껴졌다. 그때였다.

"네. 알겠습니다."

무목이었다.

"저희 먼저 올라갑니다! 가자 만수야!"

태풍과 만수는 이미 계단을 빠르게 치고 오르기 시작했다. 뒤이어 나리가 성큼성큼 올라왔다. 연기가 비켜서듯 갈라지며 거대한 나리의 몸뚱이가 보였다.

"가요. 얼른. 4층으로!"

태우는 더 말을 잇지 않았다. 나리가 앞장섰고 무목이 나리의 뒤에 바짝 붙었고 태우는 그 뒤를 따랐다.

흑산 소방서장 설한국과 지휘조사팀이 타고 있는 지휘차가 오토 팰리스 입구에 거의 도착했다. 먼저 도착한 흑산 소방서의 모든 진압센터의 펌프차, 탱크차가 아래에 줄지어 서 있었다.

"서장님. 대응 2단계* 발령했습니다. 특수 구조대와 항공대 헬리콥터로 출동시켰습니다"

지휘팀장의 보고에도 설한국은 안절부절못한다. 시선은 오토펠리스 가장 높은 층에 고정되어 있었는데 연기는 아래층일수록 많이 뿜어져 나왔다. 화염은 1층에서 3층 사이가 가장 심했고 기세로 봐서는 곧 더 위로 올라갈 것이 분명했다. 그 아래로 소방차가 여러 대 보였고 여기저기 바닥에 얽혀 있는 소방호스는 이미 높은 수압의 물이 가득 차 있었다. 40mm 호스 여러 본이 1층 내부로 들어가 있었고 그 안으로 화재 진압팀이 불의 시작을 찾고 있었다.

"지하로 가야 해!"

불이 지하 어딘가에서 시작되었다는 인부들의 말을 들은 진압팀장이 소리쳤다. 화재 진압팀은 외부에서 지하로 이어지는 주차로 입구에서 진입을 준비하고 있었다. 화재 진압팀은 가지고 있는 모든 호스를 연결했다.

"지하로 진입해서 화점부터 찾아!"

고래고래 소리 지르며 현장을 지휘하는 설한국의 표정이 몹시 일그러져 있었다.

'쾅!!'

순간 또 한 번의 폭발이 일어났다. 아직 터지지 않은 산소탱크 중하나가 결국 열을 견디지 못하고 터진 것이다. 지하 주차로 입구에서 진입을 준비하던 진압팀 앞으로 산 같은 화염이 솟아올라 그들

---

*　광역 2호. 관할 소방서와 인접 소방서를 포함한 5~6곳의 소방서에서 인력과 장비를 동원하는 경보령.

을 덮쳤다. 아래로 걸어 들어가려던 진압팀 모두가 쓰러졌고 들고 있는 관창을 놓쳤다.

"진입 중지! 진입 중지!"

지휘팀장이 소리쳤다. 지하로 진압팀을 들여보냈다가 더 있을지 모를 폭발을 온몸으로 맞아야 할지도 모를 일이었다. 진퇴양난이었는데 화점을 잡지 못하니 불의 뒤꽁무니만 쫓아야 할 판이었다.

"연소 확대만 저지해!"

설한국이 지휘팀장에게 소리쳤다. 서장의 판단은 맞았다. 화점을 찾기에는 너무 위험했다. 불이 더 위로 번지지 않도록 하는 것만이 지금 할 수 있는 최선이었다. 하지만 지금의 폭발로 화염은 결국 4층 전체를 집어삼키기 시작했다.

"다른 서 지원은 도대체 언제 오는 거야?"

설한국이 답답한 듯 지휘팀장에게 소리치며 물었다.

"오는 길에 눈이 많이 쌓여서 출동하는 소방차들이 길에 묶여 있답니다. 거기에 퇴근 시간과 맞물려서……."

지휘팀장의 난감한 대답에 설한국은 이빨만 꽉 깨물었다.

태우와 무목 그리고 나리는 금방 일어난 폭발음에 몸이 움찔했지만 오르기를 멈추지 않았다. 곧 4층에 도착했고 내부로 진입했다. 넓은 전시장에 전시된 외제차 곳곳에 불이 붙어 타고 있었고 열과 연기가 가득했다.

"안에 사람 있어요!!??"

무목이 다급하게 소리치며 사람을 찾았다. 왼쪽 벽면에 바짝 붙어 중고차 사무실 문을 하나씩 열어재끼며 직접 눈으로 확인했다.

그러면서도 오른쪽을 경계하며 차량에서 일어난 화염이 강해지는 것을 느꼈다. 호흡이 가빠지고 눈이 아득해졌다. 그때 앞서가던 무목이 소리쳤다.

"팀장님! 여깁니다!"

태우가 연기를 뚫고 빠른 걸음으로 무목에게 다가갔다. 무목은 작은 중고차 사무실 안으로 진입하여 누군가에게 보조 호흡기를 씌우고 있었다. 태우와 나리도 그들에게 연기 투시 랜턴을 비추며 생사를 확인했다. 순간 태우의 눈이 커졌다. 태우가 가장 먼저 본 것은 보조 호흡기를 쓴 채 혼절해 있는 여인이었다. 태우는 그 여인이 말 못 하는 베트남 여자라는 것을 바로 알아차릴 수 있었다. 그 옆에 면체를 쓴 채 울고 있는 아이도 곧 확인했다. 나리는 벌써 마상철에게 보조 호흡기를 채우고 있었다.

"빨리 나가야 해!"

태우는 빠르게 여인의 머리를 앞쪽으로 해서 왼쪽 어깨에 들쳐 멨다. 그리고 왼손으로 보조 호흡기를 여인의 입에 대고 퍼지 버튼을 간헐적으로 눌렀다. 태우답지 않게 급한 동작이었다. 동우는 면체를 썼지만 아무 말 못 하고 울고만 있었다.

"무목아! 앞장서!"

태우는 무목에게 퇴로 뚫기를 지시했다. 그전 같으면 자신이 했겠지만, 들쳐 매고 있는 여인 때문에 태우는 뒤에 서기로 했다. 무목은 동우에게 팔을 잘 잡으라고 하며 먼저 사무실을 나섰다. 동우가 그나마 면체를 쓰고 있어서 그런지 상태가 가장 양호했고 무목의 말을 곧 잘 알아들었다. 나리가 마상철을 부축하며 그 뒤를 따랐다. 무목은 거침이 없었다. 들어온 길을 머릿속에 모두 외우고 있었다.

나리는 흐느적거리며 걷는 마상철의 몸을 거의 안다시피 강하게 껴안고 큰 걸음으로 무목의 뒤를 따랐다. 태우는 여인을 들쳐 매고 앞서가는 나리의 공기 호흡기 점멸등을 응시한 채 빠져나가고 있었다.

무목은 금방 계단실 입구를 찾았다. 그리고 잠시 생각했다. 1층 아니 옥상? 어느 곳으로 피해야 할까? 1층은 가깝지만 열과 연기가 강하다. 옥상은 열과 연기는 약하지만 오르기 힘들 것이다. 고민할 문제가 아니다. 시간은 인간의 편에 있지 않았다. 무목의 판단은 1층이었다. 올라가서 옥상으로 대피하기엔 가지고 있는 공기를 가늠하기 어려웠다. 여인과 마상철에게 보조 호흡기를 물린 태우와 나리는 두 배 아니 그 이상의 공기를 소모할 것이다. 거기에 공황에 가까운 공포에 질린 고령의 요구조자를 데리고 옥상까지 오르기란 불가능했다. 비록 뜨겁고 어둡지만 1층이 최선이었다. 이제 무목의 판단으로 더 좁고 더 어두운 이곳을 내려가야 했다.

"아래로 갈게요! 1층이 불길에 더 휩싸이기 전에 그쪽으로 빠져 나갈게요!"

무목이 뒤를 향해 소리쳤다.

"1층! 1층!"

나리가 고개를 뒤로 돌려 연기에 가려 보이지 않는 태우에게 가야 할 곳을 소리쳤다.

"좋아! 1층!"

태우는 답했다. 하지만 불안했다. 태우가 걱정하는 것은 단 하나. '폭발, 폭발만 없으면 돼.'

아직 남아 있는 지하의 산소탱크 폭발이 걱정되었다. 하지만 무목의 판단에 동의했다. 그것이 최선이었고 태우라도 그렇게 했을 것이다. 뭘까? 태우는 처음으로 현장에서 후배의 판단에 기대고 있었는데 알 수 없는 편안함이 느껴졌다. 살고 죽는 운명이 나의 동료에게 맡겨진 지금, 이 순간. 태우는 지금까지와 다르게 내가 아닌 다른 사람을 따르고 있었다.

"계단! 천천히!"

무목이 계단실에 접어들면서 소리를 지르며 속도를 제어했다. 여인을 매고 있는 태우는 더 조심해야 했다. 태우는 천천히 발을 아래로 내디뎠다. 계단실의 연기는 오를 때 보다 더 짙었는데 대원들의 연기투시랜턴 불빛마저 모두 집어삼켰다. 태우는 숨이 가빠지기 시작했다. 여인의 몸이 앞으로 쏠릴까 봐 허리를 깊이 숙이지도 못했다. 오른손은 여전히 여인에게 쓰인 보조 호흡기의 퍼지 버튼을 누르며 여인에게 공기를 공급하며 속으로 읊조렸다.

'살 수 있어요. 제가 꼭 살려 줄게요.'

그때 태우의 무전기에서 요란한 목소리가 들려왔다.

"거묵 구조! 거묵 구조! 10층! 10층 요구조자 구조했는지!?"

설한국이었다. 태우는 답하지 않았다.

"거묵 구조! 김태우 팀장!! 서장이다. 10층 도착했는지 답해!"

날카롭고 강압적인 설한국의 소리가 더욱 크게 무전기 밖으로 뻗어 나왔다. 그러자 앞서 가던 무목과 나리가 잠시 멈춰 섰다. 태우가 무전에 답하지 않으면 무목은 자기라도 응답해야 할지 고민했다. 그렇게 둘은 태우를 기다렸는데 곧 태우가 계단을 따라 내려왔다. 태우의 연기투시랜턴만 흔들리며 보일 뿐이었는데 순간 태우가 소리쳤다.

"뭐 하고 있어?! 빨리 안 내려가고!! 무전 응답할 필요 없어! 사람 구한다고 바빠 죽겠고만, 무슨 무전이야! 빨리 내려가!!"

무목과 나리는 태우의 말이 끝나자 누가 먼저랄 것도 없이 몸을 계단 아래로 돌려 다시 내려가기 시작했다.

태풍과 만수는 턱 밑까지 차오르는 숨을 겨우 참으며 마지막 계단을 오르고 있었다. 둘은 거의 달리다시피 계단을 올랐는데 연기는 10층까지 가득했다. 그 와중에 태풍은 설한국의 짜증 섞인 무전에 답할까 잠시 고민했지만 그럴 겨를도, 그럴 힘도 없었다.

10층 계단실 문을 열고 들어가자 큰 복도가 있었고 그 끝에 연기에 가려진 커다란 문이 보였다. 10층은 계단실 문이 닫혀 있어 연기가 거의 들어오지는 않았다. 태풍은 직감적으로 그곳이 누군가의 방처럼 보였고 달려가 문고리를 잡아 돌렸다.

"어라?"

문이 잠겨 있었다.

"만수야. 재껴!"

만수는 태풍의 말이 끝나기 무섭게 두꺼운 원목으로 만들어진 문의 문고리 틈 사이에 다목적 도끼*를 끼우고 옆으로 강하게 틀어 재꼈다.

'콰직.'

문고리가 뜯겨 나가며 문이 열렸고 둘은 안으로 진입했다. 뒤따라 연기도 함께 안으로 따라 들어갔다.

---

* 　　　구조용 소형 도끼. 도끼의 형태에 뒷부분은 빠루 모양으로 되어 있다.

"왜 이제 오는 거야!! 도대체 아래는 어떻게 되어가고 있어? 콜록!!"

신오수는 구조대원들을 바라보자마자 소리쳤다. 마주 다가오는 태풍은 자신을 바라보며 소리치는 한 노인을 보며 그가 서장이 말하는 사람이었음을 금세 알았다.

"어르신! 여기 다른 사람 없죠? 연기 많으니까 아무 말씀하지 마세요!"

태풍이 신오수의 입과 코를 보조 호흡기로 막았다. 신오수는 이 상황에서도 어르신이라고 부르는 태풍의 말이 거슬렀는지 눈썹을 치켜뜨며 뭐라 더 말하려 했지만, 태풍이 누르는 보조 호흡기로 공기가 거세게 밀려 들어와 그러지도 못했다.

"어르신! 숨 쉬세요! 숨!"

"흡!"

태풍은 보조 호흡기로 신오수의 입과 코를 막았고, 퍼지 버튼을 연속으로 눌러 공기를 공급했다. 신오수는 빽빽하게 밀려 나오는 보조 호흡기의 공기를 힘차게 들이마셨다. 신오수도 살아야 했기에 숨 쉬는 게 우선이었다. 불타오르는 오토팰리스가 어찌 되어 가고 있는지 아는 것은 그 후의 일이었다.

"예~ 예~ 잘하고 계십니다. 지금부터 저희랑 같이 나갈 겁니다. 보조 호흡기 밴드를 머리에 채워 드릴 테니 절대 벗지 마시고 제 옆에 바짝 붙어서 따라오세요."

태풍이 그러고 있는 동안 만수는 드넓은 신오수의 집무실 곳곳을 둘러보며 다른 사람이 있는지 확인했다. 여기저기 고급스러운 가구와 벽장에 진열된 사치품들 사이사이를 뒤지며 혹시 쓰러져 있는 사람이 없는지 확인했다.

"형! 다른 사람은 없어요!"

"오케이. 올라가자!"

둘은 빠르게 신오수를 데리고 집무실을 벗어났다. 복도를 지나며 태풍은 신오수에게 마지막 주의를 줬다.

"계단실로 나가면 연기 가득하니까 제 팔 꽉 잡으세요. 옥상으로 올라갈 겁니다. 조금만 참으세요."

보조 호흡기 때문에 말을 할 수 없는 신오수는 고개만 끄덕였다. 만수가 앞서 나가며 계단실 문을 열자 연기가 쏟아져 들어왔고 신오수의 눈이 커다래지더니 바로 두 눈을 감아버렸다.

"만수야! 먼저 올라가!"

태풍이 외치자 만수가 앞장섰다. 태풍은 신오수를 부축하며 만수 뒤에 바짝 붙어 계단을 오르기 시작했다. 신오수는 두 눈을 질끈 감은 채 태풍의 팔을 강하게 부여잡고 두 발을 더듬듯 계단을 올랐다. 그런 신오수 때문에 오르는 속도가 더뎠지만 두어 바퀴 돌아 오르자 옥상 문이 나타났다. 마음 급한 만수가 문고리를 잡고 옆으로 돌렸다.

"이런."

문은 잠겨 있었다. 비상시 대피 층이 되어야 하는 옥상 출입문은 항상 열려있어야 했지만 잠겨 있었다.

"형! 조금만 기다려요. 문이 잠겨 있어요! 재낄게요!"

만수가 외치자 태풍은 짜증 난다는 듯 신오수를 보고 외쳤다.

"저기요. 어르신! 어르신이 여기 사장님이시죠? 비상구를 이렇게 잠가 놓으면 어떡합니까?"

이 와중에 자신을 타박하는 태풍에게 보조 호흡기를 문 채 뭐라 말하려 했지만 태풍은 손으로 보조 호흡기를 신오수의 얼굴에 더 강하게 누르며 압박했다.

'덜컥.'

"오케이. 나가자!"

만수가 능숙하게 옥상 출입문을 강제로 열자 태풍은 신오수를 먼저 문밖으로 밀며 옥상으로 나갔다. 그리고 신오수에게서 보조 호흡기를 떼어냈다. 그리고 자신도 헬멧을 벗고 면체를 벗었다. 뒤따라 나온 만수는 걸어 나오며 면체를 벗어 목에 걸었다. 만수의 얼굴과 머리에서 뜨거운 김이 모락모락 피어올랐다. 태풍은 눈짓으로 만수에게 안부를 물었고 만수도 고개를 끄덕였다.

"하!"

신오수는 허리를 숙여 두 손을 무릎에 기댄 채 거친 숨을 내뿜었다. 들숨보다 날숨이 더 거칠었다. 그렇게 몇 번 겨우 숨 쉬더니 힘겹게 허리를 펴고 고개를 들었다.

어둑해진 하늘에서 내리는 함박눈이 온 하늘을 뒤덮고 있었다. 뽀송한 눈송이가 열기 가득한 신오수의 얼굴 피부에 툭툭 닿자마자 녹아내렸다. 녹아내린 물기에 신오수는 한기를 느꼈다. 아래에서 위로 들이치는 바람이 옥상에서 회오리를 만들었다. 회오리는 건물이 타오르며 생성된 온갖 연기를 가지고 옥상으로 올라왔다. 매캐한 연기가 바람을 타고 늙은 신오수의 몸을 밀쳤고 그는 현기증마저 느끼며 휘청거렸다.

"어이쿠. 어르신. 괜찮으세요?"

태풍이 비틀거리는 신오수의 몸을 부축했다.

"이곳이 모두 불타고 있는 것이오?"

신오수는 자신의 몸을 지탱해 주는 태풍에게 물었다. 태풍은 뭐라 대답할 찰나에 무전이 울렸다.

"거묵 구조! 거묵 구조! 여기 갈매기 하나! 갈매기 하나! 3분 후 도착 예정! 옥상으로 접근하겠음!"

"여기 거묵 구조! 랜턴 불빛으로 유도하겠음!"

태풍은 고개를 돌려 신오수를 봤다. 신오수는 자신의 질문에 답하는 줄 알고 눈을 크게 뜨고 태풍의 얼굴을 빤히 바라봤다.

"어르신! 헬기가 곧 올 겁니다. 그러면 우리 항공 구조대원이 어르신을 헬기로 올릴 거예요!"

신오수는 넋 나간 표정으로 답했다.

"아니……. 여기, 오토팰리스 말이오. 모두 불타고 있소?"

태풍은 잠시 뜸을 들이다 안타깝다는 표정으로 말했다.

"이따 하늘에서 직접 보세요."

태풍의 말에 신오수가 고개를 숙였다.

"형! 헬기!"

만수가 왼편 먼 하늘을 보고 소리쳤다.

"만수야. 랜턴 위로 흔들어!"

만수는 태풍의 지시에 'H'자가 그려진 옥상 중간으로 가 하늘을 향해 연기 투시 랜턴을 흔들었다. 아직 밤은 아니었지만 먹구름이 잔뜩 긴 초저녁의 하늘은 어둑어둑했다. 태풍의 표정이 심상치 않았는데 어둠보다 아래에서 밀어 올려 오는 바람이 걱정되었다. 사람을 달아서 올리려면 헬기는 제자리에서 일정 시간 머물러야 했지만, 솟아오르는 바람에 헬기가 버텨줄지 걱정이었다.

그러는 사이 헬기가 하강 풍을 마구 일으키며 옥상 10m 상공까지 접근했다. 만수는 헬기가 가까이 오자 더 이상 랜턴을 흔들지 않고 옆으로 비켜섰다. 태풍과 만수, 신오수까지 고개를 위로 들어 헬기를 바라따라오다봤다. 헬기 옆문이 열리고 항공 구조대원의 모습이 보였다. 항공 구조대원은 위에서 옥상과 헬기 파일럿을 번갈아 보며 뭐라고 소리치기 시작했다. 아마 호이스트를 내릴 위치를 파악하는 듯했다. 그러기를 잠시, 헬기는 정지하는 듯 공중에 떠 있다가 이내 비틀거리며 위아래로 오르락내리락을 반복했다.

"안 될 것 같은데……."

태풍은 예상했던 대로 바람 때문에 헬기가 하버링*을 할 수 없다는 것을 알아챘다.

태풍의 생각이 맞았다. 항공 구조대원은 아래에 있는 태풍을 바라보며 양팔을 자기 가슴으로 가져가 엑스 자(字)를 만들었다. 하버링이 불가능하다는 신호였다.

"이런. 젠장!"

어쩔 수 없었다. 바람은 헬기 추락의 가장 큰 원인이다. 자칫 헬기가 옥상으로 추락한다면 더 큰 사고가 일어난다. 헬기 파일럿과 항공 구조대원의 판단을 존중해야 했다.

"봉황! 봉황! 거묵 구조! 옥상 헬기 구조 불가! 계단으로 내려가겠음!"

태풍의 무전에 설한국의 무전이 즉시 들려왔다.

"무슨 소리야!! 헬기가 안 된다니!? 그리고 너 누구야? 팀장! 팀

---

* 헬기가 공중에서 정지해 있는 상태.

336

장 어딨어?"

태풍은 즉시 답했다.

"바람 때문에 헬기 하버링 불가합니다! 화염이 더 올라오기 전에 계단으로 내려가겠습니다! 그리고 팀장님 여기 없습니다."

설한국은 더 이상의 말을 잇지 못했다. 안에서 거묵골 구조대의 구조작업이 어떻게 돌아가는지 당최 알 수가 없었다. 동시에 자기의 지시를 따르지 않은 태우에게 괘씸함을 느꼈다. 그렇다 한들 직접 불 속으로 뛰어들어 사람을 구하는 대원들에게 계속 뭐라 소리칠 일도 아니란 걸 알기에 더 말하지 않았다.

헬기는 서서히 고도를 올려 검은 하늘로 사라졌고, 거센 헬기 하강풍 때문에 뒤로 물러서 있었던 신오수가 태풍에게 소리쳤다.

"이 봐! 왜 그냥 돌아가는 거요? 나를 구해야 할 것 아니오?!"

"안 돼요! 바람이 강해서 구조가 어렵습니다. 1층으로 내려갈게요. 다시 보조 호흡기로 호흡 잘하시고 저 꽉 잡고 따라오세요!"

태풍의 말을 마치고 만수를 바라봤다.

"얼마 남았어?"

"140이요."

만수의 답을 들은 태풍은 자신의 공기탱크 게이지를 봤다. 게이지 바늘이 120을 가리키고 있었다. 신오수와 함께 쓰며 이동한 탓에 만수보다 남은 공기가 적었다.

"형 내가 데리고 갈게요."

조금이라도 공기가 많은 만수가 보조 호흡기를 신오수에게 씌워야 했다. 태풍은 무언의 동의를 했고 둘은 면체를 다시 썼다. 만수는 보조 호흡기로 신오수의 입과 코를 막았다. 그 사이 태풍이 옥상 문을 열었다. 문을 열자 연기가 펄펄 솟아 나왔다. 태풍은 숨을 크게 한 번 들이쉬고 뒤를 바라봤다. 만수가 보조 호흡기를 쓴 신오수의 왼쪽 어깨와 팔을 바짝 붙잡은 채 서 있었다. 태풍이 손으로 계단 아래를 가리켰고 만수가 고개를 끄덕였다.

무목은 계단을 거의 다 내려왔음을 확인했다. 아래에서 올라오는 연기 양이 많아지고 방화복을 뚫고 들어오는 열기의 뜨거움도 더 강했기 때문이었다. 1층이 가까이 왔다는 것을 온몸으로 느끼고 있었다. 그러면서 보이지도 않은 뒤를 바라보며 외쳤다.

"나리야! 1층 다 왔어! 팀장님 확인해!!"

나리도 뒤를 바라봤다. 태우의 거친 숨소리만 들렸다.

"팀장님! 1층입니다!"

태우는 대답이 없었지만 나리는 신경 쓸 수 없었다. 무목은 옆에 있는 동우의 팔을 강하게 잡으며 자신의 몸에 밀착시켰다. 1층 로비로 나가는 비상문 앞에 서서 열기를 확인했다. 천만다행인지 1층은 화재진압대가 그나마 불을 어느 정도 잡아 놓은 상태였다. 문제는 여전히 화점이 있는 지하에서 올라오는 연기였다. 지체할 수 없었다. 무목은 문을 열고 1층 로비로 나갔다. 화재 진압대가 여기저기 물을 뿌려대고 있었다.

"여기!! 빨리! 빨리!"

비상문을 열고 나오는 무목과 동우를 본 화재진압대원들이 소리쳐 다른 대원들을 불렀다. 뒤따라 나오는 나리와 마상철도 확인했다. 마상철은 나리에게 질질 끌리다시피 따라 나왔는데 상태가 좋아 보이지 않았다. 그리고 마지막으로 태우가 나왔다. 태우는 거침없이 로비를 내질러 현관문으로 갔다. 구조대원 세 명과 그리고 그들에게 구조된 세 명이 오토팰리스 1층 현관 밖으로 모습을 보였다.

많은 소방관과 어떻게 알고 왔는지 모를 몇 명의 언론사 기자들의 눈이 일제히 거묵골 구조대원들에게 향했다. 기자들은 포토라인을 넘어 그들에게 달려들 기세였는데 경찰 통제로 그러지 못하고 카메라 플래시만 사정없이 터뜨렸다. 태우는 바로 앞에서 번쩍이는 카메라에 눈을 찡그리면서도 차오르는 숨을 겨우 참으며 구급대원들이 대기시켜 놓은 접이식 들것에 여인을 눕혔다. 마상철은 의식은 있었지만 눈을 뜨지는 못했다. 동우는 그나마 몸을 가눌 수 있었는데 면체를 벗자마자 여인에게 바로 달려갔다.

"엄마!"

태우는 여인을 내려놓고 헬멧과 방화두건 그리고 면체를 차례로 벗었다. 그리고 의식을 잃고 온몸을 축 늘어뜨린 채 누워 있는 여인을 말없이 바라봤다. 여인의 입에는 산소호흡기가 쓰였고 구급대원들은 동우를 떼어놓으며 여인을 구급차에 실었다. 동우는 자기는 괜찮다며 끝내 여인과 함께 같은 구급차를 탔다. 마상철은 다른 구급차에 실려 나갔다. 무목과 나리도 면체를 벗고 겨우 숨을 고르고 있었다. 구조공작차에서 대기하고 있던 채 반장이 어느새 옆에 와 있었다.

"팀장님! 괜찮으세요?"

태우는 채 반장의 물음이 들리지 않았다. 여인과 동우를 싣고 떠나는 구급차 뒷모습만 바라보고 있었는데 구급차가 시야에서 사라지고 나서야 밀려오는 피로감을 온몸으로 맞으며 얼굴을 찡그렸다.

"태우야! 너 왜 10층으로 안 간 거야!?"

그때 어딘가에서 설한국이 태우를 보자마자 소리치며 다가왔다.

"야! 내가 10층으로 가서 회장부터……."

설한국은 급하게 말을 멈추고 주변을 둘러봤다. 기자들이 경찰의 저지를 뚫고 태우가 있는 쪽으로 우르르 몰려와 연신 카메라 셔터를 누르며 질문하기 시작했다.

"구조팀장님!!! 현재 내부 상황은 어떻습니까?"

"방금 구한 사람들은 어떻게 구조한 건가요?"

기자들은 질문을 앞다투어 쏟아냈는데 설한국은 표정이 바뀌며 기자들을 응대하기 시작했다.

"자! 자! 저희 대원들 말고 제가 상황을 설명하겠습니다."

설한국은 고개를 태우 쪽으로 보며 눈을 서로 잠시 마주친 후 기자들을 임시로 마련된 지휘부 텐트로 이끌고 갔다. 태우는 표정 변화 없이 가만히 서 있기만 했는데 머릿속에는 오직 구급차에 실려 간 여인 생각뿐이었다. 그리고 자기도 모르게 지금과 아주 상관없는 단어를 속으로 떠올렸다.

'누나…….'

그때였다. 익숙한 목소리가 무전기에서 다급하게 들려왔다.

"거묵, 거묵 구조 하나!! 여기… 둘…. 도와주십시오!"

태우는 어깨에 달린 무전기를 손으로 잡고 말했다.

"거묵 구조 둘!! 여기 하나! 태풍아! 조태풍! 거기 어디야?"

"모르겠습니다. 지금… 헉. 헉. 계단으로 내려갑니다. 도와주십시오. 팀장님."

"태풍아! 너 어디야? 괜찮아?"

"무묵이 형…. 빨리 와 줘."

340

태풍이 죽어가고 있다는 것을 태우와 대원들은 느꼈다. 무목과 나리의 눈이 커지기 시작했다. 태우는 그런 둘에게 빠르게 지시했다.

"장비 착용해! 다시 들어 가자!"

무목과 나리는 대답 대신 이미 면체를 착용하기 시작했다. 대원들 뒤에 서 있던 채 반장이 급히 태우에게 달려갔다.

"저도 같이 갈게요!"

태우는 잠시 생각하듯 하다가 주위에 들리지 않게 작게 말했다.

"채 반장님. 장비 다 착용하고 차에서 채널 9번으로 돌려놓고 대기하세요. 제가 부르면 그때 오세요."

태우는 말 끝나기 무섭게 뒤돌아 달렸고 채 반장은 무슨 뜻인지 가늠하기 어려웠지만 되묻지 않았다.

눈

    태우와 무목 그리고 나리가 마상철 가족을 구조할 때 태풍과 만수는 신오수를 데리고 계단을 내려오고 있었는데 신오수가 그만 패닉에 빠졌다. 구조대원이 준 보조 호흡기로 숨은 쉴 수 있었지만, 연기 때문에 아무것도 보이지 않은 계단실을 눈을 감고 부축만으로 내려온다는 것에 대한 심리적 압박을 견디지 못한 것이다. 신오수는 어느 순간 어쩌다 눈을 떴는데 연기 때문에 순간 찢어질 듯 눈이 아파오는 통증을 느꼈다. 다시 눈을 감으려니 통증이 더 심해졌고 눈물이 마구 쏟아졌다. 함께 계단을 내려가는 만수의 팔을 마구 부여잡고 통증을 호소했지만 소용이 없었다. 이러다 죽을지도 모른다는 공포가 더욱 신오수의 심장을 조여 왔다. 그와 함께 호흡도 더 힘들어졌다. 공포와 스트레스가 숨을 더 가쁘게 했다. 늙은 신오수의 몸에는 불필요한 이산화탄소가 빠르게 쌓였고, 즉시 혈액을 따라 올라 뇌신경을 자극했는데 그것은 이곳을 빨리 나가야 한다는 처절한 회피본능을 강하게 촉진했다. 신오수는 결국 보조 호흡기를 제 손으로 벗어 버렸는데 그것은 회피 본능의 극단적 표현이었다.

"컥!! 사… 살려……."

요구조자의 이상한 움직임을 직감한 만수가 신오수에게 고개를 돌렸을 땐 이미 그는 독한 연기를 두어 모금 마시고 계단에 주저앉으려 하고 있었다.

"어르신!!!!"

만수는 기겁하며 신오수를 일으켜 세우려 했다. 하지만 만수에게 들이닥친 것은 패닉에 빠진 신오수의 무지막지한 손이었다.

"악!"

신오수는 만수의 얼굴에 쓰인 면체를 벗기려 했다. 그것을 써야 살 것 같았기 때문이었다.

"안 돼요!!"

만수는 소리치며 신오수를 밀어냈지만, 그의 손은 이미 만수의 면체를 반쯤 벗긴 상태였다.

'치익~!'

면체 안에 머물던 양압의 공기가 바깥으로 빠르게 소실되기 시작했다. 만수는 얼마 남지 않은 공기를 가늠하지 못했다. 그것은 소방관에게 심한 두려움을 안긴다. 살기 위해 한 모금이라도 아껴야 할 공기가 수도꼭지 물 틀어놓은 듯 쏟아져 나가고 있었다.

"흡! 흡!"

그 와중에 만수는 연기가 자신의 코와 입으로 역류해 들어오는 것을 느끼고 숨을 멈췄다. 하지만 그것도 잠시. 격렬한 몸싸움에 입이 벌어지며 어쩔 수 없이 연기를 들이마셨다. 면체 스트랩*이 만수의 머리를 감싸고 있기에 완전히 벗겨지진 않았다. 그러기에 더 신오수는 악을 쓰고 만수의 얼굴에서 면체를 뜯어내려고 했다

"캑…. 내…놔……. 그거 내놔…!"

탐욕과 생존 본능 가득한 노인의 힘은 강했다. 평생 살기 위해 고기를 썰었던 신오수의 아귀힘이 상당했다. 만수는 신오수의 손을 뿌리치기 힘들었다. 만수와 신오수의 격렬한 움직임을 눈치챈 태풍이 이내 달려들어 신오수를 만수에게서 떼어내려 했지만 신오수는 필사적으로 저항했다.

'삐익~~!!!'

순간 만수의 공기 호흡기에서 경고음이 울리기 시작했다. 벗겨진 면체에서 뿜어져 나오는 공기의 소실량이 많았기 때문이었다.

"읍! 제발…. 이러지 마세요…!"

만수도 자신의 힘과 의지가 서서히 꺾여 가는 것을 느끼던 찰나였다. 거기에 공기 호흡기 경고음까지 듣고 이러다 둘 다 죽을지도 모른다는 두려움이 들었다. 셋은 한대 엉켜 계단 아래로 굴러떨어지듯 내려왔다. 태풍의 안간힘으로 겨우 신오수를 만수에게서 떼어내는 데 성공했다. 계단과 계단이 꺾어져 이어지는 계단참에 혼자 널브러진 신오수는 파닥거리며 연기의 고통을 온몸으로 받아내고 있었다. 그것은 죽음이었고, 지옥이었다.

"만수야!"

태풍은 만수를 부르며 얼굴을 확인했다. 벗겨진 면체로 공기는

---

* 　면체에 장착되어 소방관의 머리를 감싸며 고정하는 밴드.

여전히 빠르게 소모되고 있었다. 정신이 혼미해진 만수는 면체를 수습할 기력이 없었다. 태풍은 연기 사이로 희미하게 보이는 만수의 얼굴을 더듬으며 면체를 다시 만수 얼굴에 씌웠다. 두건과 헬멧 그리고 면체 스트랩이 이리저리 엉켜 제자리를 찾아가지 못했다. 태풍은 어쩔 수 없이 만수 면체의 바이패스 밸브**를 열었다.

"만수야! 정신 차려!"

높은 압력의 공기가 만수의 면체 안에서 뿜어져 나왔고 태풍은 면체를 만수 얼굴에 바짝 붙여 공기를 마시게 했다. 그리고 거의 울다시피 만수를 깨우기 시작했다. 그제야 만수는 희미하게 정신을 차리기 시작했다.

"만수야! 호흡해! 숨 쉬라고!"

만수는 태풍의 말을 알아들었는지 그제야 흑흑 소리를 내며 울음 섞인 숨을 쉬기 시작했다. 태풍은 탱크의 공기가 거의 바닥임을 직감하고 바이패스 밸브를 다시 닫았다. 여전히 만수의 공기 호흡기 경보음이 멈추지 않고 울리면서 계단실 전체에 진동했는데 그 찢어질 듯한 소리가 더 큰 두려움으로 다가왔다. 결국, 만수는 눈을 심하게 한 번 찡그리더니 태풍을 보고 말했다.

"태풍이 형…. 요구조자… 그 어르신은?"

만수는 소방관이었다. 그리고 구조대원이었다. 죽음의 문턱에 다가갔다가 온 만수는 자신이 구해야 할 사람, 자신을 죽일 뻔한 사람의 안부를 물었다. 태풍도 만수의 물음에 정신을 가다듬으며 신오

**   소방관이 착용하는 공기 호흡기 면체에 있는 공기 조절 밸브. 열게 되면 공기가 호흡 여부와 상관없이 지속적으로 강하게 공급된다. 하지만 그만큼 탱크의 공기가 빠르게 소모된다.

수에게 다가가 자신의 보조 호흡기를 입에 물리고 퍼지 버튼을 눌렀다. 신오수는 이미 의식을 잃은 상태였다. 태풍도 극도의 피로감이 몰려오기 시작했다. 순간. 만수가 급하게 다가와 태풍의 어깨를 마구 두드렸다. 동시에 만수는 헬멧을 마구 벗고, 면체도 벗었다. 순간 태풍은 더 이상 만수의 공기 호흡기 경보음이 울리지 않는 것을 알았다. 만수의 공기 호흡기 탱크에는 단 한 모금의 공기도 남아 있지 않게 된 것이다. 최악이었다. 태풍은 고개를 뒤로 젖히고 절규했다.

"아악~~!"

태풍은 신오수에게 주었던 보조 호흡기를 바로 만수에게로 옮겼다. 만수는 태풍의 보조 호흡기를 입에 대고 깊은 호흡을 몇 번 하고 나더니 스스로 호흡기를 떼고 다시 신오수의 얼굴로 보조 호흡기를 가지고 가 그의 코와 입을 덮었다.

"그냥 너만 해! 인마!"

태풍은 만수에게 소리쳤다. 하지만 만수는 멈추지 않았고 신오수와 번갈아 보조 호흡기로 호흡하기 시작했다. 이런 만수의 표정이 희한하게도 편안해 보였다. 자기 발 앞에 떨어져 죽은 어린 아기의 모습을 보고 죽을 만큼의 무력감과 우울증에 시달렸던 구조대원 정만수. 그는 지금 다시는 누군가를 자기 앞에서 죽게 만들지 않겠다는 처절한 신념을 온몸으로 보이고 있었다.

태풍은 자신의 공기 호흡기의 남은 압력을 확인했다. 그러는 중에서도 손은 벌벌 떨렸고 호흡은 더 거칠어졌다. 남은 공기는 70bar. 태풍은 알고 있었다. 신오수를 포기하고 만수와 둘이서 나갈 수 있는 충분한 공기라는 것을. 태풍은 즉시 행동해야 해야 했고, 만수를 일으켜 세우려 했다. 만수는 무슨 일인가 싶어 따라 일어섰고,

태풍은 말없이 만수의 오른팔을 강하게 잡아당기며 계단 아래로 내려가려고 했다. 만수는 순간 태풍이 붙잡은 자신의 팔에 힘을 주며 멈춰 섰다. 그리고 고개를 저었다. 입에 댄 보조 호흡기 사이로 만수의 음성이 들리기 시작했다.

"데리고 나갈 거야!"

동시에 신오수를 들쳐 메려고 허리를 숙였다. 하지만 태풍은 신오수를 포기해야 한다고 판단했다. 바닥난 체력과 온몸을 감싸는 죽음에 대한 공포와 절망감이 또 다른 육신을 들어 올릴 힘을 내기 어렵다는 것이 태풍의 생각이었다. 그것은 자신과 만수가 살 수 있는 매우 현실적인 길이었다. 태풍은 만수를 바라보며 고개를 저으며 말했다.

"포기하자. 만수야. 너도 살아야 하잖아."

태풍의 음성은 울고 있었다. 그걸 모를 일 없는 만수도 울며 답했다.

"형······. 나 다시는 내 앞에서 사람 죽는 거 못 봐. 살았든 죽었든 데리고 갈 거야. 그러니 형이 도와줘. 부탁이야."

만수의 말에 태풍은 고개를 숙였다. 눈물이 면체 안에서 뚝뚝 떨어졌다. 아내 미애가 생각났다. 스치듯 떠오르는 미애의 모습은 온전했다. 양팔이 모두 있었다. 태풍은 흑흑거리며 눈물을 흘렸다. 미애가 너무 보고 싶었다. 아마. 지금 신오수를 두고 간다면 미애가 자신을 가만두지 않았을 것 같았다. 목을 매 죽으려 했던 아내를 살리려던 그 마음 그대로 태풍은 또 다른 누군가를 살려야 한다는 생각에 이르렀다. 그리고 이를 악물었다.

태풍은 결국 막내의 말에 동의했다. 곧 만수가 신오수를 들 수 있게 거들며 말했다.

"한번 해 보자."

기어이 둘은 신오수와 함께 계단을 다시 내려가기 시작했다. 자신을 죽일 수도 있는 사람이었다. 하지만 둘은 그저 구조대원으로서의 일을 해야 했다. 축 처진 신오수의 늙은 몸을 들고나가야 했다. 만수의 말처럼 죽었든 살았든 말이다. 태풍은 그러면서도 겨우 정신을 가다듬고 도움을 청하기 위해 무전기에 입을 갖다 댔다.

"거묵…. 거묵 구조 하나!! 여기… 둘…. 도와주십시오!"

'쾅.'

1층 로비에 진입하여 계단실로 가로질러 걸어가는데 또다시 지하층에서 폭발이 일어났다. 아직 터지지 않은 산소 탱크가 몇 개 남아 있는지 모를 일이었다. 태우도 남은 탱크의 수를 알 수 없었고, 거묵골 구조대가 폭발의 중심에 있게 될 수도 있다고 느꼈지만 가던 길을 멈출 수 없었다.

"어이! 구조대! 들어가면 안 돼!"

1층에서 화재 진압을 하던 진압팀장이 태우에게 외쳤다. 동시에 무전에서는 1층에서 활동 중인 전 대원은 즉시 철수하라는 지휘팀장의 목소리가 들려왔다. 폭발 때문이었다. 진압팀장은 한 번 더 태우에게 외쳤다.

"이봐! 안 들려? 다 나가야 한다고!"

지휘팀장의 다그치는 소리가 더 크게 들렸지만 태우는 걸음을 멈추지 않았다. 지금의 상황을 봐서는 지하에서 폭발이 더 있을 것이라는 지휘부의 판단이었다. 이미 진압팀은 모두 그곳을 빠르게 이탈하고 있었다. 하지만 붉은 헬멧의 구조대원은 더 빠른 걸음으로 연기 속으로 사라져 들어갔다. 1층 로비는 결국 아무도 없게 되었는데 폐허가 된 그곳은 곧 다가올 또 다른 폭발을 기다리고 있었고 비록 지금은 불이 거의 꺼졌지만 폭발이 일어난다면 여지없이 불길에 다시 휩싸일 것이었다.

"뛰어!"

태우는 계단실에 들어오자마자 속도를 냈다. 발은 두 계단씩 성큼성큼 올랐고 손은 계단 난간을 강하게 잡아당겼다. 무목과 나리의 숨소리가 뒤에서 거칠게 들려왔다.

'어디 있니? 태풍아. 만수야.'

태풍과 만수가 그리 높지 않은 곳에 있어야 했다. 태우도, 무목도, 나리도 공기 호흡기의 탱크를 교체하지 않고 올라왔다. 남은 공기를 가지고 높이 올라갈수록 모두가 위험해질 것이다.

그렇게 네 바퀴 아니 다섯 바퀴 정도 돌았을까? 계단을 힘겹게 내려오고 있는 태풍과 만수 그리고 신오수를 발견했다.

"무목아! 나리야! 여기! 어서!"

태우가 랜턴으로 누군가의 얼굴을 비췄다. 태풍이었다.

"팀장님……."

면체 안으로 비치는 태풍의 얼굴은 땀과 눈물로 범벅이 되어 있었다. 그가 느꼈을 공포 그것을 이겨내기 위해 움직였을 모진 발버둥이 그대로 느껴졌다. 나리가 만수에게서 혼절해 있는 신오수를 먼저 받아냈다. 그리고 신오수에게 보조 호흡기로 공기를 공급했다. 무목은 만수에게 보조 호흡기를 건넸다. 태풍은 얼마 남지 않은 공기였지만 보조 호흡기를 거부했다. 실랑이할 겨를이 없었다. 태우는 바로 아래로 내려갔다. 태우는 랜턴을 들어 벽을 비추었다. 연기 사이로 희미하게 숫자 '3'이 보였다.

"3층이다. 조금만 더 내려가면 돼. 힘내."

태우는 잠시 후면 이 지옥에서 나갈 수 있다는 생각을 했다. 조심스럽지만 멈추지 않고 빠르게 계단을 내려왔다. 뒤에 있던 무목이 무전으로 구급차를 즉시 대기하라고 요청했다. 신오수의 상태가 좋지 못했다. 선두에 있던 태우가 1층 계단참까지 도착했을 때 순간 자신이 너무 빨리 내려왔다는 것을 느꼈다. 뒤따르던 대원들의 모습이 연기에 가려 전혀 보이지 않았다. 그래도 태우는 혹시 모를 폭발에 대한 경고를 해야 했기에 대원들에게 소리쳤다.

"얘들아!! 1층이다. 이제 곧 로비로 나갈 거다. 혹시 폭발……."

'꽝! 꽝! 꽝!'

지금까지 폭발 중 가장 큰 폭발음이 세 번 울렸고 동시에 폭발음이 들리는 방향으로 태우가 고개를 돌렸는데 순식간에 시뻘건 화염이 눈앞으로 덮쳐왔다. 불길이 지하에서부터 높은 압력에 의해 계단을 따라 위로 솟구쳐 오른 것이다. 불은 순간적으로 계단실을 환하게 만들었다. 태우는 본능적으로 몸을 돌렸지만 엄청난 기세와 압력으로 덮쳐오는 폭발압력이 태우의 몸을 강하게 밀쳐냈다. 태우의 몸은 버틸 겨를도 없이 공중으로 붕 뜬 채 뒤로 날아가 반대쪽 벽에 부딪히고 아래로 떨어졌다. 매고 있는 공기 호흡기 탱크가 벽에 강하게 충돌했고, 동시에 태우의 머리가 뒤로 젖혀지며 벽과 부딪혔는데 다행히 헬멧이 태우의 머리를 보호했다. 하지만 태우는 혼절했고 그대로 바닥에 주저앉듯 꼬꾸라졌다. 뒤따라오던 대원들도 폭발에 모두 뒤로 자빠졌는데 다행히 빠르게 앞서간 태우보다

거리가 떨어져 폭발의 화염과 압력이 직접 닿지는 않았다. 폭발 이후 계단실은 다시 암흑으로 변했다. 곳곳에서 대원들의 신음 소리가 울렸고, 차츰 정신을 차린 대원들이 겨우 몸을 일으키기 시작했다. 태우는 온몸이 축 늘어진 채 벽에 기대듯 쓰러져 있었다.

조용했다. 아무런 소리도 들리지 않았다. 태우는 눈을 감고 있었는데 아무 감각이 느껴지지 않았다. 또 악몽인가? 태우는 엄지발가락을 움직이려고 했다. 움직여지지 않았다. 눈이 떠졌다. 보이는 모든 것이 하얀색이었다. 굴곡 없는 평평한 세상이었다. 방화복을 그대로 입은 채 벽에 기대앉아 있는 태우는 지금 상황이 도무지 감이 잡히지 않았다.

'무목이, 태풍이, 나리, 만수, 신 회장…. 다 어디 갔지? 여긴 어디야?'

당장 떠오르는 것들과 당장 보이는 것들과의 상관관계가 맞지 않음을 느꼈지만 희한하게도 몸은 편안했다. 엉덩이가 살짝 들려 올려질 듯 깃털처럼 가벼웠다. 그리고 무언가 손안에서 떠나는 느낌이 들었다. 기분이 나쁘지 않았다.

'태우야.'

누군가 태우를 불렀다.

'태우야.'

태우는 그 목소리를 한 번에 알아들었다.

'누나?'

태우는 수어를 하려고 했는데 자기도 모르게 입으로 말하고 있었다.

'누나? 누나야? 우리 누나?'

하얀 저편 어딘가에서 그보다 더 하얀 블라우스에 무릎을 지나 내려오는 쪽빛 치마를 입은 누나가 걸어왔다. 태우는 여전히 움직이지 못하고 있었다.

'누나.'

'태우야. 괜찮아?'

누나는 불타 죽던 수십 년 전 그날의 모습 그대로였다. 까무잡잡한 얼굴에 단발의 머리, 가녀린 팔과 다리가 모두 그대로였다. 하얀 빛이 누나 등 뒤에서 은은하게 감돌았는데 신비함이 더해져 태우는 몽환적인 기분에 빠져들었다.

'누나. 누나가 말을 해?'

'응. 내 목소리 들려?'

'어. 들려.'

그토록 바라던 누나의 목소리. 듣지도 말하지도 못해 어린 태우의 속을 태우던 누나가 지금은 태우 말을 듣고 태우에게 말을 하고 있었다. 태우는 어느새 눈물을 흘리고 있었다. 한줄기 눈물이 뺨을 타고 흘렀는데 이내 주르륵 넘쳐흘렀다. 얼굴에 묻은 숯 검댕이 눈물에 씻기며 다른 색의 길을 냈다. 태우는 있는 대로 얼굴을 찡그린 채 엉엉 울기 시작했다. 그리고 그토록 부르고 싶었고 보고 싶었던 누나를 한없이 불렀다.

'누나. 누나.'

태우는 아무것도 할 수 없이 그저 누나만 부를 수밖에 없었는데 누나는 울고 있는 태우를 그저 바라보며 웃었다. 웃는 모습이 얼마나 예쁜지 태우는 누나를 만지고 싶었고 껴안고 싶었지만 누나를 불태워 죽였다는 죄책감은 여전했고 그것은 태우의 몸을 움직이지 못하게 했다. 그냥 양손을 앞으로 들어 누나를 향해 휘휘 젓는 게 다였다. 하지만 태우의 손은 누나에게 닿지 않았다. 태우는 그것이 더 안타까워 계속 울고 울었다. 그리고 말했다.

'미안해. 누나. 누나. 미안해.'

누나를 만나 그렇게도 하고 싶은 말이었다.

'아니야. 태우야. 괜찮아.'

'내 잘못이야. 누나. 내가 그런 거야. 나 때문에 누나가 죽은 거야.'

태우는 절규하듯 울며 말했다. 우는 소리가 안으로 파고들며 울렸고, 눈물은 밖으로 마구 나오며 흘렀다.

'아니야. 태우야. 네 잘못이 아니야. 누구의 잘못도 아니야.'

태우의 손은 여전히 누나에게 닿을 듯 허공만 젓고 있었다. 그런 태우에게 누나가 말했다.

'태우야. 살아야 해. 너도 살고 다 살아야 해.'

태우는 누나가 곧 떠날 것이라는 느낌이 들어 더 슬퍼졌다.

'아니야. 누나. 나도 이제 그만할래. 나도 그만하고 싶어.'

태우의 가슴속 깊이 숨어있던 말이 나왔다. 누구에게도, 스스로에게도 하지 못했던 말이었다. 부끄러움과 죄책감, 분노와 슬픔에 켜켜이 쌓여있었던 태우의 진짜 속마음이었다. 모두 뒤로 하고 정말이지 그만두고 싶었다.

'아니야. 태우야. 넌 살아야 해. 그리고 모두 다 살아야 해.'

이 말을 하며 누나는 서서히 뒤로 물러서기 시작했다.

'누나. 가지 마. 같이 가. 나 데리고 가.'

누나는 점점 더 멀어지기 시작했는데 그런 누나를 보며 태우는 숨이 넘어갈 듯 꺽꺽거리며 울었다.

'누나. 누나.'

밀려나듯 멀어지는 누나는 어느새 빛이 되어 사라졌다. 울고 있던 태우의 눈물이 빠르게 마르기 시작했고 몸은 다시 굳어졌다. 목구멍이 마비된 듯 더는 누나를 부르지도 못했다. 무서움이 다시 몰려왔고 살아야 한다는 본능이 꿈틀거렸다. 그리고 엄지발가락이 움직이기 시작했다.

"헉!!!"

태우는 숨을 크게 들이마시며 눈을 떴다. 온몸이 불에 타는 듯 뜨거움이 몰려왔다. 동시에 태우의 면체에 끼어있던 습기가 가시기 시작하며 무목의 얼굴이 보였다. 태우의 팔은 앞으로 향해 무언가를 잡으려 하고 있었다.

"팀장님! 팀장님!"

무목이 태우를 바라보며 외쳤다. 태우에게는 무목의 목소리가 거의 들리지 않았고 윙윙거리는 소리만 들렸다. 태우는 너무 갑갑한 마음이 들어 숨을 크게 들이마셨다. 면체 안에서 공기가 '쉬익' 하는 소리를 내며 강하게 빨렸다. 태우는 몸을 일으키려 고개를 위로 들어 올렸다. 눈에 맺힌 눈물과 이미 흘러내린 눈물이 면체 안에 고여 있었다.

'누나…….'

금방까지 보였던 누나를 찾았다. 그러나 눈앞에 보이는 것은 무목과 희뿌연 연기 사이로 서 있는 다른 대원들이었다. 혼란스러웠다. 그리고 온몸이 으스러질 듯 고통이 밀려 들어왔다. 계단 벽을 손으로 짚으며 겨우 몸을 일으켜 세웠다. 무목이 태우를 부축했다.

"괜찮으세요?!"

무목의 말이 들리기 시작했다. 태우는 휘청거리면서 몸을 겨우 가누었지만 또렷하게 말했다.

"난 괜찮으니까 요구조자와 대원들 확인해."

"네. 요구조자, 우리 모두 괜찮습니다. 그런데 로비에 다시 불이 돌았습니다."

태우는 무목의 말이 끝나자 터덜터덜 겨우 걸으며 앞으로 나갔다. 그리고 계단실 문을 슬쩍 열어 보았다. 순간 감당하기 힘든 열기가 문 사이로 전해졌다. 문밖 가까운 곳 모두가 벌건 불길에 휩싸여 타고 있었다. 로비에 다시 불이 붙었다. 출구까지 드넓은 로비를 지나 계단실에서 입구까지 적어도 수십 미터는 걸어가야 했다. 그런데 계단실 입구에서 로비 중간까지의 화세(火勢)가 가장 강했다. 그곳을 뚫고 걸어서 나가기에는 상황이 좋지 않았다. 혼절한 요구조자 한 명과 탈진한 구조대원 둘을 부축하며 나가야 했지만, 불길은 더욱 거세지고 있었다.

"무전으로 지원 요청했는데 폭발 때문에 진압 팀이 쉽게 접근을 못 하고 있습니다. 일단 다시 위로 올라가서 상부 층에서 대기하라고 합니다."

그럴 것이다. 위로 올라가라고 했을 것이다. 하지만 태우는 그럴 생각이 없다. 남아 있는 공기로 다시 계단을 오른다는 것은 불가능했다. 올라가려면 옥상밖에 없었다. 이미 4층 넘어 까지 외벽을 따라 불은 마구 번져 올라가고 있었다. 화염과 열기로 가득한 실내 어디로도 몸을 피할 수 없었다. 온몸이 녹아내리더라도 로비를 가로질러 나가야 했다. 태우는 대원들을 둘러보았다. 계단 위아래로 힘겹게 버텨 서 있는 대원들의 모습이 보였다. 대원들이 착용하고 있는 모든 공기 호흡기는 이미 경보음을 울리기 시작했다. 힘 좋은 나리가 신오수를 들쳐 매고 있었지만 위태로워 보이긴 마찬가지였다. 태우는 모두가 지금 위험에서 살아나가야 한다는 것을 누구보다 잘 알고 있었다. 그리고 무슨 결정이라도 해야 했다. 순간 태우는 어깨 끈에 걸린 무전기를 떼어냈다. 그리고 채널 버튼을 누르기 시작했다. 잠시 뒤 무전기의 작은 화면에 숫자가 1에서 9로 바뀌었다. 그리고 송신 버튼을 눌러 말했다.

"채 반장님. 채 반장님. 들려요?"

태우는 말 하고 잠시 기다렸다가 다급한 음성으로 다시 무전했다.

"채 반장님. 여기 구조 하나. 저 팀장입니다. 제 목소리 들려요?"

그제야 채 반장의 목소리가 무전기 넘어 들리기 시작했다.

"팀장님. 채치웁니다. 지시하십시오!"

태우는 안도한 듯 잠시 눈을 감고 숨을 고른 후 말을 이었다.

"구조공작차를 몰고 로비로 진입하세요. 대형 회전문 옆쪽으로 보면 전시 차량 들어오는 문이 있습니다. 거기로 그냥 밀고 들어오세요."

듣고 있는 채 반장이 귀를 의심했다. 구조공작차를 몰고 건물 안으로 들어오라는 태우의 지시였다.

"망설임 없이 밀고 들어와야 합니다. 사이렌, 경광등 있는 대로 마구 울리면서 그대로 직진하세요. 중앙 로비를 바로 지나면 그 끝이 계단실 출입구 앞이에요. 차를 계단실에 바짝 붙이셔야 합니다.

그렇게 해야 우리가 문을 열고 나가며 공작차에 바로 탈 수 있어요. 여기서 나갈 방법은 그거밖에 없어요. 해 주셔야 합니다."

채 반장은 누가 들을세라 좌우로 시선을 살핀 후 대답했다.

"보고는요? 지휘 팀에 보고는 어떻게 할까요?"

"하지 마세요. 그냥 들어오세요. 제가 책임집니다."

태우의 무전을 들은 채 반장 그리고 다른 대원들 모두 태우의 결정에 놀라면서도 동시에 토를 달지 못했다. 아니 그러지 않았다. 지금 태우의 판단은 오로지 모두를 살리겠다는 강한 책임감에서 나온 말임을 알고 있었기 때문이었다. 그것이 누구로부터의 권한에 기댄 것이 아니라 현장에 있는 거묵골 구조대 1팀장으로서 해야 할 고독한 결정이었다.

"빨리요. 시간 없어요. 저희 공기 거의 다 떨어져 가요."

"네. 알겠습니다."

채 반장은 무전기를 내려놓고 자신도 공기 호흡기를 썼다. 두건에 헬멧까지 착용하고 구조공작차 시동을 걸며 누군가에게 말을 걸었다.

"이놈아. 너랑 내가 우리 식구들 다 구하는 거다. 할 수 있겠지? 뜨거워도 좀 참아야 해. 응?"

채 반장은 구조공작차에게 말했다. 늘 현장에서 뛰는 구조대원들보다 더 오랜 시간 온몸으로 부대끼며 함께한 자신의 오랜 친구가 이 위험한 탈출 작전에 최선봉에 선다는 것을 두려워하지 말길 바라면서 말이다. 말이 끝남과 동시에 키를 세차게 돌렸다. 구조공작차는 한 번에 시동이 걸렸고, 왕왕거리는 엔진음이 평소보다 크게 들렸다.

"그래. 가 보자!"

채 반장은 늙은 친구 구조공작차가 할 수 있다며, 걱정하지 말라며, 나만 믿으라며 외치는 것 같아 든든했다. 수년 동안 한 몸처럼 움직였던 소방차였다. 오래되고 낡아 볼품없지만, 제 몸 아끼지 않고 온갖 사고 현장을 누비던 녀석이다. 묵직한 바퀴가 채 반장이 움직이는 핸들에 의해 왼쪽으로 슬며시 틀어지며 미끄러지듯 움직이기 시작했다.

"다른 서 지원 아직 오지 않았지?"

설한국은 여전히 오지 않은 지원에 안달이 나 있었다. 인접 도시에서 오기엔 먼 거리였다. 그리고 크리스마스이브 늦은 오후의 차량 정체와 거기에 눈까지 내리고 있으니 지원 오는 다른 서 소방차의 속도는 더딜 수밖에 없었다. 겨우 띄운 소방 헬기조차 강풍에 돌아간 지 오래다. 밖에서 본 오토펠리스는 이미 건물의 절반 이상이 불길에 휩싸였다. 화염은 외벽을 타고 더욱 위로 오르고 있었다. 외장재가 화재에 취약한 드라이비트*였다. 설한국은 활활 타 올라가는 오토펠리스를 보며 머리를 감싸 쥐었다.

"미치겠네. 그나저나 구조대는 왜 불러도 대답이 없는 거야?"

설한국의 짜증 섞인 물음에 답하려는 지휘팀장이 순간 앞을 빠르게 지나는 구조공작차를 보자 눈이 휘둥그레졌다. 운전석에는 방화복 그리고 공기 호흡기와 헬멧까지 모두 착용한 채치우가 앉아 있

---

* 　미국 Dryvit사에서 개발한 건축물의 외단열재. 가볍고 시공 비용이 저렴하지만 화재에 매우 취약한 자재.

었다.

"어어어!! 어이! 구조공작차! 어딜 가는 거야?"

구조공작차는 건물로 마구 물을 쏘고 있는 펌프차, 탱크차들 사이를 빠르게 비켜 가며 입구로 돌진하기 시작했다. 채 반장은 1층에서 화염과 연기가 마구 뿜어져 나오는 것을 보고도 멈추지 않았다. 그리고 곧 태우의 말대로 전시차가 들락거리는 큰 입구를 발견했다. 채 반장은 핸들을 강하게 쥐고 액셀을 더 힘껏 밟았다. 주위에서 구조공작차를 본 다른 진압대원들이 모두 '어어어' 하며 눈이 커지기 시작했다.

'와아앙.'

구조공작차는 사이렌을 크게 울리고 경광등까지 모조리 번쩍이며 거침없이 내달렸다.

'와장창.'

거대한 구조공작차가 출입구 유리를 모두 깨부수며 로비로 들이닥쳤다. 채 반장은 운전석이 충격에 들썩거리는 것을 느끼고 잠시 속도를 늦추긴 했지만 직진하라는 태우의 말에 충실했다. 확연히 줄여진 속도의 구조공작차가 로비의 불길을 좌우로 마구 밀치며 가로질러 갔다.

태우와 대원들은 억겁과 같은 시간을 견디고 있었다. 모두 말이 없었다. 그것은 채 반장과 구조공작차가 자신들을 구하러 온다는 믿음에 전제한 침묵이었지만, 그렇다고 원초적 공포가 가시지는 않았다. 짙은 연기와 무서우리만큼 조용한 침묵 그리고 대원들의 거친 숨소리와 공기 호흡기 경보음만 계단실에 가득했다.

"기다려야 한다. 채 반장이 꼭 들어올 거야!"

태우는 무시무시한 절망이 대원들 모두를 뒤덮기 전에 그들을 달 랬다. 대원들은 그런 태우를 믿고 묵묵히 시간을 견뎠다. 그리고 말 을 줄여야 했다. 한 모금의 호흡도 소중했다.

"스킵해!"

무목이 말했다. 정상적인 호흡에서 숨을 참으면서 호흡하는 스킵 호흡법을 후배들에게 지시했다. 나리는 쓰러져 있는 신오수의 입에 보조 호흡기 퍼지 버튼을 누르는 간격을 조금씩 더디게 했다. 침착 을 유지하려는 각자의 노력이 처절했지만 패닉에 가까워져 심적 동 요가 가장 심한 만수가 결국 견디지 못하고 말했다.

"팀장님. 그냥 위로 올라가면 안 될까요? 더 못 버틸 것 같아요."

"안 돼. 만수야. 기다려야 해. 날 믿어. 채 반장이 곧 올 거야."

지독한 위험을 무릅 쓴 모험이라는 걸 태우도 알지만, 그것만이 살길이라는 것을 말해 줘야 했다. 만수의 눈에 눈물이 흘렀고 만수 의 울음은 순식간에 태풍과 나리 그리고 무목의 멘털까지 뒤흔들었 다. 대원들 모두가 심각한 심리적 압박을 받고 있음을 태우는 느낄 수 있었다. 하지만 태우는 포기할 수 없었다.

"정신 차려! 이 녀석들아! 이렇게 약해빠져서 누가 누굴 구한다 는 거야! 그러니까 매일 촌놈 소리 듣지! 눈 똑바로 뜨고 호흡 조절 해!!!"

태우의 사자후가 계단실을 쩌렁쩌렁 울렸다. 만수가 울음을 멈추 고 이빨을 꽉 깨물었다.

'와아앙.'

순간 모터사이렌 소리가 크게 들렸다. 소리는 연기를 뚫고 대원들에게 빠르게 전달되었다. 태우의 눈빛이 급하게 번뜩거렸다.

"왔다! 나갈 준비해!"

나리가 신오수를 빠르게 들쳐 멨다. 그사이 태우가 문 앞에 섰다.

"나리부터!"

신오수를 매고 있는 나리가 먼저 앞으로 나왔다. 태우는 열기를 잠시 확인하고 문을 열었다. 나리가 몇 발짝 되지 않는 곳에 커다랗게 버티고 서 있는 구조공작차를 확인했다. 헤드라이트가 강하게 발광하고 있었고 그 위로 빨간 경광등이 미친 듯이 점멸하고 있었다. 나리는 뛰듯이 성큼성큼 공작차로 걸어갔다. 불길이 가득 찬 로비가 대낮처럼 환했다. 2~3m밖에 안 되는 거리를 빨리 지나는데 열기가 금세 온몸을 짓눌렀다. 나리는 늘 자기가 타던 왼쪽 뒷문을 열고 자리에 신오수를 먼저 눕힌 후 올라갔다. 열린 차 문으로 열기와 연기가 왕창 들어찼다.

"빨리 뒤따라 나가!!"

태우는 여전히 폭발이 두려웠는데 무목과 태풍 그리고 만수까지 빠르게 문밖으로 밀어냈고 태우도 마지막으로 나가는 만수를 뒤따랐다. 조수석 팀장 자리에 올라탄 태우가 뒤 자석을 돌아봤는데 대원들 모두 구겨지듯 앉아 있었다.

"빨리! 뒤로 빼요!!"

채 반장은 대답도 없이 후진 기어를 넣고 액셀을 밟았다. 구조공작차가 들어온 길 대로 뒤로 후진하기 시작했다. 그때였다.

'쾅!!'

간발의 차이로 폭발이 일어났다. 금방 빠져나온 계단실 문 사이로 믿기 힘들 정도의 화염이 솟아 나왔다. 폭발의 압력 때문에 로비 전체가 흔들렸다. 동시에 화염은 이미 뒤로 한참 물러서 나가 있는 구조공작차 앞까지 강하게 밀려왔다. 화염의 강한 빛과 열기가 그대로 전해졌다.

'쾅!'

그리고 또 한 번의 폭발.

"윽!!"

태우와 채 반장이 본능적으로 눈을 감고 고개를 돌렸다. 채 반장은 앞 유리를 녹일 듯 들이닥치는 열기를 견디지 못하고 핸들과 액셀에서 손과 발을 떼고 말았다.

"멈추면 안 돼요! 계속!"

태우가 찰나를 놓치지 않고 채 반장을 득달했다. 채 반장은 핸들을 잡고 액셀을 다시 밟았다. 그런데 차가 움직이지 않았다.

"뒤쪽에 뭐가 걸린 것 같아요!"

채 반장이 소리쳤다. 태우는 목을 조금 빼고 좌우로 둘러보며 차를 돌릴 곳을 찾았다.

"소용없습니다. 이 큰 차를 돌릴만한 공간이 안 나와요. 그대로 후진으로 나가야 합니다. 뭐가 걸렸는지 내가 나가서 볼게요."

채 반장이 주차브레이크를 걸고 내리려 하자 뒷자리의 나리가 소리쳤다.

"내가 갈게요!"

나리는 이미 신오수를 무목에게 맡기고 내리고 있었다. 태우는 채 반장에게 눈짓하고 자신도 나리를 돕기 위해 차에서 내렸다. 태우와 나리가 구조공작차 뒤로 가 보니 로비에서 오토팰리스 홍보 영상을 상영하던 커다란 LED 전광판이 폭발의 충격으로 쓰러져 있었고 그것을 차바퀴가 찌그러 트리며 밟고 있었다.

"나리야. 기다려. 내가 가서 채 반장보고 차를 앞으로 조금 빼라고 할게. 그리고 이거 같이 옮기자!"

태우는 바로 운전석 쪽으로 달려가 채 반장에게 차를 앞으로 이동하라고 말했다. 곧 차가 슬그머니 앞으로 움직였고 밟고 있던 LED 전광판 전체가 드러났다. 태우는 LED 전광판을 슬쩍 보더니 다시 나리에게 말했다.

"둘이서 못 들겠다. 가서 채 반장이랑 무목이 데리고 올게. 기다리고 있어!"

"아니요. 들 수 있어요."

몸을 돌려 구조공작차 방향으로 가려던 태우가 나리 말에 다시 고개를 돌렸다. 태우 눈에는 벌써 나리가 혼자서 거대한 전광판 앞에 허리를 굽히고 있는 것이 보였다.

"야 인마! 혼자 못 들어! 기다려!"

나리는 태우의 말에 아랑곳하지 않았고 이미 두 손은 전광판 아래로 들어가 있었다.

"으아악!"

나리는 단발의 기합을 지르며 허리를 펴고 무릎을 세웠다. 전광판을 쥐고 있는 팔이 길게 뻗어지며 바닥에 바짝 붙어 움직일 것 같지 않던 무거운 전광판이 몇 번 꿈쩍 되더니 조금씩 위로 들렸다. 그 아래로 뜯긴 전선들이 줄줄이 같이 따라왔는데, 전기 합선으로 전광판 군데군데 치직거리며 불꽃이 일어났다. 나리는 들린 전광판을 잡고 한 발씩 뒤로 물러서며 옮기기 시작했다. 길쭉하고 커다란 전광판이 나리 손에 질질 끌려갔다. 면체를 쓴 채 숨소리조차 내지 않는 나리 움직임에는 거침이 없었다. 로비 대리석 바닥에 끼익 끼익 끌려가는 전광판이 어느새 구조공작차에서 멀찌감치 옮겨지자 그제야 나리가 전광판을 옆으로 던지듯 놓았다. 나리는 별말 없이 다시 구조공작차 쪽으로 걸어왔다. 모든 광경을 그저 서서 바라보기만 한 태우에게 나리가 말했다.

"다 치웠어요. 가요. 팀장님."

나리는 곧 뒷좌석 문을 열고 차에 올라탔다. 태우는 잠시 멍하니 서 있다가 겨우 정신을 차리고 조수석에 올라타 다시 채 반장에게 지시했다.

"밟아요!"

채 반장의 오른발이 액셀을 강하게 눌렀고 구조공작차는 엔진음을 길게 울리며 급하게 움직였다. 들어왔던 출입구를 그대로 후진으로 빠르게 공작차가 빠져나오자 마지막으로 보이는 폭발이 여지없이 일어났다. 밖에서 보고 있던 소방관들과 기자들 그리고 인부들이 허리를 숙이며 비명을 질렀다.

구조공작차가 차체 전체가 시커먼 검댕이 묻어 있었고 군데군데 불이 붙어 연기도 피어올랐다. 앞과 옆에 붙은 119 마크 스티커는 모두 흉하게 녹아내렸고, 앞 범퍼는 얻어맞은 듯 찌그러져 있었다. 곧 구조공작차가 입구에서 그리 멀지 않은 곳에 멈추자 진압 팀 대원들이 관창을 들고 달려들었다.

"뿌려!!"

이심전심이었다. 화염에 달궈진 구조공작차에 물이 뿌려지기 시작하자 구조공작차 군데군데에서 치지직거리며 물이 불을 삭히는 소리가 마구 들렸다. 구조공작차는 화염 속에 온몸을 상한 채 이제야 겨우 한숨 돌리듯 수증기를 내뿜으며 엔진음을 멈추었다. 동시에 채 반장이 운전석 문을 열었는데 차 안에 가득 찬 연기가 열린 문으로 뿜어져 나왔다.

"얼른 내리고 요구조자 구급대 인계해!"

태우의 외침에 대원들 모두 구조공작차에서 내리기 시작했다. 태우와 구조대원들 모두 내리자마자 헬멧과 면체를 벗어던지듯 바닥에 내려놓고 컥컥 목구멍 뚫리는 소리를 내며 하나둘 그 자리에 쓰러져 눕거나 주저앉았다.

여기저기서 사람들이 몰려들기 시작했다. 몇몇 기자들이 포토라인을 뚫고 나와 거묵골 구조대원들을 향해 연신 카메라 셔터를 눌렀다. 태우와 대원들의 차갑게 식어 가는 얼굴에는 김이 모락모락 났고, 꺼먼 숯 검댕이가 마구 덧칠되어 있는 데다 눈물, 콧물 등 온갖 분비물이 범벅되어 있었다. 무목은 손을 무릎에 대고 허리를 숙여 거친 숨을 쉬었고, 태풍과 만수는 넋 나간 표정으로 주저앉아 있었다. 나리가 만수에게 다가가 머리를 감싸 안아 자기 허벅지에 바짝 붙여 껴안았다. 태우는 멍하니 주변을 여기저기 둘러보았는데 멀리 신오수를 실은 접이식 들것이 구급대원들에 의해 구급차에 들려 올리는 것이 보였다. 그리고 곧 인파들 사이로 흑산 소방서장 설한국과 지휘팀 간부들이 들이닥쳤다.

"회장! 신 회장은 괜찮아?"

설한국은 눈앞의 구조대원들을 보며 눈에 보이지 않는 신오수의 안부를 먼저 물었다. 태우를 비롯한 대원 누구도 대답하지 않았다. 설한국은 부라린 눈으로 거묵골 구조대원들을 위아래로 훑었다. 그러면서 정면에 서 있는 태우를 무섭게 째려봤다. 태우는 설한국의 눈빛 따윈 신경 쓰지 않고 슬그머니 말했다.

"살아 있습니다."

그제야 태우가 씩씩거리며 바라보는 설한국에게 말했다.

"너…. 김태우…."

설한국은 이를 벅벅 갈 듯 무슨 말을 하려다 주위에서 카메라 셔터가 더욱 번쩍이자 이내 입을 닫았다.

"살았습니다. 우리가 다 살려 냈습니다. 신 회장도 살았고, 우리도 살아 있습니다."

태우는 말을 마치고 눈을 돌려 대원들을 바라봤다. 만수는 어느새 울음을 터트려 눈물을 줄줄 흘리고 있었다. 나리는 그런 만수를 더 껴안았고, 무목과 태풍은 나리와 만수를 바라만 봤다. 채 반장은 무목에게 다가가 등을 두드렸다. 태우가 무표정한 얼굴로 대원들에게 말했다.

"고개 들어 이것들아. 다 살았잖아. 그럼 된 거야."

태우의 말에 대원들이 고개를 들고 주섬거리며 움직였다. 태우가 아까보다는 희미한 목소리로 더 말했다.

"잘했어. 정말 잘했어."

대원들은 그 말을 들었는지 못 들었는지 아무런 반응이 없었는데 무목이가 어느새 큰 목소리로 후배들에게 말했다.

"장비 챙기고 들어가자. 다른 출동 준비해야지!"

무목의 말을 들은 태우가 하늘을 봤다. 눈이 내리고 있었다. 검은 하늘 사이로 굵은 눈송이가 마구 떨어지고 있었다. 태우의 눈에는 검은 하늘보다 하얀 눈이 더 많이 보였다. 눈송이가 태우 눈코입에 척척 내려앉았다. 그때마다 차가운 기운이 얼굴부터 시작해 몸 전

366

체로 타고 내려갔다. 소름이 돋는 듯했는데 기분이 나쁘지 않았다. 태우는 그냥 눈을 감아 보았다. 시끌시끌한 주변의 소리가 모두 사라져 아무것도 들리지 않았다. 코로 차가운 공기를 양껏 들이마셔 보았다. 편안했다. 눈을 떠야 했는데 그러기 싫었다. 아까 본 누나가 보고 싶어서였다.

제자리

나리가 벽에 걸린 달력을 떼어내고 새 달력을 걸었다. 2016이라는 글자가 크게 새겨진 앞장을 부와 찢어 냈다. 태풍이 나리가 걸어 놓은 달력을 보고 말했다.

"시간 잘 간다. 내일이면 2015년도 가는구나."

채 반장이 사무실 TV를 켰다. 늘 9시면 뉴스를 보는 채 반장이다. 뉴스에서는 얼마 전 오토팰리스 화재에 대한 보도가 여전했다. TV 화면에서 활활 타고 있는 오토팰리스가 보였고, 뉴스 앵커의 음성이 바쁘게 흘러나왔다.

"지난 24일 흑산군 대형 중고차 판매장 화재는 인재인 것으로 보입니다. 공사가 끝나지 않았는데 개장식을 무리하게 준비하면서 일어난 사고로 파악하고 경찰은 조사 중입니다. 특히 지하 자동차 정비 센터 공사현장에서 일어난 다량의 폭발은 초기 진압을 어렵게 했는데 스티로폼 패널 같은 고위험 가연물이 치워지지 않고 그대로 있었던 점을 경찰은 주목하고 있습니다. 아울러 화재 감지 설비 등 안전 설비를 부실하게 시공하였다는 내부 관계자의 증언이 나와 조만간 건축주인 오토팰리스의 신오수 회장을 조사할 방침입니다. 다만 현장에서 구조된 신 회장의 건강이 아직 회복되지 않은 상태로 보입니다. 신오수 회장은 자신의 10층 집무실에서 출동한 119 구조대원들에 의해 구조되었는데 그 과정에서 유독가스를 다량으로 흡입했다고 합니다. 다행히 생명에는 지장이 없으나 현재 중환자실에서 치료 중입니다."

앵커의 말은 계속 이어졌다.

"또한, 현장에서 네 명의 소중한 생명을 구한 119 구조대원들의 활약도 주목받고 있습니다. 이들은 불이 난 현장에 가장 먼저 도착해 각각 4층과 10층에 있던 사람을 무사히 구해 냈습니다. 특히 폭발이 연쇄적으로 일어나고 불길이 거세지는 상황에서 소방차를 건물 로비로 진입시키는 놀라운 대처로 모두 안전하게 빠져나오며 인명구조를 완수하였는데 관할 서장인 설한국 흑산소방서장의 인터뷰를 들어 보겠습니다."

앵커의 말이 끝나자 화면이 바뀌며 주황색 출동 복에 금색 월계수가 두껍게 새겨진 소방 활동 모자를 쓰고 있는 설한국 서장이 나왔다.

"저희 흑산 소방서 구조대는 평소 실전과 같은 인명구조 훈련을 끊임없이 해 왔습니다. 따라서 이번 화재현장에서 자신의 목숨이 위태로운 것을 알면서도 살신성인의 자세로 단 한 명의 사상자 없이 요구조자를 전원 구조하는 쾌거를 올렸습니다. 특히 저희 구조대원들의 활약은 도 본부와 소방청의 아낌없는 지원과 관심이 함께

어우러진 결과라 할 수 있겠습니다."

설한국 서장의 인터뷰를 본 채 반장이 가벼운 한숨을 쉬었다. 다른 구조대원들 모두 아무 말 없이 뉴스를 보았는데 무표정하게 고개를 돌려 각자의 일을 하기 시작했다. 컴퓨터 화면에 얼굴을 대고 무언가 열심히 작성하고 있던 만수가 나리에게 물었다.

"형. 팀장님 있잖아요."

이번 달, 구조 활동 일지를 정리하던 나리가 말없이 고개만 돌려 만수를 봤다.

"징계… 받을까요?"

"무슨 징계?"

대답은 나리가 아니라 채 반장이 했다.

"서장님. 지시 어긴 거요. 그리고 구조공작차……."

나리가 그 답지 않게 눈을 부라렸다. 만수는 입을 닫고 고개를 숙였다. 듣고 있던 채 반장이 나리 대신 천천히 답했다.

"그게 왜 팀장님 잘못이야. 구조공작차는 내가 몰고 들어갔는데. 그리고 10층을 갔든 4층을 갔든 사람 구하는 거는 현장에 있는 구조대원이 판단하는 거다."

"아뇨. 팀장님이 독단적으로 지시하고 행동했다고 징계 받을 거라 여기저기서 말을 하기에……."

만수가 끝을 흐리며 고개를 돌렸다. 하지만 채 반장도 태우가 걱정되긴 마찬가지였다.

"목숨 걸고 사람 다 구해도 참……."

태풍이 일어나 투덜거리며 TV 채널을 돌렸다. 사무실은 다시 침묵에 빠졌다.

370

태우는 팀장실에서 설한국과 통화 중이었다.

"너 인마! 내가 당장이라도 징계 먹이고 싶은데 참는 거다. 알겠냐? 네가 감히 내 말을 어겨? 사고치고 나락으로 떨어질 뻔한 거 겨우 구제했더니 제 버릇 개 못 주고 현장에서 맘대로 설쳐?"

태우는 말없이 설한국의 분노에 찬 말을 가만히 듣고만 있었다.

"지금 언론이 너희 구조대 놈들 띄우고 있어서 그렇지 안 그랬으면 몽땅 다 징계감이야! 알아?"

태우는 겨우 입을 열었다.

"죄송합니다."

"됐어! 넌 입 다물고 다음 달에 미국 갈 준비나 해! 그리고 내일 점심때쯤에 방송사에서 너희 구조대 놈들 인터뷰한다고 하니까 단속 잘하고 있어! 본부 직원들 동행하니까 다들 단단히 준비해. 또 쓸데없는 소리 하기나 해 봐!"

태우는 여전히 말없이 듣기만 했다. 설한국은 날카로운 목소리로 말을 이었다.

"김태우! 다시 말하는데 넌 적당히 잘 포장해 줄 테니까 그 거지 같은 곳 떠날 준비나 해. 알겠지? 솔직히 너희 구조대가 신 회장 못 구했으면 너 미국이고 뭐고 다 날려 버리려다가 내가 참는 거야!"

설한국은 자기 말만 한 바탕 쏟아낸 후 그냥 전화를 끊어버렸다. 태우는 잠시 눈을 감고 생각하는듯하다가 팀장실을 나와 사무실로 갔다. 정적이 가득한 사무실에 태우가 들어오자 다들 허리를 다시 세웠다. 태우는 괜히 뒷머리를 몇 번 긁적이며 여기저기를 둘러봤다.

"뭐 하세요?"

멀찍한 자리에 있는 채 반장에게 먼저 말을 걸었다.

"아뇨. 뭐. 그냥 밀린 공문 읽고 있습니다. 올해 마지막 날인데 2015년 공문은 다 읽어 버리고 내년 맞아야죠."

채 반장 말에 태우는 슬며시 웃어 보였다. 그리고 몇 발짝 앞으로 옮겨 만수에게 다가갔다.

"뭐 하냐?"

만수가 말을 걸며 다가오는 태우를 올려다보며 답했다.

"예. 뭐 저도 공문 정리하고 있습니다."

태우는 만수 말이 끝나자 옆자리 나리 어깨에 손을 얹으며 물었다.

"나리는? 바쁘냐?"

"아닙니다."

나리다운 답이 돌아오자 태우는 더 묻지 않고 뒤 돌았다. 무묵과 태풍이 시야에 들어왔는데 둘은 애써 태우를 외면하고 있는 듯했다. 태우는 둘에게 아무것도 묻지 않았다. 그리고 문을 열고 걸어 나갔다. 차가운 밤공기가 온몸을 감쌌다. 멀리 보이는 산에는 며칠 새 내린 눈이 녹지 않고 남아 달빛을 머금고 하얗게 빛나고 있었다. 한 해의 마지막 날 밤이라 구조대 앞 도로에 오가는 차가 없었다. 잠시 정적을 느끼던 태우가 어디론가 걷기 시작했다. 그때 상순이가 슬 그머니 태우 옆에 붙었다. 태우는 발아래에서 쫄래쫄래 따라오는 상순이를 힐끔 바라보더니 걸음을 멈췄다.

"넌 내가 좋아?"

태우가 혓바닥을 쩝쩝거리며 자신을 바라보는 상순이에게 물었 다. 상순이는 눈을 크게 뜨더니 폴짝거리며 태우에게 뛰어올랐다. 태우는 그런 상순이의 머리를 누르듯 쓰다듬으며 가던 길을 갔다.

태우는 바로 앞 편의점 문을 열고 들어갔다. 그때 알바생이 무표정하게 태우를 맞았다. 태우는 곧장 알바생에게 걸어갔다. 커다란 덩치의 알바생이 성큼성큼 걸어오는 태우를 보자 자리에서 일어났다. 태우는 알바생 가까이 가 앞에 섰다. 편의점 유니폼을 입고 있는 알바생의 왼쪽 가슴을 보니 이름표가 붙어 있었다.

'독고연.'

특이한 이름이었다. 태우는 그답지 않게 친근한 말투로 알바생에게 물었다.

"고연 씨. 우리 구조대원들이 잘 먹는 아이스크림이 뭐죠?"

"팀장 아저씨. 연이 이름이고요. 성은 독고예요."

태우는 뻘쭘한 듯 머뭇거리다 다시 물었다.

"연 씨. 우리 구조대원들이 좋아하는 아이스크림을 알려줘요."

잠시 후. 태우가 사무실로 들어왔는데 손에 검은 비닐봉지가 들려있었다.

"아이스크림 먹자."

태우가 무뚝뚝하게 말하자 무슨 말인가 싶어 꾸물대던 대원들이 한 명씩 쭈뼛대며 모여들었다. 가장 먼저 봉지를 열어 본 만수가 외쳤다.

"와! 월드콘이다!"

그 말을 들은 대원들이 빠르게 봉지에 손을 댔다.

"어이쿠. 팀장님. 어째 비비빅을 안 사 오시고 월드콘을?"

태풍이 신기한 듯 태우를 바라보며 월드콘 하나를 성큼 집어 들었다. 태우는 싱긋이 웃으며 나리를 바라봤다.

"나리가 팥 알레르기 있잖아. 이게 먹을 만하지?"

"월드콘이 좋습니다. 두 개도 먹을 수 있어요."

나리가 웃으며 말했다.

"우와! 나리 형 웃는다. 진짜 좋은가 봐."

나리가 이빨까지 드러내고 웃었다. 소리는 없었지만, 지금껏 대원들이 본 모습 중 가장 크게 웃는 나리의 모습이었다.

"잘 먹겠습니다. 팀장님."

무목이 인사를 건네며 급하게 아이스크림 껍질을 뜯었다.

"난 이거."

태우는 그래도 비비빅이었다. 태풍이 태우를 보고 웃으며 말했다.

"하하. 취향 존중입니다."

다음 날 아침. 3팀과 교대한 태우와 대원들은 퇴근하지 않고 대기하고 있었다. 오토팰리스 화재현장에서 활약한 거묵골 구조대 1팀을 취재하기 위해 방송국에서 온다고 했기 때문이다. 그 덕에 아침부터 모두가 분주했다. 새해 첫날인데 방송국에서 촬영을 온다고 하니 구조대장부터 막내 대원까지 모두 다 나서 구석구석 쓸고 닦았다. 상순이가 뭔 일인가 싶어 여기저기 청소하는 대원들 하나하나 쫓아다니며 귀찮게 했다.

"이야~ 이거 1팀 덕에 거묵골 구조대에 높은 사람도 오고 방송도 타고 경사 났네. 경사 났어!"

3팀장이 청소를 마치고 들어오는 1팀 대원들을 보고 말했다. 그런데 뉘앙스가 좋다는 것인지 귀찮다는 것인지 모를 만큼 이상했다. 그도 그럴 것이 새해 첫날 그것도 휴일에 방송한답시고 외부 사람 들락거리면 오히려 귀찮을법했다. 태우와 1팀 대원들은 별다른 대꾸 없이 그냥 빈자리에 앉았다. 구조대장이 어느샌가 나타나 1팀과 3팀 대원들에게 일장 연설을 하기 시작했다.

"자자. 이따 방송국에서 오는데 서장님은 물론이고 본부에서도 몇몇이 같이 올 거야. 좌우간 다들 뭐 실수하는 거 없도록 말조심하자고. 그나저나 이거 원 청사가 오래되어서 남 보기 부끄럽네. 청소들은 다 잘했지?"

구조대장의 말에 몇몇 대원들이 입을 샐쭉거렸다. 그때 사무실 문이 열렸다.

"안녕하세요."

동우였다. 태풍이 가장 먼저 동우를 발견하고 그를 맞았다.

"어. 너구나! 몸은 괜찮아? 엄마 아빠는?"

동우는 사무실에 가득 앉아 있는 구조대원들을 보자 겁이 났는지 안으로 들어오지 못했다. 그런 그를 태풍이 안으로 들렸다. 구조대장은 말을 마치고 대장실로 들어갔고 3팀 대원들은 각자 할 일을 하러 흩어졌고, 태우와 1팀 대원들이 동우와 어울려 사무실 소파에 앉았다.

"엄만? 괜찮으셔?"

태우가 가장 먼저 동우에게 물었다.

"네. 아직 입원하고 있지만 말씀도 하시고 식사도 잘 하세요."

"아버진?"

또 태우가 물었다.

"아버지도 괜찮으세요. 그런데 경찰들이 아버지 조사해야 한다고 병원에 계속 찾아와요."

지하에서 발화된 불 때문이었다. 용접과 절단 일을 하던 인부들 모두가 조사대상이라는 것을 태우는 이미 알고 있었다. 안전지도사 현장 배치 문제를 집중적으로 캐묻는다고 했다.

"괜찮을 거야. 너무 걱정 마."

동우가 걱정해 주는 태우에게 말했다.

"엄마가 아저씨들에게 고맙대요. 두 번이나 살려 주셨다고. 꼭 가서 전해 달라고 했어요. 또 다음에 퇴원하면 직접 와서 인사하시겠대요."

대원들은 동우를 그저 바라만 보고 있었다.

"너희 가족들이 다 무사해서 그게 제일 잘된 거야. 너도 엄마 아빠에게 더 잘해 드려."

태우의 말에 동우는 고개를 끄덕였다. 그런데 뭔가 할 말이 더 있는지 태우와 대원들의 눈치를 살폈다. 구조대장이 언제 나왔는지 슬그머니 눈치를 줬다. 곧 서장과 방송국 사람들이 올 모양이었다.

"왜? 할 말 있어?"

태풍이 물었다.

"저기, 팀장 아저씨요. 그러니까 규리가 그저께 안부를 묻는다고 전화 와서 그때 들었는데……."

규리라는 말에 태우가 무슨 말인가 싶어 동우에게 몸을 바짝 가져갔다.

"규리가 그러는데 아저씨 곧 미국 가실 거라고 그래서요. 가시면 몇 년 있을 거라 하더라고요. 그전에 엄마가 퇴원할지 몰라서 지금 온 거예요. 그런데 엄마가 아저씨 미국 가면 이제 못 보는 거냐고 자꾸 물어서요. 아니라고 했는데도 엄마는 지금 못 보면 영영 못 볼 것 같다고 자꾸 그래서요. 혹시 미국 가시기 전에 저희 엄마 한번

376

보러 와 주시면 안 돼요?"

동우의 뜻밖의 말에 태우와 대원들 모두 아무 말을 못 했다. 무목은 슬그머니 자리를 떴고 태풍은 헛기침만 했다.

"걱정 마. 동우야. 내일이라도 엄마 보러 갈게. 병원 어딘지 이따 알려줘."

태우는 동우에게 안심시키듯 말했다. 동우는 표정이 금세 웃는 얼굴로 바뀌더니 연신 고맙다며 태우에게 인사를 했다. 그 사이 방송국 사람들이 도착한다는 전화가 사무실로 걸려왔고 태우는 동우를 급하게 보냈다.

방송국 PD는 먼저 구조대 구석구석을 돌아보며 찍을 만한 거리가 있는지 살폈다. 본부 직원들도 함께 청사 여기저기를 돌며 이것저것 물었다. 그들의 말에는 주로 설한국이 답했다.

"아이고. 청사가 오래되었나 봐요. 건물이 많이 낡았네. 소방서 건물이 이렇게 낡아서 어쩐대요?"

장비창고를 보고 나오던 PD가 말했다. 그 말을 듣던 본부 관계자들이 슬그머니 고개를 돌리며 딴 척을 했다.

"아니. 고생하시는 소방관님들 생활하는 곳이 이게 뭡니까?"

PD는 혀를 차며 알 수 없는 표정을 짓더니 다시 말했다.

"뭐 그건 그렇고. 인터뷰부터 하시죠."

본부 홍보팀 직원은 PD 말을 듣자 불쑥 끼어들었다.

"그럼 서장님부터 준비할까요?"

PD가 무슨 소리냐는 표정으로 답했다.

"아뇨. 여기 구조대원들만 할 겁니다."

홍보팀 직원 눈이 커다래지더니 PD에게 무어라 더 따져 물으려고 했지만 설한국이 슬그머니 말렸다. PD에게 인터뷰 순서 가지고 더 따져봐야 괜히 모양만 빠지는 꼴이라는 것을 설한국은 알고 있다.

"아! 그럼요. 우리의 영웅들만 하면 되죠! 자 그럼. 누구? 그래. 김태우 팀장부터 합시다!"

설한국이 분위기를 조성하자 PD가 동의했다. 곧 사무실 한편에 자리가 마련되고 태우와 방송국 여자 리포터가 마주 앉았다.

태우는 많은 인터뷰를 해봐서 지금 상황이 낯설지 않았다. 맞은편 두 대의 카메라가 보였고, 하나는 정면, 하나는 오른쪽에서 태우를 찍었다. 그 옆으로 환한 조명이 있었고, 그 뒤로 방송작가로 보이는 젊은 여자 한 명이 PD와 함께 바짝 붙어 앉아 있었다. 설한국은 그 뒤에 서서 태우를 바라보고 있었고, 나머지 대원들도 자기 차례를 기다리며 함께 사무실 여기저기에 앉아 있었다.

"조명 조금 더 밝게!"

오래된 청사 형광등의 빛이 어두워 PD는 조명을 더 밝히라 했다. 조명기사로 보이는 방송국 직원이 조명 버튼을 돌려 빛을 더 환하게 만들었다. 태우는 밝아진 조명에 눈을 잠시 찡그렸다. 빛이 하얗게 보였다.

"자, 시작할게요."

리포터는 가볍게 자기소개부터 시작했다. 그리고 오토펠리스 화재에 관하여 물었다. 급박한 상황 그리고 구조대원들의 사투 같은 말들이 오갔다. 태우의 인터뷰를 보던 설한국은 고개를 끄덕였다. 태우는 설한국의 표정을 수시로 확인하며 말했다. PD에게 미리 받은 질문지가 있었고 설한국의 지시로 태우는 질문지에 맞춰 답했다.

인터뷰가 20분 남짓 지나고 있었다. 태우는 막힘없이 답하며 한 번도 끊어지지 않고 부드럽게 인터뷰를 이어갔다. 설한국은 태우의 모습에 매우 만족하며 스스로 뿌듯한 표정을 지었다.

"자. 그럼 마지막 질문입니다. 팀장님은 그간의 공로를 인정받아 몇 주 후에 미국 연수를 떠난다고 들었습니다. 미국 뉴욕 소방청에서 3년 동안 지낸다고 하는데 그에 대한 각오 한마디 부탁드릴게요."

태우는 준비한 답을 하기 위해 입을 열려다가 잠시 멈추었다. 그리고 태우는 조명 뒤로 앉아 있는 대원들을 봤다. 미국 이야기가 나오자 대원들은 고개를 숙이거나 눈을 마주치지 않으려고 했다. 무목의 작은 한숨 소리가 들렸다.

"뭐 하고 있어. 답 안 하고?"

설한국이 불쑥 끼어들었다.

"다른 분은 말씀하시면 안 돼요"

PD가 버럭거렸고 리포터는 다시 물었다.

"미국에 가시게 된 소감을 말씀해 주세요."

태우는 고개를 잠시 숙였다가 들었다. 하얀 조명이 다시 눈을 강하게 비췄다. 눈을 감거나 움츠리지 않으려 애쓰며, 코로 숨을 크게 한 번 들이쉰 후 다시 코로 길게 내뱉었다. 인터뷰를 하는 구조대 사무실에 침묵이 길게 이어졌다. 모두 태우의 입만 바라보고 있었다. 태우가 입을 열었다.

"미국은 안 갈 생각입니다. 저는 이곳 거묵골에 남을 겁니다. 거묵골이 좋아졌거든요."

태우의 말에 순간 설한국의 눈이 커졌다. 고개를 숙이고 있던 대원들도 금세 고개를 들더니 눈이 동그래지며 태우를 일제히 바라봤다. 리포터가 고개를 갸우뚱거리더니 다시 물었다. 질문지에 없는 질문이었다.

"거묵골이 좋아졌다는 말이 흥미롭게 들립니다. 생각을 바꾼 이유를 물어봐도 될까요?"

태우는 설한국을 바라봤다. 설한국의 입술이 부들부들 떨리고 있었는데 분노에 찬 표정이 한눈에 들어왔다. 하지만 태우는 어느 때보다 편안했다. 태우는 말을 이어갔다.

"소방관이 되고 구조대원으로 살아온 지난 20여 년 동안 저는 최고가 되기 위해 미친 듯이 노력했고, 어느 순간 스스로 최고가 되었다고 생각했습니다. 하지만 그러는 동안에 나의 동료들의 소중함을 알지 못하고 지내왔습니다. 내가 최고인 줄 알았고 내가 가장 잘하는 줄 알았습니다. 이곳 거묵골에 왔을 때 저는 하루라도 빨리 이곳을 떠나고 싶었습니다. 최고의 구조대원이라고 자부하는 제가 이런 시골에 오래 있기 싫었기 때문이었습니다. 그런데……."

태우는 잠시 말을 멈추고 대원들과 눈을 맞추었다. 채 반장은 알 듯 모를 듯한 미소를 띠고 있었고, 무목은 벌린 입을 다물지 못하고 있었으며 태풍과 나리 그리고 만수는 서로를 번갈아 보다가 태우와 눈이 마주치자 애써 고개를 숙이거나 돌렸다.

"그런데 이곳에 와서 저는 진짜 무엇이 소중한지 알게 되었습니다. 정말 제가 알지 못했던 것은 나 역시 나약한 존재라는 것이었습니다. 저는 그것을 힘겹게 감추고 살아왔을 뿐입니다. 힘든 내 모습을 숨기고 내가 강하다는 것을 보여 주기 위해 동료들을 타박하기만 했습니다. 채 반장님의 지혜와 겸손을 애써 무시했습니다. 미친 듯이 노력하는 박무목의 땀을 알아보지 못했습니다. 불편한 몸을 가진 한 여자만을 사랑하는 조태풍의 순수함을 몰랐습니다. 겉모습만 보고 박나리의 능력을 알아채지 못하고 걱정만 했습니다. 트라우마의 충격을 가진 막내 정만수를 나약하다고만 여겼습니다. 그것은 삐뚤어진 나의 시선이었는데 대원들과 함께 하나하나 출동 가며 그들이 가진 능력이 얼마나 위대한지 뒤늦게 보게 되었습니다. 피가 튀고 살이 터지는 현장을 겪으며 우리 대원들이 없으면 나 역시 아무것도 아니라는 것을 이제야 느꼈습니다. 네. 저는 그렇게 깨달았습니다. 이제 혼자서 모든 것을 해야 한다는 강박을 벗어날 수 있을 것 같습니다. 나는 내 동료들과 더 있고 싶습니다. 미국에 가지 못하면 매우 아쉽긴 하겠지만 전 그것보다 더 소중한 내 동료들에게 남겠습니다. 그들과 여기 거묵골에서 더 많은 사람들을 구하고 싶습니다."

태우의 말이 끝나자 사무실 안이 마치 정지 화면처럼 아무도 말하지도 움직이지도 않았다. 누구도 예상하지 못한 말이었다. 대원들은 여전히 놀란 입을 다물지 못하고 있었고, 설한국은 눈을 지그시 감고 고개를 뒤로 젖힌 채 마른침만 삼키고 있었다. 언제 와서 듣고 있었는지 식당 이모님은 한 손으로 눈물을 훔치고 있었다.

"놀랍군요. 전설적인 구조대원이라는 김태우 팀장님께서 미국 유학을 마다하고 이곳에 더 남고 싶다고 하니 말입니다. 하지만 말씀을 들어보니 그럴 만하다고 여겨지고 존경심마저 듭니다. 김태우 팀장님의 말에 저도 깊이 동의합니다. 오늘 인터뷰 고맙습니다."

리포터는 태우에게 악수를 청하며 말을 마쳤다. PD는 잠시 쉬었다 하자고 외쳤다. 조명이 꺼지고 태우가 자리에서 일어섰다. 설한국이 씩씩거리며 사무실 밖으로 나가는 것을 보고 그를 따라 나갔다.

"죄송합니다. 형님."

"너. 내가 가만 안 둔다."

온몸을 부들부들 떨며 화를 주체하지 못하는 설한국은 당장이라도 태우의 뺨을 한 대 후려갈길 기세였다. 그때 PD가 뒤이어 따라 나와 담배를 꺼내 물며 둘에게 다가왔다. 설한국의 표정이 급하게 바뀌었다.

"두 분 군대 선후배라고 들었습니다. 서장님께서는 이렇게 대단한 후배를 두셔서 얼마나 좋으시겠어요. 두 분 사이가 매우 돈독해 보이네요. 하하하!"

PD의 속 모를 말에 설한국이 애써 웃음을 지었다. 상순이가 그런 설한국에게 다가와 헥헥거리며 머리를 구두코에 비비기 시작했다.

"제가 후배 복이 많습니다. 허허."

설한국이 체념한 듯 한숨 쉬며 PD에게 담배를 하나 빌려 입에 물었다. 태우는 그런 둘을 뒤로하고 사무실로 다시 들어왔다. 대원들이 태우를 보더니 아무 말도 없이 서 있었다. 태우가 종이컵을 들고 정수기에서 물을 한가득 받아내 마시고 말했다.

"뭘 그렇게들 봐? 난 먼저 퇴근할 테니까 인터뷰 알아서들 잘해. 아. 그리고 무목이랑 태풍이는 어제 유기견 포획하러 가서 쓰다가 찢어진 그물망 고쳐 놓고 퇴근해. 멍청하게스리 그거 한 마리 제대로 못 잡아서 그 난리를 치냐?"

무목과 태풍은 슬쩍 웃기만 했는데 태풍이 이참이다 싶어 태우에게 물었다.

"팀장님. 미국 진…짜 안 가세요?"

태우가 팀장실로 들어가려다가 태풍의 말에 몸을 돌려 말했다.

"안 가. 너희랑 있을 거야."

그리고 잠시 대원들의 표정을 위아래로 훑더니 되물었다.

"왜? 싫어?

대원들이 일제히 양손을 펴 좌우로 흔들며 크게 대답했다.

"아, 아닙니다!!"

태우가 웃었고 대원들도 따라 웃었다. PD가 곧 사무실로 들어오
더니 다음 차례인 박무목을 불렀다. 태우가 무목을 바라보더니 눈
을 찡긋거렸다.

마치는 글

소방관이 되고 나서 가장 좋았던 것이 뭐냐고 묻는다면 사람들이라고 답하고 싶다. 사람들과 함께 사람을 구하는 일이 나는 좋았다. 소방관이라는 직업 특성상 함께 일하는 사람들의 사이는 각별하다. 한데 얽히고설키며 가족보다 더 많은 시간을 보낸다. 급박하고 당황스러운 일상도 많지만 대개는 제법 온화하다. 언제부터인가 사람을 유심히 관찰해 봤다. 표정, 몸짓, 말투 그리고 때로는 감정까지 눈에 보였고, 어찌 그리 다들 각자의 모습을 가졌는지 신기했다. 모두 저만의 시간과 생각 속에 있는 듯했는데, 소방관끼리는 그런 시간과 생각을 서로 잘 공유한다. 그래서 각별하다는 거다. 그러다가 함께한 사람을 먼저 떠나보낸다. 우리가 일하는 곳. 현장에서 말이다. 나만 그런지 모르겠지만, 동료를 떠나보내고 나서 이상하게도 슬프거나 괴롭거나 하는 감정이 오래가지 않는다. 무뎌진 것일까? 아니면 그렇게 되고 싶지 않아서 일부러 괜찮은 척하는 것일까? 그냥 그것이 운명이라 여기고 마는데 이제는 그런 내 모습이 낯설지 않다. 그냥 나도 '그렇게 될 수 있겠구나' 하는 생각에 이를 때 고개만 가로저을 뿐.

몇 권의 책을 내고 나서, 어쩌다 사람들에 대한 이야기를 쓰고 싶었다. 다만 창작의 이야기가 아닌 진짜 이야기를 그대로 담고 싶었다. 하지만 쉽지 않았다. 나의 동료들은 자신의 이야기를 꺼내기를 힘들어했다. 소방관들은 누군가에게 자신의 마음을 드러내 보이는 것이 서툰 사람이다. 다른 사람 살리고 다른 사람 구한다고 제 몸 녹아 사라지는 줄 모르고 살았던 사람들이라 그런가 보다 하고 이해했다. 하긴, 나도 그랬으니까.

'난 괜찮다.'

'다들 하는 일인데 뭐.'

마음속 깊은 곳에 철썩 들러붙어 있는 감정이 이랬다. 다른 소방관들도 그럴 것이다. 기억이나 경험 그리고 자기의 생각을 드러내기를 부끄러워하는 사람들. 소방관.

결국 이야기를 직접 만들어 보자는 생각으로 쓰기로 마음 먹었다. 줄기만 대충 만들어 한국학술정보 출판사에 보여 줬더니 흔쾌히 출간을 약속했다. 고마울 따름이다. 정해진 것도 없고 쓸 재주도 없는 상황에서 그렇게 소설은 시작됐다. '까짓 거'라는 마음이 석 달도 못 갔는데, 서사는 그렇다 치고 도저히 인물이 그려지지 않았다. 내가 만든 사람인데 내가 모르는 지경에 이르렀다. 그렇게 심적으로 몹시 괴로운 두어 달을 아무것도 쓰지 못하고 보냈다. 하지만 곧 길을 찾았는데, 사람들 이야기를 멀리서 구하지 않고 가공하지 말자고 여겼다. 어쩌면 책 속의 인물은 이미 내가 본 사람일 수도 있다는 생각도 들었다. 또 나일 수도 있겠구나 하고 여겼다. 나 그리고 나와 같은 사람들 이야기가 아니겠느냐는 원점으로 돌아오자 그제야 장면이 얼기설기 맞춰지기 시작했다.

어쩌면 이 글은 '내 말 좀 들어 줄래?'라고 내가 당신 앞에 쪼그리고 앉아 시작하는 옛날이야기 같은 것일 수도 있다. 왜 그러냐고? 사람들을 기억해 주었으면 해서다. 이 글을 쓰는 동안에도 여지없이 나의 사람들이 죽었다. 멀리 제주와 문경에서 불이 난 창고와 거대한 공장에서 깔려 죽거나 고립되어 타 죽었다. 생애주기처럼 돌고 도는 소방관의 죽음과 이별을 나는 아직 건조하게 마주하기가 어렵다. 생때같은 젊은 소방관이 실린더 속 마지막 공기 한 모금에 자신의 죽음을 직시하고 사그라지는 순간을 나는 모른다. 나는 그런 경험을 해 보지 못했다. 그 공포와 고통 속에 있어 보지 못했다. 다만 그런 사람들과 함께 일하고 있기에 염치 불고하고 그들을 이야기한다.

보잘것없는 이야기라 내놓기가 두려워 다 쓰고도 몇 번을 다시 보며 망설였다. 그래도 지금 아니면 안 되겠다 싶어 눈 딱 감고 이제 펜을 놓는다. 다 언급하기에도 벅찬 많은 도움으로 이 책이 나왔다. 모두에게 머리 숙여 고맙다는 말을 전한다.

늘 그랬듯 이 땅의 모든 사람들이 안전하길 기도한다.

2024년 3월,
부산 기장 앞바다가 보이는 어딘가에서.

거묵골 구조대 사람들

초판 1쇄 발행 2024년 9월 30일
초판 2쇄 발행 2025년 1월 31일

글쓴이 김강윤
발행인 채종준

출판총괄 박능원
책임편집 유나영
디자인 김예리
마케팅 안영은
전자책 정담자리
국제업무 채보라

브랜드 그늘
주소 경기도 파주시 회동길 230 (문발동)
투고문의 ksibook13@kstudy.com

발행처 한국학술정보(주)
출판신고 2003년 9월 25일 제406-2003-000012호
인쇄 북토리

ISBN 979-11-7217-498-9 03810

그늘은 한국학술정보(주)의 소설 출판 전문브랜드입니다.
더운 여름날 그늘 밑에서 편하게 읽을 수 있는 책이라는 의미를 담았습니다.
세상에 없던 이야기를 발굴하고, 우리가 닿지 못한 세계의 그림자를 찾아봅니다.
스토리 속 일상의 즐거움을 발견할 수 있도록 이야기의 쉼터가 되겠습니다.

@geuneul_book